Christoffer Carlsson

SCHMUTZIGER SCHNEE

Christoffer Carlsson

SCHMUTZIGER SCHNEE

Thriller

Aus dem Schwedischen
von Susanne Dahmann

C. Bertelsmann

Die Originalausgabe erschien 2014
unter dem Titel *Den fallande Detektiven*
bei Piratförlaget, Stockholm

MIX
Papier aus verantwortungsvollen Quellen
FSC® C014496
FSC
www.fsc.org

Verlagsgruppe Random House FSC® N001967
Das für dieses Buch verwendete FSC®-zertifizierte Papier
Munken Premium Cream liefert
Arctic Paper Munkedals AB, Schweden.

1. Auflage

Umschlag: buxdesign | München
Satz: Uhl + Massopust, Aalen
Druck und Bindung: GGP Media GmbH, Pößneck
Printed in Germany
ISBN 978-3-570-10233-6

www.cbertelsmann.de

Für Mela,
immer

Willard: They told me that you had gone totally insane, and that your methods were unsound.
Kurtz: Are my methods unsound?
Willard: I don't see any method at all, sir.

Apocalypse Now

ES WAR DER WINTER, in dem der Sturm tobte.

Ein Wissenschaftler starb, ein Diktafon wanderte von Hand zu Hand durch Stockholm, und wo immer es landete, schien es Probleme zu verursachen. Eine Demonstration lief aus dem Ruder, und zwei, die einmal Freunde waren, trafen sich an den Schaukeln, wo sie als Kinder immer gespielt hatten.

Auf dem Grund des Mälar-Sees ruhte ein Handy, das für die Ereignisse von keinerlei Bedeutung war, wenn man davon absah, dass es von dem Schuldigen ins Wasser geworfen worden war. In einem Krankenhausbett lag ein Mann im Sterben, und seine letzten Worte waren *Semosund* und *Esther*. Was immer das bedeutete. Das wurde erst klar, als es zu spät war. Und die ganze Zeit über tickte die Uhr auf den Nullpunkt zu, jenen 21. Dezember.

Es war eine seltsame und komplizierte Geschichte, darüber waren sich hinterher alle einig. Aber war sie das tatsächlich? Vielleicht war sie in Wirklichkeit sehr einfach, geradezu banal, denn dies war auch der Winter, in dem ein Mann einen anderen verriet, und das war wohl der Anfang vom Ende.

Soweit wir wissen, trug sich das Ganze so zu:

I

Who comes around on a special night?

12.12.

NUR EINES IST SICHER: Die Stadt hat Angst. Jetzt hat sie ihr wahres Gesicht gezeigt, davon bin ich überzeugt. Man kann es an ihrem Puls hören, wenn man ganz nah herangeht und es wagt, das Ohr daran zu legen, und wenn man wirklich horcht, wie sie tickt. Angespannt und nervös ist sie, unberechenbar. Eine Glühbirne, die zu flackern begonnen hat, um dann irgendwann ganz zu verlöschen, doch niemand bedenkt das. Niemand sieht es.

Nur eine einsame Kirchenglocke läutet. Es ist Mitternacht, und der Schnee fällt leicht und sacht. Das Licht der kalten Straßenlaternen lässt die Flocken silbern funkeln. Aus einem Club in der Nähe wummert ein schwerer Bass, jemand singt: *Oh, I wish it could be Christmas every day,* und ein Stück entfernt kreischen Autobremsen. Der Fahrer stemmt sich auf die Hupe.

Eine der Gassen, die von der Döbelnsgatan abgehen, ist klein und eng. Wenn man die Arme ausstreckt, kann man fast auf beiden Seiten die abgestoßenen Ziegelsteinfassaden berühren, so schmal ist sie. Und dunkel. Hier im Stadtzentrum wachsen die Häuser in die Höhe, und es ist lange her, dass der löchrige Asphalt von Sonnenstrahlen erreicht wurde.

Die kleine Gasse führt auf einen größeren Hinterhof. Entlang der Hauswände drängen sich dunkelgrüne, von einer dünnen Schneeschicht bedeckte Plastikcontainer voller Müll.

Wenn man den Blick hebt, kann man oben, eingerahmt von den Häusern, ein Stückchen Himmel erkennen.

Eine Frau in einem hellblauen Overall errichtet sorgfältig ein großes weißes Zeltdach über einem Teil des Hinterhofs. Unter dem Zeltdach liegt ein Mann auf dem Rücken. Er trägt einen aufgeknöpften dicken Mantel, einen Strickschal, dunkelgraue Jeans und schwarze Stiefel. Vier starke weiße Scheinwerfer beleuchten ihn. In der Nähe liegt ein abgenutzter Fjällräven-Rucksack, aus dessen offenem Maul Besitztümer quellen, ein Buch, ein Kreditkartenetui, ein Paar dicker Socken, ein Schlüsselbund, etwas Bargeld. Der Mann hat Handschuhe getragen, sie ragen aus den Manteltaschen.

Er ist zwischen dreißig und vierzig Jahre alt, hat dunkle, ordentlich gekämmte und kurz geschnittene Haare, ein paar Tage alte Bartstoppeln und eckige Gesichtszüge. Seine Augen sind geschlossen, sodass man seine Augenfarbe nicht feststellen kann, aber das ist im Moment wahrscheinlich auch zweitrangig.

Ich warte mit den Händen in den Manteltaschen ein Stück vom Zelt entfernt und stampfe mit den Füßen, als wäre ich ungeduldig. Eigentlich ist mir aber hauptsächlich kalt. Hoch oben in einem der zum Hinterhof weisenden Fenster leuchtet ein roter Weihnachtsstern, groß wie ein Autoreifen. Dahinter ist ein Gesicht zu erkennen. Ein Junge.

»Steht der schon lange da?«

Die Frau in dem blauen Overall, Victoria Mauritzon, hockt vor ihrer Tasche und ist gerade dabei, sie aufzuklappen. Sie dreht sich um.

»Wer?«

Um die Hände warm zu halten, behalte ich sie in den Taschen und deute mit einem Nicken zum Fenster hinauf.

»Der Junge.«

Mauritzon folgt meinem Blick.

»Ah.« Sie sieht mit zusammengekniffenen Augen in das Schneetreiben. »Weiß ich nicht.«

Mauritzon wendet sich wieder ihrer Arbeit zu. Sie hebt eine Kamera hoch, justiert etwas an ihren Reglern und macht dann achtundsechzig Fotos von dem Toten und der Welt um ihn herum.

Blaulicht schlägt stumm gegen die Hauswände, und ganz

weit hinten flattert blau-weißes Absperrband. Ein paar Passanten sind stehen geblieben und beobachten die Szenerie in der Hoffnung, etwas zu sehen zu bekommen. Hier und da flammen Blitze von Handykameras auf.

Mauritzon hat den Fotoapparat in die Tasche zurückgelegt und dann vorsichtig ein digitales Thermometer in das Ohr des Toten gesteckt. Nach zwei Minuten zieht sie es wieder heraus, liest es ab und schreibt etwas in das Formular.

»Alles sehr frisch«, sagt sie.

»Wie frisch?«

»Eine Stunde, vielleicht nicht einmal das. Ich bin nicht so sicher wie sonst. Die Messmethode lässt nur eine grobe Schätzung zu, aber ich habe die anderen Instrumente nicht mitnehmen können.«

»Wie ist er gestorben?«

»Keine Ahnung. Aber tot ist er.«

Ich trete vorsichtig unter das Zeltdach und gehe bei dem Rucksack in die Hocke. Mauritzon reicht mir ein paar Latexhandschuhe, und ich nehme widerwillig die Hände aus den Taschen. Die Handschuhe machen meine Hände blasser und lassen die Finger noch knochiger wirken, als sie sind.

Eine Übelkeit wächst in mir an, die Hitze steigt am Rücken hoch und wird zu kaltem Schweiß. Ich hoffe, Mauritzon bemerkt es nicht.

»Er sieht gepflegt aus«, sagt sie mit einem Blick auf den Toten. »Nicht direkt von der Sorte, die man in einem Hinterhof zu finden erwartet.«

»Vielleicht wollte er jemanden treffen.«

Ich nehme das Kartenetui. Es ist schwarz, aus Leder und gefüllt – eine Kreditkarte, ein Ausweis, irgendeine Schlüsselkarte und eine weiße Visitenkarte mit einem schnörkeligen blauen Muster und ebenso blauen Buchstaben: UNIVERSITÄT STOCKHOLM. Ich ziehe den Ausweis heraus und schlucke zweimal, um die Übelkeit zu unterdrücken.

»Thomas Markus Heber.« Ich vergleiche das Foto mit seinem Gesicht. »Das scheint er zu sein. 1978 geboren.«

Mit dem seltsamen Gefühl, dem Toten etwas zu stehlen, notiere ich die Personennummer, ehe ich die Ausweiskarte in das Kartenetui zurückstecke und mich den anderen Gegenständen zuwende, die aus dem Rucksack gefallen sind. Der Schlüsselbund verrät nicht mehr, als dass der Tote offenbar kein Auto besessen hat. Drei Schlüssel, einer zu seiner Wohnung, einer, den ich nicht direkt identifizieren kann, der aber wahrscheinlich zu seinem Arbeitsplatz gehört, und ein Fahrradschlüssel.

Fred Vargas' Roman *Es geht noch ein Zug von der Gare du Nord* in der englischen Ausgabe ist auch aus dem Rucksack gerutscht. Der Umschlag ist leicht abgenutzt, und in der Mitte des Buches ist ein Eselsohr eingefaltet. Ich schlage die Seite auf, und mein Blick fällt auf den Satz in der ersten Zeile.

Can't think of anything to think.

ICH ÜBERDENKE DIE AUSSAGE des Satzes, ehe ich das Buch wieder zuklappe, es zurücklege und aufstehe. Es ist mein zwölfter Tag zurück im Dienst, der zweite mit Nachtschicht.

Die Frage ist, was zum Teufel ich hier mache.

Das für die Innenstadt und Norrmalm zuständige Gewaltdezernat wird im Polizeijargon »Die Schlangengrube« genannt. Durchgeknallte Leute, die schlagen, treten, mit Messern stechen und einander erschießen, Drogenabhängige und Dealer, die mit Kugeln im Genick in Kellerräumen gefunden werden, Frauen, die Männer totschlagen, und Männer, die Frauen totschlagen, Waffen- und Drogenlieferungen, die den Besitzer wechseln, Aufläufe, Demonstrationen, illegale Autorennen und in Brand gesetzte Fahrzeuge. Das ist die Schlangengrube. Und jetzt dies hier – ein gut gekleideter Mann mittleren Alters, der in einem Hinterhof stirbt. Niemand ist sicher.

Formell sollte ich noch bis zum Jahreswechsel kaltgestellt sein. Eher schien eine Rückkehr in den aktiven Dienst undenkbar, nach dem, was Ende des Sommers geschehen war. Möglicherweise war es ein Gespräch mit dem Psychologen, das die Situation verändert hat.

Der Psychologe ist einer von der Sorte, die ihre Patienten nach deren Geldbeutel aussuchen, und ich hatte schon lange aufgehört, eine lukrative Investition zu sein. Die stundenlangen Sitzungen waren davon bestimmt, dass ich entweder in Tränen ausbrach oder in tiefes Schweigen versunken dasaß und, obwohl es nicht gestattet war, Zigaretten rauchte. Der Psychologe wirkte meist gelangweilt, betrachtete im Spiegel hinter mir sein sonnengebräuntes Gesicht und fuhr sich mit der Hand durch das gepflegte Haar.

»Wie läuft's mit dem Sobril?«, fragte er.

»Gut. Ich versuche, weniger zu nehmen.«

Sein Blick hellte sich auf. »Gut, Leo.« Er schrieb etwas auf sein Papier. »Gut, ja, das ist gut. Ein riesiger Fortschritt.«

Kurz darauf war der Psychologe der Ansicht, dass ich seine Hilfe nicht mehr benötigte. Also durchlief ich einige Tage später eine lachhaft oberflächliche Gesundheitsuntersuchung, und derjenige, der mich untersuchte, sah keinen Grund, warum ich nicht wieder dazu übergehen sollte, dem Rechtswesen zu dienen.

Möglicherweise lag das daran, dass ich nichts von den Albträumen erzählt hatte und auch nichts von den sporadischen Halluzinationen. Nichts von dem seltsamen Impuls, manchmal ein Glas an die Wand knallen oder einen Stuhl zerschlagen oder jemanden ins Gesicht prügeln zu wollen. Aus irgendeinem Grund hat auch niemand danach gefragt, und hätte es einer getan, hätte ich auch nicht die Wahrheit gesagt. Wenn ich etwas gelernt habe, dann, dass es nicht schwer ist, sich innerhalb der Polizei frei zu lügen.

Die Abteilung Interne Ermittlungen kam natürlich nicht in Betracht, wenn man bedachte, was geschehen war, doch ich hätte vielleicht wenigstens mit einem Schreibtischjob irgendwo anfangen können, beim Einbruchsdezernat oder bei der Sitte. Irgendwo in der staubigsten Ecke der Bürokratie, wo ich keinen großen Schaden anrichten konnte. Aber nein.

Ich musste natürlich wieder in der Schlangengrube landen, wo ich dereinst von Levin aufgesammelt worden war. Die Landespolizeileitung hat mehr Geld und Leute in den Distrikt gepumpt, und vielleicht bin ich deshalb hier. Die vergrößerten Ressourcen bewirken jedoch, soweit wir es sehen, nicht viel. Man sagt, der Lärm der Großstadt könne die Menschen wahnsinnig machen, und am allerwahnsinnigsten werden diejenigen, die sich an der Quelle des Lärms befinden, im Herzen der Stadt. Das ist kein Geheimnis. Alle, die irgendwann einmal ihre Brötchen in der Schlangengrube verdient haben, wissen das.

ICH ZIEHE DIE LATEXHANDSCHUHE aus. Der Junge steht immer noch dort oben, halb von dem großen leuchtenden Stern verdeckt. Sechs, vielleicht sieben Jahre alt, nicht mehr, mit großen Augen und dunklem, lockigem Haar. Ich hebe die Hand zum Gruß und bin erstaunt, als er es mir ausdruckslos nachtut.

»Jemand sollte mit ihm reden.«

»Mit wem?«, fragte Mauritzon.

»Mit dem Jungen.«

»Die werden schon irgendwann zu ihm kommen.«

Mauritzon hat recht. Es ist spät, und die meisten Fenster, die zum Hinterhof zeigen, sind dunkel, doch nun, da die Leute von meinen Kollegen, die von Tür zu Tür gehen, geweckt werden, leuchten immer mehr Lichter auf.

Ich selbst nehme eine Sobril-Tablette aus der Innentasche des Mantels, die erste seit Beginn der Schicht. Sie ist klein und rund wie das O auf einer Tastatur.

Allein sie zu sehen, zu halten, lässt mir das Wasser im Mund zusammenlaufen, und ich spüre, wie das Schwitzen nachlässt. Ich ahne schon das Gefühl, langsam in Watte gewickelt zu werden und zu spüren, wie die Welt wieder ihre richtigen Proportionen annimmt. Ich halte die Tablette auf der Handfläche, dann lege ich sie diskret wieder in die Innentasche zurück und bereue sogleich, sie nicht in den Mund genommen zu haben.

»Wo ist sein Handy?«, frage ich und merke, dass meine Stimme unnatürlich belegt klingt.

»Das von dem Toten? Keine Ahnung. Vielleicht liegt er drauf. Ich müsste ihn mal umdrehen, will seinen Rücken sehen.«

Sie winkt zwei uniformierte Assistenten zu sich heran. Die beiden sind zehn Jahre jünger als ich und zittern, vielleicht vor Kälte. Sie gibt ihnen Latexhandschuhe, und dann drehen sie die Leiche vorsichtig herum, sodass Mauritzon den Rücken und die Rückseite der Beine betrachten kann.

Unter Thomas Hebers Körper ist der Boden rotbraun. Das Blut hat den Schnee geschmolzen und in einen dunkelroten, bräunlichen Matsch verwandelt.

»Seltsam, dass nur so wenig Blut da ist«, sage ich.

»Das ist die Kälte«, murmelt Mauritzon.

Sie untersucht die nasse Rückseite des Mantels.

»Dadurch ebben die Körperfunktionen schneller ab.«

Sie runzelt die Stirn. »Da haben wir etwas.«

Ein deutlicher Schnitt im Rücken, auf der Höhe des Herzens.

»Von einem Messer?«

»Sieht so aus.« Sie wendet sich an die beiden Assistenten. »Dreht ihn wieder um, aber vorsichtig.«

»Und holt Gabriel Birck«, füge ich hinzu.

»Hat der nicht frei?«, fragt einer der Assistenten.

»Doch, theoretisch schon.«

»Kann es dann nicht bis morgen warten?«

Ich sehe von Thomas Hebers Leiche zu den Assistenten. Meine Übelkeit kehrt zurück, und der Puls steigt. Die Angst kommt angekrochen, Wesen aus der Unterwelt erheben sich und greifen nach mir.

»Was glaubst du denn?«, bringe ich heraus. »Wir brauchen einen Ermittlungsleiter.«

Der Assistent sieht seinen Kollegen an. »Mach du es«, sagt er.

»Er hat aber dich gebeten, es zu tun.«

»Jetzt macht einfach«, keuche ich und merke, wie die Hinterhofwände um uns immer näher kommen, Wände, die im Begriff sind, einzustürzen und mich zu erschlagen.

Die Assistenten gehen mit einem Seufzer davon. Mauritzon wendet sich wieder ihrer Untersuchung zu. Im Klub in der

Nähe singt jemand: *Oh, what a laugh it would have been if daddy had seen mommy kissing Santa Claus that night,* und Mauritzon summt mit.

Vielleicht ist es der Klub und der Gedanke an Alkohol, der bewirkt, dass mich nun ein Schwitzen überfällt, dass der Schweiß sich nur so aus den Poren drängt und es mir den Atem nimmt. Mit eiligen Schritten gehe ich vom Fundort der Leiche weg, hinaus aus der Gasse und auf die Döbelnsgatan, und ich weiß nicht, wie viel andere davon bemerken, aber ich habe das Gefühl zu stolpern, zu schwanken, und bald ringe ich nach Atem. Luft, ich kriege keine Luft mehr.

Mir wird schwarz vor Augen, und irgendwo zwischen dem Toten und der Absperrung stütze ich mich an der Wand ab. Der Ziegelstein ist kalt und hart, aber diese Stütze ist das Einzige, was mich daran hindert zu fallen, und dann stülpt sich mein Magen um, und ich klappe vornüber. Aus dem Hals und dem Mund schießen die Reste eines halb verdauten Würstchens, Brot und Kaffee, alles in einer übel riechenden Mischung, die mit einem platschenden Laut auf den gefrorenen Schnee klatscht.

Die Muskeln geben nach, und ich sinke auf die Knie, spüre die Kälte durch die Jeans bis in die Oberschenkel aufsteigen, doch es ist nur ein vages Gefühl, das vom Schweiß, von dem Zittern, dem Kratzen im Hals und von der Überzeugung überlagert wird, dass das Leben auf diese Weise zu Ende gehen wird.

»Mord kann offensichtlich auch abgebrühte Menschen hart anpacken«, höre ich in einiger Entfernung einen der Assistenten sagen.

Die Blitzlichter der Fotografen flammen auf. Ich schließe die Augen nicht, aber sie tränen vom Würgen. Ich sehe alles verschwommen. Es brennt im Hals, der Magen krampft.

Mit der einen Hand an der Ziegelsteinmauer und der anderen suchend in der Innentasche des Mantels erhebe ich mich.

Das ist nicht der erste Anfall dieser Art. Wann habe ich zuletzt eines genommen? Das muss ein oder zwei Tage her sein. Wirklich nicht länger? Ich falle immer noch, immer tiefer, in mich selbst hinein.

Es ist nicht die Stadt, die Angst hat, nicht Stockholm ist eine flackernde Glühbirne. Ich bin es.

DIE TÜR IST SCHWER und kalt, auf dem Briefkasten steht THYRELL. Ich führe einen zitternden Zeigefinger in Richtung Klingelknopf, ehe ich mich entschließe, doch lieber zu klopfen. Kinder haben so etwas Unvorhersagbares, das mich nervös macht.

Mir ist schwindlig, aber das Sobril scheint zu wirken und bettet mich allmählich in einen leichten Nebel. Meine Knie sind immer noch weich, doch der kalte Schweiß trocknet und lässt die Haut spannen. Kaum dass ich den Fingerknöchel auf das Holz gesetzt habe, höre ich schon von drinnen Bewegungen, als hätte dort jemand auf mich gewartet. Das Schloss wird mit einem Klicken geöffnet, und die Tür gleitet vorsichtig auf.

Es ist ein dünner kleiner Junge mit tief liegenden Augen, der so bleich ist, dass mir seine Haut zunächst wie durchsichtig erscheint.

»Ich bin krank«, sagt er.

»Okay. Kein Problem.«

»Lungenentzündung«, erklärt der Junge langsam, als ob das Wort große Anstrengung erfordern würde.

»Wie heißt du?«

»John. Und du?«

»John. Das ist ein guter Name. Ich heiße Leo und bin Polizist. Ist deine Mutter oder dein Vater zu Hause?«

»Papa ist verreist.«

Irgendwo hinter dem Jungen geht eine Tür auf, und eine verschlafene Frau in meinem Alter kommt heraus. Sie trägt ein Nachthemd mit einem ausgewaschenen Bob-Dylan-Porträtaufdruck.

»John, hast du die Tür aufgemacht?«, fragt sie und legt die Hände auf seine Schultern. »Worum geht es?«

»Es ist…« Ich zögere. »Ich bin Polizist. Unten im Hinterhof ist etwas passiert, und es könnte sein, dass John es gesehen hat. Ich würde gern mit ihm sprechen.«

»Darf ich Ihren Ausweis sehen?«

Ich zeige ihn ihr.

»Müssen Sie jetzt mit ihm reden?«

»Am liebsten ja.«

John schürzt die Lippen, als würde er die Vor- und Nachteile, einen unbekannten Mann in seine Wohnung zu lassen, gegeneinander abwägen. Schließlich tritt er zur Seite.

»Du musst die Schuhe ausziehen«, sagt er.

»Na klar. Wie alt bist du, John?«

»Er ist sechs«, sagt die Frau.

Sie stellt sich als Amanda Thyrell vor. Ihre Hand ist warm.

Die kleine Diele ist kurz und schmal, sie führt zu einem größeren Wohnzimmer, und auf dem Weg dorthin komme ich an einer Küche und der halb offen stehenden Tür zum Elternschlafzimmer vorbei. Ich stelle mich neben den großen Weihnachtsstern, der klar und rot auf dem Fensterbrett leuchtet.

»Was hat er denn gesehen?«, fragt sie.

»Als du mich da unten gesehen hast, John, als wir uns zugewunken haben, da hast du doch hier am Fenster gestanden, oder?«

»Ja.«

»Was hat er gesehen?«

Amanda tritt ans Fenster, blickt auf den Hinterhof hinunter, schnappt dann nach Luft und schlägt die Hand vor den Mund.

»Mein Gott.« Sie fragt John, ob es ihm gut gehe. Ob er wirklich mit mir reden könne.

»Ich kann.«

»In Ordnung. Ich werde…« Sie sammelt sich. »Ich denke, ich werde ein wenig Tee machen. Glaube ich. Willst du Tee, John?«

Er zuckt mit den Schultern, und sie geht schwankend aus dem Zimmer.

Ich lege die Hände auf die Oberschenkel und beuge mich vor, um die Welt von weiter unten zu betrachten, so wie er sie gesehen haben muss. Selbst von hier aus hat man einen guten Überblick über den Hinterhof und schräg unter das Zeltdach hinein, in dem Mauritzon gerade dabei ist, dem Toten vorsichtig die Schuhe auszuziehen. Um die Leiche bewegen sich jetzt mehrere Personen, und Mauritzons Körpersprache verrät, dass ihr das nicht gerade gute Laune bereitet.

»Du riechst«, sagt der Junge.

»Ehrlich?«

»Du riechst nach Kotze.«

»Das ist meine Jacke. Als Polizist begegnet man vielen, die kotzen, und manchmal schafft man es nicht schnell genug weg.«

»Aber deine Augen.« Der Junge kneift selbst misstrauisch die Augen zusammen. »Die sind rot.«

»Ich habe lange nicht geschlafen.«

John wägt den Wahrheitsgehalt meiner Aussage ab, ehe er die Sache auf sich beruhen zu lassen scheint.

»Jemand liegt da unten.«

»Ja.« Ich erhebe mich wieder. »Ja, so ist es.«

»Er ist tot, oder?«

»Ja.«

Ich suche nach einer Sitzgelegenheit und entdecke neben einem niedrigen Glastisch einen großen Ledersessel. Als ich mich auf einer der breiten Armlehnen niederlasse, hustet John heftig und heiser. Die Lungen gurgeln wie ein verstopfter Abfluss, und der Junge zieht vor Schmerz eine Grimasse und wird rot im Gesicht.

Amanda scheint vergessen zu haben, weshalb sie in die Küche gegangen ist, oder sie hat es sich auf dem Weg dorthin anders überlegt. Jedenfalls kommt sie mit einem Glas Wasser zurück, stellt es auf den Tisch und setzt sich dann aufs Sofa, wo sie sich eine Decke über die Beine breitet.

»Ich möchte gern dabei sein.«

»Selbstverständlich.« Ich sehe zum Fenster. »Du hast mich da unten gesehen John, oder?«

»Ja.«

»Wie lange hast du hier gestanden?«

Der Junge verschränkt die Arme.

»Eine Weile. Nicht so lang.«

»Kannst du mir erzählen, was du gesehen hast, als du ans Fenster kamst? Was da unten passiert ist?«

»Nichts ist passiert.«

»Es war niemand da?«

Er schüttelt den Kopf.

»Aber dann kam einer«, erklärt er.

»Wann?«

John hustet wieder, diesmal weniger heftig.

»Du willst die Uhrzeit wissen, aber ich kann die Uhr noch nicht lesen.«

»Das stimmt, ich will die Uhrzeit wissen.« Ich zögere. »Aber das ist kein Problem. Wer ist da in den Hinterhof gekommen?«

»Ein Typ. Der jetzt da unten liegt.«

»Woher weißt du, dass er es war?«

»Weil ich es glaube.«

Ich unterdrücke ein Seufzen. Kinder.

»War er allein?«

»Ja.«

»Was ist dann passiert?«, frage ich.

»Ich weiß nicht genau. Ich musste aufs Klo, und als ich zurückkam, lag er da, wo er jetzt liegt.«

»War er da auch allein?«

»Nein. Da stand einer bei ihm und machte was mit seinem Rucksack.«

»Kannst du beschreiben, wie der aussah?«

John denkt nach.

»Schwarze Kleider.«

»War er groß oder klein?«

John betrachtet mich von oben bis unten.

»So wie du ungefähr.«

»Was für eine Haarfarbe hatte er, hast du das gesehen?«

»Nein. Er hatte eine Mütze auf.«

»Hatte er so eine Mütze, die man übers Gesicht zieht?«

Die Frage bringt den Jungen zum Lachen, gluckernd und dunkel, ein angenehmer Laut, der in meinem Magen einen Klumpen Wärme aufgehen lässt. Das Lachen geht in Husten über, und Johns Gesicht wird wieder rot.

»Trink Wasser, mein Herz«, mahnt Amanda.

Ich halte ihm das Glas hin. Er nimmt einen Schluck. Dabei verzieht er das Gesicht, als würde es wehtun.

»Nein«, sagt er. »Solche Mützen hat man doch nicht.«

»Als du zurückkamst, stand also jemand da unten bei dem Typen und hat in seinem Rucksack gewühlt.«

»Ja.«

»Hat er was gefunden?«

»Ich hab nicht gesehen, was es war.«

»Aber er hat was gefunden.«

»Ja. Dann ist er verschwunden.«

»In welche Richtung?« Ich zeige aus dem Fenster und lasse den Jungen meinem Finger mit dem Blick folgen. »In die Richtung oder in die?«

»Die erste.«

In die Innenstadt zurück.

»Und dann«, erzählt der Junge weiter, »ist der andere auch verschwunden.«

»Der andere? Der Typ, der da unten liegt?«

»Nein. Der, der sich versteckt hatte.«

»Da unten war eine Person, die sich versteckt hatte?« Ich recke den Daumen hoch. »Erst war da der, der jetzt im Hof liegt.«

Der Junge nickt. Ich halte den Zeigefinger hoch.

»Dann war da der, der im Rucksack gewühlt hat.«

John nickt wieder. Ich strecke den Mittelfinger aus.

»Und dann war da noch einer.«

»Ja.« John sieht zufrieden aus. Ihm ist die schwierige Aufgabe gelungen, einen Erwachsenen dazu zu bringen, etwas zu kapieren. »Genau.«

»Der Letzte, war das ein Typ oder ein Mädchen?«

»Weiß ich nicht.«

»Wie waren die Haare? Lang oder kurz?«

»Das hab ich nicht gesehen.«

»Und wo hat die Person sich versteckt?«

»Hinter einer der grünen Kisten. Als der, der im Rucksack gewühlt hat, weggegangen ist, ist der andere rausgekommen und dann verschwunden.«

»Wie hat sich die Person bewegt? Schnell oder langsam?«

»Sehr schnell.«

»Geschmeidig? Ich meine, wirkte er linkisch?«, füge ich hinzu, damit mich der Junge versteht. »Ist er gerade oder schräg gegangen, ist er gefallen oder gestolpert oder so?«

John schüttelt den Kopf.

»Er ist einfach gegangen.«

»Aber es war auf jeden Fall ein Mann, oder?«

»Nein, das weiß ich nicht. Das konnte ich nicht sehen. Du sagst immer ›er‹.«

Der Junge hat recht, und ich frage nichts mehr. Stattdessen trete ich ans Fenster. Die starken Scheinwerfer, die den Toten anstrahlen, blenden. Es sieht aus, als würde Mauritzon ihm gerade eine Pediküre verabreichen.

»Hast du die ganze Zeit allein hier gestanden?«

»Ja.«

»Sie sind nicht aufgestanden?«, frage ich Amanda.

»Nein.«

Sie wirkt, als hätte ich sie beleidigt.

»War nicht so gemeint.« Sie antwortet nicht, und ich wende mich erneut dem Jungen zu. »Gut, John. Danke für die Hilfe. Du hast mir wichtige Sachen gesagt, die uns echt weiterbringen können.«

»Er ist tot«, sagt der Junge wieder. »Der da unten liegt.«

»Das stimmt. Das können wir auf jeden Fall schon mal sicher sagen.«

Durch das Licht des Weihnachtssterns verschwimmt der Hintergrund, und der Schnee, der draußen in der Dezembernacht fällt, wird zu einer dunklen, schwarzgrauen Masse.

»Gehst du jetzt?«, fragt der Junge.

»Ich denke ja.«

»Dann gutes Lucia-Fest.« Sein Blick gleitet zur Diele. »Vergiss deine Schuhe nicht.«

UNTEN BEI DEM TOTEN hat sich viel und gar nichts verändert. Er trägt keine Schuhe mehr, und den Mantel hat ihm auch jemand ausgezogen. Aus einiger Entfernung ist die Leiche kaum mehr zu sehen, weil sie von all den Leuten, die sich um sie herumbewegen, verdeckt wird. Hinten an der Absperrung wartet ein Wagen, der eine Zivilstreife sein könnte, aber in Wirklichkeit zum *Expressen* oder zum *Aftonbladet* gehört. Von den Assistenten keine Spur. Vielleicht erholen sie sich von ihrem Anruf bei Gabriel Birck.

Es ist noch kälter geworden, zumindest fühlt es sich so an. Doch Veränderungen wie diese sind wahrscheinlich unwesentlich, denn der Tote ist unverändert tot, der Schnee fällt genauso unaufhörlich wie zuvor, und in manchen Nächten ist nichts anderes von Bedeutung als das.

»Von wem kam der Notruf?«, frage ich mit dem Handy in der Hand. Ich traue meinem Gedächtnis nicht mehr und muss das Gespräch mit dem Jungen zusammenfassen, habe aber nichts anderes zum Schreiben dabei als das Handy.

Einer der uniformierten Polizisten hat einen Notizblock in der einen Hand und ein halb gegessenes Käse-Schinken-Brötchen in der anderen. Er heißt Fredrik Markström, ist ein junger Assistent aus Norrland und hat Schultern wie ein Gewichtheber.

»Jau«, erwidert er bedächtig mit vollem Mund und blättert zwei Seiten zurück. »Das war ein anonymer Anruf von einem Handy. Die Person klang seltsam, so als würde er oder sie die Stimme verstellen. Aber das wissen wir nicht. Ich habe um eine Aufnahme von dem Gespräch gebeten, die schicken sie an dich. Der Diensthabende wollte nach dem Namen fragen, aber da hatte der Anrufer offensichtlich schon aufgelegt. Zum Glück waren die Kollegen so schlau, trotzdem jemanden herzuschicken.«

»Und zwar dich, oder?«

»Mich und Hall«, erwidert Markström und nimmt einen neuen Bissen von dem Brötchen.

Åsa Hall stammt aus Göteborg und ist in so ziemlich allem das Gegenteil von Fredrik Markström: gesprächig, untersetzt und fröhlich.

»Wer kam nach euch?«

»Larsson und Leifby.«

»Larsson und Leifby?«

»Jau.«

»Was zum Teufel hatten die in der Innenstadt zu suchen?«

Markström nimmt noch einen Bissen.

»Keine Ahnung. Sagten, sie seien in der Nähe gewesen.«

Larsson und Leifby sind Streifenpolizisten draußen in Huddinge, und zwar welche von der Sorte, die das Dezernat so gut wie niemals bei Informations- und Rekrutierungstagen repräsentieren dürfen. Der eine hat Höhenangst, der andere ist ein miserabler Schütze, Defizite, die für einen Polizisten gelinde gesagt ungünstig sind. Außerdem sind sie sensationslüstern wie Reporter bei einer gewissen Abendgazette.

Als Markström und Hall an den Fundort kamen, gingen sie nach Vorschrift vor. Larsson und Leifby erhielten unterdessen die Aufgabe, mit möglichen Zeugen zu sprechen. Von ihnen ist nun nichts mehr zu sehen, und ich frage mich, ob das ein gutes oder ein schlechtes Zeichen ist.

Also gehe ich zu den Containern, die vor den Wänden des Hinterhofs aufgereiht stehen. Es riecht säuerlich. Ich knie mich vor ihnen hin und spüre wieder, wie die Kälte vom Boden durch die Jeans und in meine Oberschenkel kriecht. Doch diesmal sind meine Sinne leicht betäubt.

Hinter einem der Container ist die dünne Schneedecke nicht unberührt. Da hat jemand gestanden und ist einige Schritte vor- und zurückgegangen. Die Schuhabdrücke sind verwischt. Stiefel mit kaputten Sohlen, so wie man sie trägt, wenn man kein Geld hat, sich jedes Jahr neue zu kaufen.

»Victoria«, sage ich leise, und Mauritzon blickt von der Leiche auf. »Ich glaube, hier hat jemand gestanden.«

Sie notiert etwas auf dem Block, den sie in der Brusttasche ihres Overalls verwahrt.

Ich gehe auf die Straße hinaus und ein Stück an der Häuserzeile entlang, vorbei an den Absperrungen, und rauche eine Zigarette. Die Klubmusik pulsiert, jetzt ist es ein alter Song, der neu gecovert worden ist, sodass man dazu tanzen kann. Ich erinnere mich aus meinen Jugendjahren an die Melodie, und für einen kurzen Moment wünsche ich mir, fünfzehn Jahre jünger zu sein, noch in der Ausbildung, die Zukunft noch nicht so festgeschrieben.

In der Innentasche des Mantels vibriert mein Handy mit einer Nachricht von Sam.

– Schläfst du?

– Nein. Hab Dienst.

– Hast du einen guten Abend?

Ich denke über eine Antwort nach und nehme einen Zug von der Zigarette.

Entscheide mich für: *Ist ok. Mord in Vasastan,* fahre ich fort, überlege es mir aber anders, lösche es und schreibe: *und selbst?*

du fehlst mir, kommt die Antwort zurück, sodass ich mir wünsche, woanders zu sein.

morgen?

ja, morgen ist gut.

Ich frage mich, was das bedeuten mag. Sam sagt fast immer ab oder verschiebt das Treffen, wenn wir verabredet sind.

Ein gut gekleideter Mann mit ebenso ordentlicher Frisur kommt mit flatternden Mantelschößen durch den Schnee auf mich zu. Er hebt stumm die Hand und sieht mit einem Abscheu, die im Takt seiner Schritte zu Gier wird, auf meine Zigarette.

»Gutes Lucia-Fest«, sage ich.

»Krieg ich den letzten?«, fragt er.

Ich gebe Gabriel Birck die halb gerauchte Zigarette, und er saugt das letzte Glimmen aus ihr heraus.

»Ich wusste gar nicht, dass du rauchst.«

»Es gibt viel, was du nicht weißt. Wer ist der Ermittlungsleiter?«

»Du.«

»Ich? Wir brauchen einen Kommissar. Wo ist Morelius?«

»Urlaub.«

Birck verdreht die Augen.

»Dann hol Calander. Der hat keinen Urlaub, und das weiß ich mit Sicherheit, denn vor ein paar Stunden hab ich ihn am Sankt Eriksplan an der Würstchenbude stehen sehen, und da sah er sehr arbeitsfähig aus.«

»Der hat alle Hände voll zu tun mit dem Axtmord von der Tegnérgatan.«

»Mist. Und Bäckström? Besser als nichts.«

Ich schüttele den Kopf.

»An die Reichskripo ausgeliehen.«

»Pfui Teufel, die armen Schweine.«

Birck drückt die letzte Glut an der Hauswand aus und macht Anstalten zu gehen, hält dann aber inne und schnuppert.

»Hast du gekotzt?«

»Nein.«

»Du riechst nach Kotze.«

»Ich habe nicht gekotzt.«

»Dann hat dich jemand angekotzt.«

»Heute mal nicht.«

Das lässt Birck auflachen. Er nimmt ein Paar Handschuhe aus den Manteltaschen.

»Wo liegt er?«

»Drinnen im Hinterhof.«

»Wir haben einen Zeugen«, sage ich und sehe zu dem Fenster hinauf, wo der Weihnachtsstern immer noch leuchtet. »John Thyrell. Er hat den Täter höchstwahrscheinlich gesehen.«

»Woher weißt du das?«

»Ich habe mit ihm gesprochen.«

»Und was hat er gesehen?«

»Ziemlich viel, glaube ich, aber ...«

»Was?«

»Seine Mutter sagt, er sei sechs Jahre alt.«

»Sechs Jahre.« Birck zieht eine Grimasse. »Großartig.«

Er hockt sich neben Thomas Hebers stilles, erloschenes Gesicht. Das Kartenetui liegt an seinem Platz beim Rucksack. Birck nimmt es auf und zieht die Ausweiskarte heraus.

»Ein schöner Mann.«

»Auch solche sterben«, erwidert Mauritzon.

Birck schiebt die Karte in das Etui zurück, legt es auf den Boden und erhebt sich, um sich ein paar Minuten am Fundort zu orientieren.

»Heber kommt in den Hof«, beginne ich. »Er stellt sich hier hin. Vielleicht ist die andere Person bereits da, hinter einem der Container. Wahrscheinlich sogar. Noch jemand kommt und ersticht Heber mit dem Messer. Da die Stichverletzung im Rücken ist, kommt derjenige wahrscheinlich von hinten. Heber fällt zu Boden, und der Täter durchwühlt seinen Rucksack, findet, was er gesucht hat, so können wir annehmen, und verlässt dann den Ort, wahrscheinlich mit Hebers Handy, denn wir haben hier keines gefunden. Der Täter bewegt sich Richtung Innenstadt. Danach entfernt sich auch die Person, die hinter dem Container verborgen war, so sagt es jedenfalls der Zeuge. Vielleicht hat der hinter dem Container den Notruf abgesetzt. Die Frage ist, was er hier verloren hat. Entweder hat er mit der Sache zu tun, oder er ist zufällig da. Vielleicht ein Penner oder ein Junkie.«

»Dein Zeuge ist ein sechsjähriger Junge«, betont Birck.

»Aber seine Angaben stimmen mit dem überein, wie es hinter einem der Container aussieht. Da hat jemand gestanden.«

»Hoffen wir mal, dass es noch mehr Zeugen gibt.« Birck sieht sich um. »Es könnte ein Raubüberfall sein. Aber warum hat der Täter dann das Bargeld nicht genommen? Es muss etwas anderes gewesen sein.«

»Ja, die Frage ist nur, was. Vielleicht das Handy?«

»Aber warum sollte Heber das im Rucksack haben? Wer trägt schon sein Handy im Rucksack?«

Markström kommt mit dem Notizblock in der einen und einer Plastiktasse Kaffee in der anderen Hand auf uns zu. Ich frage mich unwillkürlich, ob ich Markström jemals ohne etwas zu essen oder zu trinken in der Hand gesehen habe. Wahrscheinlich nicht, aber ich kenne ihn auch noch nicht so lange.

»Thomas Markus Heber«, sagt er und nimmt schlürfend einen Schluck vom Kaffee. »Geboren 1978. Alleinstehend, keine Kinder. Gemeldet im Vanadisvägen 5, weniger als einen Kilometer von hier entfernt. Vor elf Jahren, also 2002, wegen Körperverletzung verurteilt, im Jahr davor wegen Störung der öffentlichen Ordnung.«

»Körperverletzung und Störung der öffentlichen Ordnung«, echot Birck und wendet sich mir zu. »Übernimmst du das?«

»Ja.« Ich sehe wieder zum Fenster hinauf. »Das mache ich.« John ist verschwunden, wahrscheinlich von seiner Mutter ins Bett gescheucht. Ob das hier den Jungen verstören wird, ob diese Nacht ihn verfolgen wird? Ich hoffe nicht. »Morgen.«

»Ich sehe mir mal seine Wohnung an«, erklärt Birck.

»Hast du einen Schlüssel?«

Birck deutet mit fragendem Blick auf den Schlüsselbund, der auf dem Boden liegt. Ich zögere.

»Wünschst du Gesellschaft?«

»Nein. Aber man kriegt ja nicht immer alles, was man sich wünscht.«

WER NICHT WEISS, DASS mit der Tür irgendetwas nicht stimmt, der wird es nicht bemerken, obwohl Christian einen verdammten, fetten Hammer benutzt hat. Das war das Einzige, was ihm auf die Schnelle einfiel, das Einzige, was er mitgenommen hatte. Die Klinke hängt schlaff herunter, und die Tür ist nicht ganz zu, aber das ist auch alles. In der Dunkelheit kaum erkennbar.

Er steht auf der Straße, gut sichtbar. Abgesehen von einem einsamen Schwibbogen ein paar Etagen höher sind alle Fenster im Haus dunkel. Es ist ein paar Minuten nach halb zehn. In weniger als einer Stunde stirbt Thomas Heber.

Er hat die Plastiktüte mit dem Messer unter die Jacke geschoben und spürt jetzt am Körper, wie sie sich im Takt mit seinen Schritten bewegt. Schnell verlässt er Kungsholmen. Den Hammer wirft er in einen Baucontainer beim Sankt Eriksplan. Niemand sieht ihn. Niemand sieht mehr etwas.

Christian und Michael: Ein halbes Leben haben sie ohne einander gelebt, ein halbes miteinander. Irgendwie gibt es doch eine Symmetrie in den Dingen, die auf etwas hindeuten.

Sie waren fünfzehn Jahre alt, vor fünfzehn Jahren. Beide auf einem Fest in Hagsätra, in einem der Hochhäuser im Zentrum. Es war März, und kein Monat kann so wie der März eine Ewigkeit lang sein. Alles war grau. Sie kannten sich, hatten aber noch nie miteinander gesprochen, sondern sich nur ein paarmal auf dem Platz unten oder auf dem Sportplatz gesehen.

Christian trat auf den Balkon, um eine zu rauchen, und da stand er. Sie fingen an, sich zu unterhalten. Es war etwas Besonderes zwischen ihnen, zumindest empfand er das so, und zu Anfang konnte er nicht so recht einordnen, was es war.

Dann wurde ihm klar, dass sie beide T-Shirts mit einem SKREWDRIVER-Aufdruck anhatten. Sie bemerkten es gleichzeitig, senkten den Blick auf den Brustkorb des anderen. Sie lachten. Das Shirt von Christian war weiß. Er hatte es von seinem Bruder Anton bekommen. Michaels war schwarz.

»Magst du Skrewdriver?«

»Ich hab die erste Platte gehört, aber danach keine mehr«, antwortete Christian. »Die hab ich zusammen mit dem T-Shirt von meinem Bruder bekommen. Aber die Platte mochte ich.«

»Ich auch. Ich mag *All skrewed up*, aber sonst nichts von denen. Du weißt, dass die dann Nazis geworden sind?«

»Was?«

»Neonazis.«

Christian erstarrte. Der Aufdruck auf dem Hemd veränderte sich, wurde bedrohlich. Er fragte sich, ob Anton davon wusste und ob er ihm deshalb das T-Shirt geschenkt hatte. Um ihn zu ärgern. Damit Christian Prügel bezog.

»Nein, das wusste ich nicht.«

»Voll krank«, meinte Michael, »dass Leute, die erst Punks sind, mit ihrer Band so eine, wie heißt es …«

»Kehrtwendung?«

»Genau. Das ist doch voll krank, oder?«

»Ja.«

Auf der anderen Seite der Scheibe, in der Wohnung, fiel jemand von der Armlehne des Sofas. Christian und Michael schauten ins Zimmer hinein.

»Das ist Petter«, sagte Christian. »Der geht in meine Klasse. Säuft immer zu viel.«

In der Wohnung sang Nirvana: *I'm so happy, because today I found my friends. They're in my head …*

So fing es an.

»Wohnst du in Hagsätra?«, fragte Michael.

Christian nickte und zitterte vor Kälte.

»In der Åmmebergsgatan, hinten am Sportplatz. Und du?«

»Glanshammarsgatan.« Er zeigte zwischen die Hochhäuser, wo das Licht in die kleinen Fenster schien. »Siehst du das etwas niedrigere Haus da hinten zwischen den zwei hohen?«

Christian bemühte sich, den Blick zu fixieren, und rückte die Brille zurecht. Er rauchte selten, und wenn er es in Kombination mit Bier tat, dann hatte er das Gefühl, als würde der Alkoholgehalt verdoppelt.

... and just maybe, I'm to blame for all I've heard ...

»Ja«, sagte er.

»Das zweite Fenster von oben, ganz rechts. Das ist mein Zimmer.«

Das Fenster war dunkel.

Christian hatte starke Akne und einen schweren Augenfehler, dadurch waren die Brillengläser dick, und die Augen wirkten klein wie Stecknadelköpfe. In der Schule gab es einen größeren Jungen namens Patrik, der immer »Hallo, Pickel, wie geht's?« hinter ihm herrief, sodass die Mädchen lachten. Christian versuchte, das an sich abprallen zu lassen. Er war gut in Sport, Basketball, Bandy und Tischtennis. So machte er sich Freunde, auch wenn er den Verdacht hatte, dass sie hinter seinem Rücken über ihn redeten.

Seinem neuen Freund ging es genauso, das würde er bald merken. In der Hinsicht waren sie sich ähnlich, wenn auch sein neuer Freund weder Akne noch eine Brille hatte.

»Ich brauch noch 'n Bier«, verkündete Michael.

»Ich auch.«

Sie warfen die Zigarettenkippen vom Balkon und sahen sie in die Dunkelheit hinuntersegeln. Dann machten sie die Balkontür auf und gingen hinein. Die Wärme und die Luftfeuchtigkeit in der Wohnung ließen Christians Brille beschlagen. Als Michael die weiße Schicht sah, die Christians Augen verbarg, lachte er.

»Da ist es nicht gerade leicht, einen guten ersten Eindruck zu machen, was?«

Nein, es war nicht leicht. Jetzt muss Christian daran denken. Wenn die Umstände andere gewesen wären, hätte er wahrscheinlich gelacht. Es muss lustig ausgesehen haben.

Zwischen den Hochhäusern türmten sich die Gefühle auf, und es gab nur selten eine Gelegenheit, sie abzuschütteln, also trug man sie mit sich herum. Man trug sie in den Fluren der Schule, hielt sich jene fern, vor denen man Angst hatte, und eignete sich diejenige an, von denen man hoffte, sie würden zu einem passen. Man trug sie, wenn der Spind des besten Freundes aufgebrochen worden war und jemand auf die Innenseite der Schranktür ein Hakenkreuz gemalt hatte. Man trug sie, als man seinen ersten Kuss bekam, mit elf Jahren bei einer Disco, die im Klubraum beim Sportplatz von Hagsätra veranstaltet wurde. Sie hieß Sara und hatte die zarteste Haut, die Christian jemals an seinen Fingern gefühlt hatte. Einen Monat lang waren sie zusammen. Sara hatte, obwohl sie noch nicht älter als zwölf war, angefangen, BH zu tragen, und an dem Tag, bevor sie Schluss machte, durfte er ihre Brust berühren. Vielleicht wollte sie deshalb nicht mehr mit ihm zusammen sein, weil er zu forsch gewesen war.

Man trug sie, als man vierzehn Jahre alt und zum ersten Mal richtig verliebt war, und sie hieß Pernilla und schrieb *die können lachen, so viel sie wollen, und uns verhöhnen – wir bewegen uns, die stehen still* auf einen Zettel, den sie heimlich durch den kleinen Spalt des Spinds schob. Mit ihr hatte er zum ersten Mal Sex, auf einem Fest, das dem ganz ähnlich war, auf dem er ein Jahr später sein Skrewdriver-T-Shirt anhatte.

Man trug sie, wenn man drei Einwanderer sah, die einen Schweden in den Bauch boxten, zwei hielten fest und einer schlug zu, hinter der Sporthalle, und man trug sie, wenn man tags darauf vier Schweden einen Einwanderer verprügeln sah, hinter dem Kiosk, der dem Vater des einen Schweden gehörte.

Man trug sie, wenn man jemanden zum ersten Mal auf einem Fest traf, der das gleiche T-Shirt hatte wie man selbst, und man erkannte schnell, dass er einem Beschützer und Henker zugleich werden würde.

Es gibt keinen Katalysator, keinen auslösenden Faktor, der die Dinge ins Rollen bringt. Keine Antwort auf das *Warum*. Es gibt nur Ereignisse, auf die Ereignisse folgen, und wenn man weit genug in die Vergangenheit zurückblickt, wird alles zu einem unüberschaubaren Netz, und vielleicht ist das der Weg, denkt Christian jetzt, wie wir zu dem werden, was wir werden.

Genau wie man es ihm gesagt hat, vermeidet er U-Bahn und Überwachungskameras und nimmt stattdessen den Bus zur Universität. Er fährt Umwege und steigt mehrmals um, damit er nicht zu früh kommt. An den Haltestellen friert er. Die Busse kommen hustend durch die Dunkelheit angefahren, und keiner der Busfahrer ist Schwede. Er fährt an der Vasa-Realschule vorbei, auf die jemand »JUDENSCHWEINE« und dahinter »1488« gesprayt hat. Wer wohl die Dose gehalten hat? Es hat angefangen zu schneien. Am Odenplan grölt ein Lucia-Reigen aus Studenten lachend und torkelnd an ihm vorbei.

Als er aus dem letzten Bus aussteigt, erhebt sich vor ihm in der Dunkelheit der große Blechkomplex der Universität. Im Schatten einer der Ecken wartet er schon, Christian kann es spüren, je näher er dem Gebäude kommt. Und sehr richtig: Da ist er, den Blick auf eines der Fenster hoch oben gerichtet. Das einzige Fenster, in dem Licht brennt.

»Lief es gut?«, fragt er, ohne Christian anzusehen.

»Ja.«

»Du klingst unsicher.«

»Bin ich nicht.«

»Gib es mir.«

Christian zieht den Reißverschluss seiner Jacke auf und holt die Plastiktüte heraus. Michael nimmt sie ihm aus der Hand.

»Was willst du ...«

»Geh nur. Wir machen das später.«

»Aber i…«

»Nein. Diesmal nicht. Wir sehen uns morgen.«

Michael hebt den Blick wieder zu dem Fenster. Es ist immer noch erleuchtet. Eine Sekunde des Zögerns dehnt sich unnatürlich lang. Gedanken rauschen wie ein Wasserstrom durch Christian.

»Okay«, sagt er, dreht sich um und geht.

Der Schnee knirscht unter Christians Füßen. Vor ihm leuchtet das große Statoil-Schild orange. Der Verkehr rauscht, aber es ist seltsam still. Ein Abend, an dem alte Gefühle wieder erwachen.

Sie waren fünfzehn Jahre, vor fünfzehn Jahren. *Wir bewegen uns, die stehen still.*

Christian wendet ein letztes Mal den Kopf, sucht nach dem erleuchteten Fenster, findet es nicht. Das Licht ist aus, und in der Ecke des Gebäudekomplexes steht kein Michael mehr.

13.12.

ES WIRD VIEL ÜBER Gabriel Birck geredet, und das meiste ist widersprüchlich, wie Beweisfetzen, die auf verschiedene Erzählungen und unterschiedliche Schicksale hinweisen.

Es heißt, er habe keinen Geruchssinn, gleichzeitig behaupten andere, er könne den Geruch von menschlichem Speichel erkennen. Er sei schwul, sei aber mal mit einer Frau aus einem der Hamilton-Clans zusammen gewesen. Dieselbe Person behauptet, Birck hätte während seiner Militärzeit bei den Fallschirmjägern seinen Nachnamen geändert und stamme in Wirklichkeit aus einem reichen Adelshaus. Andere meinen zu wissen, er käme aus ärmlichen Verhältnissen und sei in einem Vorort mit einem einsamen Säufer als Vater aufgewachsen, der ihn jedes Wochenende verprügelt habe. Einmal hätte er eine Frau aus Estland geheiratet, um sie von einer Schleuserbande zu befreien. Schon während seiner Ausbildung sei er von der Sicherheitspolizei Säpo umworben worden, hätte sich aber niemals verlocken lassen. Andere hingegen sind der festen Überzeugung, er hätte eine höchst dubiose Vergangenheit beim Geheimdienst.

Und so weiter, aber keiner weiß es wirklich. Ich glaube die Hälfte von dem, was geredet wird, aber welche Hälfte, das hängt davon ab, welche Laune Gabriel Birck hat, und die variiert von Tag zu Tag. Ich glaube, er ist in seinem Leben viel allein, Birck ist ein einsamer Mensch. Das haben wir gemeinsam, und vielleicht funktioniert es mit uns deshalb eben doch.

In einer Art stillem Einverständnis beschließen wir, zum Vanadisvägen 5 zu wandern. Wie wir uns so durch die Hauptstadtnacht bewegen, werden wir zu Silhouetten. Auf dem Weg aus dem Hinterhof heraus bleibt Birck stehen.

»Hm«, sagt er. »Sieh nur.«

Was ich vor weniger als einer Stunde herausgewürgt habe, hat jetzt eine Schicht Eiskristalle bekommen.

»Ist das von dir?«

Wir befinden uns innerhalb der Absperrung. Sie werden Proben davon nehmen. Es hat keinen Sinn zu lügen.

»Ja.«

»Bist du krank?«

»Ich weiß nicht, jedenfalls war mir übel. Vielleicht war es die Leiche.«

Birck beugt sich vor und betrachtet die Kotze näher. Ich schäme mich, als würde er mich nackt sehen.

»Was isst du eigentlich so?«, fragt er.

Fast nichts, das ist eines der Probleme, wenn man vom Sobril runterkommen will. Jeglicher Appetit verschwindet, und ich bin ständig schwach, die Hände sind zittrig.

»Das Gleiche wie alle anderen«, sage ich. »Können wir jetzt gehen?«

»Du solltest wirklich mal deine Essgewohnheiten überdenken.«

Wir sind vom breiten Sveavägen abgebogen und befinden uns vor dem Haus Vanadisvägen 5. Es ist kurz vor zwei und inzwischen der 13. Dezember.

»Wirst du jetzt an Lucia ins St. Görans gehen?«, fragt er.

»Nein.«

»Aber zu Weihnachten gehst du hin, oder?«

»Vielleicht auf einen kurzen Besuch. Nicht mehr.«

»Wie oft bist du da? Wie oft siehst du ihn?«

»So oft ich es brauche.«

»Hier.« Er hält mir ein Päckchen Kaugummi hin. »Mir zuliebe«, fügt er hinzu.

Ich nehme einen. Birck zieht seine Handschuhe an, holt den Schlüssel aus der Plastiktüte und schiebt ihn in das Türschloss.

Die Haustür ist leichter, als sie aussieht, und falls sie knarrt oder quietscht, geht das in den Geräuschen der Stadt unter.

»Fünfter Stock.« Birck liest die Liste der Bewohner. »Fast ganz oben. Nein, behalt die nur«, sagt er, als er das Kaugummipäckchen in meiner Hand sieht. »Du brauchst die mehr als ich.«

Vor der Wohnungstür – hellbraun, über dem Briefschlitz steht HEBER – ziehe ich meine Stiefel aus, und Birck steigt vorsichtig aus seinen schwarzen Schuhen. Das Schloss wirkt unberührt, keine Hinweise darauf, dass jemand versucht hätte, sich gewaltsam Zutritt zu verschaffen.

»Sollen wir klingeln?«, frage ich.

»Warum das denn? Er ist doch tot.«

»Vielleicht ist jemand anderes da drin. Ein Bekannter oder eine Freundin. Oder ein Freund.«

»Hast du seine Schuhe nicht gesehen? Ein Mann mit solchen Schuhen ist garantiert nicht schwul.«

»Aber du weißt schon, was ich meine, oder?«

Birck sucht nach einer Klingel, findet sie und drückt. Von drinnen ist kein Laut zu hören. Dann klopfe ich mit dem Fingerknöchel dreimal fest an die Tür. Als nichts geschieht, steckt Birck den Schlüssel ins Schloss und schließt auf.

DER ORT, AN DEM Thomas Heber seine letzten Lebensjahre verbracht hat, ist eine kleine Zweizimmerwohnung mit hoher Decke. Sie ist sparsam möbliert mit drei gut gefüllten Bücherregalen entlang der Wand des einen Zimmers, davor eine Art Lesesessel, dessen einzige Freundin in der ganzen Wohnung eine ausgeschaltete Stehlampe ist, die ihm über die Schulter schaut. Im Übrigen ist das Zimmer leer, bis auf eine Reihe Umzugskartons an der gegenüberliegenden Wand, die Spur eines Menschen, der sein wirkliches Leben außerhalb seines Zuhauses gelebt hat.

»Wie lange hat er hier gewohnt?«, fragt Birck.

»Laut Markströms Recherchen zwei Jahre.«

»Sieht mehr nach zwei Wochen aus. Ich würde mir die Kugel geben, wenn meine Wohnung nach zwei Jahren noch so aussehen würde.«

»Nimmst du das Schlafzimmer?«

Birck geht, ohne etwas zu sagen. Ich trete an das Bücherregal, lege den Kopf schief und betrachte die Titel. Bücher über Soziologie und Philosophie, die gelesen aussehen. In der einen Ecke des Regals liegt ein Stapel Bücher, die auffallen, zum Beispiel *Handbuch des Aktivisten*, *Manual für die politische Belagerung* und *The Occupy Movement: An Instruction for Practice*. Ich ziehe eines davon heraus. Sie sind gründlich gelesen worden, auf den Seiten finden sich Markierungen und in der unleserlichen Handschrift eines Akademikers verfasste Kommentare. In einer anderen Ecke des Bücherregals steht ein und dasselbe Buch in mehreren Exemplaren, seine eigene Doktorarbeit in Soziologie: *Studies in the Sociology of Social Movements: Stigma, Status and Society*.

Ich trete ein paar Schritte zurück. Nichts zieht meine Aufmerksamkeit auf sich. Das ist ärgerlich. Also gehe ich in die Küche. Sie ist schmal mit Schränken auf beiden Seiten, dahinter öffnet sie sich zu einem kleinen Quadrat mit einem kleineren, aber ebenso quadratischen Holztisch und vier Stühlen. Vor den Fenstern hängt nichts, auch keine Pflanzen oder Lampen, nur auf jeder Seite ein blauer Vorhang wie ein Rahmen. Auf einer Fensterbank wartet ein Teller, leer und sauber.

»Hat er geraucht?«

»Nicht, soweit wir wissen«, ist Bircks Stimme zu vernehmen.

Ich öffne den Kühlschrank. Er enthält zwei Flaschen tschechisches Bier, eine Dose Taco-Soße, Butter und einen traurigen kleinen Käse, dem weniger als ein Tag bis zum Verfallsdatum bleibt.

Ich gehe ins Schlafzimmer, wo Birck vor dem Schrank kniet und ein Paar Schuhe herauszieht. Er untersucht die Schnürsenkel, dann die Sohlen und das Innenleben der Schuhe, ehe er sie zurückstellt.

»Nichts?«, frage ich.

Birck schüttelt den Kopf.

Das Bett ist nicht gemacht. Ich stecke die Nase ins Bettzeug und schnüffele. Das hier ist lange nicht gewaschen worden. Am einzigen Fenster des Schlafzimmers steht ein Schreibtisch, und ich blättere vorsichtig in den Papieren, die da liegen. Eine Mietrechnung vom Monat Dezember, ein Gehaltszettel von der Universität Stockholm, eine Rechnung für ein Handy. Ich nehme die Rechnung und finde die Nummer, nehme mein Handy heraus, wähle die Nummer und halte das Telefon ans Ohr. Eine kühle Computerstimme meldet, dass der Teilnehmer vorübergehend nicht erreichbar ist.

»Abgeschaltet oder kein Netz.«

»Hatte nichts anderes erwartet«, meint Birck.

Unter der Telefonrechnung liegt ein zusammengeknülltes Papier. Vorsichtig zupfe ich es heraus und falte es auf.

»Was ist das?«, fragt Birck.

»Eine Quittung. Heber hat am 11. Dezember im Café Cairo einen Kaffee gekauft. Scheinbar mit Karte bezahlt. Das ist alles.«

»Cairo. Das ist doch bei uns in der Nähe, oder?«

»Mitisgatan«, lese ich. »Doch, das ist in der Nähe vom Bunker.«

»Leg den Wisch zurück.« Birck sieht meine Hand, die auf dem Weg zur Manteltasche ist. »Er muss da liegen, wenn die Techniker kommen.«

»Soll ich ihn für sie auch zusammenknüllen?«

Birck verdreht die Augen. Ich lasse die Quittung auf dem Schreibtisch liegen, und wir arbeiten uns gemeinsam durch Badezimmer und Abseite, doch die Wohnung verrät ziemlich wenig über ihren Besitzer. Im Grunde gar nichts.

»Glaubst du, er war auf dem Weg nach Hause?«, frage ich. »Und hat an der Döbelnsgatan haltgemacht, um jemanden zu treffen, mit dem er dort verabredet war?«

»Ich glaube gar nichts«, knurrt Birck, den Blick auf den Fußboden im Eingang gerichtet.

»Jeder glaubt irgendwas.«

»Ich glaube, dass wir, egal, was passiert ist, die Antwort nicht hier finden werden.« Dann richtet er sich auf, um sich gleich wieder hinzuhocken. »Ist das hier deiner? Der Schuhabdruck?«

»Wie denn? Wir haben die Schuhe doch draußen ausgezogen. Und ich dachte, du wärest ein guter Polizist. Welchen Abdruck meinst du denn? Ich sehe nichts.«

»Du musst schon herkommen und dich hier hinhocken.«

Ich trete neben Birck, gehe in die Hocke, und da sehe ich ihn. Der Abdruck ist etwas größer als mein eigener und stammt von einem gröberen Stiefel. Zwei, drei, vier davon gibt es im Eingang. Das Muster ist verwischt, so als ob jemand in aller Eile versucht hätte, die Spur zu entfernen.

»Haben wir sie zerstört?«

»Glaub ich nicht. Wir sind doch an den Wänden entlanggegangen.«

»Das ist nicht derselbe, der hinter dem Container in der Döbelnsgatan gestanden hat«, sage ich. »Das Muster ist anders.«

»Wieso haben wir das nicht gesehen, als wir reingegangen sind?«, fragt Birck. Dann steht er auf und macht zwei Schritte auf die Tür zu. Er lacht. »Verdammter Scheiß.«

Licht und Schatten spielen oft Spielchen mit unseren Augen. In Hebers Diele lässt die Deckenlampe die Schatten schräg fallen, und das Licht spiegelt sich im Fußboden. Das ist Zufall, aber wenn man an der Tür steht, sind die Abdrücke nicht zu sehen, sofern man nicht weiß, dass es sie gibt.

Birck nimmt sein Handy heraus und macht ein Foto davon.

»Die sind nicht trocken«, sagt er. »Wir müssen Mauritzon bitten, sich darum zu kümmern.«

»Wie zum Teufel ist die Person hereingekommen?«, frage ich. »Die Tür war unberührt.«

»Wahrscheinlich hatte sie einen Schlüssel, so wie wir. Vielleicht war es Heber selbst. Woher soll ich das wissen?«, fügt Birck hinzu, als er meinen verwirrten Gesichtsausdruck sieht.

Fakten dieser Sorte sind ebenso wie Spuren rund um eine Leiche nichts wert ohne die Geschichte, die sie verbindet. Sie sind wie Wegweiser ohne Symbole oder Buchstaben.

Irgendwo auf halbem Weg zwischen dem Vanadisvägen 5 und dem Tatort an der Döbelnsgatan knallen an einer Kreuzung zwei Autos Schnauze auf Schnauze zusammen. Ein heftiger Streit entflammt. Wir bleiben stehen und beobachten das Geschehen aus einiger Entfernung.

»Du weißt schon«, beginnt Birck, »wenn rauskommt, dass du versuchst, vom Sobril runterzukommen, aber so schwere Entzugserscheinungen hast, dass du kotzen musst, dann fliegst du wieder aus dem Dienst.«

»Ich bin sauber. Frag meinen Psychologen.«

Birck verzieht das Gesicht. In einer Bar in der Nähe singt eine Kinderstimme: *Ich glaub an den Weihnachtsmann und dass er nach Hause kommt, dahin, wo ich wohne*.

»Wie lange hast du an den Weihnachtsmann geglaubt?«, frage ich.

»Wir hatten keinen Weihnachtsmann. Und du?«

»Lange genug, um traurig zu sein, als ich erfuhr, dass es ihn nicht gibt.«

»Mir bricht es das Herz«, erwidert Birck.

Ein Strom lauter, betrunkener Männer und Frauen zieht an uns vorbei. Sie lachen.

»Wie zum Teufel konntet ihr keinen Weihnachtsmann haben?«, frage ich.

MORGEN. AUF DER ANDEREN Straßenseite pflügt ein Lucia-Zug durch den Schneematsch. Eine Frau in meinem Alter führt ihn an. Die Kinder tragen lange Hemden und rote Weihnachtsmannjacken, haben ausgeschaltete Plastikkerzen in den Händen und spitze Mützen, Wollkappen und Glitter auf den Köpfen. Keines von ihnen wirkt sonderlich munter. Über Stockholm liegt immer noch Dunkelheit, aber die Stadt ist schon lange erwacht, wenn sie denn je geschlafen hat. Draußen auf der Hantverkargatan rollt dichter Verkehr, und der Rauch von den Abgasen steigt im Schein der Straßenlaternen auf.

Auf der Etage, die das Gewaltdezernat der City- und Norrmalm-Polizei beherbergt, ist es still. Nur ein Kopierer in einem Zimmer ein Stück entfernt spuckt Papier aus, und irgendwo spielt ein Radio Lucia-Lieder. In einer Ecke reckt sich ein halbhoher Plastikweihnachtsbaum. Er ist behängt mit Handschellen in Gold und Silber, Schlagstöcken in Rot und Blau, rot-weiß gestreiften Pistolen und kleinen Polizisten aus Holz, die angeblich von dem inzwischen pensionierten Polizeimeister Skacke handbemalt wurden. Ganz oben auf dem Baum glänzt ein gewöhnlicher Weihnachtsstern.

Mein Arbeitszimmer besteht aus einem Schreibtisch mit dazugehörigem Rechner und Schreibtischstuhl sowie einem alten Klappergestell von einem Besucherstuhl. Dahinter: eine Reihe leerer Bücherregale. Alle Möbel standen einfach schon in dem Zimmer, und es dauerte mehrere Tage, ehe ich die Zigarettenbrandlöcher im Holz der Schreibtischplatte bemerkte.

In der einen Wand ist ein kleines quadratisches Fenster, durch das ein ebenso kleines und quadratisches Stückchen Welt zu sehen ist. Schnee, der wieder angefangen hat zu fallen. Mehr nicht.

Auf dem Schreibtisch liegt ein Stapel Papiere, die Birck ausgedruckt hat und die das Protokoll der Voruntersuchung zu Thomas Hebers Vorstrafen enthalten sowie die ersten Berichte aus der Döbelnsgatan. Es sind um die neun oder zehn Stunden vergangen, und die Angehörigen des Toten sind informiert und verhört worden. Wegen der Umstände ist das per Telefon geschehen, und die Protokolle liegen vor mir, von Birck unterschrieben. Der letzte Bericht ist drei Minuten vor halb sechs Uhr morgens verfasst worden, und das sind so die Details, die mich fragen lassen, ob Gabriel Birck jemals schläft.

Zeugenaussagen sind aufgenommen und auch bearbeitet worden, doch bisher war noch nichts von Bedeutung dabei. Ein Leiter der Voruntersuchung, Staatsanwalt Ralph Olausson, ist der Ermittlung zugeteilt worden. Ich kenne ihn nicht, aber ein Zettel auf dem Schreibtisch fordert mich auf, so schnell wie möglich Kontakt mit ihm aufzunehmen. Ich frage mich, wer den wohl geschrieben hat.

Thomas Hebers Eltern waren bestürzt über die Nachricht vom Tod ihres einzigen Sohnes, und Fredrika Johannesson, die offensichtlich die letzte Freundin des Toten war, fast ebenso sehr. Rein ermittlungstechnisch gesehen hatte keiner von ihnen Birck etwas Relevantes mitteilen können. Die Eltern beschrieben ihren Sohn als nett und bei seinen Freunden beliebt, doch wer seine engsten Freunde waren, konnten sie nicht wirklich sagen. Er arbeitete als Dozent für Soziologie an der Universität Stockholm, und nach den Worten der Mutter hat er sogar zweimal einen Preis für seine Arbeit bekommen. Mit der Freundin hat er vor über zwei Jahren, gegen Ende seiner Abschlussarbeit, Schluss gemacht, und offensichtlich war ebendiese Abschlussarbeit der Grund dafür. Die hat sie auseinandergebracht. Fredrika Johannesson hat keine Ahnung, ob Heber danach eine neue Liebesbeziehung hatte, nimmt es aber an. Wer es gewesen sein könnte, konnte sie nicht sagen.

Ich schiebe die Berichte beiseite, gehe aus dem Zimmer, am

Weihnachtsbaum vorbei, zum Kaffeeautomaten, wo ich mir eine Tasse schwarzen Kaffee herauslasse. Während ich darauf warte, dass sie gefüllt wird, kommen mehrere morgenmüde Kollegen mit schneebedeckten Schultern, bleichen Wangen und rot unterlaufenen Augen vorbei. Sie weichen meinem Blick aus und sagen nichts. So ist es, seit ich wieder in den Dienst zurückgekehrt bin. In ihren Augen bin ich nur der Welpe im Ermittlerdienst, der Idiot ohne Teamgeist, der einem ihrer Kollegen eine Kugel in den Hals gesetzt hat. Der Schwächling, der seit dem Tag keine Schusswaffe mehr halten kann, ohne von Panik gepackt zu werden.

Ich will ein Sobril, nehme aber keines. Frage mich, wann die Angst und die Schusswaffenpanik wohl vergehen werden. Der Psychologe hat behauptet, es sei wichtig, dass ich der Sache Zeit gäbe, doch genauer hat er sich nie ausgedrückt. Ich hätte ihn das fragen sollen, ehe er mich abgerostet hat.

Wieder in meinem Zimmer, wende ich mich den Voruntersuchungsprotokollen über Thomas Hebers Verstöße gegen die öffentliche Ordnung im November 2001 und die Tätlichkeit im Dezember 2002 zu. Den Protokollen sind auch die anschließenden Urteile beigefügt.

Am 30. November 2001 gedachten Neonazis in der Stockholmer Innenstadt des Todestags von Karl XII. Die Zahl der Glatzköpfe, die dem alten König huldigten, war größer denn je. Organisationen von links außen hatten zu Gegendemonstrationen aufgerufen, und eine davon wurde von Thomas Heber veranstaltet, einem jungen Soziologiestudenten, der damals wohl eine führende Figur im Netzwerk AFA, der Antifaschistischen Aktion, war. Die AFA hatte keine Genehmigung für ihre Demonstration bekommen, und ihre Protestversammlung gegen die Neonazis wurde von der Polizei zerstreut, die auch dafür sorgte, dass die jungen Leute mit sehr harten Strafen belegt wurden.

Im Jahr darauf, im Dezember 2002, wurden in Salem Demonstrationen zum Gedenken an einen anderen Schweden abgehalten, nämlich Daniel Wretström, in dem man ein Opfer von Gewalt gegen Schweden und des Schwedenhasses der Einwanderer sah. Ich wohnte damals schon nicht mehr in Salem und war bei den jährlichen Demonstrationen nie zugegen, doch meine Eltern erzählen manchmal davon. Das ist eine Veranstaltung, auf die sich die Einwohner von Salem vorbereiten wie auf ein gewaltiges Unwetter. Man schraubt Resopalplatten vor die Schaufenster, fährt die Autos in die Garagen, und wenn man kann, verbringt man den Tag woanders.

Salem wird dann zu einem Schlachtfeld, und bei der Demonstration von 2002, der dritten seit dem Mord an dem siebzehnjährigen Wretström, beging Thomas Heber eine Körperverletzung. Er schlug einen Neonazi mit einer leeren Glasflasche, die unglücklicherweise kaputtging, in den Nacken. Lag das daran, dass sie vorher schon einen kleinen Sprung gehabt hatte, von dem Heber nichts wusste, oder war der Schlag so heftig, dass die Flasche zersplitterte? Letzteres war der Standpunkt des Staatsanwalts. Es wurde dieser Frage große technische Gründlichkeit und viel Zeit vor Gericht gewidmet. Dennoch konnte man sie nicht klären, und Heber wurde zu zwei Jahren auf Bewährung, verbunden mit Sozialstunden, verurteilt.

Jugendsünden?

Vielleicht.

Ich stehe auf und gehe ratlos zum Fenster. Da draußen ist der Stockholmer Morgen heller geworden.

Muss mit jemandem reden. Muss mich bewegen.

ES GESCHAH WÄHREND EINER unserer ersten Begegnungen im St.-Görans-Krankenhaus, und seither habe ich mit der Sache zu kämpfen. Es hätte mir klar sein müssen, dass ich in genau diesen Kampf geraten würde, einen Kampf, von dem ich mehr und mehr den Verdacht habe, dass ich ihn verlieren werde.

»Hast du nicht mal darüber nachgedacht, damit aufzuhören?«, fragte Grim.

»Was meinst du?«

»Mit dem da.«

Grim zeigte auf das kleine Röhrchen Tabletten in meiner Hand. Ich unternahm keinen Versuch, es vor ihm zu verbergen.

»Doch, ich habe darüber nachgedacht.«

»Weiß Sam, dass du die nimmst?«

»Nein.«

»Was wäre, wenn sie es erfahren würde?«

»Ich weiß nicht.« Das stimmte. Ich wusste nicht, wie sie reagieren würde. «Aber ich glaube, es würde ihr nicht gefallen.«

»Hm«, machte Grim.

»Was bedeutet das?«

»Du willst wohl in den Dienst zurück, was?«

»Ja.«

Grim beugte sich vor.

»Warum ist das so wichtig für dich, in den Dienst zurückzukommen, meine ich.«

»Ich ... habe sonst nichts zu tun. Ich kann nichts anderes. Und ich brauche etwas zu tun.«

»Hast du nicht Sam?«

»Nein.«

»Ich dachte, ihr wärt zusammen.«

»Sind wir nicht.«

Er nickte.

»In Anbetracht deiner Vorgeschichte wirst du wohl nie zurückkommen, solange du sie nimmst. Oder …«, verbesserte er sich und verzog das Gesicht zu einem Grinsen, an das ich mich aus unserer Zeit als Freunde erinnerte, »… solange sie sehen, dass du die nimmst.«

»Ich weiß nicht, ob ich aufhören kann.«

»Hast du es versucht?«

»Nein.«

»Willst du es nicht probieren?«

»Ich muss es auf jeden Fall selbst schaffen. Wenn ich Hilfe von außen annehme, wird man das im *Haus* bemerken. Und wie du schon sagst, bei meiner Vorgeschichte werde ich dann nicht mehr dort bleiben können. Das will ich nicht riskieren.«

»Dann mach es selbst. Versuch, die Pillen runterzufahren. Wenn du es schaffst, wird sich das wie eine Befreiung anfühlen.«

Ich betrachtete ihn.

»Der einzige Grund, weshalb wir hier darüber reden, ist der, dass du glaubst, das wird mein Leben noch mehr ruinieren, und das ist der einzige Schaden, den du noch anrichten kannst.«

»Du kapierst aber auch gar nichts.« Grim hielt die Hände hoch und ließ die Handschellen um seine Handgelenke klappern. »Wenn ich könnte«, fuhr er fort, »würde ich dich jetzt so richtig fest ins Gesicht schlagen.«

DIE GRÜNANLAGEN UM DIE Universität sind sogar im Dezember ein schöner Anblick, doch das große »Södra Huset« wirkt trotzdem mehr wie ein Ort, an den man Geisteskranke zur Verwahrung schickt. Neun Stockwerke hoch erhebt es sich in ausgeblichenem Hellblau und mit kleinen Fenstern. Ich erreiche es zusammen mit ungefähr tausend Studenten, die alle von besseren Tagen zu träumen scheinen. Einige wenige reden, doch die allermeisten gehen schweigend, den Blick zu Boden gerichtet, in der Hand den Plastikbecher mit Kaffee, auf dem Rücken schwere Rucksäcke. Plakate für eine linke Demo bedecken die Wände, jemand hat LINKE SCHWEINE, ROTE SAU, KOMMUNISTENHUREN daraufgeschmiert. Diese Schmiererei ist anschließend mit einem dicken schwarzen Filzstift von jemandem durchgestrichen worden, der sich auch die Zeit genommen hat, eine eigene Nachricht zu hinterlassen: TOD DEN NAZISCHWEINEN.

Das Institut für Soziologie befindet sich ganz oben im Södra Huset. Hauptsächlich, um etwas in der Hand zu haben, kaufe ich mir auf dem Weg hinauf auch einen Kaffee. Oben im Institut ist es still. Der lange Flur ist hell erleuchtet, alle Türen sind geschlossen. Damit erinnert das Institut mehr an eine Anstalt als an irgendetwas anderes. Die Leiterin, Präfektin Marika Franzén, sitzt ein Stück den Flur hinunter in ihrem Arbeitszimmer, das einzige, bei dem die Tür nur angelehnt ist.

»Leo Junker«, sage ich. »Polizei.«

Sie fährt erstaunt auf dem Stuhl herum.

»Entschuldigen Sie«, füge ich hinzu, »ich wollte Sie nicht ...«

»Kein Problem.« Sie mustert mich, von den Stiefeln bis zu meinem widerspenstigen Haar, dann steht sie auf und gibt mir die Hand. »Kommen Sie rein.«

Aus den Lautsprechern des Computers singt ein Chor Lucia-Lieder. Marika Franzén ist klein und dunkelhaarig. Sie hat ein schmales Gesicht, eine große Brille und eine kleine Knubbelnase. Das sieht lustig aus.

»Ich müsste ein paar Fragen stellen. Es geht um Thomas Heber. Ich nehme an, dass Sie es schon erfahren haben?«

»Ja«, sagt sie und dreht die Lautsprecher leiser, um sie nach kurzem Zögern ganz auszuschalten. Ihr Blick aus den braunen Augen ist erschüttert, aber gefasst. »Ich habe es erfahren. Es ist schrecklich. Ich kann es noch gar nicht richtig fassen. Bitte setzen Sie sich.«

In der einen Ecke des Raumes steht eine Sitzgruppe, und ich sinke in einen der Sessel. Auf dem Tisch liegt ein Stapel Papier, und daneben steht eine Flasche Cognac mit zwei Gläsern, eines davon mit Spuren von Lippenstift.

Marika folgt meinem Blick und stellt dann Flasche und Gläser in einen Schrank. Sie errötet.

»Ein Kollege und ich haben uns gestern ein Glas gegönnt, wir hatten eine späte Besprechung.«

»Um welche Uhrzeit war das?«

»Wir haben um fünf begonnen und dann bis acht gearbeitet.«

Marika setzt sich mir gegenüber ganz vorn auf die Kante des Sofas, so als würde sie damit rechnen, dass ich jeden Moment meinen Kaffee verschütten und ihren Sessel ruinieren würde.

»War Thomas Heber zu der Zeit auch noch da?«

»Ja, das war er. Seine Tür stand offen, und ich habe ihn gesehen, als ich ging.«

»Wissen Sie, wann er ging?«

»Ich habe ihn gefragt, ob er nicht auch bald aufbrechen würde, es war ja schließlich schon sehr spät. Aber er meinte, er sei um halb elf noch mit jemandem verabredet, und so lange würde er bleiben.«

»Halb elf«, wiederhole ich und ziehe einen Block aus der Innentasche meiner Jacke. »Wissen Sie, mit wem er sich treffen wollte?«

»Nein, aber er war zurzeit im Feld, also nahm ich an, dass es einer seiner Interviewpartner sein würde.«

»Im Feld?«

»Wenn die Forscher ihr empirisches Material, ihre Daten, durch Interviews oder Teilnehmende Beobachtung oder dergleichen sammeln, dann nennt man das Feldforschung. Es ist eine Phase im Forschungsprozess.«

»Worüber hat er geforscht?«

»Soziale Bewegungen.«

»Und was ist das?«

Sie schlägt die Beine übereinander.

»Das ist ein schwieriger Begriff, aber bei sozialen Bewegungen geht es um Gruppen wie etwa Netzwerke oder Organisationen und ihr gemeinsames Handeln. Man konzentriert sich also auf die Gruppe, nicht auf die einzelnen Personen.«

»So wie die Antifaschistische Aktion zum Beispiel?«

»Genau, wie die AFA.«

Mit einem Mal ist ihr Blick klar und scharf, aber im nächsten Augenblick sind ihre Augen wieder feucht, der Blick flackernd, und sie legt eine Hand vor den Mund und verzieht das Gesicht. Sie schnieft ein wenig und ist bemüht, sich auf das Sachliche zu konzentrieren. Vielleicht ist das ihre Methode, mit dem Ereignis umzugehen.

»Bei sozialen Bewegungen geht es oft um Proteste gegen die Gesellschaftsordnung, deshalb handelt es sich in mehrfacher Hinsicht um ein heikles Thema.«

»Dann dreht es sich also um politische Gruppierungen?«

»Nicht unbedingt, das hängt davon ab, wie man Politik definiert. In Thomas' Fall ging es um Teile der autonomen Bewegung mit Gruppen wie der AFA oder der Revolutionären Front auf der einen Seite und der nationalen Bewegung, wie zum Beispiel dem ›Schwedischen Widerstand‹, auf der anderen.«

»Sie meinen, Links- und Rechtsextreme?«

»Wenn Sie es so nennen wollen, ja. Thomas hat Forschungsgelder des Wissenschaftsrates dafür bekommen, zu untersuchen, wie die Mitglieder aus unterschiedlichen sozialen Bewegungen miteinander interagieren, vor allem bei solchen Bewegungen, die entgegengesetzte Positionen vertreten und somit in Konflikt miteinander stehen.«

Die Seite in meinem Block ist leer. Ich schreibe »soziale Bewegungen, l-extr., r-extr., AFA« und dann ein Fragezeichen. In der Innentasche klingelt das Telefon, ich drücke das Gespräch weg, ohne daraufzuschauen, und hoffe, dass es nicht Sam war.

»Ich wundere mich über seine Wahl des Forschungsgebietes.«

»Sie meinen, warum er sich für soziale Bewegungen entschieden hat?«

»Warum er sich gerade die Links- und Rechtsextremen vorgenommen hat.«

Sie zuckt mit den Schultern.

»Es ist kein Geheimnis, dass er selbst eine Vergangenheit in der Autonomen Bewegung hat … hatte. Wir forschen oft über das, was uns auf die eine oder andere Weise naheliegt, und er war da keine Ausnahme.«

»Sie kennen also seine Geschichte mit der AFA?«

»Natürlich. Und ich weiß auch von dem Körperverletzungsdelikt und dem Verstoß gegen die öffentliche Ordnung. In den E-Mails, die wir bekommen, werde ich regelmäßig ein paarmal im Jahr daran erinnert.«

»Was für Mails sind das?«

»Sie kommen von Nazis, Rassisten und Internet-Trollen jeder Couleur.«

Irgendwo direkt hinter meinen Augen hat sich eine leichte Schärfe gebildet. Ich frage mich, ob man das sieht.

»Erzählen Sie mir mehr von diesen Mails.«

»Sie müssen wissen«, beginnt Marika und macht eine resignierte Geste, »das ist nichts Ungewöhnliches. Als Soziologe gerät man manchmal an den Pranger, vor allem, wenn man über ein Gebiet forscht, das politisch besetzt ist. Es haben noch mehr Leute hier solche Mails erhalten, und wir unternehmen dann immer Schritte dagegen, melden es bei der Polizei und so weiter. Seit Utøya und Breivik, aber eigentlich schon seit 2010, als die Schwedendemokraten in den Reichstag einzogen, kommt von extremen rechten und linken Gruppierungen viel mehr.«

»Wann hat Heber die Mails erhalten?«

»Das letzte Mal war irgendwann zu Beginn des Herbstes, doch vorher gab es auch schon welche. Das ist natürlich eine ernste Sache, doch wir können nicht viel mehr tun, als sie an die Sicherheitsabteilung der Universität zu schicken, die dann wiederum mit Ihnen Kontakt aufnimmt.«

»Und Sie sagten, die kommen von Nazis, Rassisten und ...«, ich senke den Blick auf den Block und suche nach dem Wort, »Internet-Trollen.«

»In Thomas' Fall, ja. Soweit ich weiß. Der Absender wurde nie wirklich identifiziert.«

»Vom Verstoß gegen die öffentliche Ordnung zum Soziologen«, sage ich. »Hat sich seine politische Überzeugung mit den Jahren verändert?«

»Er stand weit links außen, aber ich vermute nicht, dass er noch an die direkten Aktionen glaubte. Ich denke, er ist einfach älter geworden.«

»Älter?«

»Das Alter genügt schon, um die Menschen zu verändern. Aber er wollte das, was er während seiner Zeit als Mitglied erlebt hatte, verstehen.«

»War er immer noch Mitglied?«

»Das kann ich nicht sagen, das weiß ich nicht. Aber ich glaube nicht.« Plötzlich sieht Marika entsetzt aus, so als wäre hinter meiner rechten Schulter eine abscheuliche Fratze aufgetaucht. »Ist er wirklich ermordet worden?«

»Ja.«

»Und Sie wissen nicht, wer es getan hat?«

»Nein. Noch nicht. Ich versuche«, fahre ich gedehnt fort, »mir ein Bild von der letzten Zeit seines Lebens zu machen. Hatte er sich irgendwie verändert?«

Sie denkt nach, dabei lässt sie den Blick über die Buchrücken im Regal schweifen.

»Nein, mir fällt nichts ein.«

»Was hat er gestern tagsüber gemacht?«

»Thomas kam immer um neun Uhr«, sagt sie, »so wie die meisten hier oben. Auch gestern. Ich war vor ihm hier und stand in der Küche, als er kam. Dann war er in seinem Zimmer, ich glaube, er hat Interviews transkribiert. Als ich ging, saß er immer noch da, und da sagte er mir, dass er diese Verabredung um halb elf habe.«

»Und Sie wissen nicht, wen er treffen wollte?«, frage ich noch einmal.

»Nein, wie gesagt, ich habe keine Ahnung. Aber halt, eines noch: Irgendwann im Laufe des Tages hat er, glaube ich, einen Spaziergang zusammen mit Kele, Kele Valdez, gemacht. Die beiden sind manchmal zusammen um die Universität gewandert.«

»Wie war Thomas so als Mensch? Hatte er enge Freunde oder Verwandte oder so, von denen er gesprochen hat?«

»Thomas war ... einsam. Als er hier anfing, hatte er eine Freundin, das weiß ich, doch dann war da Schluss, und nach einem Jahr oder so hatte er eine neue, aber auch das ging zu Ende. Seine engsten Freunde waren seine Kollegen. Vor allem Kele Valdez. Ich glaube, er hat noch nicht von der Sache erfahren.« Sie zögert. »Können Sie ...«

»Ich übernehme es«, sage ich und notiere etwas auf dem Block. »Ich muss sowieso mit ihm sprechen.«

Jeder wird von irgendjemand vermisst. Das hat Grim immer gesagt, wenn einer unserer Freunde in Salem verschwunden war und niemand sich darum zu scheren schien. Wenn ein Mensch stirbt, gibt es immer jemanden, der die Nächte durchwacht, immer jemanden, der die Straßen entlanggeht, die der Tote gegangen ist, jemanden, der seine Garderobe durchsieht, weil er ihn nicht loslassen will. Ich frage mich, wer das in diesem Fall ist.

Vor Marika Franzéns Fenster hat es aufgehört zu schneien. Die Welt scheint seltsam still zu sein, so wie oft aus der Entfernung.

VALDEZ IST NOCH NICHT da, also nehme ich mir erst einmal Hebers Arbeitszimmer vor. Das ist nur halb so groß wie das von Franzén, in ihm finden sich aber auch nicht mehr Gegenstände und Möbel als in seiner Wohnung. Gäbe es hier noch eine Toilette und eine Kochplatte, dann hätte er gut hier wohnen können. Die eine Wand ist mit Bücherregalen bedeckt. Entlang der anderen steht ein kleines Sofa, das sich neben einem Schreibtisch drängelt. Auf dem Sofa liegen ein Kissen und eine Decke. Auf dem Schreibtisch stapelweise Papiere und Bücher, ein Computer mit Tastatur und ein Telefon aus den Achtzigerjahren, dazu ein Drucker.

Am Haken an der Tür hängt ein Schlips wie eine schwarze Zunge, dazu ein Jackett und darüber ein Badmintonschläger im Futteral. Vorsichtig befühle ich die Taschen des Jacketts. Sie sind leer.

Über dem Schreibtisch prangt ein gerahmtes Diplom, das bestätigt, dass Thomas M. Heber von der Fakultät für Gesellschaftswissenschaften den Preis für die beste Abschlussarbeit verliehen bekommen hat. Daneben verkündet ein Dokument, dass er für den Artikel »Notes on the Relations between ›Insiders‹ and ›Outsiders‹ in Social Movements« vom *British Journal of Sociology* mit dem Young Sociologist Award der European Society of Sociology belohnt worden ist.

Ein aufsteigender Stern am Himmel der Wissenschaft, der schon hoch steht. Und dann stirbt.

Ich lasse mich auf den Schreibtischstuhl sinken und berühre die Maus, in der Hoffnung, dass Hebers Computer eingeschaltet ist. Ist er nicht, und als ich ihn hochfahre, werde ich um das Passwort gebeten, um Zugang zum Inhalt des Computers zu bekommen. Ich starre einen Moment darauf, dann nehme ich das Telefon und wähle die Kurzwahl für die IT-Abteilung, die auf einem Zettel am Apparat steht.

»Da brauche ich Ihre Personennummer«, entgegnet der IT-Mann monoton.

»Meine Personennummer?«

»Ich muss kontrollieren können, dass Sie Polizist sind.«

»Und woher wissen Sie, dass ich Ihnen nicht einfach die Personennummer von jemand anderem gebe?«

Der IT-Mann seufzt, als wäre das hier ein Gespräch, das er jeden Tag führt.

»Geben Sie mir einfach die Nummer.«

Hebers Desktop ist angefüllt mit Aktenmappen und Dokumenten, und ich klicke mich ohne System durch die einzelnen Dateien. Aber ich stoße nur auf Ausdrucke von Artikeln, gespeicherte Versionen der Publikationen anderer und Protokolle, Tagesordnungen und Beschlüsse aus Konferenzen, die Sorte von Informationen, die einen Polizisten dann doch dankbar machen können, dass man nicht Akademiker geworden ist.

Eine Mappe, die nur mit einem »F« bezeichnet ist, führt zu einer neuen Mappe mit dem Namen »FELD«, die verschiedene Dokumente enthält. Eines besteht aus einer Liste mit Zahlen, die bei 1580 beginnt und bei 1602 endet. Zu den meisten Zahlen gibt es Abkürzungen, AFA, RF, FF, P, SM, RAF-S, RAF-W und einige mehr. Seine Interviewpartner, rate ich, und vielleicht Abkürzungen für die Organisationen, denen sie angehören. Das nächste Dokument heißt »LOG«, und als ich es öffne, vibriert etwas in mir in der Nähe meines Rückgrats.

Das ist so etwas wie Thomas Hebers Tagebuch. Der erste Eintrag ist knapp zwei Jahre alt. Er hat eben das Forschungsprojekt eingeleitet, an dem er bis zu seinem Tod arbeiten wird. Das Dokument ist vierundfünfzig Seiten lang und endet am 12. Dezember, also tags zuvor, mit dem Eintrag:

12.12.
Sehe heute 1599, um zu reden. Vielleicht werde ich erzählen, was ich gehört habe. Ich weiß es nicht. Vereinbart ist unser üblicher Treffpunkt 2230. Bin nervös und unruhig, unentschlossen. Habe heute nicht viel zustande gebracht.

Ich klicke mich wieder zu der Liste von Interviewpartnern und finde die Nummer 1599 mit der Abkürzung RAF-S. Ich stelle mir Heber vor, wie er zu früh durch die Dunkelheit zu ihrem verabredeten Treffen kommt und wie 1599, als er oder sie den Hinterhof betritt, dem Soziologen das Messer in den Rücken rammt. Aber nein, da gibt es keinen Zusammenhang, irgendetwas im Handlungsverlauf passt nicht. So, als ob man einen Pullover auf links anhat, das geht zwar, aber es stimmt nicht.

1599 ist diejenige Person, die zuerst ankommt und hinter dem grünen Plastikcontainer auf Heber wartet. Heber betritt den Hinterhof und sieht sich um, sucht nach seinem Kontakt. Dann löst sich irgendwo aus den Schatten auf den Straßen der Hauptstadt eine dritte Silhouette und sticht das Messer in Heber.

Hat 1599 Heber in eine Falle gelockt? Vielleicht. Wie viel Zeit kann vergangen sein zwischen dem Moment, als Heber in den Hof kommt, und dem Moment, da der Täter zusticht? Eine Sekunde oder eine Minute? Können Heber und 1599 noch etwas zueinander sagen? Möglicherweise, aber wahrscheinlich nicht. Warum ruft 1599 dann bei der Polizei an, wenn es 1599 war? Warum ist Heber nervös und unruhig, und was hat er gehört? Wer war in Hebers Wohnung und hat einen Schuhabdruck hinterlassen? Ist das vor oder nach dem Mord geschehen?

Die Fragen, die ich habe, gleichen immer mehr unlösbaren Knoten. Sowie ich mich der Antwort auf eine von ihnen annähere, habe ich schon zu viele Annahmen gemacht und muss wieder zurück und von Neuem beginnen. Ich muss mit Birck sprechen, er ist viel analytischer als ich.

Ich drucke zwei Exemplare der Liste aus und dann zwei Exemplare des langen, tagebuchähnlichen Dokuments. Während der Drucker neben Hebers Computer die Seiten ausspuckt, lese ich die Liste mit den Zahlen und Abkürzungen durch und kringele 1599 ein.

KURZ VOR ZEHN UHR morgens bemerkt der Mann, der kommt, um das Café Cairo aufzuschließen, dass etwas Seltsames geschehen ist.

Er heißt Oscar Svedenhag, und er nimmt den Hintereingang über den Innenhof, sperrt das noch dunkle Lokal auf, um dann die sanfte Deckenbeleuchtung einzuschalten und zwischen den vielen Tischen und Stühlen hindurch vor zum Tresen zu gehen. Er stellt seinen Rucksack ab, legt die Schlüssel beiseite, bereitet pfeifend die Kaffeemaschine vor und sieht nach, ob alle Waren vorhanden sind, die für den Tag benötigt werden.

Ein paar Minuten bevor das Café öffnet, bemerkt Oscar es: Da ist ein leichter Luftzug im Lokal. Die Tür zur Straße hinaus, der Eingang für die Gäste, ist nicht zu. Die Türklinke hängt schlapp herunter, als hätte sie jemand kaputt geschlagen.

Als wäre das nicht genug, stimmt auch hier hinter dem Bartresen irgendwas nicht. Aber was? Dann erkennt er es. Der Messerblock in der Ecke, aus dem die Griffe schwarz und matt herausschauen: Eines der Messer fehlt.

Und zu allem Übel fehlt auch noch Geld in der Kasse.

Jetzt gibt es mehrere Möglichkeiten, darauf zu reagieren, und nur eine davon wäre, die Polizei zu benachrichtigen. Das tut er nicht. Aber er hört auf zu pfeifen.

KELE VALDEZ SITZT IN seinem Zimmer über den Tisch gebeugt, sodass die dunklen Locken das Gesicht verbergen, und ist in einen Text versunken. Er trägt ein schwarzes Jackett, schwarzes Hemd und schwarze Jeans, als ginge er am Lucia-Tag auf eine Beerdigung. Vielleicht ist es auch so.

»Klopf, klopf«, sage ich und fühle mich wie eine unangenehme Überraschung, als Valdez vom Tisch aufsieht.

»Guten Morgen«, entgegnet er und setzt seine Brille mit dem schwarzen Gestell ab. »Was kann ich für Sie tun?«

»Ich komme von der Polizei.«

»Von der Polizei?« Valdez' Augenbrauen gleiten ein Stück in die Höhe, sodass die Stirn Falten wirft. »Worum geht es?«

Die Nachricht vom Tod seines Kollegen nimmt er so auf, wie es zu erwarten war. Während unseres Gesprächs klingt seine Stimme mechanisch und leer, die Laute eines Menschen im Schock. Mit dieser Stimme bestätigt er, dass er mit Heber am Vortag einen gemeinsamen Spaziergang unternommen hat.

»Wie wirkte er denn so während des Spaziergangs?«

»Ich weiß nicht so recht, es war etwas mit ihm, er war .... er kam mir nervös und reizbar vor. Wissen Sie, was ich meine?«

»Vielleicht«, sage ich. »Inwiefern?«

»Er war etwas kurz angebunden, so als wäre er mit den Gedanken woanders. Keine Ahnung, woran das lag, ich habe angenommen, dass es etwas mit seiner Arbeit zu tun hätte.«

»Aber Sie haben nicht nachgefragt?«

»Nein, nein, ich habe nicht nachgefragt. Hätte ich das tun sollen?«, schiebt er nach, als hoffe er, ich könnte ihn um eine Bürde erleichtern, die er trägt.

Das tun Polizisten nur ganz selten.

»Nein«, sage ich. »Das glaube ich nicht. Haben Sie das Gefühl, dass Thomas bedroht wurde?«

»Ganz bestimmt«, erwidert Valdez, »und das ist nicht nur ein Gefühl. Es gab Drohungen gegen ihn, vor allem seit dem Utøya-Massaker. Als das geschah, war die Abhandlung von Thomas ganz frisch, und durch das Massaker erhielten extrempolitische Bewegungen viel Aufmerksamkeit. Thomas wurde interviewt und nahm an Debatten und dergleichen teil. Das machte ihn bekannt und, so nehme ich an, auch gefährlich. Die rechten Bewegungen kannten ihn ja noch aus seiner AFA-Zeit.«

»Ja, das weiß ich. Aber nach dem, was ich gehört habe, sehe ich nicht, wie das zu Mord oder Totschlag hätte führen können.«

»Nein, natürlich nicht. Aber Sie haben gefragt, ob er bedroht war, und das war er.«

»Halten Sie diese Bewegungen für derart aggressiv, dass sie so etwas tun könnten?«

»Sie meinen, eine Gruppe aus dem rechtsextremistischen Spektrum?«

»Genau.«

Valdez hat sich anders hingesetzt. Er hat immer noch die Beine übergeschlagen, doch nun hat er die Arme um sich geschlungen, als würde er frieren und versuchen, sich zu wehren. Seine Stimme ist fest, doch der Blick flackert und die Augen sind feucht.

»Nein, das kann ich mir nicht vorstellen. Aber da bin ich nicht der richtige Ansprechpartner.«

»Ich habe noch eine Frage«, beginne ich und hole Hebers ausgedrucktes LOG-Dokument heraus. »Das hier habe ich in seinem Computer gefunden.« Ich halte es Valdez hin, der es entgegennimmt. »Ich habe nicht alles gelesen, aber am Ende gibt es einen Eintrag, den ich Sie bitten würde zu lesen. Ich kann ihn nur schwer interpretieren.«

Valdez liest die erste Seite, dann sieht er auf.

»Ich finde nicht, dass Sie das hier lesen sollten. Sind Sie berechtigt, seinen Computer zu durchsuchen?«

»Wenn ein Mensch so stirbt wie Heber, dann erhalten wir früher oder später eine Genehmigung für alles, was wir brauchen. Und ich glaube, dass dies hier wichtig sein kann.«

»Das sind seine Aufzeichnungen aus der Feldstudie. Das Tagebuch eines Forschers. Sie haben kein Recht, das hier anzusehen, es verstößt gegen die Geheimhaltungspflicht des Wissenschaftlers. Ich muss in dem Fall einen formellen Durchsuchungsbescheid sehen.«

»Den kann ich besorgen. Doch bis dahin gibt es eine Sache, über die ich mich wundere, und zwar auf der letzten Seite.«

Widerwillig blättert Valdez nach hinten und liest den letzten Eintrag.

»1599 muss ein Interviewpartner sein«, sagt er dann und streift mit den Fingerspitzen auf eine zärtliche, behutsame Weise über das Papier.

»Wissen Sie, worum es da geht?«, frage ich und zeige auf die Stelle. »Was war es, was er gehört hatte? Das klingt nicht wie eine gewöhnliche Notiz«, füge ich hinzu. »Wenn man die anderen Einträge liest, dann fällt dieser hier aus dem Schema. Er ist persönlicher.«

»Ich habe keine Ahnung, was das bedeutet.« Valdez legt das Dokument auf den Schreibtisch und sieht betrübt aus. »Ich will das hier nicht lesen. Es ist zu privat. Haben Sie noch mehr Kopien davon?«

»Nein«, lüge ich.

– Happy Lucia

Während ich im Fahrstuhl stehe, der mich im großen Polizeigebäude auf die Etage des Gewaltdezernats bringt, lese ich die Nachricht, die soeben auf meinem Telefon eingegangen ist. Grim.

– *ich wusste gar nicht, dass sie dir ein Handy gegeben haben*, antworte ich.

Sofort kommt eine neue Nachricht, als würde Grim mit dem Handy in der Hand dasitzen und darauf warten, dass es eine Nachricht meldet. Und wahrscheinlich tut er das auch. Die Beschäftigungsmöglichkeiten für die Insassen der Forensischen Psychiatrie im St. Görans sind nicht gerade zahlreich.

– *haben sie auch nicht*, schreibt er, *ich habe es geklaut*.

Aus irgendeinem Grund bringt mich das, wie ich da so allein im Fahrstuhl warte, zum Kichern. Ich rufe die Psychiatrie im St. Görans an und teile den Leuten dort mit, dass doch mal jemand nachsehen sollte, welcher Objekte sich der in Zimmer 22 Einsitzende hat bemächtigen können.

»Und«, füge ich hinzu, »sorgen Sie dafür, dass er weiß, dass dieser Tipp von mir kam.«

IN EINEM DER VIELEN Besprechungsräume sitzen Birck, Olausson und Mauritzon. Mauritzon hat eine Hand fest um den Henkel einer Kaffeetasse geschlossen, und es sieht so aus, als wäre dies das Einzige, was sie davon abhält einzuschlafen.

»Ich habe zwei Enkelkinder«, erklärt sie. »Zwei und fünf Jahre alt. Wenn meine Tochter nicht mehr mit ihnen klarkommt, dann darf ich sie übernehmen. Sie wurden heute Morgen gebracht, als ich mich eben hinlegen wollte. Ich habe kaum ein Auge zugetan.«

»Das tut mir leid für Sie«, behauptet Olausson mit halb geschlossenen Augen.

Staatsanwalt Olausson ist ein langer und dünner Mann. Wenn er durch die Nase atmet, pfeift es leise, und sein Anzug gehörte einmal gebügelt. Als er den Schlips lockert und den obersten Hemdenknopf öffnet, um den Kragen zurechtzurücken, ist eine grobe Narbe ganz oben am Brustkorb zu sehen.

»Wann kommen die anderen?«, frage ich.

»Welche anderen?«

»Wie jetzt, werden wir nicht mehr? Wir sollten zehnmal so viele sein.«

»Im Moment sind wir nicht mehr«, antwortet Olausson schlicht.

»Aber Sie besorgen mehr Leute, oder? Wir können eine Mordermittlung nicht mit nur drei Personen durchführen.«

»Im Moment ist es so.« Olausson sieht auf seine Hände, als wären sie besonders interessant. »Dann legen wir mal los, würde ich sagen.«

Eine halbe Stunde lang gehen wir die vorliegenden Fakten zu Thomas Hebers Tod durch. Die übrigen Zeugenaussagen scheinen die Aussage des kleinen Jungen John Thyrell zu bestätigen. Heber kommt, dann erscheint eine zweite Person, wahrscheinlich der Täter, der den Ort wieder verlässt, woraufhin ihm eine dritte Person folgt, die hinter dem Container versteckt gewesen war. Wann diese dritte Person an den Ort gekommen ist, weiß niemand, denn keiner hat sie kommen sehen. Ein Taxifahrer hält kurz nach dem mutmaßlichen Tatzeitpunkt auf der anderen Seite der Döbelnsgatan, um einen Kunden abzuholen, und sieht zwei Personen den Ort verlassen, jedoch nicht gemeinsam. In einer der Wohnungen mit Blick auf die Döbelnsgatan gießt eine siebenundsechzig Jahre alte Dame mit Schlafstörungen ihre Topfpflanzen und bemerkt das Gleiche, doch weder der Taxifahrer noch die schlaflose Dame können eine detailliertere Beschreibung der Personen abgeben, als der Junge John es konnte.

»Ein Sechsjähriger«, seufzt Birck. »Unser bester Zeuge ist ein Sechsjähriger.«

»Aber der Tathergang scheint doch relativ klar«, meint Olausson.

»Äh«, widerspreche ich, »da sind schon eine Menge Fragezeichen.«

»Jo, jo«, murmelt Olausson und holt sein Handy aus der Tasche, ohne mich anzusehen. »Aber das wird sich danach schon richten.«

»Nach was?«

Olausson hebt den Blick und blinzelt einmal.

»Nachdem ihr euren Job gemacht habt.«

»Dazu brauchen wir Leute«, sagt Birck.

»Wir werden sehen, was wir tun können.«

Olausson lächelt schwach, und das ist alles.

»Ich glaube, dass die Person, die hinter dem Container stand, dort nicht länger als ein paar Minuten war«, wirft Mauritzon ein, vielleicht um sich wachzuhalten. »Die Spuren im Schnee deuten darauf hin. Es sind nur wenige, und es könnte eine Frau gewesen sein. Schließlich haben nicht viele Männer Schuhgröße achtunddreißig.«

»Ich weiß vielleicht, wer es sein könnte«, sage ich und berichte kurz von meinem Besuch in der Universität. Von den anonymen Mails, die Heber bekommen hat, und dem Forschungsprojekt, mit dem er beschäftigt war, von den Aufzeichnungen zu den Feldstudien und von 1599, der Person, die Heber treffen wollte, als er starb. »Er erwähnt dabei auch, dass er etwas gehört hat und unsicher ist, ob er es 1599 erzählen soll. Ich habe keine Ahnung, worum es ging, aber ich hatte den Eindruck, dass es wichtig war. Ich habe auch nicht alles lesen können, ich durfte die Aufzeichnungen von der Feldstudie jedoch nicht mitnehmen.«

»Das heißt, du hast sie dortgelassen«, meint Birck, ohne von seinem Block aufzusehen.

»Ja.«

»Du hast keine Kopien gemacht oder so?«

»Nein.«

Olausson betrachtet mit abwesender Miene und immer noch halb geschlossenen Augen etwas vor dem Fenster. Das Handy liegt vor ihm neben der Ermittlungsakte.

Mauritzon bittet um den Ordner, und er schiebt ihn ihr zu.

»Außerdem haben wir das hier gefunden«, sagt sie, »knapp hundert Meter von der Leiche entfernt auf der Döbelnsgatan.«

Sie zieht eines der Fotos aus dem Aktendeckel und schiebt es Olausson zu, der das Bild neugierig zur Hand nimmt.

»Kotze«, stellt er fest.

»Ja. Wir haben Proben davon genommen, aber das Labor hat sich noch nicht gemeldet.«

»Ich fürchte, das ist von mir«, gestehe ich.

»Von dir?« Mauritzons Blick huscht zwischen mir und dem Bild hin und her. »Okay.«

»Ich hatte irgendwas Schlechtes gegessen oder getrunken, und in Kombination mit Hebers Leiche, ich weiß nicht, da ist mir dann schlecht geworden.«

»Hm«, brummt Olausson.

»Es tut mir leid. Ich hätte es sagen sollen.«

»Wie lange sind Sie jetzt wieder im Dienst?«, erkundigt sich Olausson.

»Wieso?«

»Ich frage bloß.«

»Dreizehn Tage.«

»Verstehe.«

»Sie verstehen? Was heißt das?«

»Nichts. Ich habe nur gefragt, wie gesagt.«

Er lächelt und legt das Foto auf den Tisch. Ich frage mich, woher er wohl die Narbe auf der Brust hat. Und ob er verheiratet oder allein ist. Ob er diese Besprechung aufzeichnet und wie gut er darin ist, einen Lügner zu erkennen.

»Dann hat es ja keinen Belang für die Ermittlung«, sagt Mauritzon, steckt das Foto in ihre Tasche und schiebt den aufgeschlagenen Ordner zu Olausson zurück.

Birck vermeidet es, mich anzusehen, und ich vermeide es, Olausson anzusehen. Ein Kreis, und ich habe den Verdacht, dass Olausson Bescheid weiß. Das macht mir Angst, meine Handflächen werden feucht.

»Die Schuhabdrücke in Hebers Wohnung«, sage ich rasch und wende mich an Mauritzon.

»Wir arbeiten noch an der Wohnung, werden aber wahrscheinlich im Laufe des Tages fertig. Aber wir werden wohl nicht viel finden, abgesehen von diesen Abdrücken. Ich kann allerdings schon jetzt sagen, dass das nicht dieselbe Person war wie die, die hinter dem Container in der Döbelnsgatan gestanden hat, und Heber selbst war es auch nicht. Die Person, die in Hebers Wohnung war, hatte Schuhgröße vierundvierzig.«

»Der Täter kann zu große Schuhe angehabt haben«, bemerkt Olausson.

»Na klar«, stimmt Mauritzon ihm zu und klopft mit dem Finger auf die Tischplatte. Ich frage mich, ob sie das wohl tut, wenn sie genervt ist. »Aber wer hat nicht alles Größe vierundvierzig?«, fährt sie fort. »Im Moment bringen uns die Schuhabdrücke trotzdem nicht weiter.«

»Was ist mit seinem Handy?«, frage ich.

»Ist immer noch nicht gefunden«, erklärt Birck und sucht in seinen Papieren. »Das letzte Signal, das sein Telefon abgegeben hat, ging über einen Mast in der Nähe der Universität, und das war ungefähr eine halbe oder Dreiviertelstunde, ehe er starb. Aber mit wem er gesprochen hat, wissen wir noch nicht. Wir kriegen die Telefonlisten so bald wie möglich, aber es dauert mindestens bis heute Spätnachmittag. Jetzt im Moment ist das Handy offensichtlich ausgeschaltet. Oder auf dem Grund des Mälaren.«

»Wir müssen diesen, was war es noch«, Olausson blickt mich an, »was haben Sie gesagt, 1579, finden.«

»1599.«

»Genau, 1599. Das könnte der Täter sein.«

»Glaube ich nicht«, entgegne ich.

»Warum nicht?«

»Es passt nicht zusammen.«

»Das hängt damit zusammen, wie er erstochen wurde«, erklärt Mauritzon. »Wenn Heber 1599 treffen wollte und diese Person aber nicht da war, als er in den Hof kam, dann hätte er ja wohl kaum mit dem Rücken zur Gasse gestanden, als er erstochen wurde, oder? Wer wartet mit dem Rücken zu der Richtung, aus der er annimmt, dass seine Verabredung kommt? Wenn 1599 hingegen schon da war und sich irgendwo im Innenhof befand, dann hätte Heber einen Grund gehabt, so zu stehen.«

Olaussons Handy gibt einen Ton von sich. Ein Name taucht auf dem Display auf, ein G und noch etwas, was keiner so schnell sehen kann.

»Das kling logisch«, sagt er. »Wir arbeiten also in diese Richtung. Und versuchen herauszukriegen, was Heber da gehört hat. Oder besser«, berichtigt er sich und erhebt sich von dem Stuhl, »machen Sie das. Ich habe anderes zu tun.«

Olausson schlägt den Ordner zu, der vor ihm gelegen hat, klemmt ihn sich unter den Arm und geht mit dem Handy am Ohr aus dem Zimmer.

»Der hat ja nicht mal reingeschaut«, sagt Mauritzon fassungslos. »In den Ordner. Und ich habe Stunden an meinem Bericht gesessen.«

Birck, der im Verlauf der Besprechung ungewöhnlich schweigsam war, sieht von Mauritzon zu mir und dann zu dem leeren Stuhl, der sich von Olaussons plötzlichem Aufbruch zu erholen scheint.

»Verdammter Idiot«, sagt er.

Ich stehe auf.

»Und wohin willst du jetzt?«

»Ich werde ein bisschen lesen.«

»In Papieren, von denen du keine Kopien gemacht hast?«

»So ähnlich.«

Birck schielt zu Mauritzon, die nur noch ein Wiegenliedchen vom Einschlafen entfernt zu sein scheint.

»Irgendwas stimmt hier nicht«, murmelt er.

ZWEI TASSEN KAFFEE SPÄTER sitze ich mit Hebers ausgedruckten Feldaufzeichnungen in meinem Büro. Beim Lesen versuche ich, etwas mehr als nur eine Silhouette von Heber zu formen, doch der tote Soziologe bleibt ein Schatten für mich. Zu Anfang sind die Eintragungen forschend und zögernd, sie berühren hauptsächlich seinen Zugang zum Forschungsfeld. Heber benutzt und diskutiert Begriffe, die ich nicht kenne.

Im Januar dann leitet er die Feldforschung ein, indem er sich der Kontakte bedient, die er noch in der Autonomen Bewegung hat. Eingehender beschreibt er das aber nicht.

Der erste Interviewpartner wird aus irgendeinem Grund 1580 genannt, und der zweite 1581, der dritte 1582 und so weiter. Er interviewt sehr intensiv, manchmal führt er mehrere Interviews täglich durch, doch, wie er selbst schreibt, ohne eigentliche Zielrichtung. Im März taucht zum ersten Mal 1599 in den Eintragungen auf.

13. 3.
Nach dem Interview mit 1598 im Cairo frage ich ihn, ob er noch jemanden kennt, mit dem ich reden sollte. Er schlägt eine Person von der RAF vor. Er gibt mir keine Adressdaten, behauptet, die gäbe es nicht, aber ich würde die Person durch Herumfragen sicher finden. Sowie ich die Prüfungen der Studenten durchgesehen habe, werde ich versuchen, diese Person, die hoffentlich 1599 wird, ausfindig zu machen.

Adressdaten, die es nicht gibt. 1599 muss eine besondere Person sein, aber wenn man ihn oder sie durch Nutzen des Kontaktnetzes finden kann, dann ist es offensichtlich nicht unmöglich, sie aufzuspüren. Auf der anderen Seite muss man dafür die richtigen Leute fragen, und das klingt leichter, als es ist. Ein paar Tage später war Heber erfolgreich.

16. 3.
Ich war in Kontakt mit 1599. Es hat ein Weilchen gedauert, sie zu finden, in den vergangenen Tagen habe ich fast nichts anderes getan, als zu suchen. 1599 hat keinen festen Wohnsitz, keinen Job, nichts. Das hat etwas Befreiendes, das mir gefällt. Ich frage mich, ob sie sich wohl vor jemandem versteckt, doch das glaube ich nicht. Ich denke, sie zieht es einfach vor, so zu leben. 1599 hat zugesagt, an der Studie teilzunehmen, wir werden uns morgen treffen.

Es ist also eine Frau. Vom darauffolgenden Tag gibt es keinen Eintrag. Die Notiz zu dem Treffen mit 1599 trägt das Datum des 18. und ist nur ein kurzer Hinweis:

18. 3.
Habe gestern 1599 interviewt. Es wurde spät, war aber sehr lohnend. Habe neue Ideen, aber auch eine Bestätigung für das bekommen, was die anderen IPs sagen. Wir müssen uns öfter treffen, ich glaube, 1599 hat noch mehr zu erzählen.

Danach verschwindet sie für eine Weile, mehr als ein halbes Jahr, zumindest taucht sie nicht mehr ausdrücklich in den Eintragungen auf. Trotzdem kommt es mir so vor, als würden die Notizen nach dem Treffen mit ihr einen anderen Ton annehmen. Heber ist konzentrierter, getriebener. Sein Fokus ist die Forschungsarbeit, doch daneben wird auch anderes erwähnt. Heber schließt einen Eintrag damit ab, dass er »für heute aufhören« wird, an die Forschungsarbeit zu denken, um stattdessen mit seinen Arbeitskollegen essen zu gehen. Er nimmt an Treffen teil, geht zu Debatten und hält Studenten, Politikern und Aktivisten Vorträge. Das bringt ihn auf Ideen und Gedanken, die er für seine Arbeit verwenden kann, doch manchmal scheint er auch frustriert und empört darüber, dass es anderen nicht gelingt, ihre Vergangenheit ebenso leicht hinter sich zu lassen, wie ihm.

15. 6.
Zwölf Jahre seit den Göteborg-Krawallen. Ich habe vor der Stadtverwaltung Stockholm einen Vortrag darüber gehalten, was wir daraus lernen können. Keine der Fragen betraf meine Forschung, sondern alle richteten sich auf meine Zeit in der AFA, genau wie es fast immer bei Studenten, Politikern und Behörden ist. Die verdammte AFA. Wird es jemals aufhören, dass ich damit in Verbindung gebracht werde? Ich frage mich, ob das wichtig ist, ob es ein Gedanke ist, den ich für meine Arbeit aufgreifen sollte. Was würden meine IPs darüber sagen? Was würde wohl 1599 sagen?

Ja, jetzt kann ich mir Heber vorstellen. Er steht mit dem Blick nach Osten gerichtet auf einer großen Straße, vielleicht der Birger Jarlsgatan oder der Vasagatan, wo die Gebäude Kreationen aus Glas und glänzenden Metallen sind. Er hat einen Sonnenstrahl im Rücken, es ist Sommer und warm, Autos rauschen an ihm vorbei, eines nach dem anderen, unaufhörlich. Als er sich umdreht und in die Sonne schaut, hat er endlich ein Gesicht, er ist keine Silhouette mehr, sondern ein Mensch. Jeder wird von irgendjemand vermisst.

Erst im November wird sie wieder erwähnt.

25. 11.
Es gibt vieles, was ich hier aufschreiben sollte, um es nicht zu vergessen, doch von vielem weiß ich nicht, ob ich es auf Papier haben will. Gleichzeitig ist es nicht gut, wenn ich es ausschließlich in meinem Kopf habe.

Sie hat sich gemeldet, 1599. Ich war zu ihr ein wenig auf Dis-

tanz gegangen (ob sie es gemerkt hat?), damit es nicht weitergehen muss. Es ist so riskant. Aber ich weiß nicht … irgendetwas an 1599 fasziniert mich. Sie hat gefragt, warum ich mich nicht wie versprochen gemeldet habe, und ich hatte keine gute Antwort darauf, sondern habe mich nur entschuldigt.

»Wir müssen uns sehen«, hat sie gesagt.

»Okay«, erwiderte ich, »warum?«

»Das wirst du dann sehen«, hat sie geantwortet.

Und dann hat sie aufgelegt.

Die Aufzeichnungen danach geben keinen Hinweis darauf, was 1599 Heber zu erzählen hatte. Ich blättere ein paar Seiten vor, um mich zu vergewissern. Erst eine Woche später wird das Treffen erwähnt, und da auch nur kryptisch.

5.12.

Das, was 1599 erzählt hat, lässt mir keine Ruhe. Ich weiß nicht, ob ich ihr vertrauen kann. Mein Gefühl sagt Ja, aber ich weiß es nicht. Wenn das die Wahrheit ist, dann ist es wirklich wahnsinnig. Sie sagt, ich soll mit H. sprechen. Ich werde versuchen, an ihn heranzukommen.

Ich nähere mich dem Schluss der Aufzeichnungen, und ehe Heber die letzte Eintragung vor dem Treffen mit 1599 macht, kommt sie nur noch ein paarmal vor.

7.12.

1599. Die Frage ist, ob ich nicht zur Polizei gehen sollte, auch wenn das gegen die ethischen Richtlinien verstoßen würde. Habe versucht, H. zu erreichen, doch ohne Erfolg.

Hingegen passiert am selben Tag etwas, das Heber fast ebenso erstaunt wie mich.

7.12. (später)
Bei dem Interview, das ich nachmittags mit 1601 führte, ist etwas Seltsames geschehen. Er hat nicht erlaubt, dass ich das Interview aufnehme, also habe ich Notizen gemacht. Nach der Hälfte fragte er mich, ob ich das Gerücht gehört hätte. Nein, sagte ich, ich hätte kein Gerücht gehört. Ich wusste ja, was 1599 mir erzählt hatte, aber hier ging es um etwas anderes. Unser Gespräch verlief ungefähr folgendermaßen (ich habe meine Notizen nicht dabei, deshalb aus dem Gedächtnis):

Ich: »Du meinst, jemand will X umbringen?«

1601: »Ja.«

Ich: »Und warum?«

1601: »Genügt Hass nicht? Das Gefühl, verraten worden zu sein?«

Ich: »Schon, vielleicht. Aber das klingt doch sehr drastisch.«

1601: »Darüber kann man denken, was man will.«

Ich: »Wirst du es verhindern können?«

1601: »Das traue ich mich nicht. Mehr kann ich darüber nicht sagen, keiner weiß, wann oder wo. Ich habe jetzt schon zu viel geredet. Ich bin schon … wenn jemand erfährt, dass ich …«

Ich: »Niemand erfährt es.«

1601: (langes Schweigen) »Ich weiß, wer es tun wird.«

Ich: »Wer?«

Dann hat er mir den Namen gegeben. Ich werde ihn so bald wie möglich zu erreichen versuchen, aber ich wage es nicht, ihn per Telefon oder per E-Mail zu kontaktieren. Ich bezweifle, dass er reagieren wird, wenn er weiß, dass ich es bin.

Zwei Tage später schreibt er einen neuen Eintrag. Möglicherweise gehe es um dieselbe Sache und dieselbe Person, doch Heber ist vage in seinen Formulierungen.

9.12.
Habe mit ihm geredet, versucht, ihn dazu zu bringen, ein Interview mit mir zu machen, aber er hat das verweigert. Ich weiß nicht, was ich tun soll.

10.12.
1599 redet von einer Sache, 1601 von einer anderen. Ich weiß nicht, was stimmt. Vielleicht beides? Es ist keine Zeit für weitere Nachforschungen, und ich bin mir nicht sicher, ob ich nicht doch zur Polizei gehen sollte. Wenn ich das tue, breche ich mein Versprechen gegenüber 1599. Das kann ich nicht. Habe immer noch nicht mit H. sprechen können.

11.12.
Endlich habe ich H. erwischt, im Cairo. Ich bin dorthin gefahren, habe mich mit einer Tasse Kaffee in eine Ecke gesetzt und gewartet, in der Hoffnung, dass er auftaucht. Bis zum Ende war ich unentschieden, unsicher, was ich sagen sollte und wie viel. Das hier ist zu groß, um es allein tragen zu können, die Konsequenzen sind zu ernst. Ich weiß nicht, welches Szenario zutrifft, weiß nicht, wie viel jemand anderes weiß.

Nach ungefähr einer Stunde kam er, und ich habe ihn beiseitegenommen und gefragt, ob er von der Sache weiß. Als es dann galt, mit den Fakten herauszurücken, habe ich nicht erwähnt, wer es tun sollte (das habe ich aus ethischen Gründen nicht gewagt), sondern nur das Ziel genannt. Ich wollte testen, wie er reagiert.

Ich konnte ihm ansehen, dass er wusste, was 1599 mir erzählt hatte, doch als ich es dann berichtet habe – war er plötzlich verblüfft. Das konnte ich merken. Er weigerte sich, noch etwas zu sagen. Ich habe gefragt, ob er die Informationen prüfen will und ob er sich wieder melden könnte. Ich war besorgt, und gleichzeitig habe ich mich geschämt, weil ich mein Geheimhaltungsversprechen gegenüber 1601 gebrochen hatte. Ich hatte versprochen, nichts zu erzählen, gegenüber niemandem.

H. antwortete nicht auf meine Frage. Er hat das Cairo verlassen.

12.12.
Sehe heute 1599, um zu reden. Vielleicht werde ich erzählen, was ich gehört habe. Ich weiß es nicht. Vereinbart ist unser üblicher Treffpunkt 2230. Bin nervös und unruhig, unentschlossen. Habe heute nicht viel zustande gebracht.

Ich suche die Liste der Interviewpartner heraus und finde 1601. Die zweite Spalte der Liste besteht aus Abkürzungen für die Organisationen, denen die Personen angehören, doch bei 1601 gibt es dazu keinen Eintrag, und damit ist er nicht der Einzige. Ich starre auf die Liste, um sie zu dechiffrieren und herauszufinden, ob dieser Umstand von Bedeutung ist. Möglicherweise. Wer oder was versteckt sich hinter X? Und wer ist H.? Jemand, der das Café Cairo besucht, doch keiner seiner Interviewpartner ist, denn dann hätte er eine Nummer. Könnte H. das Initial eines Namens sein?

Es klopft zweimal fest an der Tür. Birck. Ohne eine Antwort abzuwarten, öffnet er die Tür und kommt herein. Eilig ziehe ich einen Ordner aus dem Regal hinter mir, lege ihn über die Ausdrucke und tue so, als würde ich darin nach etwas suchen.

»Beschäftigt?«, fragt Birck.

»Auf dem Weg nach draußen.«

»Und da musst du in ...«, Birck schielt auf den Ordner, »›Beschaffung von Beweismaterial in Computern. Revidierte Auflage 1980‹ etwas nachschauen?«

»Ich hatte einen Nostalgieanfall.«

»Warst du 1980 überhaupt schon geboren?«

Birck zieht sich den Klapperstuhl heran und setzt sich, die breiten Schultern unter dem dunklen Jackett sind zusammengesunken.

»Olausson«, sagt er dann, den Blick auf etwas Unsichtbares

über meinem Schreibtisch gerichtet. »Wir müssen über ihn reden.«

»Okay.«

»Nach der Besprechung bin ich auf die Toilette gegangen, wo die Wände ja ziemlich dünn sind, was ein Vorteil und ein Nachteil sein kann, meist ist es ein Nachteil. Und da habe ich gehört, dass auf dem Klo nebenan jemand war, der telefonierte und gleichzeitig das Wasser ins Handwaschbecken laufen ließ.«

»Okay.«

»Ich habe nicht viel von dem verstanden, was geredet wurde, aber ich glaube, ich habe das Ende vollständig mitgekriegt. ›Ich habe eben mit denen in einer Besprechung gesessen, der eine scheint kein Problem zu sein, Bark oder wie er heißt. Die Frage ist der andere. Aber ich glaube, der hat einen schwachen Punkt.‹ Dann hat er das Gespräch beendet und das Wasser abgestellt.«

»Bark«, wiederhole ich und verspüre ein unfreiwilliges Zucken in den Mundwinkeln. »Besser als Birck.«

Birck sieht nicht sonderlich amüsiert aus.

»Scheint kein Problem zu sein?«, fahre ich fort. »Hat er das gesagt?«

»Das hat er gesagt. Aber was dich betrifft, scheint er da nicht so sicher zu sein. Und er glaubt, du hättest einen schwachen Punkt. Nun muss man ja nicht sonderlich kreativ sein, um sich vorstellen zu können, welcher das ist.«

»Aber ich bin sauber. Alles in Ordnung.«

»Nein, das bist du nicht.«

»Doch.«

Birck seufzt.

»Wir sind seine Ermittler«, sage ich. »Wie können wir ein Problem für ihn sein? Und warum kriegen wir nicht mehr Leute?«

»Weiß der Teufel. Vielleicht hat er schon den Bescheid erhalten, dass die von der Landes- oder der Bundespolizei demnächst übernehmen werden, dann macht er sich nicht die

Mühe, von woanders Leute abzuziehen. Oder er hat tatsächlich keine.«

Birck fährt sich mit einer Hand durchs Haar und gähnt lautlos, dann blinzelt er ein paarmal.

»Ich fand, du solltest das wissen«, sagt er. »Halt die Augen auf. Irgendwas stimmt nicht mit Olausson. Und mit Hebers Tod stimmt auch irgendwas nicht.« Er erhebt sich von dem Besucherstuhl und glotzt ihn böse an, als hätte der ihn beleidigt. »Scheiße, was hast du denn da für eine unbequeme Krücke.« Dann deutet er mit einem Nicken auf den Ordner von 1980. »Wenn du da drin etwas findest, was mit unserem 1599 zu tun hat, dann kannst du mich ja anrufen.«

Ich klappe den Ordner zu.

»Ich wollte mal ins Cairo gehen. Du weißt schon, die Quittung, die wir gestern gefunden haben. Das Lokal wird in den Aufzeichnungen genannt, von denen ich keine Kopien gemacht habe.«

»Gut.«

Ich zögere und wäge ab, welche Konsequenzen es haben könnte, wenn ich mit einem Wolf von einem Polizisten in der Tür des Café Cairo erscheinen würde.

»Willst du mitkommen?«

»Kann nicht«, erwidert Birck und wedelt mit seinem Handy. »Die Obduktion von Heber.«

»Komm doch, wenn du dort fertig bist.«

»Mach im Cairo keinen Unsinn«, mahnt Birck.

Und natürlich tue ich genau das.

DIE MITISGATAN IST EIN schmaler Streifen, nur einen Block lang und mit alten fünfstöckigen Häusern, die verglichen mit den anderen Gebäuden in der Nähe seltsam zusammengepresst aussehen. Unter einem gestressten Himmel überquere ich, die Hände in den Taschen und vor Kälte zitternd, den Zebrastreifen.

Die dunkelgrüne Metalltür ist stumm und leblos genug, um als Kellertür durchzugehen, doch darüber hängt ein kleines Schild: CAIRO. Ich drücke die Klinke herunter, und die schwere Tür geht leise jammernd, wie ein alter Mann, der aus seinem Schläfchen geweckt wurde, auf.

Den Raum dahinter kann man für ein ganz normales Café halten, doch noch ehe man kapiert hat, wohin man da geraten ist, und kapier das mal besser, mein Süßer, da ist man schon weg – puff – eingesogen in eine andere Welt.

Das Café Cairo ist ein Aufenthaltsort für autonome Subkulturen mit einem Hang für das Außerparlamentarische. Es ist ein großes Lokal mit Wänden und Fußböden aus Holz. Die Wände sind schwarz und rot angestrichen, und unter der Decke hängen wie Relikte oder Trophäen alte Banner und Schilder von Demonstrationen. An der einen Wand prangt eine gerahmte große Fotografie in Schwarz-Weiß mit einem maskierten Demonstranten, der auf der Avenyn in Göteborg einen Pflasterstein in eine Mauer aus Polizisten schleudert.

Im Cairo sitzen die Leute zu viert oder zu sechst an kleinen Tischen, und nachdem ich die Tür aufgeschoben habe, drehen sie die Köpfe, junge Männer und Frauen mit ernstem Gesichtsausdruck. Aus einem Radio ertönt eine Nachrichtensendung. Erst jetzt merke ich, dass die Türklinke herunterhängt und kaputt ist.

Ich gehöre nicht hierher, und das sieht man mir an. Ich falle auf als ein Mann mit Geld, aber zu wenig Zeit, um seine Kleider zu waschen. Ich bin Polizist, und im Cairo hat man gelernt, den Geruch eines Polizisten sofort wahrzunehmen. Ich teile ihren Glauben an die Ideologie, für die sie kämpfen, nicht. Ich habe keine Angst vor dem, was der Staat im Namen des Kapitals zu tun imstande ist, hasse die Pelzindustrie oder das Patriarchat nicht, und ich leiste keinen Widerstand. Ich tue gar nichts. Ich bin keiner von ihnen, und damit bin ich überhaupt niemand.

Hinter dem Tresen steht ein Mann meines Alters. Er ist breit wie ein Hauseingang, und das Hemd, das er trägt, spannt sich über einen viereckigen Brustkorb. Die dunklen Haare sind kurz geschnitten, über seiner rechten Brust sitzt ein weißer Button, auf dem in Rot und Schwarz RAF steht, und in der Hand hält er eine heiße Backform mit einem Schokoladenkuchen.

»Bullen wird hier nix serviert«, sagt er. Er hat graue Augen und eine Art Ekzem auf dem Kinn, das glänzend wie eine rote offene Wunde aussieht. Er stellt den Kuchen auf die Spüle. »Geh ins Klaras auf der Hantverkargatan.«

»Ist das so offenkundig?«

»Dass du Bulle bist? Ja. Es ist wegen der Tür, was?«

»Die Tür?«, frage ich.

»Jemand hat sie heute Nacht aufgebrochen. Sie stand offen, als ich kam.«

»Ihr hattet einen Einbruch? Hast du bei der Polizei Anzeige erstattet?«

»Nein.«

»Woher sollte ich das also wissen?«

»Irgendein Idiot ruft immer bei der Polizei an, wenn es was mit uns zu tun hat, ganz gleich, worum es geht. Ich hab mal angenommen, ihr hättet davon gehört.«

»Nein«, antworte ich. »Nein, deswegen bin ich nicht hier. Es geht um Thomas Heber.« Kunstpause. »Du weißt es? Dass er tot ist?«

»Wir haben heute Morgen davon gehört.«

»Weißt du, wie er gestorben ist?«

»Wie gesagt, wir haben es heute Morgen gehört.«

»Wer ist ›wir‹?«

Er zuckt mit den Schultern.

»Wie heißt du?«, frage ich.

»Wie heißt du denn?«

»Leo Junker.«

Ich halte ihm meine Hand hin. Zögernd streckt der Kerl mir die seine entgegen, sie ist eckig und hart wie ein Holzkloben.

»Oscar«, sagt er. »Oscar Svedenhag.«

»Ich will nur ein paar Fragen stellen, mehr nicht.« Ich merke, wie mich niemand direkt ansieht, aber alle mich beobachten. »Können wir woandershin gehen?«

»Das ist schon in Ordnung hier«, erwidert Oscar und stellt fest, dass die Kaffeekanne leer ist. »Einen Moment.« Er verschwindet durch einen schmalen Gang und kommt mit einer neuen Kanne, voll und heiß, zurück. »Willst du?«

»Nein, danke, schon gut. Dein Button da …« Ich betrachte das runde kleine Plastikstück, das auf seiner Brust sitzt. »R-A-F.« Ich spreche jeden Buchstaben gesondert aus, denn ich bin nicht sicher, ob man es so sagt. »Spricht man das wie in Royal Air Force oder wie bei raffen?«

»R-A-F«, verdeutlicht Oscar kühl. »Wie Radikale AntiFaschisten.«

»Und was sind Radikale AntiFaschisten?«

»Eine Gruppe.«

»So wie die AFA?«

Das lässt ihn müde und herablassend auflachen.

»In der Art.«

»Und wofür steht ›RAF-W‹?«

»Das geht dich nichts an.«

»Ich glaube doch.«

Oscar macht schweigend eine Geste zu ein paar Leuten hin, die uns hinter meinem Rücken beobachten. Dann wendet er sich wieder mir zu.

»Sprich nicht so laut. Ich habe keinen Bock auf eine Schlägerei hier.«

Ich lege die Unterarme auf den Tresen, nehme den starken, beißenden Geruch von der Kaffeekanne wahr und erwäge, trotz allem eine Tasse davon zu trinken.

»Ich glaube, dass es einen Zeugen für den Mord an Thomas gibt. Eine Frau, die möglicherweise in der RAF ist.«

»Die RAF hat im Raum Stockholm über hundert Aktive«, sagt Oscar. »Ungefähr dreißig davon sind Frauen. Da musst du schon etwas genauer werden.«

Irgendwas ist mit seinen Augen.

»Du hast ihn gut gekannt. Thomas und du, ihr kanntet euch.«

Oscar legt den Kopf schief, als würde er die Konsequenzen seiner Antwort abwägen.

»Nicht gut. Ich wusste, wer er war.«

»Das glaube ich nicht ganz.«

»Das ist mir scheißegal. Hau jetzt ab. Die Leute werden anfangen, sich zu fragen, was du zum Teufel hier verloren hast.«

»Entweder führen wir unser kleines Gespräch hier«, erkläre ich, »oder wir machen einen Spaziergang zum Bunker. Das liegt bei dir.«

Er lächelt und dreht mir den Rücken zu, dann stellt er die Backform an einen anderen Platz und säubert die Spüle. Am einen Ende der Arbeitsfläche steht eine Sammlung Messer in einem Messerblock aus Holz.

»Ist der Messerblock sonst nicht voll?«

»Wieso?«

»Ich bin von Natur aus neugierig.«

Er zögert, ihm ist bewusst, was die Antwort bedeuten kann.

»Ja, normalerweise schon. Ich weiß nicht, wo das eine ist.«

Ich kann die Klingen nicht erkennen. Es könnte eines von diesen Messern gewesen sein, vielleicht das fehlende, das jemand in Hebers Rücken gestochen hat. Ich versuche einen Blick auf Oscars Schuhe zu werfen. Die könnten Größe vierundvierzig haben.

»Hier funktionieren Ultimaten nur ganz selten, und schon gar nicht, wenn sie von einem widerwärtigen Bullen kommen.«

»Widerwärtig. Das ist mal was Neues.«

»Du magst deinen Job, was?«

»Ich habe nichts dagegen«, antworte ich wahrheitsgemäß.

»Das merkt man.«

»Woran?«

»Du magst das, andere Leute auszufragen, das Gefühl hat man jedenfalls. Als wäre das dein Ding.«

»Ich mag es nicht, wenn die Leute sich gegenseitig erstechen. Wahrscheinlich ist es eher das, was mein Ding ist.«

Oscar stutzt, und da geschieht es. Ich habe schon öfter gesehen, wie sich die Menschen verändern, wenn die Einsicht sie schließlich überfällt. Er lässt das Geschirrtuch fallen. Der große Mann scheint von einer tiefen Trauer gepackt worden zu sein.

»Wenn du meine Fragen beantwortest, lasse ich dich in Ruhe.«

Oscar beißt sich auf die Unterlippe, die Haut um das Kinn dehnt sich ein wenig, und das glänzende rote Ekzem verändert seine Form.

»Wie ausführlich muss ich sein?«

»So ausführlich du kannst.«

Die breiten Schultern sinken nach vorn, und seine Haltung wird schlaff.

»Wir haben uns in Göteborg während der Krawalle kennengelernt. Vor bald dreizehn Jahren. Wir gehörten unterschiedlichen Fraktionen an, aber innerhalb desselben Netzwerks, und wir wohnten zusammen bei demselben Typen in Göteborg.«

Seit Göteborg standen sie einander nahe, bis vor ein paar Jahren. Es war kein besonderes Ereignis, das sie sich voneinander entfernen ließ. Sie wurden älter. Thomas verschwand in der Uni, während Oscar bei der AFA blieb und nebenher im Cairo arbeitete. Vor ein paar Jahren dann hat er die AFA verlassen und ist stattdessen in die RAF eingetreten.

»Als Thomas starb, war er mit einer Feldforschung beschäftigt«, sage ich. »Warst du einer von denen, die er interviewt hat?«

»Ja, das war ich«, erwidert Oscar. »Einer von denen, die ihm Kontakt zu weiteren Leuten verschafften, die er befragen konnte. Er war ja eine ganze Weile aus der Politik draußen, zumindest was die direkten Aktionen anging. Thomas kannte die Neuen nicht und die ihn auch nicht.«

»Hast du ihm vorher auch schon mal geholfen?«

»Nein, bis dahin kam er immer allein zurecht, hat er gesagt.« Oscar nimmt eine Tasse aus dem Schrank hinter sich und gießt Kaffee ein. Die Tasse ist weiß mit einem schwarzen Aufdruck: I'D TRADE MY BOYFRIEND FOR A TRUE DEMOCRACY. »Aber diesmal nicht, also habe ich für ihn ein paar Strippen gezogen.«

»Weißt du, wer die anderen waren? Die anderen, die ihm geholfen haben?«, frage ich.

»Das wollte ich natürlich auch wissen. Aber nein, was das betrifft, war er extrem zurückhaltend mit Informationen. Er sagte, dasselbe würde für mich gelten, und auch ich wäre durch Geheimhaltung geschützt. Ich würde eine Nummer sein.«

»Welche?«

»Was?«

»Welche Nummer warst du?«

»1584.« Er nimmt einen Schluck von dem Kaffee und schielt wieder über meine Schulter. »Forscher, was? Geheimnistuer. Schlimmer als die AFA.«

»Ich wundere mich«, fahre ich fort und kratze mich am Kinn, »ich wundere mich über sein Familienleben.«

»Was ist damit?«

»Na ja, wir … er scheint keines gehabt zu haben. Männer in seinem Alter, unserem Alter, die sind meist doch wenigstens auf dem Weg, sich an jemanden zu binden. Weißt du, ob er zurzeit mit jemandem eine Beziehung hatte?«

»Nein, keine Ahnung.«

»Kam er regelmäßig hierher?«

»Regelmäßig ist das falsche Wort. Manchmal war er hier.«

»Ich habe eine Quittung, die besagt, dass er vor ein paar Tagen hier war. Am 11. 12. Ich glaube, dass er hier jemanden getroffen hat, der einen Vornamen oder einen Nachnamen hat, der mit H anfängt. Warst du da auch hier?«

»Nein, da bin ich erst abends von einer Demo in Jönköping zurückgekommen.«

»Kannst du nachsehen, wer da gearbeitet hat?«

»Wir führen keine solchen Listen, da müsste ich rumtelefonieren. Und das habe ich nicht vor zu tun.«

»Weißt du von anderen, die hier waren? Vielleicht ist einer von denen jetzt auch hier.«

»Wenn du das wissen willst, musst du sie fragen. Aber ich empfehle dir, deine Worte mit Bedacht zu wählen.«

Ich drehe mich zu den Gästen um, die wieder ihre Gespräche aufgenommen haben. Einige wenige sitzen allein und lesen, darunter ein kleiner Mann mit zu großem Kopf und Händen, die klein und hart aussehen. Er trägt eine hellgraue Lederjacke mit einem RAF-Button auf der Brust.

»Gutes Buch?«, frage ich.

»Was zum Teufel willst du?«

»Reden.«

»Nein, danke.«

»Das war kein Angebot.«

Der Mann hat noch nicht von seinem Buch aufgesehen.

Ich bin es leid.

»Gut. Möchtest du vielleicht einen erfrischenden Spaziergang mit mir zum Bunker unternehmen?«

Es wird sehr still. Hinter mir seufzt Oscar. Draußen auf der Straße hält ein Auto. Der kleine Mann legt das Buch beiseite und erhebt sich. Seine Augen erinnern an die eines Vogels, zuckend und rund stehen sie weit auseinander.

»Für was zum Teufel hältst du dich?«

Er ist einen Kopf kleiner als ich, aber das tut nichts zur Sache, denn hinter ihm erheben sich weitere vier, fünf, vielleicht noch mehr von ihren Stühlen und umringen mich und mustern mich, wie man ein Insekt studiert, das man im nächsten Moment erschlagen wird. Der kurze Mann tritt einen Schritt vor und knallt mir eine schnelle und harte Faust in den Magen.

Ich merke, wie mir die Luft wegbleibt, und falle keuchend auf die Knie.

Über meinem Kopf höre ich sie lachen.

Ich strenge mich an, um mich aufzurappeln. Es dauert peinlich lange, aber schließlich gelingt es mir. Im Augenwinkel sehe ich, wie jemand von seinem Ecktisch aufsteht und das Cairo verlässt. Eine Frau.

Ich senke den Blick und ringe nach Atem. Das hier ist alles außergewöhnlich bescheuert.

Die Männer stehen so nahe, dass ihre Brustkörbe meine Arme berühren und ihre Schuhspitzen die meinen. Keiner von ihnen scheint sonderlich böse zu sein, doch einige sind neugierig, was als Nächstes geschieht.

»Jetzt bist du dran«, sagt der Kurze zu einem von ihnen.

Da geschieht etwas. Die Tür zum Cairo geht wieder auf, und die Hände in den Manteltaschen und mit neugierigem Blick betritt Gabriel Birck das Lokal. Ein Polizist in viel zu teurem Tuch und mit einem so scharfen Profil, dass man es auf eine Münze prägen könnte. Als er die Versammlung sieht und meinen Kopf, der zwischen den Schultern der anderen herausschaut, kommt er näher und nimmt die Hände aus den Taschen.

»Alles klar hier?«

»Geht so«, flüstere ich.

»Ich empfehle Ihnen, das Lokal zu verlassen«, sagt Oscar hinter dem Tresen.

»Das klingt vernünftig«, erwidert Birck.

Ich drehe mich um, und mein Blick begegnet Oscars.

»Ruf mich an«, sage ich, kann aber nicht sehen, ob er reagiert oder nicht, denn schon bin ich draußen auf der Straße.

»Ich habe dir doch gesagt«, zischt Birck auf dem Weg zum Auto, »du sollst nichts Dummes machen.«

»Ich weiß.« Ich massiere meinen Bauch, der sich nach dem Schlag des kleinen Mannes empfindlich und leer anfühlt. »Tut mir leid.«

»Aus genau diesem Grund habe ich Nein gesagt, als du mich gefragt hast, ob ich mich darüber freue, dass wir zusammenarbeiten werden. Du bist zu unzuverlässig.«

»Tut mir leid«, entgegne ich noch einmal.

»Zum Teufel mit dir. Hast du eine Zigarette?«

Ich ziehe verschämt eine aus meiner Schachtel. Wir setzen uns in Bircks schwarzen Citroën. Der Innenraum hat einen ganz eigenen Geruch, eine Mischung aus Leder, Parfüm und Winter.

»Du solltest wegen des Schlags Anzeige erstatten«, sagt er. »Gewalt gegen einen Beamten. Dieser kleine Linksextremist sollte einfahren, dass es nur so knallt.«

Ich schüttele den Kopf.

»Vielleicht brauchen wir noch mehr Kontakt zu ihnen. Wenn wir ihn anzeigen, ist es damit vorbei, dann werden sie uns nur noch mehr hassen. Hast du jemanden gesehen, der ungefähr zur selben Zeit aus dem Cairo kam, als du reingingst?«

»Eine Frau«, antwortet Birck. »Warum?«

»Konntest du erkennen, wie sie aussah?«

»Nicht wirklich.«

»Ich glaube, das könnte unsere Zeugin sein, 1599.«

»Wie kommst du darauf?«

»Ein Gefühl.«

Birck zieht eine Grimasse und lässt den Wagen an.

»Gefühle. Für einen Polizisten vollkommen unbrauchbar.«

Ich frage mich, ob Birck recht hat. Vielleicht.

»Er hat mich widerwärtig genannt.«

»Wer?«

»Der, der zu uns gesagt hat, dass wir gehen sollen.«

»Widerwärtig«, echot Birck nachdenklich. »Das sind wir wohl alle.«

DIE OBDUKTION VON THOMAS Heber bestätigt, dass ihm jemand ein Messer in den Rücken gestochen und es dann eine Vierteldrehung herumgedreht hat. Die Klinge des Messers war sehr lang, zwischen zwölf und fünfzehn Zentimetern, und zum Teil geriffelt. Das Messer hat mehrere zentrale Arterien in der Nähe des Herzens zerfetzt, an deren medizinische Namen sich Birck nicht erinnert.

Was der Obduzent eigentlich hatte sagen wollen, war weniger kompliziert: Es ging schnell. Der Täter wusste offenkundig, was er tat, und Heber war wahrscheinlich nicht mehr als wenige Sekunden, höchstens aber eine halbe Minute noch bei Bewusstsein. Schon nach knapp einer oder zwei Minuten war es für jede medizinische Hilfe zu spät.

Einige Stunden vor seinem Tod hatte Heber eine Tasse Kaffee getrunken, und seine Gedärme waren dabei gewesen, die Reste von einem Butterbrot, das er sich zum Kaffee einverleibt hatte, zu verarbeiten.

»Wer hat die Obduktion durchgeführt?«

»Khan, zum Glück«, erwidert Birck. »Deshalb habe ich auch entschieden, nicht selbst hinzufahren, sondern mich damit zufriedenzugeben anzurufen.«

Im Übrigen war an Hebers Körper nichts Interessantes zu finden gewesen, keine verwendbaren Hautfragmente des Täters, keine Fasern, nichts. Lediglich auf einer Schulter von Hebers Mantel hatte man einige wenige Fasern entdeckt, doch die waren, wie Mauritzon sich in ihrem Bericht ausgedrückt hatte, bereits von den Elementen zerstört worden. Sie könnten möglicherweise von einem Handschuh stammen, doch nicht einmal das war klar.

»Von den Elementen zerstört«, sage ich. »Soll heißen, vom Wetter?«

»Genau.«

»Welche Schulter?«

»Was?«

»Auf welcher Schulter waren die Spuren von Fasern?«

»Links.«

»Also«, sage ich, »der Täter kommt von hinten und legt die linke Hand auf Hebers Schulter als Stütze, ehe er ihn ersticht.«

»Vielleicht«, sagt Birck. »Ich nehme es an.«

Er parkt den Wagen in der Tiefgarage des Polizeireviers. Dann stellt er den Motor aus und schnallt sich ab, bleibt aber sitzen.

»Ich habe Heber mal im Netz gecheckt«, sagt Birck. »Wenn man von den Profilen, die es von ihm in den Nazi-Foren und auf anderen Seiten gibt, absieht, war er erstaunlich unsichtbar.«

»Was steht in den Profilen?«

»Nichts, was wir nicht schon wissen. AFA, wegen Körperverletzung verurteilt, Soziologe und Wissenschaftler, bla, bla, bla. Ich kann versuchen, Informationen über die Leute zu bekommen, die die Profile geschrieben haben, bezweifle aber, dass das machbar sein wird. Wahrscheinlich wäre es Zeitverschwendung.«

»Ja, wahrscheinlich.«

Irgendwo in der Nähe flackert eine Neonröhre. Ich frage mich, ob wir es wohl ins Freie schaffen würden, wenn die Pfeiler nachgäben und die niedrige Decke über uns einstürzen würde. In der letzten Zeit kommen mir häufiger solche Gedanken. Davon habe ich niemandem erzählt.

»Irgendwas stimmt nicht«, sage ich.

»Ist das so ein Gefühl, das du hast?«

»Ja.«

Birck schweigt lange.

»Ich auch«, sagt er schließlich und öffnet die Autotür.

Vor meinem Büro steht ein Mann in schwarzem Anzug, weißem Hemd und einem schmalen, schwarzen Schlips. Sein Haar ist blond und nach hinten gekämmt. Aus der Entfernung sieht er ganz ansprechend aus, doch als ich näher komme, erkenne ich, dass der Anzug zerknittert und fleckig ist und das blonde Haar grau gesprenkelt. Er färbt es, vielleicht, um nicht so blass zu wirken, doch dieser Versuch ist höchstens zur Hälfte geglückt. Er hat die Haltung von jemandem, der auf dem Weg irgendwohin war, aber das Ziel vergessen hat. Als er mich sieht, lächelt er schwach und nimmt die Hand aus der Hosentasche.

»Leo Junker, nicht wahr?«

»Stimmt.« Ich ergreife seine Hand, die trocken und kühl ist. »Und Sie sind?«

»Paul Goffman.«

»Goffman«, sage ich. »Das kommt mir bekannt vor.«

»Haben Sie einen Moment Zeit?«

»Arbeiten Sie hier im Haus?«

»In gewisser Weise, ja.« Er schielt auf meine geschlossene Tür. »Können wir in Ihrem Zimmer sprechen? Es dauert nicht lange.«

»Ich bin sehr beschäftigt. Und was meinen Sie mit in gewisser Weise?«

»Das kann ich erklären. Ich bin hier, um Ihnen zu helfen.«

Ich habe die Hand auf die Klinke gelegt, halte aber inne.

»Mir helfen? Was soll das heißen?«

»Genau das, was ich sage.« Sein Blick flackert zwischen mir und der Tür hin und her. »Es geht um Thomas Heber.«

Ah. Unsere Verstärkung.

Goffmans Blick ist so klar, so hellblau wie Eis in starkem Sonnenlicht. Das gibt mir kein gutes Gefühl.

Als würde er nach Details suchen, die etwas über den Inhaber des Zimmers verraten, lässt Goffman seinen Blick über eine Wand nach der anderen gleiten. Das Problem mit diesem Büro ist, dass es, abgesehen von einer Kaffeetasse und einer leeren Zigarettenschachtel, nichts enthält, was man Details nennen könnte.

Aus irgendeinem Grund habe ich das Bedürfnis, mich erklären zu müssen, deshalb sage ich: »Ich bin erst seit dreizehn Tagen wieder zurück.«

»Ich weiß«, erwidert Goffman unergründlich und legt die Hand auf die Rückenlehne des kleinen Klapperstuhls. »Darf ich?«

»Natürlich.«

Der Mann lässt sich vorsichtig auf dem Stuhl nieder, als würde er ihm nicht trauen.

»Thomas Heber«, beginne ich und setze mich auf meinen eigenen Stuhl.

»Genau, der«, ergänzt Goffman und wechselt die Sitzhaltung, als wäre er eben an sein Anliegen erinnert worden. »Ich würde mir wünschen, dass Sie Heber uns überlassen.«

»Uns?«

»Ja?« Goffman runzelt die Stirn. »Uns.«

»Wer ist ›uns‹?«

»Habe ich das nicht gesagt?«

»Nein. Sind Sie von der Bundeskripo?«

»Entschuldigung«, sagt Goffman und schüttelt lachend den Kopf. »Ich war ganz sicher, ich hätte es erwähnt. Ich bin ein wenig erschöpft, habe lange nicht geschlafen. Säk. Ich sitze bei der Säk, und wir …«

»Sie meinen die Säpo.«

Ich sollte mein Erstaunen verbergen, doch das gelingt mir nicht. Goffman ist entschieden weniger verwirrt, als er vorgibt.

»Das stimmt.«

Die Sicherheitspolizei, kurz »Säpo«, sitzt nicht mehr hier im Haus, sondern ist im Laufe des Herbstes in eigene, versteckte Räume draußen in Solna umgezogen. Und er sagt »Säk« und nicht »Säpo«. Säk nannte man vor Urzeiten den militärischen

Nachrichtendienst, das heißt, er ist schon ziemlich lange dabei.

»Verstehe.«

»Das habe ich mir gedacht. Und wir müssen das jetzt übernehmen.«

»Sie müssen das übernehmen?«

»Ganz genau.«

»Müssen?«

Goffman gleicht einem Schachspieler, der versucht, das Brett zu analysieren, um die Logik des gegnerischen Zugs zu ergründen. Zumindest möchte er so aussehen.

»Ganz genau«, sagt er noch einmal.

»Okay.« Ich stütze die Unterarme auf die Tischkante, es sticht in meinem Magen, vielleicht eine Nachwirkung des Faustschlags aus dem Cairo. »Warum? Warum müssen Sie das?«

»Das sind Details, die ich, wie Sie sicherlich verstehen werden, nicht mit Ihnen diskutieren darf.«

»Haben Sie das weiter oben abgesprochen?«

»Das ist doch selbstverständlich.«

»Wie weit oben? Weiß Olausson Bescheid?«

»Ihm ist durchaus bewusst, worum es hier geht, und er hat den Platz frei gemacht. Wir setzen unseren eigenen Ermittlungsleiter ein.«

Ich starre auf die leere Zigarettenschachtel, nehme sie, knülle sie in der Hand zusammen und werfe sie in den Papierkorb.

»Sie sollten das mit Birck besprechen. Er ist der Ermitt…«

»Ich werde auch mit Gabriel sprechen.«

Ich mag es nicht, unterbrochen zu werden. Wütend starre ich ihn an, glaube aber nicht, dass er es wahrnimmt oder sich darum schert.

»Was macht den Mord an Heber zu einem Anliegen für Sie?«

»Ach, Sie«, sagt Goffman und lacht auf, wobei er eine saubere, gleichmäßige Zahnreihe zeigt, das eine Bein über das andere legt und ein wenig mit dem Zeigefinger wedelt. »Sie sind wirklich ein Schlauer. Ich darf das nicht mit Ihnen diskutieren.«

»Keine Details«, sage ich und verspüre plötzlich den Impuls, ihm in die Fresse zu schlagen. »Sie haben gesagt, Sie dürfen keine Details diskutieren. Aber wenn Sie den Fall übernehmen, dann will ich wissen, warum. Das ist kein Detail.«

»Das ist korrekt«, sagt Goffman. »Entschuldigen Sie, aber dieser Stuhl hier ist schrecklich unbequem.«

»Ich glaube, das hat einen Grund.«

»Natürlich. Das kann gar nicht anders sein. Stört es Sie, wenn ich stehe?«

»Nein.«

Goffman erhebt sich und ist unnatürlich groß, wie er da in seinem zerknitterten Anzug vor mir steht, sich mit einer Hand durchs Haar fährt und das Sprossenchaos von einem Stuhl betrachtet.

»Wenn man will, dass ein Mensch sich unwohl fühlt, muss man ihm Kleider ohne Taschen geben. Das muss bei diesem Stuhl das gleiche Prinzip sein.«

»Wie meinen Sie das?«

»Offenbaren nicht Menschen, die sich unwohl fühlen, mehr über sich selbst?« Er wedelt mit der Hand. »Wie auch immer. Heber hatte eine Vergangenheit in extremistischen Linksgruppierungen. Das wissen Sie ebenso gut wie ich. Dann macht er einen auf bürgerlich und so etwas wie einen Pseudowissenschaftler an der Universität, und worüber forscht er? Soziale Bewegungen links außen. Im Prinzip also über sich selbst. Und jetzt kommt jemand und sticht ihm ein Messer in den Rücken. Glauben Sie, das ist ein Zufall?«

»Ich glaube«, antworte ich, »dass Sie höflich sind und mich glauben machen wollen, ich wüsste ebenso viel wie Sie. In Wirklichkeit wissen Sie viel mehr, als Sie zugeben.«

Wieder sieht Goffman verständnislos drein.

»Und was sollte das sein?«

»Zum Beispiel den eigentlichen Grund, warum Sie, also die Säpo, das hier übernehmen wollen. Was Sie mir bisher genannt haben, sind Vorwände. Wir haben durchaus schon in vergleichbaren Fällen ermitteln dürfen.«

»Ah«, sagt Goffman und erhebt wieder seinen Zeigefinger. Seine Finger sind lang und knochig, wie man sie bei einem Taschendieb oder einem Zauberer erwartet. »Details.«

»Wenn Sie uns die Ermittlung wegnehmen, dann will ich wissen, warum.«

»Das sagten Sie bereits«, erwidert Goffman, steckt den Zeigefinger und den Rest seiner Hand in die Hosentasche und unternimmt ein paar Schritte im Zimmer hin und her, als würde ihn die Situation beunruhigen. »Aber weder will noch muss ich darauf antworten. Außerdem haben Sie einen falschen Ausgangspunkt. Sie sprechen von ›wir‹ und ›ihr‹, doch diese Aufteilung ist falsch. Wir arbeiten hier alle für dasselbe Ziel.«

»Sie haben mit ›wir‹ und ›ihr‹ angefangen, nicht ich.«

Er hält inne. Dann zuckt er mit den Schultern.

»Sie haben keine Wahl«, entgegnet er mit einer Stimme, die fast traurig klingt, aber ebenso gut spöttisch oder höhnisch gemeint sein kann.

»In dem Fall will ich Papiere über die Angelegenheit sehen.«

»Das können Sie. Ich würde nicht hier stehen, wenn ich die nicht hätte, aber ich habe sie gerade nicht dabei.«

»Wie schade«, sage ich.

»Geben Sie mir die Ermittlungsprotokolle. Die Zeit könnte knapp werden.«

»Die habe ich nicht hier, Birck hat sie.«

»Hm«, brummt Goffman. »Dann schicken Sie mir die per Boten.« Er geht zur Tür. »Vielen Dank, dass Sie sich die Zeit genommen haben. Gutes Lucia-Fest.«

»Wer ist es?«

Goffman hält inne.

»Wie bitte?«

»Gegen wen ist die Bedrohung gerichtet?«

»Entschuldigung, aber was meinen Sie jetzt?«

»Es gibt eine Bedrohung gegen jemanden, und die ist mit Hebers Tod verknüpft. So viel begreife ich. Und deshalb übernehmen Sie den Fall. Ich will wissen, wem die Bedrohung gilt.«

Er hebt wieder den Zeigefinger. »Details.« Dann zwinkert er, lächelt und verschwindet.

Ich betrachte den Besucherstuhl. Nach einer Weile, vielleicht einer Minute, erhebe ich mich und gehe um den Tisch herum und lasse mich auf den Klapperstuhl sinken.

Goffman hatte recht. Der ist richtig unbequem. Vor mir sehe ich meinen eigenen leeren Stuhl auf der anderen Seite des Tisches und bleibe erst einmal sitzen.

Can't think of anything to think.

»ICH ... ÖH ...«, ist eine Stimme von der Tür zu vernehmen, und ich wende den Kopf. Draußen wartet Birck. »Was tust du denn?« Er macht ein paar Schritte ins Zimmer und schließt die Tür hinter sich. »Warum sitzt du nicht auf deinem eigenen Stuhl?«

»Ich ... weiß nicht.«

Birck lässt sich auf meinem Schreibtischstuhl nieder. Ich stelle mir die Innenseite meines Kopfes vor. Nichts als Nebel, keine Gedanken, die es wert wären, so genannt zu werden.

»Wie zum Teufel sitzt du denn hier?«, murmelt er, reißt an den Griffen unter dem Sitz und stellt die Rückenlehne ein.

»Es hat eine Stunde gedauert, das alles richtig einzustellen.«

»Und trotzdem sitzt du wie ein krummer alter Opa.«

Mein Handy summt und nimmt eine Nachricht von Sam entgegen.

– *Können wir uns statt heute auch morgen sehen?*

Ich schließe die Augen. Freitag oder Samstag hat keinerlei Bedeutung, aber ich frage mich, warum sie es diesmal verschieben will.

– *Ja,* schreibe ich, *wenn du wirklich willst*

– *Ja*

– *Gut*

Birck räuspert sich, lehnt sich auf dem Stuhl zurück und legt dann die Füße auf den Schreibtisch.

»Wir haben keine Ermittlung mehr«, sage ich und hebe den Blick vom Handy.

»Was?«

Während ich von Paul Goffmans Besuch erzähle, schaut mich Birck entgeistert an, bis er schließlich völlig ausdruckslos dreinblickt. Einen Moment lang sieht er so aus, als würde er etwas in der Innentasche seines Jacketts suchen, eine Zigarettenschachtel vielleicht oder einen Kamm, doch dann sitzt er nur weiter da und starrt auf seine Schuhe.

»Plötzlich und unerwartet«, ist sein einziger Kommentar.

»Meinst du das ironisch?«

»Würde ich meinen. Hatte er Papiere dafür?«

»Nein, aber die gibt es.«

»Bist du sicher?«

»Ja.«

Birck nimmt die Füße vom Tisch, steht auf und fährt sich mit der Hand durchs Haar.

»Teufel auch.«

»Goffman hat mir nicht den wahren Grund dafür genannt, warum sie übernehmen, da bin ich ganz sicher. Was er mir gesagt hat, waren Vorwände.«

»Es kann hunderttausend Gründe geben, und wahrscheinlich ist nicht einmal die Hälfte davon legitim. Doch es wird wohl etwas mit Hebers revolutionärer Vergangenheit zu tun haben.«

»Ja«, stimme ich zu. »Das hat Goffman jedenfalls behauptet. Aber wer weiß das schon.«

»Und die sollen jetzt alles kriegen, was wir haben?«

»Alles, was in den Ermittlungsprotokollen steht.«

»Und«, fragt Birck mit gesenkter Stimme, »haben wir denn etwas bei der Ermittlung gefunden, was nicht in den Protokollen steht?«

»Möglicherweise«, sage ich und schiele unwillkürlich zu dem Ordner auf dem Schreibtisch und Thomas Hebers Notizen aus der Feldstudie, die darunter hervorsehen.

»Hab ich es mir doch gedacht.«

»Er hat jemanden erwähnt«, sage ich. »In seinen Notizen.«

»1599? Das wissen wir schon.«

»Nein, jemand anderen. Am 7. Dezember interviewt er jemanden, den er 1601 nennt, und der erzählt ihm noch etwas anderes. Ich weiß nicht, ob sie von Personen reden, aber man muss wohl davon ausgehen. Es können auch Gruppen sein, Organisationen oder was auch immer. Jedenfalls nennt 1601 noch eine Person, die offensichtlich diejenige ist, die ›es tun wird‹. Was immer das bedeutet.« Ich hebe den Ordner hoch und gebe Birck den Ausdruck. »Lies selbst.«

Birck nimmt den Stoß, blättert zu der Seite und liest mit zusammengezogenen Augenbrauen.

»Hm«, sagt er dann, mehr nicht.

»Weiter unten hast du den Eintrag vom 9. Dezember. Da versucht Heber, mit dem Mann, den 1601 ihm nennt, Kontakt aufzunehmen, glaube ich, aber dieser Mann weigert sich, ein Interview zu geben.«

»Man kann nicht herauslesen, ob es die Person ist, auf die er sich bezieht«, gibt Birck zu bedenken. »Heber schreibt schließlich nicht mehr, als dass er mit ihm gesprochen und versucht hat, ihn zu einem Interview zu bewegen, und dass der Mann dies abgelehnt hat.«

»Ich weiß. Aber es könnte dieselbe Person sein, auf die er sich bezieht.«

»In dem Fall müsste Heber ihn doch kennen«, bemerkt Birck, den Blick auf den Ausdruck gerichtet. »Sie müssten einander kennen. Oder Heber müsste zumindest wissen oder annehmen, dass die Person nicht mit ihm oder einem wie ihm reden will. Hier«, sagt er und setzt den Finger auf die Seite. »›Ich bezweifle, dass er reagieren wird, wenn er weiß, dass ich es bin.‹«

»Exakt.«

Birck klappt den Ausdruck zu und legt ihn auf den Tisch.

»Halt, warte. Sieh dir den letzten Eintrag noch mal an.«

Er blättert zur letzten Seite.

»›Sehe heute 1599, um zu reden. Vielleicht werde ich erzählen, was ich gehört habe. Ich weiß es nicht. Vereinbart ist unser üblicher Treffpunkt 2230. Bin nervös und unruhig, unentschlossen. Habe heute nicht viel zustande gebracht.‹ Darf ich das hier jetzt mal weglegen?«

»Die Frage ist, ob er mit 1599 über das, was er von 1601 gehört hat, gesprochen hat. In dem Fall weiß die Person es. Ja, jetzt kannst du es weglegen.«

»Gut«, sagt Birck, »aber das hat vielleicht nicht den geringsten Zusammenhang mit dem Mord an Heber.«

»Ich weiß. Aber vielleicht doch.«

»Wenn du so viel weißt, warum sagst du mir dann nicht mehr?«

Ich seufze, schüttele den Kopf. Nichts passiert. Alles ist still. Es juckt mich in den Fingern. Ich will ein Sobril. Wann habe ich das letzte Mal eines genommen? War das, ehe ich ins Cairo ging? Oder ist es nicht noch länger her?

Birck erhebt sich von dem Stuhl und geht zur Tür.

»Wie nimmt man mit jemandem Kontakt auf, wenn man es nicht per Telefon oder Mail tut?«, frage ich.

Er dreht sich um.

»Keine Ahnung. Brieftauben? Telegramm? Rauchzeichen?«

»Wie witzig du bist.«

»Ganz egal, es ist sowieso nicht mehr unser Problem. Schick die Ausdrucke auch mit zur Säpo, damit wir keinen Ärger kriegen. Wir sehen uns morgen.«

»Morgen ist Samstag.«

»Ja, und?«, fragt Birck.

»Doch, klar«, erwidere ich von dem unbequemen Stuhl aus, »wir sehen uns.«

II

A town full of heroes and villains

14.12.

CHRISTIAN SITZT DRAUSSEN IN Enskede bei seinem Freund zu Hause auf dem Sofa. Im Fernsehen äußert sich ein Parteiführer über eine unbedeutende Frage. Sie haben den Ton abgedreht, um den Scheiß nicht mit anhören zu müssen. Manchmal ist es das Einzige, was man noch tun kann.

Eines nach dem anderen liest Christian die Worte auf der großen Banderole, die über dem Fernseher an der Wand hängt. Er denkt an das Messer und wie es sich anfühlte, als er es unter der Jacke trug.

»Willst du ein Bier?«, fragt Michael aus der Küche.

»Du hast nicht zufällig einen Whisky?«

»Doch.«

Michael kommt mit zwei runden Gläsern, die ein paar Fingerbreit mit Whisky gefüllt sind.

»Verdammt, wie siehst du bloß aus«, sagt er und gibt Christian eines der Gläser.

»Ich habe nicht sonderlich gut geschlafen.« Christian hebt den Blick. »Aber du, oder was?«

»Ja. Warum?«

»Wenn man bedenkt ...«

»Ich habe es nicht getan, weil ich es wollte. Ich war gezwungen. Das weißt du.«

»Schon, aber hast du denn nichts ... gefühlt?«

Michael nimmt mit verkniffener Miene einen Schluck.

»Also, wenn du es nicht wärst, würde mich die Frage ganz schön wütend machen.« Er stellt das Glas ab. »Verdammt, was glaubst du denn? Natürlich habe ich das. Aber gewisse Dinge ...« Er zögert. »Das habe ich im Knast gelernt. Gewisse Dinge muss man einfach trotzdem tun. Und das hier war notwendig, sonst wäre womöglich alles andere den Bach runtergegangen.«

Christian will aufstehen und weggehen, aber er kann nicht. Also bleibt er sitzen.

Sie hatten sich auf der Party kennengelernt und trafen sich dann immer wieder auf Festen, denn so lief das damals, und vielleicht läuft es heute immer noch so. Jedes Mal, wenn sie sich sahen, hatte Michael ein neues Handy, immer ein Nokia. Christian besaß kein eigenes, bekam aber eines von Michaels.

»Du kannst das nehmen«, sagte Michael. »Es hat Snake. Aber wenn du meinen Rekord einstellst, werde ich sauer.«

Eine Woche dauerte es, bis Christian den Rekord einstellte. Er sagte aber nichts davon, sondern tauschte seine Brille gegen Kontaktlinsen und schluckte Roaccutan gegen die Akne, drei Tabletten am Tag. Nach einem halben Jahr war seine Haut glatt und weich, und danach hatte er keinen Pickel mehr.

Christian wusste nicht so viel über seinen neuen Freund. Es war jedoch klar, dass er nicht aus Stockholm stammte, denn wenn er betrunken war, kam ein ganz anderer Dialekt aus seinem Mund, warm und rollend, satter als der, den er sonst sprach.

»Verdammt, woher bist du eigentlich?«, fragte Christian lachend.

»Borlänge.«

»Und wo zum Teufel liegt das?«

»In Dalarna.«

»Das ist ja in Norrland!«

»Dalarna liegt mitten in Schweden. Norrland fängt ungefähr fünfhundert Kilometer nördlich von Dalarna an.«

»Und wie bist du dann hier gelandet?«

»Mama hat sich scheiden lassen und hat hier einen neuen Typen kennengelernt. Ich war so sechs oder sieben Jahre alt, als wir umgezogen sind.«

»Wolltest du denn umziehen?«

Michael zuckte mit den Schultern und grinste.

»Wenn man so klein ist, will man doch nie, dass sich irgendwas verändert. Aber es war okay.«

Michaels Mutter und ihr neuer Freund arbeiteten beide für Versicherungen. Sie waren eine Familie, die sich ein eigenes Haus leisten konnte.

Christian selbst war in Stockholm geboren und erst in Bredäng und dann in Hagsätra aufgewachsen. Seine Mutter arbeitete als Kassiererin in einem der Läden am Marktplatz, und sein Vater … ja, was sein Vater nun machte, das wusste der wahrscheinlich nur selbst, und ihm hätte Christian liebend gern eins in die Fresse gegeben, wenn er je wieder in den Genuss gekommen wäre, ihn zu treffen. Der Typ war abgehauen, als Christian zehn Jahre alt war, und hatte nie wieder etwas von sich hören lassen. Seine Mutter behauptete, er würde mit irgendeiner Frau irgendwo an der Westküste sitzen. Sonst sprachen sie nie von ihm.

Vielleicht war dies der Auftakt zum ersten Streit zwischen Christian und seinem neuen Freund. Hinterher war das nicht mehr so klar zu erkennen.

Auch wenn schon viele Jahre seither vergangen waren, konnte Christian doch noch immer jedes Mal, wenn er an seinen Vater dachte, den Verrat fühlen. Wie er am Morgen aufwachte und feststellte, dass sie in der Wohnung nur noch zu dritt waren. Dass der große Fjällräven-Rucksack von Papa, den er immer dabeihatte, wenn sie nach Skåne in die Ferien fuhren, fehlte. Christians Mutter lag wach im Bett und weinte. Es war ein Dienstag gewesen, sogar daran erinnerte er sich. Anton war in seinem Zimmer, und als Christian fragte, warum der Vater nicht zu Hause sei, sah er ihn verständnislos an.

»Weiß ich nicht. Ist mir auch scheißegal.«

Anton und sein Vater waren nie miteinander ausgekommen. Sie waren einander zu ähnlich, zumindest erklärte Mama das so, vielleicht weil es am einfachsten war.

»Was ist, wenn er nicht mehr nach Hause kommt?«, fragte Christian.

»Das wird er schon«, erwiderte Anton desinteressiert. »Und jetzt raus aus meinem Zimmer.«

»Ja, wäre es denn besser gewesen, wenn sie weiter zusammengelebt und gezankt und gestritten hätten und unglücklich gewesen wären?«, wandte sein neuer Freund jetzt ein.

Es war früher Abend im Herbst, und sie saßen auf einer Bank in der Nähe des Sportplatzes Hagsätra. Das Gras zu ihren Füßen war vom Frost gefroren. Einsame Läufer rannten, vom starken Flutlicht kalt angestrahlt, stur im Kreis herum. Aus ihren Mündern stieg der Atem in kleinen weißen Wölkchen auf.

Manchmal, spätabends, lief Christian selbst dort. Schon viele Jahre machte er das und konnte sich nicht mehr erinnern, wann er damit angefangen hatte. Wie alt war er gewesen, elf, zwölf? Auf dem Sportplatz hatte er immer das Gefühl, als wäre das Himmelszelt hoch oben weiter entfernt, und eine Runde nach der anderen zu laufen, war wie eine Reinigung.

»Sie hätten es klären können«, sagte Christian jetzt. »Wenn er nur dageblieben wäre und ein bisschen dafür gekämpft hätte, dann hätten sie …«

»Das weiß man nicht.«

»Doch, das weiß ich. Sie hatten vorher ja auch schon mal Probleme gehabt und haben sie immer gelöst.«

Sie waren fünfzehn und glaubten beide, dass sie alles verstehen würden. Doch in Wirklichkeit kapierten sie gar nichts.

Später dann suchte Christian in der Jeanstasche nach seinem Portemonnaie, konnte es aber nicht finden. Sie teilten sich eine Flasche Alkohol, die Michael in Salem billig gekauft hatte, und erst meinte Christian, er wäre zu besoffen und hätte das Portemonnaie verloren. Er sah sich, so gut es ging, in der Dunkelheit um, konnte es aber nicht finden.

»Komischsch?«, lallte er. »Ich war total sicher, dass ich es habe.«

»Wahrscheinich hassus su Hause gelassen«, lallte Michael zurück und nahm einen Schluck aus der Flasche. »Ichabs nich esehen, seit wir hier sitzen.«

Sie schwankten beide, und Christian hatte das angenehme Gefühl, alles würde sich auf die Seite neigen. Es dauerte, bis er den Blick fixieren konnte. Michael kletterte von der Bank, um an einer der Kabinen an der Längsseite des Sportplatzes zu pinkeln. Schwankend stolperte er und fiel dann zu Boden. Er lachte, und Christian auch.

Im Fallen glitt etwas aus Michaels Jackentasche: ein Portemonnaie. Christian sah es aus dem Augenwinkel und kniff die Augen zusammen. Michael versuchte, sich hochzurappeln.

»Was, zum Teufel …«, fing Christian an, beugte sich vor und nahm die Brieftasche.

Er öffnete sie. Es war seine.

»Was ist das denn hier?«

»Dein Portemonnaie.«

»Eben hast du doch gesagt, dass du …« Die drei Hunderter fehlten. »Wo ist das Geld?«

»Weiß ich nicht.«

»Du hast mein verdammtes Portemonnaie geklaut.«

Michael kam auf die Füße und lachte leichthin.

»Ich wollte es dir ja später zurückgeben, wenn du so richtig paranoid bist.«

Doch sein Tonfall war so anders, dass Christian ihm nicht glaubte.

»Bist du irgendein verdammter Sozialfall, oder was? Wer macht denn so was? Gib mir mein Geld zurück!«

Im nächsten Moment lag Christian mit pochender Wange und einem schneidenden Schmerz im Kiefer vor der Bank auf dem Rücken. »Verdammt«, keuchte er und bemühte sich, wieder hochzukommen.

Er stützte sich auf die Bank, und als er endlich stand, packte er Michaels Pullover und warf sich über seinen Freund, drückte ihn nieder und ballte die rechte Faust.

Das Ganze war binnen weniger Sekunden vorüber, doch kam es ihnen viel länger vor, wie sie da neben der Bank lagen und einander ins Gesicht schlugen und sich, so gut sie konnten, gegenseitig das Knie irgendwohin rammten. Christian gelang es, seinem Freund eine aufgeplatzte Augenbraue zuzufügen, und in seiner eigenen Nase knirschte es. Ein Zahn saß locker.

»Wer zum Teufel klaut denn seinem Freund das Portemonnaie?«, keuchte Christian.

»Wer nennt einen anderen Sozialfall? In der Schule kann man doch sehen, wer auf Sozialhilfe ist und wer nicht. Vergleich die nicht mit mir.«

»Das habe ich nicht getan.«

»Halt die Schnauze.«

Später fuhren sie zum Notdienst, sagten, sie seien von ein paar Migranten angegriffen worden. Das hatten sie sich so ausgedacht, es war die einfachste Lösung. Sie wurden verbunden und genäht, und währenddessen wurde bei der Polizei Anzeige wegen Körperverletzung erstattet, aber es passierte nichts, was auch kein Wunder war.

Auf dem Weg vom Notdienst nach Hause streckte Michael in der Dunkelheit eine Hand aus, in der lagen drei Hundertkronenscheine.

»Wann kommen die anderen?«, fragt Christian jetzt.

»In einer Stunde ungefähr. Wir beraten uns, denken uns eine Strategie aus, und dann legen wir los.«

Sein Handy summt. »Jonathan ist schon unterwegs«, sagt er mit Blick auf das Display.

Jonathan. Der Arme ist im Sommer auf Amphetamine gekommen, und seither haben sie ihn ausgenutzt. Jonathan, der nichts weiß. Oder ahnt er vielleicht etwas?

Im Fernsehen redet die Nachrichtensprecherin mit dem Blick in die Kamera. Neben ihr prangt ein Bild vom Parteiführer der Schwedendemokraten.

»Pfui Teufel«, sagt Michael. »Schalt den Scheiß aus.«

»Willst du es nicht hören?«

»Ich will nichts hören, was mit diesem Schwein zu tun hat.«

Christian hebt die Fernbedienung. Der Bildschirm wird schwarz.

STOCKHOLM, VON OBEN BETRACHTET ein Wirrwarr an Wasser und Grün, dazu hier und da ein paar kleine Plantagen aus Hochhäusern, Einfamilienhäusern und Gebäuden. Die Menschen haben vor Langem schon vergessen, dass allein die Tatsache, dass die Natur sich nicht erhebt und sie abschüttelt, sie vom Untergang trennt. Hunderte von Jahren ist es her, dass die Natur ihr wahres Gesicht gezeigt hat, und wenn man bedenkt, wie sich der Mensch benimmt, dann ist das eigentlich erstaunlich.

»Finden Sie nicht?«, sagt der Taxifahrer abschließend.

Ich sitze in einem Auto, das sich durch die Straßen von Kungsholmen bewegt, wenige Kilometer von jenem Hinterhof in Vasastan entfernt, in dem jemand ein Messer in Thomas Hebers Herz stach. Es ist Spätnachmittag, die Dunkelheit hat sich über die Stadt gelegt. Im Radio singt jemand: *If you got no place to go, let it snow, let it snow, let it snow.* Vor uns türmt sich das St. Görans auf.

»Was?«, frage ich.

Der Taxifahrer seufzt geräuschvoll.

»Nichts.«

Das Auto bleibt auf dem Vorplatz stehen, ich bezahle bar und steige in die Kälte hinaus. Ich glaube, ich wünsche dem Taxifahrer noch einen schönen Abend. Er wartet, ohne etwas zu erwidern, bis die Tür zuschlägt, und fährt dann davon. Ich bleibe stehen und sehe den roten Rücklichtern nach. Dann rauche ich eine Zigarette.

Ein weiteres Auto kommt. Es biegt auf den Parkplatz ein, fährt in eine Lücke, Scheinwerfer und Motor gehen aus, danach tut sich nichts mehr. Ich lasse die Zigarette zu Boden fallen. Es zischt im Schnee.

Die Besucherräume sind einfach, kühl und still. Im St. Görans hält man das für besser. Hier werden die Seelen verwahrt, die auf die eine oder andere Weise in den Abgrund geschaut und erlebt haben, wie der Abgrund zurückgestarrt, kurz geblinzelt und dann versucht hat, sie zu verschlingen.

Ein berühmter Physiker sitzt hier, nachdem er seine Lebensgefährtin ermorden wollte. In den Zeitungen ist über ihn geschrieben worden – er hatte entdeckt, dass sie sich, während er die Nächte in einem Labor in der Technischen Hochschule verbrachte, mit seinem Kollegen vergnügt hatte, der noch dazu ein wissenschaftlicher Rivale mit irgendeiner Theorie darüber war, warum etwas so ist, wie es ist. Eines Abends kam der Physiker früh nach Hause und fand den Rivalen und die Lebensgefährtin im selben Bett. Überarbeitet und mit einem gehörigen Schlafdefizit auf dem Buckel versuchte er, beide umzubringen, doch das gelang ihm nicht.

Andere, die hier einsitzen, sind irgendwann einmal in eine Psychose gefallen und nie wieder herausgekommen, haben sich aber, bevor sie Schiffbruch erlitten, noch die Mühe gemacht, ein oder zwei Gewaltverbrechen zu begehen. Alle stehen sie unter starken Medikamenten. Erstaunlich wenige schleppen Kindheitstraumata mit sich herum. Erstaunlich viele schleppen gar nichts mit sich herum.

Ich hätte auch hier landen können. Wenn es schlimmer geworden wären, wenn die Dinge ein wenig mehr aus dem Ruder gelaufen wären. Vielleicht hätte ein Flüstern in der Dunkelheit genügt. Vielleicht würde das heute auch noch genügen.

»Lange nicht gesehen«, begrüßt mich Johanna, die Schwester, und begleitet mich zum Besucherraum.

»Ich weiß. Ich werde mich bessern.«

»So habe ich das nicht gemeint. Man sollte sich nicht zu viel abverlangen. John kommt gleich. Ich bin hier draußen, wenn was ist.«

»Danke.«

Sie geht aus dem Raum, lässt aber die Tür offen.

Die ersten Male, als ich hierherkam, durfte ich keine Schuhe anhaben. Ich musste meinen Gürtel ablegen und ihn zusammen mit Schlüsseln, Handy und Feuerzeug in eine Plastikkiste legen. Dann wurde ich durchsucht. Das geschah zu meiner eigenen Sicherheit sowie der der Patienten und der Angestellten, denn es hatte zuvor mehrere Ausbruchsversuche gegeben. Der berühmte Physiker hatte beispielsweise einem anderen Patienten dermaßen Angst eingejagt, dass dieser überzeugt davon war, seine Familie wäre gekommen, um ihn mit in eine Gaskammer zu nehmen. Wenn man so etwas ernst nimmt, und hier drinnen ist die Versuchung groß, das zu tun, dann ist das durchaus ein Grund zur Flucht.

Selten, aber doch deutlich hört man die Geräusche, die verraten, dass irgendetwas nicht ganz normal ist. Ein monotones Klopfen an die Wände, ein gebetsmühlenartiges Gemurmel, einzelne Ausbrüche. Doch meist herrscht das besonders beredte Geräusch: Schweigen. Als läge die Welt in tiefem Schlaf.

Im Flur ist das Rasseln von Ketten zu hören. Grim wird von Schließer hereingeführt, einem Wärter, den ich kenne. Er ist ein Büffel mit rasiertem Schädel, sommersprossiger Haut und rotem Ziegenbart. Während seiner Jugend, die mit jedem Mal, wenn wir uns treffen, weiter entfernt zu sein scheint, war Schließer einige Jahre in der Hooliganszene von Stockholm aktiv und beging eine Körperverletzung mit Todesfolge. Er durchlief eines der Reformprogramme des Strafvollzugs, und mithilfe von Kontakten begann er bald, selbst im Vollzug zu arbeiten, wo er den Spitznamen »Schließer« bekam. Später bewarb er sich auf eine Stelle im St. Görans, die er sicherlich wegen seiner Statur auch bekam.

»Leo Junker«, sagt er, »lange her. Schön, dich zu sehen.«

»Finde ich auch.«

Wir geben uns die Hand. Das fühlt sich gut an, Schließer hat einen beruhigenden Händedruck. Er hilft Grim, sich auf den

Stuhl zu setzen, was eine Weile dauert. Grims Hände sind gefesselt, und von den Händen verläuft eine Kette zu den Füßen, und in solch einer Montur geht niemand schnell. Das ist kein Standarddress im St. Görans, aber Grim wird für so gefährlich angesehen, dass er die Kette tragen muss. Er vermeidet es, Schließer anzusehen, und betrachtet stattdessen einen unsichtbaren Punkt auf dem Boden zwischen seinen Füßen.

»Wir sind draußen«, erklärt Schließer.

»Ich weiß.«

Es gelingt mir, ihm ein schwaches Lächeln zu senden, und dann warte ich, bis er aus dem Zimmer ist und die Tür hinter sich zugemacht hat, ehe ich mich Grim zuwende.

Die Zeit im St. Görans hat ihn, der einmal mein Freund war, verändert. Das ehemals kurze Haar ist jetzt länger, aber ungepflegt und ungleichmäßig geschnitten. Die Wärter haben erzählt, dass er sich manchmal im Schlaf Büschel davon ausreißt. Die Medikamente haben dazu geführt, dass er zugenommen hat, und das Gesicht ist unnatürlich aufgequollen. Außerdem hat er davon die Fähigkeit verloren, Farben zu sehen, eine seltene Nebenwirkung, die aber bewiesenermaßen auftreten kann. Vielleicht lügt er auch. Das weiß keiner. Was John Grimberg betrifft, gibt es eigentlich niemanden, der etwas weiß.

Sein Blick ist leer und grau und spiegelt nichts wider als die Tischplatte zwischen uns.

»Hallo«, sagt er.

»Hallo.«

»Du hast wieder dafür gesorgt, dass sie mir mein Handy wegnehmen.«

»Es war auch diesmal nicht dein Handy.«

Grim zuckt mit den Schultern und senkt den Blick erneut.

»Du wolltest mich treffen«, sage ich. »Hier bin ich.«

»Wie läuft's mit Sam?«

»Willst du das wissen?«

»Hast du sie neulich gegrüßt?«, fragt Grim.

»Nein.«

»Warum nicht?«

»Ich hab's vergessen.«

»War das eben eine Lüge?«, fragt Grim grinsend.

Wenn er lächelt, ist er wieder siebzehn, und tief in meinem Innern erzittert etwas.

Ich weiß nicht, das wievielte Mal ich ihn besuche. Und jedes Mal habe ich das Gefühl, als würde ich in eine Blase eintreten, in der Zeit und Raum leicht verdreht und schief sind. Manchmal bin ich überzeugt davon, über eine Stunde dagesessen zu haben, wenn in Wirklichkeit nicht mehr als zehn Minuten vergangen sind. Ein andermal bin ich sicher, eben erst gekommen zu sein, und wenn ich das Krankenhaus verlasse, merke ich, dass ich über zwei Stunden mit ihm verbracht habe.

Grim hat nichts zu tun oder zumindest nicht viel, was man Freizeit nennen könnte. Die Patienten im St. Görans absolvieren ein intensives Behandlungsprogramm, bekommen starke Medikamente, und alle Insassen der Forensischen Psychiatrie werden überwacht wie Gefangene, die sie ja eigentlich auch sind. Grim unterliegt zudem noch diversen Restriktionen und darf nicht von jedem, den er sehen will, Besuch bekommen.

Anfangs war Grim derjenige, der Kontakt zu mir aufgenommen hat, und nicht umgekehrt. Die Leute vom Personal sagen, dass ihn niemand sonst besucht, außer vielleicht ab und zu ein Polizist, der ihn wegen irgendwelcher Verbrechen befragen will, zu denen er auf die eine oder andere Weise Informationen besitzt. Grim hat keine Familie und keine Freunde. Und seine Bekannten sind von der Sorte, dass man es nicht für gut erachtet, wenn er sie trifft. Vor ungefähr einem Monat schaffte es ein Mann namens Jack, sich Zutritt zu verschaffen. Früher hatte er als Polizist gearbeitet, wahrscheinlich ist es ihm deshalb gelungen. Dabei hat er schon vor vielen Jahren dem Gesetz und der Truppe den Rücken gekehrt und erledigt jetzt Aufträge für die Gruppierung, die ihm jeweils am meisten zahlt. Es ist unklar, was er von Grim wollte, doch was auch immer es war, es muss um viel Geld gegangen sein. Nach diesem Vorfall ist das Personal noch vorsichtiger geworden und kontrolliert noch genauer, wer ihn besuchen darf.

Trotzdem gelingt es Grim, an Handys und Zigaretten zu kommen. Und wer das schafft, der kann sich auch andere Sachen besorgen. Zum Beispiel Waffen.

Vielleicht ist Grim tatsächlich verrückt. Wie auch immer, es ist auf jeden Fall kaum gesund für ihn, den ganzen Tag hier drinnen zu sein. Grim ist kein sozialer Mensch, das war er noch nie, aber die geschlossene Welt von St. Göran kann jeden fertigmachen. Manchmal, wenn wir einander so gegenübersitzen, merke ich, wie ich still mit ihm mitleide.

Das war vielleicht auch der Grund, weshalb ich mich nach langem Überlegen bereit erklärte, ihn zu besuchen. Allerdings unter einer Bedingung: Ich wollte die Wahrheit von ihm hören, obwohl mir schnell klar wurde, dass er das dann auch von mir fordern würde.

»Wenn ich merke, dass du lügst, komme ich nicht mehr hierher«, sagte ich.

»Wenn du lügst, will ich dich sowieso nicht sehen«, erwiderte Grim.

»Sie ist nicht mehr mit diesem Piercer zusammen«, stellt Grim fest, als ich nicht antworte.

»Nein, das stimmt.«

»Dafür kannst du dich immerhin bei mir bedanken.«

»Ich habe nicht vor, mich für irgendwas bei dir zu bedanken.«

»Von mir aus.« Grim zuckt mit den Schultern. »Ich hab von dem Mord an der Döbelnsgatan gehört.«

»Ehrlich.«

»Wie läuft's?«

»Keine Ahnung.«

Grim zieht eine schmale Augenbraue hoch.

»So schlimm?«

»Es ist nicht mehr unsere Ermittlung. Die Säpo hat sie uns weggenommen.«

»Oh«, macht Grim und schiebt die Unterlippe vor. »Der arme kleine Leo-Bub, da ist der große, gemeine Säpo-Wolf gekommen und hat den spannenden Mord geklaut?« Er verzieht das Gesicht und hebt die Hände an die Augen. Die Ketten geben rasselnd das Hintergrundgeräusch zu seinen gespielten Schluchzern. »Buhuhu.« Dann lacht er.

Ich hole mein Handy aus der Tasche. Seit zwei Minuten sitze ich hier, nicht länger.

»Nee, diese Bullen aber auch«, meint Grim und wird wieder ernst.

Im St. Görans sagen sie, seine plötzlichen Stimmungsschwankungen seien auch eine Nebenwirkung der Medikamente. Doch die kennen Grim nicht so wie ich, und ich bin auch nicht ganz sicher. Es war schon immer unmöglich, ihn einzuschätzen. Ich lese die letzte Nachricht von ihm, die im Laufe des Nachmittags kam.

– Hör auf, dafür zu sorgen, dass sie mir das Telefon wegnehmen, kannst du herkommen?

»Du hast dir ja schnell wieder ein neues Telefon besorgt«, sage ich.

Grim antwortet nicht. Ich habe schon lange den Verdacht, er hat hier jemanden ausreichend manipuliert, sodass der ihm Handys hereinschmuggelt.

»Was kannst du noch alles besorgen?«

»Was meinst du?«

»Du weißt, was ich meine.«

Grim lächelt verständnislos.

»Ist der Kontakt zwischen Levin und dir immer noch so schlecht?«, fragt er.

»Zwischen Levin und mir?«

»Ja.«

»Ich denke, er geht mir aus dem Weg.«

Grim betrachtet seine Handflächen, als stünde da etwas geschrieben, das ihm Hinweise gibt, wie er jetzt weiter vorgehen soll.

Vor einem knappen halben Jahr war ich so richtig am Ende. Es anders zu nennen, wäre Augenwischerei. Ich hatte im Hafen von Visby auf Gotland einen Kollegen erschossen.

Ich weiß. Das war übel.

Er hieß Markus. Markus Waltersson. Die Sache verfolgt mich, und zwar nicht nur in meinen Träumen. Manchmal sehe ich kurz sein Gesicht zwischen vielen anderen im Gedränge auf einem Platz oder in einer U-Bahn-Station.

Das Ereignis hat inzwischen den Namen »Die Affäre Gotland« bekommen und ist allgemein bekannt, sodass ich davon ausgehe, hier eigentlich keine Details erklären zu müssen. Ich habe damals im Dezernat für Interne Ermittlung unter Polizeidirektor Charles Levin gearbeitet und war in seinem Auftrag nach Visby geschickt worden. Eine Ladung Waffen sollte den Besitzer wechseln, und die Internen Ermittler waren dabei, weil Informanten der Polizei mit im Spiel waren. Irgendetwas ging schief. Es kam zu einer Schießerei, ich traf einen Kollegen in den Hals, und dann wurde ich suspendiert. Der Sommer verging in einem Nebel aus Zigaretten, Medikamenten und starkem Alkohol. Sie fragten, ob ich die Angehörigen treffen wolle. Ich sagte Nein. Ich glaube, er hatte eine Schwester.

Dann passierte etwas. In der Wohnung im Erdgeschoss meines Hauses wurde eine erschossene Frau gefunden. Verantwortlich für den Mord war John Grimberg, oder Grim, wie man ihn nannte. Früher war er einmal mein bester Freund gewesen.

Die Ursache dafür war ein Vorfall, der sich ereignete, als ich sechzehn war. Ich war damals der Grund für den Tod von Grims Schwester Julia. Oder zumindest sah Grim das so.

Julias Tod löste eine Spirale von Ereignissen aus, wodurch

die bereits ramponierte Familie Grimberg vollends zerstört und Grim in die Kloaken am Rande der Gesellschaft gespült wurde. Nach und nach gelang es ihm, sich wieder aufzurappeln und ein anderer zu werden. Er beschloss, ganz an den Anfang zurückzugehen, dahin, wo alles begonnen hatte schiefzulaufen, und das war die Zeit mit mir.

Daraufhin sollte ich etwas verlieren, genau wie Grim einst etwas verloren hatte. Ich sollte Sam verlieren.

Das Ganze hatte eine absurde Logik, die mir noch lange Zeit nachhing und es vielleicht immer noch tut. Aber vielleicht benutzte er Sam auch nur, um mich zu ihm zu locken. Das weiß niemand, möglicherweise nicht einmal Grim selbst.

Was genau auf Gotland geschah, wurde nie ganz aufgeklärt, ich erfuhr nur, dass ich von Levin dort als eine Art Sündenbock hingeschickt worden war für den Fall, dass etwas schiefgehen sollte. Levin seinerseits war von jemand anderem weiter oben dazu gezwungen worden. Wenn er nicht tat, was sie verlangten, dann würden Dinge aus seiner Vergangenheit enthüllt werden. Was das wäre, weiß ich nicht. Levin weigert sich, darüber zu reden.

Grim weiß das alles. Er hat gefragt, und ich habe geantwortet. Keine Lügen.

»Wie fühlt sich das an?«, will Grim jetzt wissen. »Dass er dir aus dem Weg geht?«

Ich lege das Handy beiseite und spüre den Abstand, die graue Tischplatte, zwischen uns wachsen.

»ICH WEISS NICHT, WIE es sich anfühlt. Jetzt bist du dran. Was soll ich hier?«

Grims Blick flackert. Er sitzt jetzt vorgebeugt, mit krummem Rücken, die Unterarme auf die Tischkante gestützt. Durch das kleine Fenster in der Tür ist Schließers großes bärtiges Gesicht zu erkennen.

In zwei Stunden werde ich Sam treffen, und ich will es vorher noch nach Hause schaffen, um zu duschen und mich hoffentlich, wenn die Zeit mir gewogen ist, auch zu rasieren. Ich habe jetzt schon Hunger. Außerdem läuft da draußen jemand mit dem Wissen herum, einen Soziologen ermordet zu haben, und ich habe obendrein keine Berechtigung mehr, nach ihm zu suchen. Das Recht hat jetzt allein die Sicherheitspolizei, und das ist sehr ärgerlich. Da sind Leute schon wegen weniger ausgeflippt.

»Ich langweile mich«, sagt er. »Ich wollte Besuch.«

Grim wusste seine Körpersprache und die Signale, die er aussandte, immer geschickt einzusetzen und war sogar imstande, seine Gesprächspartner in die Irre zu führen. Das war in seiner Branche eine wichtige Fähigkeit. Doch jetzt hat sich etwas verändert. Eine Zeit lang war er heroinabhängig und stieg dann auf eigene Faust auf Methadon um, das er auf dem Schwarzmarkt kaufte. Das Methadon kann er aber nicht mehr nehmen, weil es sich nicht mit den anderen Medikamenten vertragen würde, die er bekommt. Vielleicht liegt es daran. Grim ist offener, verletzlicher.

In der Innentasche meines Mantels summt es. Ich hole das Handy heraus und lese die Nachricht von Birck.

- ICH 737 stand gestern vor meiner Whg und jetzt vorm System-

bolaget in der Klarabergsgt, als ich gerade rauskomme. Wenn du ihn siehst, dann ist es die Säpo.

ICH 737. Das Kennzeichen eines Autos.

»Ist es Sam?«

Grim lächelt müde. Er hat kleine Grübchen, die dann zum Vorschein kommen. Die hatte er schon immer, und bei ihrem Anblick ballt sich so etwas wie Sehnsucht in meinem Magen.

»Nein. Mein Kollege.«

Als ich vor dem St. Görans aus dem Taxi stieg, kam ein Auto. Ein Auto, das geparkt und dessen Motor abgeschaltet wurde, aus dem aber niemand ausstieg. Oder? Das kann nicht dasselbe Auto gewesen sein, aber vielleicht haben sie mehr als eines.

Ich begegne Grims Blick. Plötzlich ist er sehr alt, ein Junge, der viel zu schnell gealtert und müde geworden ist.

»Warum kommst du her?«, fragt er.

»Was meinst du?«

»Ich meine genau das, was ich frage. Warum kommst du her, wenn ich dich bitte, es zu tun?«

Die Frage haben mir schon andere gestellt. Birck, Sam und sogar Mauritzon, die aus irgendeinem Grund von meinen Besuchen weiß und sich berechtigt fühlte nachzufragen. Alle fragen sie, verständnislos und unsicher, und ich gebe meist die Antwort, von der ich im jeweiligen Moment glaube, dass sie der Wahrheit entspricht. Ich muss begreifen, was aus dem Freund geworden ist, mit dem ich einmal fast alles teilte. Und die einzige Methode dafür ist, weiter mit Grim zu reden. Oder ich fühle mich schuldig für das, was geschehen ist, und gehe hin, um mich zu geißeln. Die abwegigste Antwort ist die, die ich meinen Kollegen gebe, nämlich, dass Grim eine Menge Verbrechen begangen hat, die er nie zugegeben hat, und dass ich ihm Informationen entlocken will, die die Ermittlungen voranbringen und vielleicht sogar zu einer Verurteilung führen.

Keine der Antworten ist gelogen, aber auch keine die volle

Wahrheit. Es geht um dasselbe wie immer, weshalb ich wieder und wieder hierherkomme, nämlich um das intime Band zwischen uns. Dieses Band macht den Besucherraum, obwohl ich hier vorsichtiger und angespannter bin als anderswo, zu dem einzigen Ort, an dem ich einfach ich selbst sein kann. Hier existieren nur Grim und ich und die Ketten um seine Handgelenke. Manchmal sitzen wir lange schweigend da, als bräuchten wir die Nähe zueinander, um weitermachen zu können – Grim hier drinnen, und ich dort draußen. In manchen Nächten ertappe ich mich dabei, wie ich mich hierhersehne. Und ich schäme mich dafür.

Das ist eine Antwort, die ich niemandem gegeben habe, und die werde ich auch nie geben, vor allem nicht Grim. Wenn er erführe, dass er immer noch diese Macht über mich besitzt, könnte alles Mögliche passieren.

»Ich habe nichts Besseres zu tun«, sage ich. »Irgendwas muss ich ja machen.«

»Das ist nicht wahr.«

»Aber es ist auch keine Lüge.«

Grim nickt bedächtig.

»Kein Sobril?«

»Was?«

»Du nimmst immer Sobril, wenn du hier bist.«

»Ganz und gar nicht.«

»Doch«, sagt Grim. »Aber heute nicht. Warum?«

»Ich versuche, es runterzufahren.«

»Und wie läuft's damit?«

»Geht so«, antworte ich und klinge nicht ganz so überzeugend, wie ich möchte.

»Und die Leute glauben, dass du clean bist? Ich meine, jetzt, wo du wieder im Dienst bist.«

»So in der Art.«

»Aber das bist du nicht.«

»Nein.«

Einen Wimpernschlag lang könnte man seine Reaktion fälschlicherweise für Sorge halten.

»Wenn sie das rauskriegen, d…«

»Ich weiß.«

Grim kneift die Lippen zu einem blassen Strich zusammen, öffnet dann den Mund, um etwas zu sagen, bereut es aber und zögert.

»Sei vorsichtig«, sagt er schließlich.

»Wie meinst du das?«

»Wenn du noch einmal aus dem Dienst geworfen wirst, wirst du dich nicht in deiner Wohnung verstecken können. Dann landest du hier.«

»Ist es nicht genau das, was du willst?«

Grim seufzt und schüttelt den Kopf.

»Du weißt, dass er hier war, oder?«, fragt er.

»Wer?«

»Levin. Ich habe ihn auf dem Weg zum Mittagessen heute im Flur gesehen. Er war mit einem der anderen Insassen zusammen. Ich glaube nicht, dass er von mir gesehen werden wollte. Oder nein, ich weiß definitiv, dass ich ihn nicht sehen sollte. Er war sehr diskret. Aber er muss bemerkt haben, dass ich ihn gesehen habe … kannst du mir folgen?«

»Ja. Er ist hier. Du siehst ihn zufällig. Aber woher weißt du, dass er es bemerkt hat?«

»Später haben sie mich zu einem dieser Besucherzimmer geschickt, und da saß er.«

»Ach, und?«

»Er wollte mit mir reden, ich glaube, man nennt das *damage control*. Er hat mich gebeten zu schweigen. Für diese Mühe habe ich ein Handy bekommen.« Er lächelt. »Aber ich bin niemandem verpflichtet, außer dir.«

»Mit wem war er zusammen?«

»Es war eine Frau. Wusstest du das? Dass er hier jemanden besucht?«

»Nein«, erwidere ich, »das wusste ich nicht.«

Ich frage mich, ob das stimmt. Grim zuckt mit den Schultern.

»Ich dachte mir, du willst das vielleicht wissen.«

»Bereust du es?«, frage ich. »Was du getan hast?«

Ein Funkeln leuchtet in seinen Augen auf.

»Dir angetan?«

»Ja.«

Das habe ich ihn schon fragen wollen, seit ich angefangen habe, ihn zu besuchen, damals im Oktober, als das Urteil gefällt war und Grim hier untergebracht wurde. Beim ersten Mal habe ich es gefragt, aber ich habe zur Antwort nur ein Schnauben bekommen. Jetzt ist es anders. Die Medikamente zeigen Wirkung, und es ist Zeit vergangen, auch wenn es nur knapp zwei Monate sind. Diese Kombination kann seltsame Dinge bei einem Menschen bewirken.

»Nein, das tue ich nicht.«

Erstaunlicherweise erleichtert mich das. Wenn er es bereuen würde, dann wäre irgendwie alles so vergebens gewesen. Grims Haltung hat sich verändert. Saß er anfangs zusammengesunken da und schien matt, so ist er jetzt angespannt und bewegt sich ruckartig, als würde er auf eine Möglichkeit warten, sich über den Tisch zu stürzen und mich anzugreifen.

»Dass du hier sitzt«, sage ich. »Dass ich es war, der dafür gesorgt hat, dass du hier landest. Dass ich es war, der dich hat scheitern lassen. Hasst du mich dafür noch mehr?«

»Ich behaupte nicht, dass ich gescheitert bin.«

»Ich sehe nicht, wie die Tatsache, dass du hier sitzt, etwas anderes bedeuten kann, als dass du gescheitert bist.«

Grim antwortet nicht. Er starrt mich an, vielleicht, um mir ein Gefühl von Bedrohung zu geben. Er ergreift jede Chance, mich aus dem Gleichgewicht zu bringen.

Das Problem ist, dass ihm das gelingt. Ich bemühe mich, ihm

nicht zu zeigen, dass ich Angst habe. Stattdessen stelle ich die eigentliche Frage, auf die es immer noch keine Antwort gibt und die in schlaflosen Nächten in meinen Schläfen pocht.

»Was wolltest du tun?«

Grim antwortet nicht, vielleicht, weil er es nicht preisgeben will, aber vielleicht schweigt er auch, weil er nicht weiß, was er sagen soll.

»Wenn man bedenkt, was du uns angetan hast, verdiene ich eine Antwort.«

»Wenn man bedenkt, was ich getan habe?« Grim lacht gellend. »Wenn man bedenkt, was *ich* getan habe?«

»Ich muss gehen«, sage ich und erhebe mich verlegen von dem Stuhl. Auch diesmal habe ich verloren. »Wenn das alles war, gehe ich jetzt.«

»Wirst du Sam treffen?«

»Ja.«

»Hast du vor, ihr zu erzählen, dass wir uns gesehen haben?«

Mit den Händen auf der Rückenlehne des Stuhls bleibe ich vor ihm stehen.

»Ja.«

»Und das sagst du jetzt nicht einfach so?«

»Nein.« Ich bewege mich langsam in Richtung Tür. »Bis dann.«

»Ja. Ich hab ja deine Nummer.«

Grim lacht los, und aus irgendeinem Grund zuckt es in meinen Mundwinkeln, und schon lache auch ich, doch niemand würde diesen Laut mit Freude verwechseln.

IM FOYER NEHME ICH, ohne darüber nachzudenken, ein Sobril, als mein Handy klingelt. Ich kenne die Nummer nicht.

»Hier ist Kele Valdez«, sagt ein Mann mit belegter Stimme. »Von der Universität. Ich sitze hier im Institut in Thomas' Zimmer...« Er räuspert sich. »Entschuldigen Sie, es...«

»Ist sein Büro nicht versiegelt?«

»Gestern und heute Morgen ist es untersucht worden. Dann hieß es, sie seien fertig, und ich habe mit Marika, Marika Franzén, die Sie auch getroffen haben, abgeklärt, dass ich hineingehen darf. Ich wollte einfach hier sitzen und sehen, ob ich... etwas finden könnte, das mir hilft, die Dinge zu verstehen. Es ist so abartig, dass er fort ist.«

»Und haben Sie etwas gefunden?«

»Nein. Und ich bitte um Entschuldigung, dass ich an einem Samstag anrufe, aber ich frage mich, wo Thomas' Diktafon ist.«

»Sein Diktafon?«

»Ich hätte das gestern sagen sollen, habe aber nicht daran gedacht, denn... ja. Ich dachte einfach, es würde hier im Büro liegen, aber das tut es nicht. Deshalb muss er es bei sich gehabt haben. Es ist wichtig, dass Sie die Interviews nicht anhören, oder, wenn Sie sie anhören müssen, dass Sie sie dann unter Verschluss halten.«

»Ich kann mich an kein Diktafon erinnern«, sage ich und denke an Mauritzons handgeschriebene Liste über den Inhalt von Hebers Rucksack. »Können Sie es beschreiben?«

»Ein dunkelblaues kleines Diktafon der Marke Olympus, ein paar Jahre alt.«

»Ich melde mich wieder bei Ihnen.«

Ich bewege mich auf den Ausgang zu, und die automatischen Türen gleiten flüsternd auf. Die Kälte beißt auf den Wangen. Ich knöpfe meinen Mantel zu und lasse den Blick über den Parkplatz schweifen, um zu sehen, ob das Auto, das direkt nach mir am St. Görans ankam, noch da ist. Ich habe vergessen, wo es stand. Auf dem Vorplatz wartet ein Taxi, und ich sinke in die Polster des Rücksitzes, wo es teuer und sauber riecht. Der Fahrer ist dunkelhäutig. Am Rand des Armaturenbretts ist eine Fotografie befestigt, die drei Kinder in einem fernen Land zeigt, wo der Fußboden des Häuschens vielleicht ein erdfarbener Teppich ist. Oder Erde.

»Mäster Anders auf der Pipersgatan«, sage ich und nehme wieder das Telefon aus der Manteltasche. Erst rufe ich Birck an und störe ihn, er klingt müde und verärgert, und dann störe ich Mauritzon.

Keiner von beiden erinnert sich an ein dunkelblaues Diktafon. Ich erwäge, Olausson anzurufen, lasse es aber bleiben. Stattdessen melde ich mich bei Valdez zurück, der immer noch im Zimmer seines toten Kollegen sitzt.

»Was hatte er denn auf diesem Diktafon?«

»Seine Feldstudieninterviews.«

»Macht man das so? Sie da aufzubewahren?«

»Nein, eigentlich nicht. Man schließt sie in einen Tresor hier im Institut ein. Aber ... Sie meinten ja, dass Thomas, als er starb, auf dem Weg zu einem Interview war. Vielleicht war es ein Folgeinterview, so sah es auf jeden Fall nach der letzten Eintragung über den Feldversuch aus, die Sie mir gezeigt haben.«

»Das stimmt.«

Valdez sitzt offenbar ganz still da, es ist kein Geräusch zu vernehmen. Ich drückte das Telefon fester ans Ohr. Vom Bürgersteig wirft jemand eine Bierdose auf die Straße, der Taxifahrer muss schnell ausweichen und flucht laut.

»Wenn man diese Art von Interviews führt, will man sich manchmal selbst an das erinnern, was bei den vorhergehenden

Treffen, die man mit der Person hatte, besprochen worden ist, denn oft liegt viel Zeit zwischen zwei Treffen. Man will sichergehen, dass man beim nächsten Gespräch auch wirklich neue Fragen stellt. Thomas, ich und mehrere andere verfahren so, dass wir die alten Interviews behalten und sie wieder anhören, um die Erinnerung aufzufrischen. Das heißt, dass sicherlich Interviews mit … wie war doch gleich die Nummer …«

»1599.«

»Genau. Die sind bestimmt noch auf dem Diktafon.«

SAM. IRGENDWAS IST AN ihr, etwas Undefinierbares und Großes, als würden sich die Moleküle in der Luft verändern, wenn sie das Restaurant betritt. Die eine Hand, an der sie jetzt nur noch vier Finger hat, ist in der Manteltasche, die andere bewegt sich im Takt ihrer Schritte. Die Nägel sind nicht lackiert, ihre Haut ist blass. Als sie mich an einem Tisch weit drinnen im Lokal entdeckt, halb hinter einem dicken Pfeiler verborgen zusammengesunken sitzend, lächelt sie mit diesem Lächeln, das Sam jemandem schenkt, von dem sie nicht sicher ist, ob sie ihn kennt.

Ich schiebe die Gedanken an den toten Soziologen, sein verschwundenes Diktafon, 1599 und die Ermittlung, die uns nicht mehr gehört, beiseite und richte mich auf. Vor dem Lokal hat sich die Dunkelheit über die Pipersgatan gesenkt, aus den Lautsprechern ist gedämpfte Musik zu hören, jemand, der wieder und wieder singt: *Sometimes I feel very sad.*

»Hallo«, sagt sie. »Tut mir leid, dass ich zu spät bin.«

»Bist du nicht.«

»Ich weiß«, erwidert Sam und lacht, während sie sich mit der einen Hand den Schal vom Hals wickelt. »Warum sagt man das nur? Entschuldigt sich, dass man zu spät kommt, wenn man es gar nicht tut?«

»Vielleicht weil man jemanden hat warten lassen?«

»Ja«, sagt sie. »Möglicherweise. Tut mir leid, dass du warten musstest.«

»Kein Problem. Du konntest ja nicht wissen, dass ich zu früh kommen würde.«

»Nein, stimmt.«

Mein Gott. Wir reden über Kleinigkeiten, und sogar das ist

eine Qual. So ist es seit jenem Tag im Spätsommer, als Grim sich zwischen uns stellte und sie und mich beinahe umbrachte. Das riss Sam von Ricky, ihrem damaligen Lebensgefährten, weg, aber es brachte sie auch nicht näher zu mir. Jetzt ist sie allein, und man merkt es. Sams Blick zuckt und flackert, als hätte sie vergessen, wie man sich benimmt, wenn man unter Menschen ist. Ihre Augen sind wie immer grün, aber verschleiert. Der Blick hat nicht mehr die Klarheit und das Sprühen wie früher.

Zuerst war sie einfach nur froh, noch am Leben zu sein. Dann ging sie dazu über, mir die Schuld zu geben. Sie kann nicht mehr tätowieren. Jedes Mal, wenn sie ihre Hand betrachtete, wurde sie an das erinnert, was ich ihr angetan hatte, obwohl es eigentlich Grim gewesen war. Früher war immer ich es, der Sam anrief, wenn ich high und einsam war und es nicht lassen konnte, ihr zu sagen, dass ich sie immer noch vermisste und brauchte. In der letzten Zeit war es Sams Telefon, das in der Dunkelheit klingelte, sie am anderen Ende, manchmal weinend und schreiend, doch meist schweigend. Anfangs bekam sie Medikamente, und zwar ziemlich starke, zu denen ich auch nur zu gern Zugang gehabt hätte. Nach einer Weile setzte sie die Tabletten ab. Sie meinte, sie wolle nicht Medikamente nehmen, um zu funktionieren. Solch ein Mensch ist sie nicht. Nun macht sie hingegen eine Therapie, und das wird sie wohl lange tun müssen.

Ich frage mich, ob sie wohl weiß, dass ich nicht ohne Sobril klarkomme. Und ich frage mich, was sie wohl sagen würde, wenn ich ihr erzählen würde, dass ich letzte Nacht an einem Tatort gekotzt habe.

Ich trinke einen Schluck aus meinem Glas, und Sam zieht ihren Mantel aus. Die andere Hand gleitet aus der Tasche, und im Augenwinkel ahne ich die Lücke, wo einmal ihr Zeigefinger gesessen hat; ich schaue nicht hin, hauptsächlich um meinetwillen.

»Wie geht es dir?«, fragt sie und setzt sich. Der schwache Duft ihres Parfüms schwebt zu mir herüber, ein Duft, der mich an das erinnert, was früher einmal war.

»Gut«, sage ich, und mir wird klar, dass ich nichts anderes antworten kann. »Und selbst?«

»Gut«, erwidert sie, klappt die Speisekarte mit der einen Hand auf und spricht ohne aufzusehen weiter. »Hast du ihn heute gesehen?«

»Wen?«

»Du weißt, wen ich meine.«

»Ach so. Nein.«

»Lässt er immer noch von sich hören?«

»Im Grunde genommen jeden Tag. Es gelingt ihm immer, mir irgendwelche Nachrichten zukommen zu lassen. Er schickt sogar SMS, er hat ein Handy ergattert.«

»Hast du geantwortet?«

»Nein«, sage ich und öffne meine eigene Speisekarte. »Ich habe im St. Görans angerufen und sie gebeten, es ihm abzunehmen.«

Sam lacht auf, ein richtiges Lachen, das ihre Augen erreicht, sodass sich kleine Fältchen um sie bilden.

»Gut«, sagt sie.

Weder Sam noch ich möchten, dass es so wird wie letztes Mal, dass es so endet wie damals. Wir sind auf dem Weg, etwas zu finden, das funktionieren könnte, aber es ist noch sehr zerbrechlich. Wenn wir zusammen sind, bin ich nur einen Satz, vielleicht nur ein Wort davon entfernt, sie zu verlieren. So fühlt es sich zumindest an. Für Leute wie uns ist das Vergangene gefährlich.

Ich will ihre Hand berühren.

Wir bestellen Essen. Dazu trinken wir beide Wasser, ich, weil ich das Sobril nicht zusammen mit Alkohol einnehmen darf, und Sam, weil sie keinen Alkohol mehr trinkt. Draußen auf der Straße, zwischen den dunklen Häusern, fährt ein Auto vorbei, die Scheinwerfer erleuchten ein anderes Auto, das vor dem Restaurant geparkt ist. In dem dunklen Innenraum sitzt eine Person, mehr als das kann ich nicht erkennen, dann ist der Wagen wieder von der Dunkelheit verborgen. Das und die Tatsache, dass das Gesicht des Fahrers uns zugewandt war, der Blick war auf mich und Sam an unserem Fenstertisch bei dem großen Pfeiler gerichtet. Es könnte das Auto sein, das vor dem St. Görans stand.

»Leo?«

»Ja?«

»Was ist los?«

»Nichts.« Ich glaube, ich schüttele den Kopf, als würde das die Lüge überzeugender machen. »Ich habe an etwas gedacht.«

»Woran?«

»Dass ich das hier vermisst habe.«

»Ich auch.«

Sie lächelt schwach, dann senkt sie den Blick.

Als unsere Gerichte gebracht werden und sie anfangen will zu essen, muss sie mit dem Messer kämpfen, vielleicht, weil der eine Finger fehlt. Das Messer fällt zu Boden.

»Ich nehme es«, sage ich.

»Kein Problem«, erwidert Sam und beugt sich hinunter. »Ich gewöhne mich langsam daran.«

Vor dem Fenster fährt erneut ein Auto vorbei, und diesmal gelingt es mir, wenigstens die Buchstaben des Kennzeichens des stehenden Wagens zu erkennen: WER. Dann verschwindet das Auto wieder in der Dunkelheit, der Fahrer ist nur mehr eine Silhouette. Es könnte Goffman sein.

»Warst du in letzter Zeit mal in Salem?«, fragt Sam.

»Ziemlich lange nicht. Ich hatte keine Zeit.«

»Hm«, macht sie mit vollem Mund.

»Weißt du«, fahre ich fort, »ich konnte es einfach nicht. Es ist einfach zu schwer, nach dem, was im Sommer passiert ist. Ich habe das Gefühl, als wäre der Ort … als würde alles zurückkommen. Außerdem … es ist auch anstrengend mit Papa.«

»Geht es ihm nicht besser?«

»Bei Alzheimer gibt es kein ›besser‹.« Ich trinke mehr von dem Wasser und wünsche mir, es wäre etwas Stärkeres. »Also, nein.«

»Wie schlimm.«

»Mein Bruder ist viel dort. Eigentlich kann er auch nicht damit umgehen, aber er kommt trotzdem, wegen Mama. Micke war irgendwie immer Mamas Liebling, schließlich ist er der Ältere. Ich wurde dann Papas Liebling. Ich glaube, dass es deshalb für mich anstrengender ist, ihn so zu sehen. Er kann sich nicht einmal mehr erinnern, wie man die Batterien in eine Fernbedienung einsetzt.«

»Aber er ...«, sagt Sam zögernd. »Er erkennt dich doch wieder, oder?«

»Noch tut er das. Meistens. Manchmal, wenn er müde ist, verwechselt er mich mit Micke.« Ich lache. »Aber das hat er schon immer gemacht.«

Sam umfasst das Glas und trinkt einen Schluck.

»Hast du noch Kontakt zu, wie heißt er noch, Ricky?«, frage ich.

»Nein.« Sam stellt das Glas ab. »Nein, gar nicht.«

»Fehlt er dir?«

Sie schüttelt den Kopf.

»Nicht, wie du mir gefehlt hast.«

Als sie erkennt, dass sie gerade etwas offenbart hat, sagt sie, sie müsse auf die Toilette gehen, und steht auf.

»Gleich wieder da.«

Als Sam gegangen ist, hole ich ein Sobril aus der Tasche und drehe es zwischen den Fingern. Das ist angenehm. Nach einigen Umdrehungen stecke ich es zurück. Das Auto steht immer noch vor dem Fenster. Als es diesmal von einem Lastwagen angestrahlt wird, lese ich die Zahlen. WER 327. Ich nehme einen Bissen von meinem Gericht, trinke etwas Wasser und tippe die Nummer in mein Handy und schicke sie an Birck.

Nervös setze ich mich anders hin. Es ist nicht leicht, sich normal zu benehmen, wenn man weiß, dass man beobachtet wird.

– *Wo ist das Auto jetzt?*, schreibt Birck zurück.

– *Vorm Mäster Anders. Säpo?*

– *Ja.*

– *Sicher?*

– *Ja.*

Die Fragen kreisen in meinem Kopf. Wenn das im Auto einer der Möchtegernagenten von der Säpo ist, dann ist es in gewisser Weise logisch, dass sie uns bereits unter Beobachtung hatten, als die Ermittlung noch Birck und mir gehörte. Die sind paranoide kleine Insekten, das weiß jeder. Aber die City-Polizei hat die Ermittlung abgegeben, also sollten sie jetzt Ruhe geben. Sitzt hier irgendwo eine Wanze? Haben sie mein Gespräch mit Sam abgehört? Ich versuche, mich an Goffmans Bewegungen in meinem Zimmer zu erinnern, an seine Hände. Hat er etwas in meinem Büro platziert, als er da war? Was ist mit meiner Kleidung? Ich durchsuche den Mantel, der über der Rückenlehne des Stuhls hängt, suche in den Taschen und im Kragen. Nichts. Glaube ich.

Das ist das Problem mit der Säpo. Ihre Paranoia ist ansteckend.

Ich seufze, und mein Blick fällt auf mein Telefon. Könnte das …?

»Etwas Wichtiges?«, fragt Sam, die zurückgekommen ist und sich wieder auf den Stuhl mir gegenüber setzt.

Ich sehe auf und lege das Handy weg.

»Nein, Arbeit. Oder so ähnlich.«

»Hattest du nicht letzte Nacht Dienst?«

»Ja.«

»Ich habe in der Zeitung über die Döbelnsgatan gelesen.«

»Das ist nicht mehr unser Fall.« Unfreiwillig gleitet mein Blick wieder zur Straße. »Ein anderer Teil des Hauses hat ihn übernommen.«

»Jetzt machst du das wieder«, sagt sie.

»Was denn?«

»Starren.« Sie sieht auf die Straße. »Was ist denn da?«

»Ich weiß es nicht.«

»Dir ist schon bewusst, dass ich dir verziehen habe, oder? Das, was geschehen ist. Du musst nicht … was auch immer du fühlst. Falls du es tust, musst du es jetzt nicht mehr. Es ist gut. Aber ich … ich brauche ein bisschen Zeit.«

»Das ist gut«, sage ich vorsichtig. »Ich verstehe, dass du Zeit brauchst.«

»Du hast immer gesagt, dass du ohne mich niemals klarkommen würdest. Ist das immer noch so?«

Die Frage überrumpelt mich.

»Ja.«

»Geht mir genauso.« Sie lacht. »Das haben wir zumindest gemeinsam«, sagt sie, und etwas ungeheuer Schweres und Tragisches senkt sich zwischen uns, und wir schweigen lange.

»Meinst du das wirklich?«, frage ich. »Dass du ohne mich nicht klarkommen würdest?«

»Ja.«

»Bis bald«, sagt sie, als wir das Restaurant verlassen haben.

Es hat wieder angefangen zu schneien, und es ist windig. In einem Kirchturm in der Nähe klingt ein letzter Schlag aus. Es ist zehn Uhr, und ich kann den schwarzen Wagen nicht mehr sehen. Er ist verschwunden.

»Oder?«, fragt Sam.

»Was?«

»Bis bald«, wiederholt sie.

»Ja, vielleicht schon morgen?«

»Ja, vielleicht.« Sie beißt sich auf die Lippe. »Es muss nicht für alle Zeit so bleiben, das weißt du schon, oder? Es ist nur jetzt so …«

»Das weiß ich«, sage ich, und das stimmt natürlich nicht,

aber als ich es ausgesprochen habe, lächelt sie erneut, und das fühlt sich gut an.

Ich begleite sie zur U-Bahn in der Hoffnung, dass sich der Wagen noch einmal irgendwo zeigt, aber das Einzige, was ich sehe, ist das Schneetreiben, und als ich auf einer Eisplatte ausrutsche, hilft mir Sam, und das fühlt sich auch gut an.

Sowie ich ihr Tschüs gesagt habe – eine Umarmung, mehr nicht – überfällt mich die Erschöpfung, und ich muss nach Hause, muss nach Hause und schlafen, ich kann mich nicht erinnern, wann ich das zuletzt getan habe. Als sich ein Umriss aus den Schatten entlang der Straßen von Kungsholmen löst, erzittert mein Inneres, das ist die Erkenntnis, dass ich immer noch nicht sicher sein kann, ob ich mir etwas einbilde oder nicht.

JONATHAN KANN NICHT SCHLAFEN. Er ist zu nervös, zu aufgedreht. Vielleicht liegt das an der Demonstration morgen. Der Alkohol trägt sicher auch dazu bei. Manchmal, wenn er getrunken hat, hat er das Gefühl, als würden die Gedanken flüstern und in seinem Kopf Karussell fahren, und er kann sie nicht anhalten, kann sie nicht zum Schweigen bringen. Es müssen nicht einmal unangenehme oder bange Gedanken sein, sondern oft sind es ganz normale, zwischen denen er unaufhörlich herumspringt und tanzt und die es ihm unmöglich machen wegzusacken. Genau so, wie es damals mit den Amphetaminen immer war.

Diesmal verkrampft sich sein Magen.

Und als wäre das nicht genug, ist diese Küchenbank, auf der er liegt, so dermaßen unbequem, dass der Fußboden dagegen richtig verlockend wirkt. Er hört seinen Gruppenleiter im Schlafzimmer geräuschvoll schnarchen, und trotz dieser eintönigen Laute ist an Schlaf nicht zu denken. Er hätte nach Hause fahren sollen, so wie Christian es getan hat, obwohl es von Enskede ein weiter Weg ist.

Neben der Küchenbank steht der Tisch, und auf dem liegt der MP3-Spieler seines Leiters mit kleinen Ohrkopfhörern. Man kann ja viel über den Leiter sagen, aber sein Musikgeschmack ist gut, und Jonathan kann mit Musik leichter einschlafen. Das war schon immer so. Und wenn das nicht reicht, dann wird die Musik, wenn er sie nur laut genug stellt, zumindest das Schnarchen des Kollegen übertönen.

Er stützt sich auf, zieht den MP3-Spieler zu sich heran, steckt die Kopfhörer in die Ohren und schaltet das Gerät an. Die Lieder haben seltsame Titel, keine Worte, sondern vierstellige Zahlen. Vielleicht ist das beim Überspielen der Titel vom Computer auf den MP3-Player passiert. Er wählt einen aus und wartet neugierig, welche Band das wohl ist.

Doch Jonathan hört keine Musik. Stattdessen hört er Stimmen, einen Mann und eine Frau. Er setzt sich in der Dunkelheit kerzengerade auf und starrt das kleine Gerät an.

Sie: »Hallo.«

Er: »Hallo.«

Sie: »Hast du eine Kippe?«

Er: »Nein, tut mir leid.«

Sie: »Scheiße, meine sind auch alle.«

Er: »Wir können nachher welche kaufen gehen.«

Sie: »Ich bin ... es ist nicht so gut, dass wir uns hier treffen.«

Er: »Warum nicht?«

Sie: »Ich hab ... seit wir uns das letzte Mal gesehen haben, hab ich mich ein bisschen umgehört über das, worüber wir geredet haben, und ich glaube, einige finden, dass ich verdammt neugierig war. Manchmal hatte ich das Gefühl, beschattet zu werden. Es ist nicht gut für deine Studie, mit dem Anonymitätsanspruch und so, wenn wir zusammen gesehen werden.«

Jonathan begreift nichts, hört aber weiter zu. Schon bald geht ihm der Zusammenhang auf, und das, was er da hört, lässt ihn erschaudern.

Dunkelblau ist er, der MP3-Spieler, und etwas abgenutzt. An den Kanten ist die blaue Farbe abgesplittert. Er holt sein Handy heraus und schreibt eine SMS, zwei Sätze nur. Mehr wagt er nicht.

– *Morgen um acht an den Schaukeln. Ich habe etwas, was du brauchst.*

Nachdem er die Nachricht geschickt hat, verlässt er die Wohnung, er kann nicht mehr bleiben, er muss weg.

15.12.

HALLUNDA AM FRÜHEN SONNTAGMORGEN. Jenseits des Zentrums gibt es einen alten Spielplatz. Früher einmal war er schön, aber jetzt sind die Holzplanken voller Kritzeleien, die Schaukeln sitzen schief in ihren Aufhängungen, und die Holzschaukelpferde sind verwittert.

Zwei junge Männer bewegen sich aus unterschiedlichen Richtungen auf den Spielplatz zu, und sie sind einander sowohl im Aussehen als auch in der Kleidung erstaunlich ähnlich. Der eine hat dunklere Haut und der andere einige Narben im Gesicht, doch das ist alles. Sie tragen dunkle Jacken, helle Jeans und haben kurze Haare, und sie bewegen sich, als würde das, was nun kommt, ihnen überhaupt keinen Spaß machen: die Hände tief in die Taschen geschoben, den Kopf gesenkt, den Blick auf den Boden gerichtet. Einer kommt von der U-Bahn-Station, der andere von den hohen bleichen Wohnhäusern am Klövervägen.

O ja, sogar als Außenstehender kann man sie spüren, die Zeit, die vergangen ist, seit sie Kinder waren, und all das, was mit ihnen geschehen ist.

Hallunda am frühen Morgen. Sie begegnen sich. Der Mann, der von der U-Bahn gekommen ist, sieht skeptisch aus. Er behält die Hände in den Taschen. Der andere scheint derjenige zu sein, der um das Treffen gebeten hat. Er ist es, der das Gespräch führt. Sie stehen eine Armlänge voneinander entfernt und reden. Bald setzen sie sich jeder auf eine Schaukel.

Einer von ihnen nimmt die Hand aus der Jackentasche. Trotz der Kälte hat sich eine kleine Schweißperle auf seiner schmalen Oberlippe gebildet. Er hält ein kleines dunkelblaues Diktafon.

TAG DREI. WIR HABEN keinen Fall mehr, aber die Medien haben das noch nicht gemerkt. Sie berichten über den Mord und nennen Olausson den zuständigen Staatsanwalt in der Ermittlung, obwohl das inzwischen ein anderer ist. Irgendjemand hat nach außen sickern lassen, dass nur wenige Polizisten an der Ermittlung beteiligt sind, und die Chronistin der Morgenzeitung reflektiert in einer Kolumne über das Bedeutungsvolle dieser Information. Sie knüpft eine Verbindung zu dem Verfall der schwedischen Polizei und der Minderung der Ressourcen, was völlig unlogisch ist, da unsere Ressourcen in den vergangenen zehn Jahren tatsächlich erheblich gesteigert worden sind.

Ich halte den Ball flach und verstecke mich in meinem Arbeitszimmer. Fülle Protokollformulare aus, fertige Ausdrucke von Verhören an und schreibe kurze Berichte über meine Unternehmungen seit Beginn der Ermittlungen. In einer Aktennotiz erwähne ich, dass das Diktafon des Toten vermisst wird und sich möglicherweise noch beim Täter befindet. Dann füge ich eine Kopie der Feldstudien-Einträge bei, die zu besitzen ich eigentlich kein Recht habe, und behaupte, dass es sich hierbei, abgesehen von der Originaldatei in Hebers Rechner, um das einzige bekannte Exemplar handelt. Das ist jetzt deren Problem. Danach schließe ich formell meine Mitwirkung bei der Ermittlung im Mordfall Thomas Heber ab und schicke alles weiter an die Säpo. Ich tue das, was von mir verlangt wird. Das, was ich tun soll.

Braves Tier.

Olausson ist nicht zu sehen und auch sonst keiner. Eine unsichtbare Hand scheint alle Informationen Hebers Tod betreffend von meinem Mail-Account auf einen anderen Computer umdirigiert zu haben, sodass im Eingangskorb Ruhe herrscht. Nur eine kurze Nachricht ist der unsichtbaren Hand durchgerutscht, und zwar mit der Information, dass Hebers Eltern im Laufe des Tages nach Stockholm kommen werden, um ihren Sohn ein letztes Mal zu sehen. Das wird wahrscheinlich von keinerlei Bedeutung sein, außer vielleicht für die Eltern. Manchmal sind Eltern eben nichts anderes als Eltern.

Ich rufe Olausson an, und während es bei ihm klingelt, versuche ich mir auszudenken, was ich sagen könnte. Mir ist selbst nicht ganz klar, was ich eigentlich wissen will, aber etwas stimmt hier nicht. Aber ich will ihn nicht reinlegen, und zwar nicht deshalb, weil man das nicht macht, sondern weil es nicht geht. Er lässt sich nicht reinlegen, dazu ist er zu schlau, zu skeptisch, zu vorsichtig.

Wie so oft im Leben eines Polizisten erweisen sich die Vorbereitungen als überflüssig, denn Olausson geht gar nicht ans Telefon. Eine mechanisch und kalt klingende Stimme bietet mir stattdessen an, eine Nachricht zu hinterlassen, und das will ich auch, doch als das Pfeifen verklungen ist und ich an der Reihe bin, sitze ich nur schweigend da und starre, unfähig mich zu äußern, auf den unbequemen Besucherstuhl auf der anderen Seite des Tisches. *Can't think of anything to think.*

Ich lege auf. Kurz darauf rufe ich Oscar im Cairo an. Auch er meldet sich nicht. Mehr um zu überprüfen, ob mit dem Telefon irgendwas nicht in Ordnung ist, denn auf die Idee komme ich manchmal, wenn ich mehrere Leute vergeblich anrufe, versuche ich es auch bei Birck. Es klingelt einige Male, und als er sich endlich meldet, schnaubt er seinen Nachnamen in den Hörer.

»Störe ich?«, frage ich.

»Was glaubst du denn, zum Teufel?«

»Was machst du?«

»Ich hatte heute Nacht Dienst.«

»Hattest du gar nicht.«

»Na gut«, gibt Birck zu. »Hatte ich nicht. Ich ficke. Ruf heute Nachmittag an.«

»Wen fickst du?«

Birck legt auf.

Kurz vorm Mittagessen klopft es an der Tür. Es ist Olausson, die Bohnenstange von einem Staatsanwalt, der die Hand auf meiner Türklinke hat und mit dem charakteristischen Pfeiflaut durch die Nase atmet.

»Ich habe versucht, Sie anzurufen«, sage ich.

»Lief die Übergabe gut?«, fragt er laut, als hätte er mich nicht gehört.

»Glaube schon.«

»Gut.«

»Sie wussten es von Anfang an, oder?«

Olausson lässt die Klinke los, schließt die Tür und macht zwei Schritte ins Zimmer, bemerkt den Besucherstuhl und scheint zu erwägen, sich auf ihn zu setzen, besinnt sich dann aber eines Besseren und bleibt stehen.

»Wie meinen Sie?«, fragt er. Dann verschränkt er die Arme vor der Brust, was das teure Jackett knarren lässt.

»Dass die Säpo die Ermittlung übernehmen würde.«

»Nein, davon hatte ich keine Ahnung.«

»Warum lügen Sie?«

»Sehen Sie mich wenigstens an, wenn Sie mich schon beschuldigen zu lügen.«

Ich blicke auf.

»Wenn Sie eine Mordermittlung leiten, von der Sie wissen, dass wir sie nicht werden behalten dürfen, dann können Sie damit wenigstens offen umgehen«, erkläre ich.

»Ich wusste es aber nicht.«

»Goffman und Sie«, sage ich, »haben gemeinsam die Juristenausbildung an der Stockholmer Universität absolviert. Knapp zwanzig Jahre später sind Sie bei der Säpo gelandet – handverlesen von Goffman. Dort waren Sie, bis Sie nach dem Scheitern in Göteborg 2001 rausgeschmissen wurden. Dennoch deutet nichts darauf hin, dass sie keine Freunde mehr sind. Berichtigen Sie mich, wenn ich falschliege, doch der Umgang mit diesem Fall deutet vielmehr darauf hin, dass Sie in allerhöchstem Maße eng verbunden sind.« Ich klopfe auf den Tisch. »Auch ich habe Kontakte im *Haus*.«

Olausson betrachtet mich mit unergründlichem Blick. Es klingt, als würde er seufzen, aber es ist schwer zu sagen, ob die Situation ihn belastet oder nicht.

»Darf ich mich setzen?«

»Bei dem Stuhl auf eigene Gefahr.«

Olausson sinkt auf dem Stuhl zusammen und schlägt ein Bein über das andere.

»Ja, zum Teufel. Hier will man nicht lange sitzen.« Er kratzt sich auf dem Handrücken, ein schrappendes und fast angenehmes Geräusch. »Was möchten Sie, dass ich sage, Leo?«

»Ich will wissen, warum uns die Ermittlung weggenommen worden ist.«

»Weil es dabei um Elemente und Drohbilder geht, die in den Arbeitsbereich der Säk fallen.«

»Bedrohung der Sicherheit des Landes?«

Olausson lacht auf.

»Wohl kaum.«

»Was ist es dann?«

»Ich weiß es nicht. Paul und ich sind Freunde, nicht Kollegen.«

»Sie wissen also nicht mehr?«

»Ich weiß genau das, was ich sage.«

Er nimmt ein Papier aus der Innentasche seines Jacketts und gibt es mir.

»Das hier habe ich bekommen.«

Das Papier ist der Antrag auf Übertragung der Ermittlung im

Mordfall Thomas Heber vom Gewaltdezernat der City-Polizei an die Sicherheitspolizei. So eines habe ich schon einmal gesehen. Es trägt die Handschrift der Säpo und atmet Paranoia und Geheimnistuerei, kombiniert mit einer absurden Form von Patriotismus. Ich bemerke das Datum auf dem Ausdruck. Das Dokument ist am 13. 12. um halb drei Uhr nachts ausgestellt worden, nur Stunden nach Hebers Tod.

Während Birck und ich in Hebers Wohnung standen und versuchten, uns einen Überblick zu verschaffen, hatte jemand bei der Sicherheitspolizei bereits begriffen, dass dies hier ihr Job war.

Olausson streckt die Hand aus, und ich falte das Papier zusammen und gebe es zurück.

»Warum haben Sie nichts gesagt? Warum haben Sie uns die Arbeit überhaupt anfangen lassen, wenn doch die übernehmen würden?«

»Das«, sagt er gedehnt, »kann ich nicht anders beantworten, als dass es auf Goffmans Anordnung geschah. Mehr weiß ich nicht.«

So läuft es immer. Wir sind die Arbeitsameisen, machen die Scheißarbeit und servieren ihnen die Ergebnisse. Und sie schönen ihre Statistik. Welche Abteilung hier was geleistet hat, erkennt man erst, wenn man die Ermittlungsprotokolle im Detail studiert, und die Mühe wird sich niemand machen. Intern haben schon mehrere schwergewichtige Akteure Kritik dagegen geübt, dass die Säpo trotz ihrer riesigen Ressourcen viel zu wenig Arbeit draußen auf dem Feld leistet. Aber das ist eine einfache Methode, damit sie weiter an ihren Schreibtischen hocken und sich um die Dinge kümmern können, die als so komplex angesehen werden, dass niemand außerhalb der heiligen Hallen der Säpo sie begreifen würde.

Ich erwäge zu fragen, ob er weiß, dass in Stockholm zwei Säpo-Wagen herumfahren, die seit Beginn der Ermittlungen jeden unserer Schritte verfolgt haben. Aber da Olausson den

Gesichtsausdruck eines zufriedenen Chefs aufgesetzt hat, dem es gelungen ist, seinen Untergebenen glauben zu machen, dass man ihm die Ereignisse nicht vorwerfen könne, habe ich keine Lust dazu.

»Wenn noch etwas diese Ermittlung betreffend auf Ihrem Schreibtisch auftaucht«, beginnt Olausson und erhebt sich von dem Stuhl, »das könnte ja sein, wenn man die Verzögerung der Übergabe bedenkt, dann geben Sie mir Bescheid und schicken es mir, sodass ich es an Paul weiterleiten kann.«

»Und was wäre, wenn ich das nicht tue?«

»Oh«, sagt Olausson. »Das könnte man sich natürlich fragen. Aber diese Kotze auf der Döbelnsgatan sollte nicht allzu schwer in Verbindung mit gewissen Substanzen in ihrem Blut oder ihrer Pisse gebracht werden können. Und an Blut und Pisse kommt man leicht heran, da reicht schon eine obligatorische Gesundheitsuntersuchung. In Ihrem Fall«, fährt er fort, »wäre es nur zu verständlich, wenn jemand eine solche verlangen würde, so kurz wie Sie erst wieder im Dienst sind und bei dem Stress, dem Sie da bereits ausgesetzt waren.«

Er zieht etwas aus der Innentasche des Jacketts und lässt ein Foto auf den Tisch fallen.

Die Fotografie ist aus einiger Entfernung mit einer schlechten Digitalkamera, vielleicht von einem Handy, aufgenommen worden. Es ist die Nacht vor Lucia in Vasastan. Im Vordergrund flattern Absperrbänder, und ein Stück entfernt knie ich an eine Hauswand gelehnt auf dem Boden und bin damit beschäftigt zu kotzen. Meine Haut ist rotfleckig von der Anstrengung.

Mir bleibt die Luft weg. Ich hoffe, dass man es nicht merkt, doch wahrscheinlich schon.

»Haben Sie kapiert?«

»Wie sind Sie an das gekommen?«, frage ich.

»Haben Sie kapiert?«, wiederholt er.

Ich habe den Eindruck, die Farben auf dem Foto vor mir würden kräftiger und konturierter werden.

»Ja.«

Er öffnet die Tür.

»Gut.«

Als er gegangen ist, reiße ich das Foto in der Mitte durch. Dann zerreiße ich die beiden Hälften und zerfetze sie in immer kleinere Teile, bis die so winzig sind, dass ich sie kaum mehr zwischen den Fingern halten kann. Aber ich kann einfach nicht aufhören.

DIE DROHUNG MACHT MICH schwindlig. Ich begebe mich auf den Flur hinaus und gehe an dem Weihnachtsbaum vorbei zum Kaffeeautomaten. Dort warte ich, während er anfängt zu spucken und zu zischen, um eine Tasse für mich zuzubereiten.

Im Zimmer genau gegenüber sitzt eine meiner Kolleginnen mit einigen Papieren. Auf dem Rechner neben ihr läuft ohne Ton die Adventsserie des Schwedischen Fernsehens. Ein Mann mit weißem Bart, dickem Bauch und fieberroten Wangen liegt völlig fertig in einer Hütte irgendwo im Wald auf einer Küchenbank. Er ist entweder betrunken oder krank. Die Sequenz zeigt abwechselnd ihn und drei Kinder, zwei Mädchen und einen Jungen, die durch eine schneebedeckte Landschaft rennen. Über dem Mann tickt eine Uhr, die irgendeine Bedeutung zu haben scheint.

Ich verfolge die Handlung, um nicht denken zu müssen und um das Verlangen nach einem Sobril und etwas Stärkerem zu unterdrücken und nicht spüren zu müssen, wie die Erkenntnis, dass ich den Stoff brauche, immer deutlicher wird. Am Ende sind die Kinder an der Hütte angekommen und versuchen verzweifelt, den Mann aufzuwecken, doch das gelingt ihnen nicht.

Der Abspann läuft. Die Tasse Kaffee ist fertig. Ich kehre in mein Zimmer zurück. Die Adventsserie erinnert mich an die Weihnachtszeiten meiner Kindheit, in denen es immer geschneit hat, wenn man an sie zurückdenkt, obwohl das gar nicht der Fall war. Ich erinnere mich an den Duft von Kerzenwachs und wie der Baum roch und das Geräusch, wenn Mama in der Abseite stand und die Geschenke einwickelte, während Papa mich und Micke unterhielt. Ja, einen Moment lang überspült mich das alles, und vielleicht ist es daher auch kein Zufall, dass mein Handy klingelt und auf dem Display SALEM aufleuchtet.

»Hallo, Mama.«

»Äh … hallo, Leo.«

Die Stimme am anderen Ende ist klar, dunkel und ruhig. Eine Stimme, die ich sehr, sehr lange nicht mehr gehört habe.

»Hallo, Papa.« Ich stelle die Kaffeetasse ab. »Wie … wie geht es dir?«

»Gut. Es geht mir gut. Wir haben eben gefrühstückt.«

Meine Mutter pflegt ihren Mann zu Hause, genau wie meine Großmutter Ella es einst mit ihrem Mann getan hat, Großvater Arthur Junker, der dieselbe Krankheit hatte. Die Schicksale der Familie bewegen sich in Kreisen.

»Du klingst fit«, sage ich.

»Ja, ich sage dir, fit wie ein Turnschuh.«

»Wie schön.«

»Was machst du? Störe ich dich?«

»Nein, du störst nicht. Ich bin im Büro.«

»Was wünschst du dir zu Weihnachten?«

»Ich, äh, ich weiß nicht.«

Mein Vater ist auf eine Weise zugegen wie lange nicht mehr. Ich weiß nicht, wie das möglich ist, aber das Gefühl ist überwältigend.

»Wir hatten überlegt, ob wir etwas Geld für eine Reise zusammenkratzen und sie Micke schenken«, sagt er. »Der kommt jetzt nur noch so selten raus.«

»Ja, natürlich. Wie viel soll ich beisteuern?«

»Zweitausend Kronen, dreitausend vielleicht. Ist das zu viel? Wir dachten, sechs zu geben, sodass es insgesamt dann acht oder neun werden. Das reicht für eine Reise, und wenn er weiter weg will, dann muss er nur noch ungefähr einen Tausender drauflegen.«

»Aber das reicht nur, wenn er allein fährt. Vielleicht will er ja mit jemand zusammen fahren?«

»Er hat davon gesprochen, dass er gern allein eine Reise unternehmen würde«, erwidert mein Vater entschieden.

»Okay.«

Den einen Tag habe ich einen Vater, der die Toilettenspülung nicht mehr betätigt, weil er nicht begreift, wie sie funktioniert. Den nächsten Tag habe ich einen Vater, der sich nicht mit Klopapier abwischt oder dafür das Duschhandtuch benutzt. Am dritten Tag kann er, als wären die vorherigen Tage nur schiefe Teile eines Traums gewesen, sowohl ein Telefon bedienen als auch rechnen.

»Was meinst du?«, fragt er. »Ist das möglich für dich?«

»Natürlich«, sage ich wieder. »Soll ich es in bar bringen?«

»Bargeld ist einfach viel hübscher als ein Gutschein. Cash is king. Sagt man nicht so? Oder bin ich einfach nur altmodisch?«

»Wer sagt, dass cash king ist, ist doch nicht altmodisch.«

Papa lacht.

»Kommst du bald mal zu uns?«

»Ich … ja. Ich werde versuchen, vor Weihnachten noch mal zu kommen. Und sonst komme ich Heiligabend.«

»Gut. Deine Mutter will auch mit dir reden. Hier kommt sie.«

Es raschelt und knistert im Hörer, dann höre ich die Stimme meiner Mutter.

»Mama, was ist das denn? Er klingt ja …«

»Ich weiß, mein Herz, ich weiß.«

Ich merke, dass ich die Luft anhalte.

»Was bedeutet das?«

»Nicht viel. Manchmal ist er so, kurze Momente lang.« Sie senkt die Stimme. »Ich glaube, dass er spürt, wenn es wieder schlechter wird. Deshalb hat er mir jetzt den Hörer gegeben, er wollte nicht, dass du es mitbekommst.«

»Warum hast du mir das nie erzählt?«

»Jetzt sei mal nicht so vorwurfsvoll. Ich will dir keine Hoffnungen machen, verstehst du?«

»Das tust du auch nicht«, erwidere ich.

»Du weißt genau, dass ich es höre, wenn du nicht die Wahrheit sagst.«

Wir sprechen noch ein wenig weiter, doch bald wirkt sie zerstreut, vielleicht weil mein Vater in der Nähe ist und mit dem Staubsauger kämpft. Es klingt, als wäre er überzeugt, dass der Sauger nicht mehr funktioniert, und wollte jetzt versuchen, ihn zu reparieren.

»Ich muss ihm helfen«, sagt sie. »Wir sprechen noch mal über Mickes Weihnachtsgeschenk, oder?«

»Ja«, sage ich. »Das machen wir.«

Alles ist wie immer.

Ich bin hier oben so weit von der Welt entfernt, dass sie untergehen könnte, ohne dass jemand im Inneren dieser Wände reagieren würde. Ich denke an das Foto, das ich zerrissen habe, ein Foto, das ich niemals irgendjemand gegenüber erwähnen werde.

Es macht *pling* in meinem Rechner, das Intranet. Eine Demonstration im Rålambshovsparken hat soeben begonnen. Linksextremisten demonstrieren gegen die Ausweisung von Asylbewerbern und Flüchtlingen, und Rechtsextremisten demonstrieren gegen die Demonstration der Linksextremisten. Die Züge laufen Gefahr aufeinanderzuprallen, und die Polizei ist mit einem großen Aufgebot vor Ort.

Mein Handy klingelt wieder.

»Na, bist du fertig?«, frage ich.

»Du musst zu mir nach Hause kommen«, sagt Birck.

»Warum? Und wo wohnst du?«

»Lützengatan 10, vierter Stock. In meinem Flur steht eine Person, die behauptet, 1599 zu sein. Und ich glaube, das stimmt.«

DIE LÜTZENGATAN LIEGT IN einem diskreten Oberklasseviertel hinter dem Karlaplan. In diesen Stadtvierteln werden die wenigstens Verbrechen angezeigt, doch werden hier vermutlich genauso viele begangen wie anderswo. Alle wissen das, aber alle halten dicht, weil es ein Ansehen zu verlieren gilt.

Die Straße hat in klassischem Muster gelegtes Kopfsteinpflaster und endet an einem Wendehammer. Das Taxi hält an, und ich steige zur endlosen, hektischen, stressigen Polka des Radios und des mitsingenden Taxifahrers aus – *Who's got a beard that's long and white? Who comes around on a special night?*

Die Lützengatan weiter hinauf, in der Kurve, steht ein dunkelblauer Volvo, in dem zwei Silhouetten zu sehen sind. Ich zünde mir eine Zigarette an und versuche, das Kennzeichen zu entziffern, aber der Winkel, in dem der Wagen geparkt ist, macht das unmöglich.

Santa's got a beard that's long and white! Santa comes around on a special night!

Ich bekomme meine Kreditkarte zurück und ersticke die Laute der Polka, indem ich die Autotür zuschlage. Das Taxi rollt davon. Ich hole tief Luft und erschauere in der Kälte.

Bei vielen Menschen verrät ihr Zuhause einiges über sie, doch die Wohnung von Gabriel Birck ist nicht von dieser Sorte. Sie ist groß mit hohen Decken, wirkt aber trotzdem klein. Die vielen Türen, Nischen und Ecken machen es leicht, sich darin zu verlaufen. Es gibt hier ziemlich wenig Bücher, aber umso mehr Filme, Fernsehserien und Bilder. Kein Möbelstück ist von Ikea, außer der Küche. Als ich mir eine Tasse hole, sehe ich das Ikea-Label in einem der Küchenschränke kleben. Die Tasse ist blau und trägt das Logo der konservativen Neuen Moderaten, aber im Flur habe ich Flugblätter und Pamphlete von einer Demonstration der Feministischen Initiative gesehen. An der Küchenwand hängt ein großes Foto von Twiggy, androgyn und symmetrisch. Auf einer Arbeitsfläche am Fenster steht ein Lautsprecherset mit Bircks Handy in der Station, und es ist leise Musik zu hören.

Über dem Sofa im Wohnzimmer hängen an die zwanzig, dreißig Fotos in schwarzen Rahmen unterschiedlicher Größe. Sie sind wild durcheinander wie eine Collage aufgehängt. Auf einigen sind Kinder zu sehen. Die meisten Bilder stellen Männer und Frauen dar, und in manchen Fällen Unbestimmbares dazwischen. Auf keinem der Bilder ist Birck selbst zu sehen. Es könnten Fotos von seiner Familie sein oder von Menschen, die er kennt, aber sie könnten genauso gut auch Fremde zeigen.

Und unter den Bildern sitzt eine Frau. Sie hat die Hände auf dem Schoß, faltet sie zusammen und wieder auseinander und blickt zu uns und auf den niedrigen Glastisch vor sich, auf dem ein dunkelblaues Diktafon liegt.

Ich stelle die Tasse vor sie hin, nehme die Kaffeekanne und gieße die Tasse halb voll.

»Etwas mehr, bitte.«

Sie trinkt einen Schluck. Ich setze mich in den Sessel neben dem Sofa und warte. Birck sitzt in dem anderen Sessel, die Beine übergeschlagen, mit einem Glas Wasser in der Hand. Er trägt ein weißes Hemd und eine graue Trainingshose, auf deren einem Bein ARMANI steht, aber, soweit ich das feststellen konnte, als er mir die Tür öffnete, keine Unterwäsche. Seine Haare sind feucht und zerzaust, und er riecht nach Duschgel. Die Frau ist klein, und ihre Frisur mit einem strengen schwarzen Seitenscheitel erinnert an die von Twiggy auf dem Foto in der Küche. Sie hat große Augen, einen kleinen Mund und über die Nase und unter den Augen breiten sich Sommersprossen aus. Zu ihren dunkelroten Boots trägt sie schwarze Jeans und einen dicken Strickpullover. Sie sieht nicht so aus wie jemand, der einem anderen ein Messer in den Rücken sticht, doch heutzutage kann man sich in diesen Dingen überhaupt nicht mehr sicher sein. Behutsam stellt sie die Tasse zurück auf den Tisch.

»Wie …«, will ich fragen, doch dann besinne ich mich und sage stattdessen: »Sie sind 1599.«

»Ja.«

»Und wie heißen Sie?«

»Lisa Swedberg.«

»Mit V oder mit W?«

»W.«

»Vorgestern saßen Sie im Cairo, als ich dort war. Das waren Sie, die gegangen ist.«

»Ja.«

»Warum sind Sie gegangen?«

Es dauert eine Weile, bis sie antwortet. Sie trinkt noch ein wenig mehr von dem Kaffee und klopft gedankenverloren an die Tasse. Ihre Nägel sind kurz und in derselben Farbe wie ihre Stiefel.

»Ich habe Angst bekommen.«

»Was hat Ihnen Angst gemacht?«

»Alles … Ich wollte nicht sehen …«

Sie beendet den Satz nicht. Birck trinkt von seinem Wasser. Durch die großen Sprossenfenster scheint ein bleiches Tageslicht. Ich würde gern noch eine Zigarette rauchen.

»Was machen Sie hier?«, frage ich.

»Vorgestern, als ich ging, habe ich ihn gesehen.« Sie blickt von Birck zu mir, als hätte sie das Bedürfnis, sich zu erklären. »Gabriel Birck, vor dem Cairo. Ich habe das Kennzeichen von Ihrem Auto gesehen und über die Meldestelle nachgeschaut, wem es gehört. Das kann man mit dem Smartphone. So habe ich den Namen herausgefunden und alles andere dann übers Telefonbuch. Es gibt nicht so viele Gabriel Bircks in Stockholm.«

»Schlau«, meint Birck. »Findest du nicht?«

»Schon. Aber ich dachte, dein Auto wäre über uns registriert.«

»Mein Auto ist mein Auto«, sagt Birck.

»Aber warum?«, frage ich, wieder an Lisa gewandt.

»Was, warum?«

»Warum kommen Sie zu uns?«

»Das … ich …« Sie umfasst das Diktafon vorsichtig, das auf dem Tisch liegt. »Ich weiß nicht, wo ich anfangen soll. Niemand ahnt, dass ich hier bin. Alle sind auf der Demo im Rålambshovsparken. Deshalb bin ich jetzt hergekommen, denn gerade kann mir niemand folgen.«

»Werden Sie auf der Demo nicht vermisst?«

Sie schüttelt den Kopf.

»Ich habe gesagt, ich sei krank.«

»Sie kannten Thomas«, sage ich. »Sie waren seine Interviewpartnerin.«

»Ja.«

»Was bedeutet das genau?«

»Wissen Sie das jetzt nicht schon?«

»Es wäre gut, wenn Sie es uns erzählen könnten.«

Sie schiebt mit zwei Fingern eine Haarsträhne zurecht.

»Er hat mich für sein Forschungsprojekt befragt.«

»Wie hat er Sie gefunden?«

»Einer, den ich kenne und der auch von ihm interviewt worden ist, hatte Thomas offenbar meinen Namen gesagt. Man kann mich nicht über eine Adresse oder ein Handy oder so ausfindig machen, aber Thomas hat ein wenig rumgefragt und mich so gefunden.«

»Wussten Sie, wer er ist?«

»Ich kannte ihn. Früher war er ziemlich bedeutend in der AFA. Die haben ja keine formellen Hierarchien oder so, aber ich weiß, dass er ein hohes Tier war. Er war wichtig für die.«

»Wann haben Sie sich getroffen?«

»Irgendwann im März.«

»Und wo?«

»In einem Café. Nicht im Cairo, sondern woanders, am Vanadisvägen, in der Nähe …«

Sie verstummt.

»In der Nähe seiner Wohnung?", fragt Birck.

»Ja.«

»Hat er Ihnen erzählt, dass er in der Nähe wohnte?«

»Nein, das hat er nicht.«

»Woher wissen Sie dann, dass es so war?«

»Ich habe es nachgeschaut. Ein paar Tage später bin ich außerdem nach dem zweiten Interview mit ihm mitgegangen und habe mit ihm geschlafen.«

Birck ist nicht erstaunt. Aber ich. Vielleicht ist 1599 oder Lisa Swedberg deshalb so abwesend in Hebers Aufzeichnungen, obwohl sie so wichtig für ihn zu sein schien. Eventuell stellt es ein ethisches Problem dar, mit seinen Interviewpersonen Sex zu haben. Vielleicht wollte er sichergehen, dass niemand das herausfinden konnte, selbst wenn die Notizen zu seiner Feldstudie in falsche Hände geraten sollten.

Wir hatten den Eindruck, Heber wäre einsam gewesen, erstaunlich einsam.

Und er scheint es auch gewesen zu sein, aber Lisas Blick ist jetzt sehr feucht geworden, und das Prinzip von Grim gilt nach wie vor. Jeder wird von irgendjemand vermisst.

SIE BLINZELT. AUS DER Küche dringt die Musik herüber, eine warme Stimme singt: *It's beginning to look a lot like Christmas, everywhere you go*.

Lisa sieht Birck an.

»Ich dachte, Sie hätten gesagt, Sie könnten Weihnachtsmusik nicht leiden.«

»Jeder mag ja wohl Johnny Mathis, oder?«

»Also«, sage ich. »Jetzt mal eines nach dem anderen. Dann haben Sie also eine Beziehung mit ihm begonnen?«

»Nein, das ist der falsche Ausdruck. Zumindest, um zu beschreiben, wie es zu Anfang war. Es war eine ... Eingebung.«

»Aber dann wurde nach und nach aus der Eingebung eine Beziehung?«

»Ja. Im April war es das wohl, wenn man es nun überhaupt eine Beziehung nennen kann. Wir haben es geheim gehalten, das war für Thomas wichtig. Ich habe durchaus begriffen, warum, aber es war trotzdem anstrengend. Wir haben uns fast nur bei ihm gesehen, bis auf ein paarmal, wo wir ins Kino gegangen sind oder als wir in irgendeinem obskuren Klub, in den er sich mit mir traute, ein Bier trinken waren.«

Sie lacht traurig. Mein Handy vibriert und lässt Lisa verstummen. Es ist Sam. Ich drücke das Gespräch weg.

»Entschuldigung«, sage ich. »Erzählen Sie weiter.«

»Ich weiß nicht recht, was ich sagen soll. Es war keine intensive Beziehung, oder eigentlich doch, aber nur in Wellen. Verstehen Sie? In den Phasen, in denen wir uns trafen, sahen wir uns sehr oft. Manchmal auch im Anschluss an ein Interview. Er hat mich mehrmals befragt, ich glaube, insgesamt fünf- oder sechsmal. Er benutzte einige seiner Interviewpartner auf diese

Weise, als Schlüssel. Wenn er etwas Neues herausgefunden hatte, zum Beispiel bei einem anderen Interview, dann fragte er auch mich manchmal danach. Ich habe nicht viel Ahnung von Soziologie, doch Thomas meinte, das sei so üblich. Anfangs dachte ich, er würde das nur sagen, um mich wiedersehen zu können. Doch im Laufe der Zeit begriff ich, dass es ihm sehr ernst war mit seiner Arbeit.«

»Haben Sie schon beim ersten Mal gemerkt, dass er an Ihnen interessiert war?«, fragte Birck.

»Ich ... ich weiß nicht. Thomas war schwierig oder, besser gesagt, gut. Er war gut darin, einem ein Gefühl von Sicherheit und Beachtung zu geben. Es war nicht leicht für mich abzuschätzen, ob er wirklich an mir interessiert war oder ob er sich nur professionell verhielt. Aber ich hatte das Gefühl, dass da mehr war. Und nach dem zweiten Interview merkte ich, dass ich recht hatte.«

»Wie haben Sie das gemerkt?«, frage ich.

»So etwas spürt man. Es schwingt mit.«

Sie verstummt kurz, und wir schweigen. Ich frage mich, ob sie sich unter Kontrolle hat. Dann fährt sie mit ihrer Geschichte fort.

»Manchmal konnte über ein Monat vergehen, ohne dass ich von ihm hörte, doch dann rief er plötzlich an und fragte, ob wir noch ein Interview machen könnten, es seien neue Fakten aufgetaucht, über die er sprechen wolle. Und dann flammte alles wieder auf, war ein paar Wochen lang verdammt intensiv, und danach war wieder für eine Weile Sendepause.«

»Wie war das für Sie?«, fragt Birck. »Hätten Sie ihn gern öfter gesehen?«

»Nein«, erwidert sie. »Diese Art von Beziehung passt mir gut. Ich brauche niemanden, irgendwie ziehe ich es vor, allein zu sein. Viele Männer sind ganz einfach nutzlos, aber einige wenige sind in ein paar Sachen gut, die ich mag. Dazu gehört Sex oder über Politik zu sprechen. Thomas war in beidem gut.«

»Thomas hat Ihre Beziehung für sich behalten«, sagt Birck. »Sie auch?«

»Ja.«

»Wie lange ging das auf diese Weise?«

»Bis … bis letzten Donnerstag, würde ich sagen.«

Birck stützt die Ellenbogen auf seine Oberschenkel.

»In Ordnung. Erzählen Sie, was passiert ist.«

»An dem Abend?«

»Ja.«

»Wir hatten uns verabredet … und zwar an einem Ort, an dem wir uns manchmal getroffen haben. Eine Gasse an der Döbelnsgatan. Eine Freundin von mir wohnt in der Nähe, und ich übernachte manchmal bei ihr. Wenn ich dort war, haben wir uns in der Gasse getroffen und sind dann zu ihm nach Hause gegangen. Doch diesmal verabredeten wir uns im Hinterhof.«

»Hatten Sie das schon einmal getan?«

»Nein.«

»Und warum diesmal?«

»Weil … es sich einfach so ergeben hat.« Sie zögert. »Ich hatte Angst.«

»Wovor hatten Sie Angst?«

»Ich habe mich zwischen die Müllcontainer gestellt«, fährt sie fort, als hätte sie Bircks Frage nicht gehört. »Die standen dort an der Wand aufgereiht. Da habe ich auf Thomas gewartet, bis ich Schritte hörte. Er war es, ich konnte sein Profil erkennen und sah, dass er sich suchend umschaute. Er zog seine Handschuhe aus und steckte sie in die Manteltasche, und ich wollte gerade zu ihm gehen, als ich etwas hörte, das mich erschreckte. Schnelle, eilige Schritte liefen durch die Gasse. Und bevor ich noch irgendetwas kapiert hätte, fiel Thomas zu Boden. Ich hockte hinter den Containern und konnte nur sein Gesicht sehen und dass er auf dem Rücken lag. Dann begann jemand, seine Taschen zu durchsuchen. Ich konnte gar nicht … Thomas konnte mich nicht einmal sehen …«

»Woher wissen Sie, dass jemand seine Taschen durchsuchte?«, fragt Birck.

»Ich sah, wie es an dem Mantel zog und ruckte.«

Dieses Detail ihrer Geschichte lässt Lisa kurz erstarren. Es sind immer die unerwarteten Einzelheiten, die einem am meisten zusetzen. Ich weiß das besser als viele andere.

»Was geschah dann?«

»Ich hörte, wie sein Rucksack durchsucht wurde, der Reißverschluss wurde aufgezogen, und jemand wühlte darin herum.«

»Und dann?«, frage ich.

»Er oder sie ist abgehauen. Ich weiß noch, dass mich das erstaunte, denn ich war sicher, dass die Person mich auch gesehen hatte und dass jetzt ich an die Reihe kommen würde. Doch er oder sie haute ab. Ich hatte einen Schock, glaube ich, denn mein Herz schlug so unglaublich laut und schnell. Ich schlich hinter den Containern hervor und sah … ich hatte wirklich Todesangst … ich war so schockiert. Ich ging in die Hocke und versuchte zu erkennen, ob er atmete. Das tat er nicht. Vielleicht war er noch nicht tot, aber … manchmal merkt man trotzdem, dass es zu spät ist. Es klingt vielleicht komisch, aber es war wie ein Gefühl, das mich überfiel … ich konnte es kaum über mich bringen, ihn anzusehen.«

»Was taten Sie dann?«, fragt Birck.

»Ich verabschiedete mich, ohne ihn anzurühren. Ich hatte Angst, Spuren zu hinterlassen. Dann ging ich so schnell wie möglich weg und rief die Polizei.«

»Sie haben den Notruf abgesetzt.«

»Ja.«

»Und was haben Sie gesagt?«

»Haben Sie das nicht abgehört? Diese Gespräche werden doch wohl aufgenommen, oder?«

»Wir haben es noch nicht abgehört«, erwidert Birck.

Wir hatten die Aufnahme bestellt, aber sie kam nicht, bevor wir den Fall an die Säpo abgeben mussten.

»Ich habe gesagt, dass eine Person erstochen worden sei, und habe die Adresse genannt. Mehr nicht.«

»Haben Sie Ihre Stimme verstellt?«

»So gut es ging, ich habe versucht, ein wenig tiefer zu sprechen.«

»Warum?«

»Ich wollte nicht ... ich kann nicht ...«

Lisa betrachtet ihre Hände. Sie sind schön und rein von der Art, die nie arbeiten musste, um das Überleben ihrer Besitzerin zu sichern.

»Der Täter«, sage ich, »den haben Sie nicht gesehen?«

»Nein. Ich habe nicht einmal gesehen, ob es ein Mann war.«

»Man braucht sehr viel Kraft, um ein Messer auf diese Weise in jemanden zu rammen.«

»So viel, dass Frauen es nicht schaffen würden?«

»Doch«, entgegne ich, »das würden sie schon. Aber es ist ungewöhnlich. Was wollte er oder sie haben? Was könnte in Thomas' Kleidung und seinem Rucksack gewesen sein, das diese Person haben wollte?«

»Das hier«, sagt sie.

»Das Diktafon? Woher wissen Sie das?«

»Wenn Sie es abhören, werden Sie es verstehen. Selbst wenn das, was darauf ist, nicht voll und ganz stimmt, ich ... ich weiß es nicht mehr. Ich bin so durcheinander.«

»Erzählen Sie es uns«, bittet Birck. »Wir hören uns das Band später an, erzählen Sie zuerst.«

»Ich ... das kann ich nicht.«

»Wie sind Sie an das Gerät gekommen?«, frage ich.

»Ich habe es bekommen.«

»Vom Täter?«

Sie antwortet nicht. Stattdessen nimmt sie das Gerät und schaltet es ein. Das Diktafon reagiert mit einem schwachen Piepen, und sein kleines Display leuchtet auf.

Sie hält es Birck hin.

»Ich habe es erst heute Vormittag bekommen. Die Dokumente sind nach Namen oder nach durchlaufenden Kennzahlen benannt. Das erste Interview mit mir heißt also 1599, das zweite 15992, das dritte 15993 und so weiter.«

»Eines noch«, sagt Birck, ohne das Diktafon entgegenzunehmen. »Sie wissen, dass wir nicht länger die Ermittler in diesem Fall sind, sondern dass die Sicherheitspolizei ihn übernommen hat?«

»Das weiß ich. Die waren bereits bei mir.«

»Was haben Sie ihnen gesagt?«

Sie senkt die ausgestreckte Hand und streicht mit dem Daumen über die Oberseite des Diktafons, als würde sie den kleinen Bildschirm putzen.

»Ich habe ... die Säpo ist ja andauernd bei uns. Die sind so verdammt paranoid und sehen überall Terroristen. In uns, sozusagen. Nur weil man für etwas kämpft, was nicht ihrer Meinung entspricht, kommt man auf die schwarze Liste. Das sind solche Faschisten, fast genauso schlimm wie die Nazis. Deshalb haben sie aus mir nicht viel herausbekommen. Ich will, dass Thomas' Tod aufgeklärt wird, aber der Säpo traue ich kein bisschen. Die haben ihn nur Pseudoforscher und heimlichen Terroristen genannt. Das muss man sich mal geben! Er war, verdammt noch mal, ein mit internationalen Preisen ausgezeichneter Soziologe!«

»Sie haben gesagt, die Säpo wäre immer ›bei uns‹«, hake ich nach. »Wen meinen Sie damit?«

»Ach so. Ich meine die Autonome Bewegung, eigentlich alle, die ein Exemplar von *Der kommende Aufstand* oder ähnliche Bücher zu Hause haben. Ich habe gehört, dass sie alle kontrollieren, die dieses Buch mit einer Bankkarte kaufen. Das können sie zurückverfolgen. Ist das nicht krank? Klar, einige der Autonomen wenden im Kampf gegen den Faschismus auch Gewalt an. Aber das ist Selbstverteidigung. Außerdem umfasst die Autonome Bewegung ja auch Aktivisten für die Rechte der

Tiere, Syndikalisten und Feministen und Antifaschisten, die noch nie gewalttätig waren.«

»Wie hieß der Säpo-Polizist, mit dem Sie gesprochen haben?«, frage ich.

»Goffman oder so. Und dann war noch eine Frau dabei, Berg, glaube ich. Oder nein, Berger.«

»Von wem haben Sie das Diktafon bekommen?«, versucht Birck es noch einmal.

»Das kann ich nicht sagen.«

»Schützen Sie jemanden?«

»Der, von dem ich es bekommen habe, hat nichts getan, da bin ich ganz sicher.«

Wir schweigen wieder eine Weile. Lisa trinkt noch etwas von ihrem Kaffee.

»Radikale AntiFaschisten«, sage ich gedehnt, »was ist das?«

»Haben Sie kein Google auf Ihrem Handy?«, fragt sie.

»Schon, aber das Einzige, was es im Netz dazu gibt, soweit ich das herausfinden konnte, ist eine Website mit dem Logo. Eine Kulisse, die nirgendwo hinführt.«

Lisa lehnt sich auf dem Sofa zurück.

»Wir sind keine Organisation, obwohl die Medien und die Polizei uns so nennen. Das macht mich richtig wütend. Der Punkt bei jeder Organisation ist nämlich, dass sie eine hierarchische Struktur hat, mit Über- und Unterordnung. Wir lehnen den Gedanken der Hierarchie ab. Die Radikalen AntiFaschisten sind eher ein Netzwerk. Wir sind ein Teil der Autonomen Bewegung und kämpfen gegen Faschismus und Unterdrückung und vor allem gegen weiße Bewegungen wie den sogenannten ›Schwedischen Widerstand‹.«

»Ihr Kampf nimmt manchmal gewalttätige Formen an«, sage ich. »Habe ich das richtig verstanden?«

»Sie definieren es so. Wir sind der Meinung, dass Faschismus in einer Gesellschaft, die selbst faschistische Tendenzen hat, nicht mit rechtlichen Mitteln bekämpft werden kann. Das ist nichts anderes, als mit Pestiziden schädliche Insekten auszurotten. Wir ...«

»Okay, okay«, unterbreche ich.

»Das genau meine ich«, entgegnet Lisa mit harter Stimme. »Sie sehen nichts anderes als Ihre winzig kleine Bullen-Welt. Sie sehen die Unterdrückung gar nicht, die da draußen jeden Tag stattfindet.«

»Was ich gern wissen würde«, wirft Birck ein, »ist die Bedeutung von RAF-W und RAF-S. Sind das unterschiedliche Bewegungen?«

»Nein, ein und dieselbe. Sie heißen so, weil die Bewegungen oft während Demonstrationen verschieden agieren, in einem weißen und einem schwarzen Block. Die Weißen sind diejenigen, die Gewalt vermeiden möchten, aber sie auch anwenden können, wenn es erforderlich sein sollte. Die Schwarzen sind von Anfang an gewaltbereit, sie suchen die direkte Konfrontation. Ich glaube, diese Bezeichnungen stammen ursprünglich von der Säpo, und zwar benannt nach einer früheren Organisation, bei der die weniger Gewalttätigen sich in Weiß kleideten, während die anderen das nicht taten. Doch allmählich wurde es immer mehr eine Bezeichnung dafür, wie die Gruppen in verschiedenen Blöcken agieren. RAF-W und RAF-S sind Abkürzungen, die wir selbst nicht für uns verwenden, aber Thomas hat sie benutzt, um seine Interviewpartner kategorisieren zu können. Was uns betrifft, ist das eigentlich eine seltsame Aufteilung, weil im Grunde alle von der RAF bereit sind, im Kampf gegen den Faschismus sich selbst zu verteidigen.«

»Ich glaube«, wechsle ich das Thema, »dass ... Sie haben gesagt, Sie hätten sich an dem Abend verabredet, nicht wahr?«

»Ja. Thomas hatte sich bei mir gemeldet.«

»Sie haben außerdem gesagt, Sie hätten Angst gehabt«, hakt Birck nach. »Woher kam das?«

»Ich ... ich kann das nicht ...«, antwortet sie und senkt wieder den Blick.

Man kann die Wörter auf ihrer Zungenspitze fast sehen, die jedoch von irgendetwas zurückgehalten werden. Wir sollten sie mehr unter Druck setzen, sollten barscher sein, doch dann riskieren wir, dass sie sich verschließt.

»In dem Tagebuch, das Thomas zu seiner Feldstudie führte, hat er sein Forschungsprojekt und seine Interviews beschrieben«, sage ich.

Nun sieht sie aus wie jemand, der eben erfahren hat, dass sein Lebensgefährte mit jemand anderem Sex hatte.

»Sie wussten nicht, dass er ein solches Tagebuch führte«, folgert Birck.

»Nein.«

»Das ist offenbar für ein Forschungsprojekt nichts Ungewöhnliches, aber …«

»Haben Sie es gelesen?«

»Ja«, sage ich.

»Darf ich es sehen? Haben Sie es hier?«

Ich schüttele den Kopf. »Als die Säpo den Fall übernommen hat, hat sie alles Material bekommen.«

Sie betrachtet mich lange.

»Okay«, sagt sie schließlich, als hätte sie sich entschieden, nicht zu lügen. »Schade. Ich hätte das gern gelesen. Hat er etwas über mich geschrieben?«

»Ja«, antwortet Birck. »Aber nicht Ihren Namen und nichts über Ihre Beziehung. Er schreibt von Ihnen als 1599.«

»In den Aufzeichnungen«, fahre ich fort, »erwähnt er am Ende, dass Sie ihm etwas erzählt haben. Das war, glaube ich, Ende November. Er schreibt, Sie hätten Kontakt zu ihm aufgenommen, weil Sie sich mit ihm treffen wollten.«

Lisa antwortet nicht, nickt aber fast unmerklich.

»Eine knappe Woche später schreibt er wieder, doch nicht mehr, als dass ihn die Sache umtreibt, die Sie ihm erzählt hätten. Er notiert nicht, was es war.« Ich halte den Atem an. »Was haben Sie ihm erzählt?«

»Ich … es ging … ich kann es nicht sagen, denn ich weiß nicht mehr, ob es wahr ist.«

»Ging es um seinen eigenen Tod?«, fragt Birck. »Wussten Sie, dass jemand ihn töten wollte?«

»Mein Gott, nein«, entgegnet sie mit einer Stimme, die klingt, als würde sie jetzt aufstehen und gehen. »Davon hatte ich keine Ahnung … es gab keine Drohung gegen ihn, das war ganz und gar nicht so.«

»Es gab keine Drohung gegen ihn«, sagt Birck, »aber es gab eine gegen jemand anderen, meinen Sie das?«

Sie antwortet nicht.

»Nun gut«, sage ich ruhig. »In den Aufzeichnungen nennt er Sie, und dass Sie über etwas gesprochen haben. Außerdem nennt er einen anderen Interviewpartner, und zwar 1601.« Ich versuche, ihre Reaktion zu deuten, doch es gelingt mir nicht. Ich glaube, sie erkennt die Nummer nicht. »Wir nehmen an«, fahre ich fort, »dass 1601 ihm Informationen über dasselbe Ereignis gegeben hat, dass sich seine Version aber von der Ihren unterschied. Vielleicht insofern, als Ihre Information nicht voll und ganz der Wahrheit entsprach?«

Lisa betrachtet uns mit halb geöffnetem Mund. Es ist unmöglich zu erkennen, ob sie diese Fakten schon kannte oder nicht. Vielleicht ist sie erstaunt, sie zu hören, vielleicht ist das eine Neuigkeit für sie. Oder sie ist erstaunt, dass wir davon wissen.

»Okay«, sagt sie schließlich.

»Sie kennen Nummer 1601 nicht? Haben Sie nie davon gesprochen?«

»Nein, niemals.«

»Gibt es … in Ihrem Kreis oder wie man es nennen soll«, beginnt Birck, »geht da ein Gerücht, dass irgendetwas geschehen sollte?«

Lisa antwortet nicht.

»Gut, ich nehme das mal als ein Ja. Gibt es verschiedene Versionen von diesem Gerücht? Oder geht es um zwei völlig unterschiedliche Sachen?«

»Ich …« Sie zögert.

»Erklären Sie es«, bittet Birck.

Sie schüttelt den Kopf.

»Ich kann nicht.«

»Warum nicht?«

»Es …«

»Es ist eine Person«, versuche ich es, »die in Gefahr gebracht werden soll?«

Sie nickt unmerklich.

»Wer?«, frage ich. »Wer ist es? Sie sollten uns wirklich helfen, Lisa.«

Sie starrt mich wütend an. Meine Worte sind schärfer und vorwurfsvoller ausgefallen, als ich es beabsichtigt hatte.

»Was zum Teufel glauben Sie, warum ich hier sitze?«

»Ich …«, beginne ich, doch es piept, und Lisa holt ihr Handy aus der Tasche und liest die SMS.

»Mein Gott.« Sie steht auf. »Ich muss gehen.«

»Jetzt? Sie können jetzt nicht gehen.«

»Ich muss.«

Sie sammelt ihre Sachen ein.

»Bitte, bleiben Sie«, sagt Birck.

»Ich kann nicht. Im Rålambshovsparken ist etwas passiert. Einer meiner Freunde ist verletzt worden. Hören Sie sich das da mal an«, sagt sie und deutet auf das Diktafon, dann eilt sie zur Tür. »Geben Sie es nicht Goffman.«

»Wie können wir Sie finden, wenn wir noch mal mit Ihnen sprechen müssen?«

Ohne anzuhalten oder sich auch nur umzudrehen, nennt sie eine Adresse in Bandhagen, und ich beeile mich, sie aufzuschreiben. Sie öffnet die Tür, und im nächsten Moment ist Lisa Swedberg weg, als wäre sie nie hier gewesen.

WÄHREND DER GEGENDEMONSTRATION GERÄT Jonathan in die Nähe einer der Bäume. Er hat einen Kapuzenpullover an, mehr braucht er nicht gegen die Kälte. Das Adrenalin, das durch seinen Körper pumpt und sich mit den Amphetaminen vermischt, wärmt ausreichend.

In der einen Hand hat er ein Bengalisches Feuer, einen Schlagring in der anderen. Da sind so viele Menschen, alles ist irgendwie verschwommen. Er wirft das Feuer auf einen der Bullen in der Nähe. Es landet qualmend und knisternd neben seinem Schuh. Ein Kollege des Bullen muss es bemerkt haben, denn im nächsten Augenblick wird Jonathan von links angegriffen, ein gezogener Schlagstock fährt über seinen Unterarm und lässt ihn vor Schmerz aufschreien.

Jonathan fährt herum. Aus irgendeinem Grund hat der Bulle keinen Helm auf, der liegt auf dem Boden zwischen ihnen. Der Schlagstock wird wieder erhoben. Jonathan schützt sich und bekommt den zweiten Schlag über die Schulter. Es fühlt sich an, als würde sie auskugeln. Noch ein Schlag. Er fuchtelt mit dem Schlagring vor sich herum, trifft aber nur den Schild, dumpf und wirkungslos.

Jemand kommt angelaufen und haut dem Bullen mit den Handkanten in den Rücken. Der ist überrumpelt und strauchelt. Jonathan tritt zur Seite, damit er nicht auf ihn fällt.

Vor ihm steht Ebi. Er trägt die gleiche Kleidung wie bei ihrem Treffen in Hallunda, ist jetzt aber vermummt. Jonathan erkennt die Augen seines Freundes aus Kindertagen. Ebi eilt zu dem Bullen und drückt ihn an den Baum, sodass er den Schlagstock fallen lässt.

»Faschistenschwein«, zischt Ebi. »Zieh Leine.«

Jonathan hätte es sehen sollen, er hätte die Angst in den Augen des Bullen erkennen sollen und wie sich dessen freie Hand zum Holster bewegt. Im nächsten Moment hat der Bulle die Pistole in der Hand. Ebi lässt zu spät los. Das Gesicht des Bullen ist bleich vor Panik.

Als der Schuss ertönt und Ebi zu Boden fällt, erstarrt Jonathan. Er kann nicht einmal neben seinem Freund auf die Knie fallen. Er will es so gerne, aber er kann nicht. Sonst würde alles herauskommen.

Die Tränen, die aus Jonathans Augenwinkeln quellen, werden von der Maske verborgen.

CHRISTIAN SIEHT NICHT, WIE es passiert. Er ist nur wenige Meter entfernt, aber er sieht es nicht.

Der Rauch der Bengalischen Feuer verbindet sich mit dem der Raketen, und der Kampf, die Rufe und die Schreie vermischen sich mit dem Geräusch seines Herzschlags. Im Augenwinkel sieht er, wie sich zwei Polizisten, mit Schilden und Schlagstöcken bewaffnet, auf einen seiner Freunde stürzen.

Ein Polizist steht an einen Baum gepresst, und aus irgendeinem Grund ist sein Helm abgefallen und liegt auf der Erde. Der Polizist hält den Schild so nah vor sein Gesicht, dass es von seinem Atem beschlägt. Christian erkennt Jonathan. Und da ist noch jemand bei ihm.

Christian dreht sich um, und in dem Moment geht hinter seinem Rücken ein Schuss los. Die Welt steht still, und Christian dreht den Kopf. Auf dem Boden liegt der andere junge Mann. Sein Körper zuckt unkontrolliert. Jonathan starrt zu ihm hinüber.

Der Mann auf dem Boden hat nur ein Auge.

NIEMAND WEISS ETWAS GENAUES, aber es wird erzählt, im Rålambshovsparken sei einem Einsatzpolizisten mit nervösem Abzugfinger das Kunststück gelungen, einen Demonstranten ins Auge zu schießen. Der Polizist bekam Panik, als er von den Demonstranten umringt und angegriffen wurde. Und wenn Leute, die im Besitz von Waffen sind, Panik kriegen, dann geht das immer übel aus.

Die Teilnehmer der Demonstrationen stammen hauptsächlich aus den Reihen der Radikalen AntiFaschisten und des rechtsradikalen Schwedischen Widerstands. Ihre Flugblätter liegen im Schnee verstreut. Mehrere Leute sind verletzt, auf beiden Seiten haben Männer und Frauen Verbände um Unterarme und Beine und große Pflaster über Wangen und auf den Stirnen. Einige wenige Polizisten scheinen Schürfwunden zu haben. Hier und da ist der schmutzige Schnee im Park mit Blut, geplatzten Feuerwerkskörpern und den Resten von Bengalischen Feuern bedeckt.

Es herrscht Chaos.

Der Brandgeruch ist noch stark, aber der Rauch hat sich gelegt. Die Krankenwagen sind in einer Reihe geparkt, und Sanitäter verbinden die Demonstranten, während Polizisten sie in strammer Haltung beaufsichtigen und die Medien die Szenerie beobachten und fotografieren. Dahinter stehen erschrockene Vertreter der Öffentlichkeit. Irgendwo unter ihnen ist Lisa Swedberg.

Birck und ich halten uns auf der anderen Seite des Parks, in ausreichend großem Abstand, um uns zu Zuschauern zu machen.

»Siehst du das?«

»Ich sehe es«, antwortet Birck.

Im schmutzigen Schnee auf dem Boden liegt noch eine RAF-Flagge in Rot, Schwarz und Weiß.

»Glaubst du wirklich, dass ihm ins Auge geschossen wurde?«, frage ich.

»Ganz gleich, ob da oder woanders hin, es wird einen Wahnsinnsaufstand geben deswegen. Erinnerst du dich noch an Göteborg 2001?«

»Da war ich einundzwanzig.«

Birck sieht mich fragend an.

»Und?«

»Das war während der Ausbildung.«

»War das da kein Thema?«

»Doch, ganz bestimmt, aber nicht, wenn ich dabei war.«

Birck dreht sich um.

»Und ständig dieses Anhängsel.« Er hebt die Hand, winkt und lächelt dem schwarzen Volvo zu, der am Straßenrand steht. »Die versuchen sich nicht einmal mehr zu verbergen.«

Ich befühle das Diktafon in meiner Manteltasche und frage mich, was uns darauf erwartet.

»Die wissen, dass Lisa bei uns war«, sagt Birck.

»Du meinst, die Säpo weiß es?«

»Ja. Das hätten wir ihr sagen sollen.«

»So weit sind wir ja gar nicht gekommen. Aber wir hätten mehr Druck auf sie ausüben sollen. Wir hätten versuchen sollen, sie dazubehalten.«

»Eine Antifaschistin, die Polizisten hasst?«

Im Park fährt ein Krankenwagen ohne Martinshorn, nur mit blinkendem Blaulicht, um im Gedränge vorwärtszukommen. Widerwillig teilt sich die Menschenmenge. Auf dem Boden neben uns flattert ein Flugblatt. In der Nähe liegen noch mehr davon. Birck macht zwei Schritte vor, hebt eines auf, und ich lese über seine Schulter:

Die schwedische Kultur befindet sich in einem kritischen Zustand. Unsere nordischen Länder sind in den letzten Jahrzehnten von fremden Volksgruppen besetzt worden, und gleichzeitig sind wir von Politikern und Medien fieberhaft dazu aufgefordert worden, Toleranz und rassische und kulturelle Integration zu üben. Jede Rasse und jede Kultur hat die Macht, ihr eigenes Schicksal zu formen, und damit auch das Recht und die Verpflichtung, sich zu verteidigen. Stattdessen zwingt man uns, eine erniedrigende Okkupation zu akzeptieren, und unsere korrumpierten Politiker haben mit aller Macht dafür gesorgt, dass Missfallensäußerungen oder Widerstand dagegen als Gesetzesverstöße behandelt werden. Unsere Hände sind gebunden, während die Anhänger des Multikulti dafür kämpfen, auch noch unsere Stimmen verstummen zu lassen. Kritische Zeiten erfordern drastische Lösungen. Es liegt in unserer Verantwortung, uns loszureißen, um zurückschlagen zu können. Wir dürfen nicht verstummen. Wir müssen die Existenz unseres Volkes und die Zukunft unserer schwedischen Kinder sicherstellen.

Ganz oben auf dem kleinen Flugblatt ist der Text BETEILIGE DICH AM SCHWEDISCHEN WIDERSTAND – MACH MIT IM KAMPF FÜR SCHWEDEN zu lesen.

»Na, was meinst du.« Birck lächelt. »Macht dich das an?«

Er lässt das Flugblatt zu Boden fallen.

»Das, was sie von der Mordnacht gesagt hat«, beginne ich und meine damit Lisa Swedberg, »stimmt mit John Thyrells Zeugenaussage überein. Nicht schlecht beobachtet für einen Sechsjährigen.«

»Schade, dass es, soweit wir wissen, keinen Tatverdächtigen gibt. Sonst könnte man John Thyrell ein Foto von ihm zeigen und ihn mal so richtig auf die Probe stellen.«

»Ich bezweifele, dass er so viel gesehen hat«, wende ich ein. »Nicht auf diese Entfernung. Der Junge hat lediglich bemerkt, wie jemand in Hebers Rucksack herumwühlte, wahrscheinlich hat er das Gesicht gar nicht genau erkannt. Außerdem ist es auf dem Hinterhof finster wie in einem Kohlenkeller. Es ist ein Wunder, dass er überhaupt etwas gesehen hat.«

Außerdem sind inzwischen mehrere Tage seit dem Mord vergangen, und Zeit macht das Erinnerungsvermögen von Kindern noch unzuverlässiger.

»Aber probieren könnte man es ja«, sagt Birck.

»Schon. Wenn die Säpo etwas hätte, womit sie es probieren könnte.«

»Aber das haben sie ja vielleicht.«

»Und welche Person sollte das sein?«

»Weiß der Teufel.« Birck sieht mürrisch aus. »Verdammtes Chaos.«

Wir bleiben noch ein wenig beim Park, und meine Gedanken wandern herum. Ich fühle mich düster und niedergeschlagen.

Im Gewühle auf der anderen Seite des Parks ist Lisa Swedberg zu erkennen. Sie hat die Hände in den Taschen, doch scheinbar nicht wegen der Kälte. Ein hochgewachsener, kräftiger Mann steht neben ihr und erzählt etwas. Es ist Oscar Svedenhag aus dem Cairo. Ihre Miene wird immer düsterer, bis sie sich schließlich umdreht und eilig davongeht. Ich sehe, was geschieht, aber ich registriere es nicht. Ich bin in Gedanken woanders.

»Hallo?«, sagt Birck.

»Ja?«

»Ich habe dich gefragt, ob wir jetzt mal gehen sollen. Was ist los?«

»Wieso, was ist los?«

»Du wirkst total fertig. Alles in Ordnung?«

Ich sage längere Zeit nichts. Sirenen heulen. Schließlich gehen wir zum Auto zurück.

»Olausson hat mich bedroht.«

»Was?«

»Wenn ich mir mit dem Heber-Mord die Nase blutig schlage,

werde ich suspendiert. Er glaubt nicht, dass ich vom Sobril runter bin.«

»Verdammte Scheiße. Aber … das bist du ja auch nicht.«

»Und noch etwas«, sage ich, um das Gesprächsthema zu wechseln.

»Was denn?«

In der Tasche bekomme ich ein Sobril in die Finger. Ich halte es fest. Dabei denke ich an Papa, an seine Stimme.

»Nichts. Ich glaube, ich bin ein bisschen verwirrt.«

Birck schließt das Auto auf. Ich lasse die kleine Tablette in die Tasche zurückgleiten, obwohl das Verlangen danach so stark ist wie noch nie an diesem Tag.

Wir verlassen das Gelände rund um den Rålambshovsparken, und der schwarze Volvo folgt ein paar Wagenlängen hinter uns. Ich nehme das Diktafon aus der Tasche und gebe es Birck.

Die Dämmerung fällt herab. Beim Kungsholmstorg verliert uns der Volvo im dichten Verkehr, und Birck sieht zufrieden aus. Er schaltet das Radio ein, wo ein Weihnachtslied abgebrochen wird, um neue Informationen über die Ereignisse im Rålambshovsparken zu bringen.

»Wusstest du, dass heute Sonntag ist?«, frage ich.

Birck lacht.

»Was haben Wochentage schon für eine Bedeutung?«

MEIN TELEFON KLINGELT. DIESES verdammte Telefon.

Es ist Birck. Ich sollte rangehen, will und kann aber nicht, denn Sam wartet in der Tür. Es ist Abend, und in der Wohnung neben mir sind Stimmen zu hören, die einander ins Wort fallen, dazu Lachen und Reden. Die Geräusche klingen wie etwas, das Glück sein könnte.

»Ich habe den ganzen Tag versucht, dich zu erreichen«, sagt sie.

»Du hast zweimal angerufen.«

»Darf ich reinkommen?«

Ich trete beiseite, und sie geht an mir vorbei in den Flur. Dabei bringt sie einen Duft mit sich herein, eine Mischung aus Sam und dem Dezemberabend draußen, der mich an die Zeit denken lässt, als wir zusammenwohnten. Wenn man vom letzten Jahr absieht, war das eine gute Zeit, vielleicht die beste meines Lebens.

Sie hat ihren Mantel aufgeknöpft, behält aber die Tasche über der Schulter.

»Darf ich hier schlafen?«

»Ja.«

»Ich will nicht allein schlafen.«

»Ich habe doch Ja gesagt.«

»Aber ich will nicht, dass du das tust, wenn du nicht willst. Du sagst oft Ja zu Sachen, die du eigentlich nicht willst.«

Ich schließe die Tür.

»Ich will, dass du hier schläfst«, entgegne ich und strecke die Hand aus, nehme ihren Mantel und hänge ihn auf einen Haken, und es fühlt sich an, als sei sie endlich nach Hause gekommen.

Dieses Gefühl bringt Sams Duft mit in die Wohnung, es ist

der Duft der Hoffnung. Doch das ist lange her, ja, Liebling, Ewigkeiten sind vergangen und werden nie wiederkehren. Nur Verrückte und Kinder glauben, dass man alles reparieren kann.

– Du solltest dir das hier wirklich anhören

Birck meint das Diktafon. Ich frage mich, was darauf zu hören ist. Nun sitze ich mit dem Telefon in der Hand und Sams Kopf auf meiner Schulter auf dem Sofa. Sie schläft. Um uns herum flackert das Licht des Films, in dem Jane Russell und Marilyn Monroe sich irgendwo in Gesellschaft von Männern mit gut gekämmten Frisuren und teuren Anzügen befinden, und Jane Russell singt: *Bye bye baby, remember you're my baby when they give you the eye.*

– *Morgen*, schreibe ich. – *Sam ist hier*

Birck antwortet nichts, und dafür bin ich dankbar. Es hat lange gedauert, bis Sam einschlafen konnte, und sie hatte schon immer einen leichten Schlaf. Vorsichtig lege ich die Lippen auf ihr Haar, und sie bemerkt es wohl, denn sie bewegt sich ein wenig, dreht den Kopf und drückt ihren Mund auf meinen. Das ist unerwartet, nach so langer Zeit, und obwohl sie nach Metall schmeckt und ihre Lippen trocken sind, fühlt es sich dennoch wie ein Kuss von Sam an. Die Haut erinnert sich.

Als ich vom Sofa aufstehe, um die Decke um sie zu legen, hält sie mich fest, als hätte sie Angst, dass ich sie im Traum verlassen und nie wiederkehren könnte.

DREI SCHLÄGE AUF DIE Brust, und das ist alles. Nein, es sind keine Schläge, das ist schärfer. Gefährlicher. Der Schmerz ist überall. Sie fällt auf den Rücken, und ihr Blick richtet sich auf die Decke. Kann sie ihre Augen bewegen? Ja, das kann sie. Sie lässt den Blick rasch wandern: der Tisch, der Mann vor ihr, wieder die Decke.

Sie ist erstaunt darüber, dass der Körper ihr doch so viel Zeit gibt. Dass sie funktioniert. Aber sie kann sich nicht bewegen. Aus irgendeinem Grund schmerzen ihre Beine.

Sie versteht es nicht, was geschehen ist. Das Handy hat geklingelt, dreimal, und der Mann am anderen Ende hat gefragt, ob sie sich treffen könnten. Er habe ihr etwas zu erzählen, Informationen, die wichtig seien, behauptete er. Wenn sie bedachte, wer er war, musste sie skeptisch sein, aber das Gespräch mit den beiden Polizisten hatte sie erschüttert und ängstlich gemacht. Verzweifelt fast – das ist das Wort, das sie sucht. Sie braucht lange, um es zu finden, und da wird ihr klar, dass es nicht mehr lange dauern wird. Ein Bild kommt ihr in den Sinn: Jemand hat angefangen, auf eine brennende Kerze zu blasen, die Flamme biegt sich und erlischt.

Verzweifelt. Deshalb ist sie darauf eingegangen. Das muss es gewesen sein, sie hat verzweifelt versucht zu begreifen, was geschehen würde. Und jetzt, da er hier ist, begreift sie es noch weniger. Ihr ist lediglich klar, dass sie reingelegt worden ist. Diese Erkenntnis erfüllt sie mit Wut, eine so banale Sache, wie reingelegt worden zu sein, wird sie ums Leben bringen.

Sie hat ihm die Tür geöffnet, daran erinnert sie sich. Er hat sie unergründlich angesehen, und als er den Revolver erhoben hat, schaffte sie noch, ein, zwei, vielleicht sogar drei Schritte rückwärtszugehen, ehe der erste Schlag sie in den Brustkorb traf.

Die Konturen verschwimmen. Das Atmen tut weh. Nein, sie kann nicht mehr atmen. So ist es, ein Betonblock ist ihr auf den Brustkorb gelegt worden. Im Augenwinkel sieht sie jetzt, wie sich der Mann zurückzieht und aus der Wohnung verschwindet.

Der Gedanke kommt wie ein Funke, und sie erinnert sich an das, was Ebi Hakimi ihr erzählt hat, als er ihr das Diktafon gegeben hat.

Es ist nicht Antonsson.

Sie war nicht sicher, ob er recht hatte. Nicht einmal, als sie Ebis besorgten Gesichtsausdruck sah, war sie sicher. Hat sie deshalb den beiden Polizisten nichts erzählt? Vielleicht. Hätte sie es getan, wenn sie gewusst hätte, dass es so enden würde? Hat sie ihnen getraut? Dem einen schon, entscheidet sie. Dem anderen nicht. Auch das war ein Grund für ihr Schweigen gewesen, und jetzt, da es zu spät ist, bereut sie es.

Damit kommt die Erkenntnis, und vielleicht ist es das, was sie dazu bewegt loszulassen. Das, was sie verstehen lässt.

Sie hat erfahren, dass die Drohung nicht gegen Antonsson gerichtet ist, und das ist wahr. Deshalb ist sie gefährlich.

Deshalb muss sie sterben.

DAMALS, IN DEM WINTER vor langer Zeit, als sie die Autos zerkratzt hatten. Der Spaß hatte kaum begonnen, als schon alles anfing schiefzugehen. Sie saßen zu Hause bei Christian und sahen im Fernsehen, wie Gävle vom schlimmsten Schneesturm seit Menschengedenken lahmgelegt worden war. Die Leute fuhren auf Skiern zur Arbeit und glitten auf Höhe der Dächer der eingeschneiten Autos dahin. Raupenfahrzeuge rollten durch den Schnee, um das zum Leben Notwendigste zu bringen.

»Ob die wohl auch Bier bringen?«, fragte Christian, und Michael lachte.

Das Telefon klingelte. Drüben im Wohnzimmer ging Christians Mutter an den Apparat. Ihre Stimme war durch die geschlossene Tür zu hören.

»Scheiße, ist mir langweilig«, sagte Michael. »Sollen wir Oliver anrufen?«

Oliver war einer der vier Leute, die schwarz Alkohol verkauften und deren Handynummern sie hatten. Oliver nahmen sie am liebsten, denn er war immer pünktlich und nicht sonderlich überteuert, und im Unterschied zu den anderen hatte er keine unangenehmen Bulldoggenfreunde mit im Auto.

»Ich schaffe es heute Abend nicht«, sagte Christian.

»Ich wahrscheinlich auch nicht, glaube ich.«

Es klopfte an der Tür. Christian stellte den Fernseher stumm.

»Ja?«

Seine Mutter machte die Tür einen Spaltbreit auf.

»Telefon für Michael.«

»Wer ist es?«

Sie sah von Christian zu Michael.

»Die Polizei.«

Offensichtlich hatte der Bulle, ein Streifenpolizist namens Patrik Törn, erst versucht, mit Christians Freund Kontakt aufzunehmen, indem er bei ihm zu Hause angerufen hatte, doch da war niemand ans Telefon gegangen. Dann war es Törn gelungen, eins und eins zusammenzuzählen und Christians Nummer zu wählen.

Es ging um ein zerkratztes Auto. Der Besitzer des Wagens hatte Anzeige erstattet. Wenn nicht eine von Christians Schulkameradinnen mit dem Fahrrad vorbeigefahren wäre und später dann ihrem Vater erzählt hätte, was sie gesehen hatte, dann hätte die Anzeige wahrscheinlich nirgendwohin geführt.

»Warum zum Teufel hast du denn gesagt, dass er hier bei uns ist?«, schimpfte Christian hinterher seine Mutter.

»Die hätten ihn früher oder später sowieso gefunden, und wenn er etwas ausgefressen hat, dann ist das nur recht so. Ich bin vor allem froh, dass sie nicht hinter dir her sind.«

»Fahr zum Teufel.«

Seine Mutter sah verständnislos drein.

»Ich weiß, wer es ist«, sagte Christian ein paar Tage später. »Wer dich gesehen hat. Sie heißt Natalie.«

»Ich frage mich, wem wohl das Auto gehört hat«, meinte Michael. »Wie viele haben wir inzwischen zerkratzt?«

»Keine Ahnung«, entgegnete Christian, obwohl er ganz genau wusste, wie viele er selbst auf dem Gewissen hatte. »Zehn?«

»Immerhin eine gute Statistik, mit neun von zehn davonzukommen.«

Michael lachte, er schien das alles nicht so ernst zu nehmen. Christian wusste nicht, wie er reagieren sollte, also lachte er auch. In Wirklichkeit hatte er nicht mehr als vier zerkratzt.

Natalie kannte den Namen desjenigen nicht, der das Auto zerkratzt hatte, doch so etwas konnte ein Mann der Tat wie Patrik Törn leicht herausfinden. Zumal Natalie auch noch eine Beschreibung des Schuldigen abgeben konnte. Er trug eine offene weiße Daunenjacke und ein dunkles T-Shirt, vielleicht schwarz, auf dem SKREWDRIVER stand. Den Aufdruck hatte sie in der Dunkelheit deutlich sehen können.

»Verdammte Scheiße«, sagte Michael. »Ich werde Sozialstunden ohne Ende aufgebrummt kriegen.«

Doch dazu kam es nicht. Im Nachhinein wünschte sich Christian, dass es nur Sozialstunden gegeben hätte.

Es ging schnell, viel schneller, als Christian erwartet hatte. Ein paar Wochen nach der Anzeige klingelte Michaels Telefon. Christian und er hingen auf dem Bett herum und hörten sich durch eine neue Platte. Sie hatten das Booklet zwischen sich liegend aufgeschlagen, betrachteten die Fotos und lasen die Texte mit. Christian hob die Fernbedienung und richtete sie auf die Stereoanlage. Die Musik verstummte.

»Ja, hallo?«, sagte Michael.

Die Männerstimme am anderen Ende war schwach zu hören. Sie klang ruhig und methodisch. Und gefährlich. Der Mann fragte, mit wem er spreche. Michael nannte seinen Namen mit gewichtiger Stimme, wie bei einem Bekenntnis.

»Ah so«, sagte Michael. »Ja, das stimmt. Aber wie sind Sie an diese Nummer gekommen?« Der Mann im Hörer sprach, und Michaels Augenbrauen schoben sich immer weiter in die Höhe. »Aber … im Ernst? Ja. Danke. Kein Problem. Ich komme hin.«

Michael sah auf das Handy, als hätte es ihn erstaunt. Dann beendete er das Gespräch.

»Wer war das?

»Das war der mit dem Auto, das wir … das ich zerkratzt habe.«

»Shit.« Christian setzte sich aufrecht hin. »Was wollte er?«

»Er wollte sich mit mir treffen. Wenn ich komme, dann zieht er seine Anzeige zurück.«

Michael nahm das Booklet und blätterte in Gedanken von einer Seite zur nächsten.

»Und, machst du das?«

»Wenn ich dafür keinen Arbeitsdienst kriege? Da kannst du Gift drauf nehmen.«

»Woher hatte er denn deine Nummer?«

»Er hat nur gesagt, er sei gut darin, so was rauszukriegen. Hab nicht verstanden, was er damit gemeint hat.«

Christian erwiderte nichts. Aber die Alarmglocken schrillten.

Es wurde der 21. Dezember. Im Zentrum von Hagsätra hingen rote und grüne Lichterketten zwischen den Häusern, und auf dem Platz standen vier Männer mit Gitarren und sangen in gebrochenem Schwedisch ein Weihnachtslied. Ein kalter Regen fiel und ließ den Boden glänzen. Christian und Michael trafen sich an den Sperren im U-Bahnhof, wo sie Leute sahen, die sie kannten und die in dieselbe Schule gingen. Christian sagte nicht, wohin sie unterwegs waren.

Von Hagsätra aus glitten sie in den Bahnhof Rågsved. Auf der anderen Seite des Mittelgangs saßen vier Jugoslawen oder so und stritten. Es klang wie eine einzige zusammengemischte Soße. Christian verdrehte die Augen, und Michael musste leise lachen. Das fühlte sich gut an.

Sie sausten an Högdalen vorbei, dann hielt der Zug in Bandhagen.

»Danke, dass du mitkommst«, sagte Michael.

Christian nickte.

Als sie auf die Straße traten, stand ein Mann dort an die Fahrertür eines schwarzen Volvos gelehnt. Der Wagen glänzte. Der Mann trug einen schwarzen Mantel und einen hellgrauen Schal, Jeans und schwarze Stiefel. Sie entdeckten einander gleichzeitig. Der Mann kam lächelnd auf sie zu. Christian merkte, wie Michael erstarrte.

Der Mann nahm die Hand aus der Tasche und streckte sie ihnen entgegen. Nun lächelte er nicht mehr.

Michael nahm die Hand.

Der Mann war ungefähr zehn Jahre älter als sie, aber nicht

mehr. Er stellte sich als Jens vor. Jens Malm. Seine Stimme klang dunkel und angenehm. Dann ließ er seinen Blick über Christian gleiten.

»Es wäre mir lieber, wenn wir nur zu zweit wären«, sagte er zu Michael. »Ist das in Ordnung?«

»Ja, natürlich.« Michael sah Christian an. »Wir können uns dann am Sportplatz treffen, oder?«

»Okay.«

Christian machte kehrt und ging. Hinter sich hörte er, wie Jens die Autotür öffnete.

Das erste Mal waren sie lange weg, daran erinnert Christian sich. Danach hatte sich irgendetwas verändert, doch er konnte nicht genau sagen, was es war. Spätabends traf er sich mit Michael am Sportplatz.

»Eigentlich müsste ich schon zu Hause sein«, sagte Michael und sah auf die Uhr.

»Meiner Mutter ist das egal«, erklärte Christian.

»Meiner aber nicht.«

»Lief es gut?«, fragte er.

»Ich glaube schon. Er wollte hauptsächlich reden.«

»Worüber?«

Michael lachte.

»Er hat mich nach dem SKREWDRIVER-Hemd gefragt.«

»Echt? Im Ernst?«

»Ja.«

Jens Malm hatte wissen wollen, ob er die Band gut fände. Ja, hatte er geantwortet, die sind saugut.

»Danach«, fuhr Michael fort, »hat er gefragt, ob ich wüsste, wofür die stehen, und ich hab gesagt, dass sie Punks waren, dann aber Nazis geworden sind.«

Ganz genau, hatte Jens Malm gesagt, nur mit einer Einschränkung: Der korrekte Begriff sei Nationalsozialisten. Nach der ersten Platte waren sie Anhänger des Nationalsozialismus geworden.

»Und dann hat er mich gefragt, was ich denn so über die Einwanderer denke, über die Muslime und die Juden, und ich hab gesagt, darum würde ich mich nicht viel kümmern. Ja, und dass sie manchmal vielleicht ein bisschen nerven.« Er zuckte mit den Schultern. »Das tun sie doch.«

Christian pflichtete ihm bei. Sie zündeten sich jeder eine Zigarette an, sahen zum Himmel und fröstelten in der Kälte.

»Das hier hat er mir gegeben.« Michael zog einen Zettel aus der Tasche. Er sah aus wie die Flugblätter, die immer an den Pinnwänden in der Schule hingen. »Er hat gesagt, ich soll mal darüber nachdenken, ob ich nicht eintreten will. Wenn ich es mache, zieht er die Anzeige zurück.«

»Ich dachte, er würde sie zurückziehen, wenn du mit ihm sprichst.«

»Das dachte ich auch. Aber er hatte es sich anders überlegt.«

Michael drückte die Zigarette aus.

»Und woher weißt du, ob er es sich nicht wieder anders überlegt?«, fragte Christian.

»Wie meinst du das?«

»Woher weißt du, dass er dann die Anzeige zurückzieht? Mir kommt das so vor, als ob du da in was reingezogen würdest, in das du ni…«

»Ist ja wohl klar, dass ich ihn das auch gefragt habe.«

»Ach ja? Und was hat er da gesagt?«

»Dass ich dabeisitzen und über Lautsprecher zuhören kann, wie er mit der Polizei telefoniert.«

Christian versuchte nachzudenken. Er wusste nicht viel über Anzeigen und wie die Polizei arbeitete.

»Ich glaube, ich werde es machen«, meinte Michael jetzt. »Er hat eine ganze Menge Sachen gesagt, die echt vernünftig klangen, und irgendwie fehlt es mir auch, was zu tun zu haben. Verstehst du? Alle andern spielen Fußball oder machen Musik oder so. Ich mach gar nichts. Und du auch nicht, wir machen doch gar nichts, du und ich. Wir hängen rum. Und wenn ich das Gefühl hab, dass ich nicht so weit bin, dass ich in seine Gruppe gehen will, hat er gesagt, dann gibt es eine andere, in die ich zuerst gehen kann und mal probieren, wie es so ist. Eine, die sozusagen mehr offen ist. Außerdem …« Michael schaute auf die Uhr. »Ich muss nach Hause. Mal schauen, was ich mache. Wir sehen uns morgen, oder?«

»Ja.«

Dann trennten sie sich.

16.12.

»HAST DU IHN WIRKLICH nicht getroffen? Auch nicht gestern oder am Samstag?«

Ganz früher Morgen. Und es ist das Erste, was Sam vom Sofa aus, das auf der anderen Seite des Zimmers steht, sagt.

»Nein, das habe ich nicht.«

»Okay.«

»Am Samstag haben wir uns doch gesehen.«

»Und vorher?«

»Warum fragst du das?«

»Ich will es wissen.«

»Ich habe ihn nicht gesehen.«

Sie glaubt mir nicht, und ich kann ihr keinen Vorwurf machen. Ich habe ihn schließlich getroffen, und ich frage mich, ob sie das ahnt. Ich kann nicht anders, ich werde ärgerlich. Nein, ich fühle mich vielmehr verunglimpft, denn das hier erinnert mich nur allzu gut daran, wie unsere letzte gemeinsame Zeit war. Damals, als wir nicht im selben Bett schliefen und die vorsichtigen Wiedervereinigungen am Abend von Abwarten und Misstrauen am Morgen danach abgelöst wurden.

»Genau wie früher«, sagt Sam und lacht, ein Lachen, von dem ich nicht weiß, wie ich es einschätzen soll.

»Genau das dachte ich auch gerade.«

»Für manche Sachen sollte man keine Nostalgie entwickeln.« Sie fingert an einem der vielen Ringe, die in ihrem Ohrläppchen sitzen. »Was wünschst du dir zu Weihnachten?«

»Du musst mir nichts kaufen.«

»Ich will aber.«

Ich frage mich, was auf dem dunkelblauen Diktafon wartet, von dem Birck meint, dass ich es wirklich anhören sollte.

Eigentlich habe ich keine Zeit dazu, sondern sollte mich um einen Raubüberfall in der Torsgatan kümmern, wo ein drogenabhängiger Mann einem anderen ein Messer in den Hals gerammt hat. Der Täter entkam mit tausendneunhundertfünfzehn Kronen in bar und wahrscheinlich auch dem Stoff des Opfers, denn so ist es fast immer. Er befindet sich noch auf freiem Fuß, aber das Opfer besaß den schlechten Geschmack, ohne erst nüchtern zu werden, umgehend die Polizei anzurufen. Das Ergebnis war ein langatmiges und wirres Verhör zu Beginn der vorigen Woche, ehe ich ihm dankte und ihn wegen Verstoßes gegen das Betäubungsmittelgesetz in Untersuchungshaft verschob. Seit Hebers Tod habe ich mich nicht viel um die Sache kümmern können.

»Ich wünsche mir eine neue Kaffeemaschine«, sage ich. »Meine hier funktioniert nicht mehr richtig. Die habe ich, seit wir ... ich habe keine neue gekauft.«

Und dann platzt es aus mir heraus, und als das passiert ist, kann ich es nicht zurücknehmen.

»Und ich will mit dir zusammen sein.«

Stimmt das überhaupt? Es hat etwas, wie sie da auf dem Sofa liegt und mich anschaut. Ich kann nicht sagen, ob ich jetzt und heute mit ihr zusammen sein will oder ob ich mir wünsche, die Zeit zurückdrehen und von Neuem anfangen zu können. Das sind zwei unterschiedliche Dinge, aber ich kann sie nicht voneinander trennen, nicht im Moment jedenfalls.

»Du hast mich schon.«

»Ist das so?«

»Wenn du willst.«

»Ich weiß nicht, ob ich will«, sage ich, »aber ich weiß, dass ich dich brauche.«

»Das ist vielleicht das Schönste, das jemals jemand zu mir gesagt hat.«

ES IST SO KALT, dass man beim Atmen spürt, wie die Feuchtigkeit in der Nase gefriert. Und glatt ist es auch. Der Boden glänzt vom Eis. Es ist noch gut eine Woche bis Weihnachten, vielleicht noch drei oder vier Tage, bis die Ferien anfangen.

Als ich jetzt nach Norden über die Straßen von Kungsholmen gehe, erinnere ich mich im Takt meiner Schritte wieder an die Weihnachtszeiten von früher. Sam hat recht, für manche Dinge sollte man keine Nostalgie entwickeln, aber diesmal kann ich es nicht lassen. Ich erinnere mich, wie wir früher bei meinen Großeltern Ella und Arthur gefeiert haben, und danach dann, je mehr Arthur allmählich vom Alzheimer zerstört wurde, an Weihnachten zu Hause in Salem. Wie Arthur sich in den letzten Jahren vor seinem Tod weigerte, den Fahrstuhl zu betreten, weil er überzeugt davon war, dass es eine Kammer wäre, in der der Tod wartete. Micke und ich mussten mit ihm die Treppen hochsteigen, acht Stockwerke.

Jedes Jahr zu Weihnachten nahmen Mama und Papa, ebenso wie viele andere Mütter und Väter in Salem, einen kleineren Kredit auf, um die Weihnachtsgeschenke kaufen zu können, die wir Kinder uns wünschten, und waren dann das erste Quartal des neuen Jahres damit beschäftigt, ihn zurückzuzahlen. Nach den ersten Weihnachtsfesten hatten wir dann keinen Weihnachtsmann mehr. Micke hatte die Sache mit dem künstlichen Bart und dem roten Mantel, der den Rest des Jahres über in der Abseite hing, schon früh durchschaut, aber ich glaubte an den Weihnachtsmann, und mein Bruder hänselte mich deswegen.

»Warum sollen wir uns so viel Mühe machen«, hörte ich meine Mutter an ebenjenem Weihnachten sagen, als der Weihnachtsmann zu existieren aufhörte, »mit dem Einkaufsstress und dem Kredit und dem ganzen Scheiß, und dann behaupten, die Geschenke kämen vom Weihnachtsmann? Das ist doch idiotisch, wollen wir so unsere Kinder erziehen? Er soll wissen, dass wir es ihm gekauft haben, dass wir ihn lieben und ihm das hier schenken wollen. Es ist wichtig, dass er das begreift.«

»Aber er ist fünf Jahre alt, Annie. Der Weihnachtsmann hat etwas Magisches für ein Kind. Er ist ein Zeichen dafür, dass jeden Tag aufs Neue Wunder geschehen.«

»Es gibt ihn aber nicht.«

»Nicht so laut!«, zischte Papa. »Das wird er früher oder später sowieso begreifen. Das müssen wir nicht selbst herbeiführen.«

»Doch, das müssen wir.«

Wie so oft siegte Mama, und ich, der kleine Doofmann, war am Boden zerstört, als hätte man mir etwas weggenommen. Die Welt hatte mir ihr wahres Gesicht gezeigt.

An diesem Morgen bin ich vor Birck im Büro und frage mich, wie lange er wohl in der Nacht aufgeblieben ist und die Interviews mit Lisa Swedberg angehört hat. Wahrscheinlich lange genug, um dann zu verschlafen. Ich rufe ihn an, und während es anklingelt, klicke ich durch die E-Mails, die gekommen sind, seit ich das letzte Mal hier war.

Auf dem Weg zum Drucker, wo ich einen Bericht holen will, taucht der Gedanke wieder auf. Wie hat Heber mit dem Mann, den 1601 ihm genannt hat, Kontakt aufgenommen? Hat er ihn besucht? Wahrscheinlich nicht. Wie nimmt man zu jemandem Kontakt auf, ohne Telefon oder E-Mail zu benutzen? Was hat Birck noch gesagt? Rauchzeichen? Ja, wahrscheinlich.

Um diese frühe Stunde ist es in der Abteilung still, abgesehen von den Geräuschen, die immer vorhanden sind, auch wenn keine Menschen da sind. Das Surren der Klimaanlage vermischt sich mit dem der Computer, in einem der Zimmer läuft ständig ein Radio und in der Teeküche leise ein Fernseher. Auf dem Bildschirm ist wieder die Weihnachtsserie zu sehen, in der die drei Kinder, die Mädchen und der Junge, jetzt bei dem schlafenden dicken, bärtigen Mann angekommen sind. Eines der Mädchen klettert auf den riesigen Bauch und springt darauf herum, während die anderen dem Mann kaltes Wasser übers Gesicht gießen. Dann eine Nahaufnahme vom Fuß des Mannes. Er zuckt.

Ich lese den Bericht. Es geht um die laufende Neuorganisation der Polizei. Ich werfe ihn in den Papierkorb und schaue mir stattdessen die Weihnachtssendung an.

Als wäre der Blitz in ihn gefahren, setzt sich der Mann auf dem Sofa auf. Das Mädchen auf seinem Bauch fliegt herunter und knallt an die Wand. Der Mann atmet schwer und blickt sich orientierungslos um. Er sieht so aus, wie ich mich fühle.

Ich gehe in mein Zimmer zurück, wo ich in mir selbst versinke. Ich denke an die Drohung von Olausson und arbeite zerstreut an dem Raubüberfall in der Torsgatan.

Als ich in die Teeküche gehe, um mir eine weitere Tasse frischen Kaffee zu holen, ist der Fernseher immer noch an. Es läuft eine Wiederholung von gestern, die Parteichefs sprechen zum Volk, in diesem Fall die Vorsitzende der Zentrumspartei. Sie trägt ein tadelloses Kostüm, eine Bluse mit offenem Kragen und sitzt in einem dunkelroten Stuhl. In die Kamera lächelnd, spricht sie über Traditionen, als würde niemand außer ihr existieren.

»Was meinst du«, höre ich Bircks Stimme hinter mir, »gefällt dir der schleichende Nationalismus? Alle Parteiführer haben vor Weihnachten ihre Viertelstunde im Schwedischen Fernsehen, und sie ist die Erste.«

»Die Weihnachtsserie gefällt mir besser«, entgegne ich. »Warum gehst du nicht ans Telefon, wenn man dich anruft? Wie krass hast du eigentlich verschlafen?«

»Ich habe gar nicht geschlafen. Seit gestern war ich ununterbrochen hier, abgesehen von einigen kürzeren Ausflügen in eine Bar und ins Krankenhaus.«

So bleich, wie seine Haut ist, und so rot, wie seine Augen sind, ist es durchaus möglich, dass er die Wahrheit sagt.

»Du solltest schlafen.«

»Hör mal«, erwidert er und füllt sich eine schwarze Tasse mit Kaffee, »während du zu Hause gekuschelt hast, hab ich hier meine Arbeit gemacht. Jetzt komm nicht an und sag mir, was ich tun soll.«

»Was hast du im Krankenhaus gemacht?«

»Ich habe Ebi Hakimi besucht.«

»Wer zum Teufel ist das denn?«

»Der Typ, dem unser begabter Kollege gestern einen Schuss ins Auge gesetzt hat.« Er nimmt einen großen Schluck Kaffee. »Scheiße«, keucht er, »ist der heiß.«

»Warum hast du ihn besucht?«

»Ich bin ziemlich sicher, dass er weiß, warum Heber sterben musste, vielleicht sogar, wer ihn umgebracht hat. Und was als Nächstes geschehen wird.«

»Was?«

»Komm«, sagt er, »wir setzen uns in mein Auto. Wir haben einiges zu besprechen.«

»Aber ...«

»Was?«

»Wir können so nicht weitermachen. Ich kann auflaufen, dass es nur so kracht, wenn die das rauskriegen. Außerdem, hast du nicht andere Aufgaben zu erledigen? Ich bin jedenfalls versorgt.«

»Doch, ich habe andere Aufgaben.«

»Sollten wir uns nicht um die kümmern?«

»Ich bin mit meinen fertig. Du nicht?«

»Nein.«

»Dein Pech«, erwidert Birck.

Ich sage nichts mehr, obwohl ich das eigentlich tun sollte. Wir fahren mit dem Lift in die Garage hinunter und setzen uns in Bircks Auto.

»Ich habe die Funktionen des Diktafons benutzt und die Aufnahmen zusammengeschnitten.« Birck wiegt das kleine dunkelblaue Gerät in der Hand. »Damit wir nicht noch mehr Zeit verlieren. Die ungeschnittene Version habe ich auch noch, und zwar an einem Ort, den niemand außer mir kennt und wo niemand herankommt. Wenn du sie später mal anhören willst, kannst du das tun.«

Er lässt den Motor an. Als ich nur für einen kleinen Moment die Augen schließe, spüre ich den Schlaf aus der Entfernung.

»Ich bin müde.«

»Dann werde mal wach. Sei mal anwesend.«

Birck lenkt das Auto ins Tageslicht, das uns bleich und kalt begrüßt.

»Wohin fahren wir?«

»Keine Ahnung. Irgendwohin, wo es Wasser gibt. Ich mag Wasser, das hilft beim Denken.«

EIN KNACKENDES GERÄUSCH, DANN ein Knistern vor einem Hintergrund von Stimmen, eine Türglocke. Jemand lacht, und dann erklingt die Stimme von Thomas Heber:

»So«, sagt er. »Ich glaube, es ist an.«

»Du glaubst?«

»Es läuft.«

»Ich habe keine Lust, alles zweimal sagen zu müssen.«

»Keine Sorge. Es läuft. Du weißt, dass du das hier nicht machen musst, oder? Du kannst abbrechen, wann immer dir danach ist.«

»Das weiß ich.«

Nach dem Tagebuch zu der Feldstudie findet das Gespräch im März in einem Café statt. Thomas Heber und Lisa Swedberg treffen sich zum ersten Mal. Sie befinden sich in der Nähe von Hebers Wohnung. Ihre Stimme klingt abwartend.

In der Nähe ertönt ein Telefon. Der Klingelton ist das Leitmotiv des Films *Zwei glorreiche Halunken*. Heber wirkt ruhig und konzentriert. Er hätte als Radiosprecher arbeiten können, eine sanfte Stimme in der Nacht mit leichten Konsonanten. Hebers Stimme passt zu seinem Gesicht.

»Du bist nicht ganz einfach zu finden«, sagt er.

»Gut. Das ist mir lieber so.«

»Woher kommt das?«

»Vor ein paar Jahren hatte ich so verdammt viel mit den Bullen zu tun, und das hat mich genervt. So haben sie es ein bisschen schwerer.«

»Aber es weckt unter Umständen auch Misstrauen, meinst du nicht?«

»Ja, das nehme ich an. Darüber denke ich nicht so viel nach.«

Klappern von Porzellan. Einer von ihnen trinkt schlürfend etwas.

»Du warst früher bei der AFA, oder?«, fragt sie.

»Ja, das stimmt.«

»Warum hast du aufgehört?«

Das Aufnahmegerät tickt längere Zeit, ohne dass jemand spricht.

»Die AFA war gut als Feuerwehrpolitik. Wir konnten ausrücken, wenn es irgendwo brannte, wenn die Schwedendemokraten demonstrierten oder irgendwo aufmarschierten. Dann waren wir effektiv. Aber gegen die Form von Partei, die die Schwedendemokraten heute geworden sind, können wir nichts ausrichten. Doch wer weiß, ob ich recht habe. Vielleicht kann die AFA das durchaus, und nur ich habe mich verändert. Ich bin älter geworden, manchmal ist es so einfach.«

Daraufhin lacht sie.

»Wie alt bist du?«, fragt sie.

»Fünfunddreißig, und du?«

»Ich bin sechsundzwanzig. Aber aus irgendeinem Grund fühle ich mich älter. Das war schon immer so.«

»Das passt gut zu meiner ersten Frage«, sagt Heber. »Ich wollte damit anfangen, wie du zur Autonomen Bewegung gestoßen bist.«

Jetzt kommt eine Unterbrechung.

»Hier folgt jetzt eine Menge langweiliger Scheiß über bürgerliches Elternhaus und bürgerliche Wirtschaftspolitik, Patriarchat, Erfahrungen mit Klassen- und Geschlechterunterdrückung und so weiter«, erklärt Birck. »Das erste Interview ist eigentlich ziemlich uninteressant, also, wenn man kein Soziologe ist.«

»Seltsam«, sage ich.

»Was?«

»Seine Stimme zu hören.«

»Ja. Schon, ja. Der nächste Abschnitt ist sehr kurz, es ist das Ende des ersten Interviews.«

Es ist ruhiger. Weniger andere Gäste sind zu hören. Irgendwo ist ein Radio eingeschaltet, eine Stimme liest die Nachrichten vor.

»Ich muss jetzt gehen, ich treffe mich noch mit einem Freund.«

»Natürlich«, erwidert Heber.

»Hast du alles, was du brauchst?«

Sie ist nun viel entspannter und klingt, als würde sie mit einem Freund sprechen. Und da ist noch etwas mehr, der Wunsch, ihn zufriedenzustellen.

»Das kann ich im Moment noch nicht sagen«, antwortet er. »Da muss ich mir erst das Interview anhören.«

»Es fällt mir leicht, mit dir zu sprechen, weil du denselben Hintergrund hast wie ich und ich deshalb nicht so viel erklären muss.«

»Das kann aber auch dazu führen, dass wir oder, besser gesagt, ich Dinge überspringe, die eigentlich wichtig sind. Aber ich werde mir alles noch einmal anhören, und dann melde ich mich bei dir. Hast du eine Adresse oder etwas Ähnliches, wo ich dich erreichen kann?«

»Ja.« Im Hintergrund erklingt ein Geräusch, als würde jemand ein Feuerzeug anmachen. »Kannst du das hier abschalten?«

»Natürlich.«

Knacken. Stille.

»Man hört hier schon, dass was zwischen ihnen läuft«, sagt Birck.

Es wird nicht ausgesprochen, aber es ist da. Man kann die Blicke zwischen den Worten erahnen.

»Wie du merkst, ist sie auch hier schon extrem vorsichtig,

damit ihre genaueren Angaben zur Person nicht aufgezeichnet werden. Sie wird später etwas offener, aber nie wirklich. Ich erinnere mich auch nicht, dass jemals ihr Name in einem der Interviews genannt wird, außer ganz am Schluss, und da ist es Heber, der ihn sagt. Aber ich glaube nicht, dass sie hier schon weiß, was ...«

Birck verstummt, während er sich durch das Diktafon klickt, um zum nächsten Abschnitt zu kommen.

»Weiß, was?«

»Kommt gleich. Immer mit der Ruhe. Das hier ist das nächste Interview, das sie ungefähr eine Woche später im selben Café machen. Nach dem gehen sie zu ihm nach Hause und haben Sex.«

Derselbe Ort, aber etwas ist anders. Als die Türglocke während der Aufnahme klingelt, klingt sie weiter entfernt. Sie sitzen tiefer im Innern des Cafés. Es ist später Abend, im Radio läuft die Nachtsendung.

»Weißt du, es ist alles ... anders geworden«, sagt Lisa.

»Wie meinst du das?«

»Na ja, die ganze Sache. Es weht ein rauer Wind, seit die Schwedendemokraten im Reichstag sind.«

»Woran liegt das?«

»Das weißt du ja wohl besser als ich.« Kurzes Lachen, Gluckern, wie bei einem Kind. Es klingt schön, ehrlich. »Ich nehme mal an ... also, es geht doch einfach nicht, eine Truppe Nazis und Rassisten vom Lande im Reichstag zu haben. Was anderes sind die doch nicht, guck dir doch nur deren Geschichte an, das sieht wirklich übel aus. Und seit 2010, oder eigentlich seit sie 2005 einen neuen Parteivorsitzenden bekommen haben, haben sie versucht, sich selbst neu zu erschaffen und stubenrein zu werden. Irgendwo im Netz habe ich den Slogan ›Die Partei aller Schweden‹ gesehen. Kennst du den?«

»Ich glaube ja, kommt mir bekannt vor.«

»Sie haben das zurückgenommen, wofür sie eigentlich stehen, zumindest auf Landesebene, wie es in den Kommunen aussieht, weiß ich nicht. Aber das hat dazu geführt, dass die ganze politische Arena einen Rechtsruck erfahren hat, weil nämlich alle Reichstagsparteien, sogar die Linke, davon beeinflusst werden, wenn ein neuer Akteur dazukommt. Das ist doch logisch.«

»Ja.«

»Aber es hat auch zur Folge, dass die extreme Rechte noch extremer geworden ist, denn die muss sich ja immer gegen den Mainstream absetzen. Sie sind nun der Meinung, dass die Schwedendemokraten von einem Volksverräter geführt werden, der das Land verraten hat.« Sie lacht. »Verstehst du? Ist das nicht total krank? Die sind richtig übel drauf. Reden vom Schwedischsein, die überlegene Rasse, weiße Kultur, inszenieren auf ihren Partys Fake-Hinrichtungen von Einwanderern und Homosexuellen, filmen sie und stellen sie ins Netz, bis sie von irgendeinem Administrator rausgeschmissen werden. Und natürlich schicken sie das alles auch an uns, um uns zu provozieren. Und wir inszenieren Fake-Massenhinrichtungen von Nazis und schicken sie ihnen.«

Sie verstummt, vielleicht um ihre Worte wirken zu lassen.

»Das hat man vor zehn Jahren noch nicht gemacht«, sagt Heber.

»Nein, und das meine ich. Es ist ein gutes Beispiel, die haben angefangen, aber wir Autonome, oder wie du uns auch immer nennen willst, machen es nach. Und damit genau das Gleiche wie die. Je krasser die extreme Rechte wird, desto extremer werden wir auch, nur in die andere Richtung. Wir von der RAF hatten vor zwei Wochen zum Internationalen Frauentag eine Kundgebung auf dem Medborgarplatsen, und auf der Hälfte der Kundgebung haben die Rechten, als keiner hinschaute, die Kabel zur Lautsprecheranlage mit einer Zange gekappt. Wir sind nicht gut darüber informiert, wo und wann die ihre Treffen abhalten, weil sie so verdammt abgeschottet sind. Aber bei den Festen sind sie aus irgendeinem Grund etwas offener, und vorige Woche haben wir dann von einem gehört und sind hin. Es fand in einer alten Scheune in der Nähe von Ösmo statt, also ziemlich im Niemandsland. Es war total krank, die Leute trugen Uniformen, hatten Flaggen mit Hakenkreuzen an den Wänden, und es wurde White-Power-Musik gespielt, und ein Projektor spulte alte Filmausschnitte mit Hitler ab. Jedes Mal, wenn ein Hakenkreuz im Bild war, brüllten sie Hurra, als wären sie auf einem Fußballspiel und ihre Mannschaft würde ein Tor schießen.«

»Was habt ihr gemacht?«

»Wir haben die Scheune in Brand gesteckt.«

Damit hatte er wohl nicht gerechnet. Es sind Schritte zu hören, und jemand kommt zu ihnen, eine Frau mit heller Stimme.

»Wir schließen jetzt, nur dass ihr Bescheid wisst.«

»Danke«, erwidert Heber.

Lisa Swedberg sagt nichts. Die Frau geht weg. Irgendjemand im Radio singt: *All my friends in the loop making up for teenage crime*.

»Was ist mit der Scheune passiert?«, fragt Heber.

»Sie ist abgebrannt. Am Morgen danach stand es in den Medien.«

»Wurde jemand verletzt?«

»Nein, leider nicht.«

»Ich würde das Interview gern noch weiterführen«, erklärt Heber, »wenn du einverstanden bist. Sonst sag es.«

»Nein, ich bin ganz einverstanden. Wohnst du nicht in der Nähe?«

»Woher weißt du das?«

»Seine Quellen soll man nicht verraten, das weißt du doch.«

Ich frage mich, was Heber denkt, stelle mir seinen Gesichtsausdruck vor.

All my friends in the loop, making up for teenage cri…
Knistern. Ende des Abschnitts.

»So«, sage ich. »Jetzt gehen sie zu ihm nach Hause und hüpfen ins Bett.«

»Ja. Ohne es aufzunehmen. Wofür man vielleicht dankbar sein sollte.« Birck klickt auf das Diktafon. »Jedenfalls scheinen sie an dem Abend das Interview nicht fortgesetzt zu haben, zumindest nicht so, dass es aufgenommen worden wäre. Das hier war um den 27. März herum, denn sie erwähnt ja den Frauentag und dass der zwei Wochen her ist. Das nächste Mal treffen sie sich im Mai zu einem Interview.«

»Diese abgebrannte Scheune«, sage ich.

»Hab ich recherchiert. Die Organisation, die sie nicht nennen will, ist der Schwedische Widerstand. Die Information ist korrekt, es gibt eine Anzeige wegen Brandstiftung in Ösmo, wo die lokalen Kräfte ihr Bestes taten und alle Ressourcen darauf verwendet haben, Verdächtige zu finden, wahrscheinlich weil die Hälfte der Kollegen rein ideologisch mit den Idioten auf dem Fest sympathisierte. Es ist ihnen aber nicht gelungen. Die Ermittlungen sind im Juni zu den Akten gelegt worden, und das war gut so, wenn du mich fragst. Hör nur, jetzt passieren hier Dinge.«

Diesmal ist es, abgesehen von einem schwachen Rauschen, vielleicht von einem offenem Fenster, still. Ja, es ist Frühling, und der Vanadisvägen liegt rauschend und hellwach irgendwo unter ihnen. Sie sitzen wohl in der Nähe des Fensters. Thomas Heber und Lisa Swedberg. Klirren von Porzellan.

»Willst du noch etwas?«, fragt er.

»Nein, danke.«

Ein Feuerzeug klickt zwei-, dreimal. Das zischende Geräusch von Tabak, der Feuer fängt. Sie zieht an der Zigarette und atmet den Rauch aus.

»Deine Wohnung ist wirklich komisch«, sagt sie. »Wie lange wohnst du hier schon?«

»Fast zwei Jahre. Wieso komisch?«

»Sie wirkt so ... unbewohnt.«

»Ich verbringe nicht viel Zeit hier.«

»Aber dein Bett ist ja wenigstens brauchbar.«

Vielleicht lächelt sie, als sie das sagt. In der Stimme klingt ein verspielter Ton mit. Sie nimmt einen Zug von der Zigarette. Heber räuspert sich.

»Es ist ja schon eine Weile her, seit wir ein Interview gemacht haben«, sagt er. »Ich habe mit einigen anderen gesprochen, und ich finde es interessant, wie die Autonomen, zum Beispiel ihr in der RAF, und etwa die White-Power-Bewegung sich zueinander verhalten. Gestern habe ich das zweite Interview, das wir gemacht haben, noch einmal angehört, und da hast du erwähnt, dass ihr eine Scheune abgefackelt habt, nachdem sie eure Kundgebung sabotiert haben. Kannst du noch etwas mehr dazu sagen?«

»Wie meinst du das?«

»Nun, was hinterher passiert ist, zum Beispiel.«

Sie kichert.

»Das hier ist so komisch, nachdem wir schon so viel über anderes geredet haben.«

Er lacht. In diesem Moment ist er kein Wissenschaftler.

»Ich weiß«, sagt er.

Sie berührt ihn offenbar, seinen Arm oder seinen Oberschenkel vielleicht. Das Geräusch von ihrer Hand auf dem Stoff klingt raschelnd und nett.

»Ich weiß, dass es komisch ist«, sagt er und klingt jetzt etwas steif, als wüsste er nicht so recht, wie er mit der Situation umgehen soll. »Versuch es trotzdem.«

»Das Ganze ist eskaliert, und so funktioniert das. Wir wissen es, die wissen es. Momentan es ist ruhig, aber es ist nur eine Frage der Zeit, bis noch mehr passiert und die Zeitungen umfangreicher darüber berichten.«

»In welcher Weise ist es eskaliert?«

»Zum Beispiel haben die uns Geld geklaut. Das muss ein paar Tage nach unserem letzten Interview gewesen sein. Das klingt jetzt vielleicht im Vergleich zu der Scheune nicht so schlimm, und es war auch nicht viel, ein paar Tausend, aber wie du weißt, haben wir so verdammt wenig Rücklagen. Mit dem Geld hätten wir zehn Personen mit dem Zug zu einer Demo schicken können und dreimal so viele, wenn wir mit dem Auto gefahren wären. Es hat uns sozusagen ins Mark getroffen. Und Organisationen wie der Schwedische Widerstand und die Volksfront von Rechts provozieren weiter. Es wird nicht mehr lange dauern, bis jemand richtig zu Schaden kommt.«

»Verstehe.«

»Wir haben darauf mit keiner direkten Gegenaktion reagiert, hauptsächlich, weil wir es nicht konnten. Im Moment herrscht Ruhe, keine große Demo oder so. Aber das wird wieder kommen. Ich habe gehört, dass bei manchen der Hass stärker ist denn je. Es ...«

Ein Klingelton ist so laut zu hören, dass er alle anderen Geräusche übertönt. Das Handy muss direkt neben dem Diktafon liegen.

»Tut mir leid«, ist ihre Stimme durch dem Lärm hindurch zu hören, »da muss ich rangehen, das ist einer, den ...«

Der Satz bleibt unvollendet. Das Klingeln verstummt abrupt.

»Hallo?«

Die Stimme am anderen Ende ist erstaunlich gut zu erkennen. Es ist ein Mann.

»Ja ... ich weiß nicht«, sagt Lisa Swedberg. »Was? Woher zum Teufel wissen Sie das? Sie verdammter ... ich bin das alles so leid. Sie können ... können wir wann anders darüber reden? Nein. Es ist ganz und gar nicht so. Nichts davon stimmt. Ich muss jetzt auflegen. Rufen Sie mich nicht wieder an.«

»Soll ich kommen und Sie holen?«, fragt die Männerstimme klar und deutlich.

»Nein danke. Tschüs.«
Sie beendet das Gespräch.
Erst jetzt begreife ich, wem die Stimme gehörte.
Paul Goffman.

»GOFFMAN«, SAGE ICH. »VERDAMMT, das war er doch, oder?«

»Ich glaube es. Die Stimme taucht nicht noch einmal in der Aufnahme auf, aber sie klingt verdammt nach ihm.«

»Was hat er denn mit Lisa Swedberg zu schaffen?«

»Wer weiß. Sie hat ja erwähnt, dass Goffman ihr auf den Fersen sei, aber ich dachte, sie meinte die Zeit, *nachdem* Heber ermordet worden und sie eine Spur in der laufenden Ermittlung war.«

»Das habe ich auch so interpretiert.« Ich schiele auf das Diktafon, als müsste es jeden Moment alles enthüllen und die Puzzleteile auf ihren Platz bringen. »Was passiert danach?«

»Danach vergeht einige Zeit, und sie treffen sich erst im November wieder für ein Interview.«

Wir haben beim Hornsbergs strand auf Kungsholmen am Wasser geparkt. Still ist es hier, fast öde. Reihenweise leere Autos stehen entlang der Straße. Auf der anderen Seite des Wassers thront Karlbergs slott. Birck ändert seine Sitzhaltung. Ich glaube, er ist hochzufrieden, denn er wirkt fast friedlich.

Er drückt auf das Diktafon, nächster Abschnitt, PLAY.

Der beginnt mit Heber allein. Er spricht direkt in das Mikrofon, als ob er Angst hätte, es könnte jemand in der Nähe stehen und zuhören.

»Sie hat heute Vormittag angerufen«, sagt er. »Und ich hatte den Eindruck, dass sie Angst hat. Ich weiß nicht, was da los ist und ob etwas passiert ist.« Kurzes Schweigen. »Seit Mai haben wir kein Interview mehr gemacht, ich habe eine Reihe von Fragen und wollte sie deshalb schon anrufen, um mit ihr zu reden.

Doch dann hat sie sich gemeldet und gefragt, ob wir uns sehen können. Es war etwas los, sie klang aufgeregt.« Neue Kunstpause. »Vielleicht bilde ich mir das aber auch ein.«

Es knistert und wird wieder leise, und dann ist Lisa da. Sie küsst ihn schmatzend. Daraufhin wird das Interview wie die anderen eingeleitet, Heber stellt Fragen und hört dann ihre langen, ausführlichen Antworten, aber zwischen den beiden herrscht jetzt eine bestimmte Atmosphäre, die es so vorher nicht gab. Hebers Fragen sind vorsichtiger und Lisas Antworten echauffierter, wie bei Menschen, die bewusst das ignorieren wollen, was ihre Gedanken eigentlich beschäftigt.

»Du hast am Telefon anders geklungen«, sagt er. »Du wolltest über etwas Bestimmtes reden, oder?«

»Nein, eigentlich nicht.«

»Irgendwie glaube ich das nicht so ganz.«

»Warum nicht?«

»Ich weiß, wie du bist, wenn du mit etwas hinter dem Berg hältst.«

»Nein, das weißt du nicht.«

Ich wünschte, ich könnte jetzt Lisa Swedbergs Gesichtsausdruck sehen. Sie atmet ein, wieder aus, klickt mit dem Feuerzeug, aber mehr tut sie nicht.

»Ich habe etwas gehört, das … mich etwas erschreckt hat.«

»Was hast du gehört?«

Keine Antwort.

»Okay«, fährt Heber fort. »Von wem hast du es gehört?«

»Von einem, den ich aus der RAF kenne.«

»Kenne ich ihn auch?«

»Das glaube ich nicht.«

»Ist es ein Mann oder eine Frau?«

Keine Antwort.

»Wann hat er oder sie es dir erzählt?«

»Am Vormittag. Wir haben uns im Cairo gesehen und sind dann zusammen von dort weggegangen.«

»Ist es eine Person, die du gut kennst?«

»Nein. Aber ich glaube das, was die Person sagt.«

»Okay. Du glaubst also, dass das, was du gehört hast, wahr ist?«

»Genau. Das ist es ja, was … deshalb kann ich nicht aufhören, darüber nachzudenken.«

»Ich frage noch einmal«, hebt er an, »dann lasse ich es sein, weil ich kein Recht habe, Antworten von dir zu verlangen. Aber ich habe das Gefühl, du wolltest mir davon erzählen.«

»Ja, das will ich«, antwortet sie. »Deshalb habe ich angerufen. Ich hatte das Bedürfnis, es dir zu erzählen, aber ich weiß nicht, ob ich es kann.«

»Weil?«

»Weil ich nicht weiß, wie weit deine Schweigepflicht reicht.«

»Sehr weit«, sagt Heber, ohne sie hörbar überzeugen zu wollen. »Nicht einmal, wenn du mir erzählen würdest, dass du ein Schwerverbrechen begangen hast, hätte ich das Recht, das weiterzuleiten. Der einzige Fall, in dem ich möglicherweise das Recht hätte, über unser Gespräch zu reden, ohne zwangsläufig von einer Ethikkommission verurteilt zu werden, wäre, wenn ich von einem Schwerverbrechen erfahren würde, das begangen werden *soll*. Und wenn es die Möglichkeit gibt, dies zu verhindern. Doch nicht einmal dann muss ich es tun. In einer solchen Situation kann der Wissenschaftler frei entscheiden, und ich würde beschließen, es nicht zu tun. Somit ist meine Schweigepflicht also eigentlich allumfassend.«

»Bist du sicher, dass du es nicht doch jemandem erzählen würdest? Wenn du wüsstest, dass ein Verbrechen begangen werden soll?«

»Geht es darum?«

Sie antwortet nicht.

»Ich bin sicher«, sagt Heber. »Ich würde nicht einmal dann etwas sagen.«

»Ich glaube«, beginnt sie gedehnt, »dass eine Person zu Schaden kommen kann. Das ist alles. Ich weiß nicht, wer und nicht, wo.«

»Handelt es sich um eine Person auf der anderen Seite des Zaunes, wie du es genannt hast? Der Schaden zugefügt werden soll?«

»Das nehme ich an. Das Verhältnis zwischen den Gruppen ist extrem angespannt. In der RAF ist es nur eine kleine Fraktion oder eigentlich nicht einmal das, es sind nur ein paar Leute, die sich zusammengetan haben und nun in ihre eigene Richtung abziehen.«

»Wie viele sind es?«

»Zehn Personen ungefähr, vielleicht noch ein paar mehr oder weniger. Nach dem, was mir die Person gesagt hat, sind in diese Sache nur drei, vielleicht vier involviert.«

Sie atmet aus, wie Menschen es tun, die sich gerade eines Verrats schuldig gemacht haben. Das hier hat ihr viel abverlangt, und Heber merkt es.

»Diese Gruppe«, sagt er, »hat also angefangen, in eine eigene Richtung zu gehen.«

Das Fenster wird mit einem leichten Knarren geöffnet, und die Geräusche der Stadt spülen wie eine Welle in die Wohnung. Dann ein Klicken mit dem Feuerzeug, diesmal eilig und fest. Sie raucht. Heber schiebt das Diktafon näher an sie heran.

»Diese Leute sind extremer, mehr für Gewalt. Sie finden, alle in der RAF sollten Waffen haben. Schusswaffen, meine ich. Baseballschläger und Schlagringe und so was haben wir ja schon.«

Sie zieht an der Zigarette.

»Weißt du, ob sie bereits Schusswaffen haben?«

»Das glaube ich. Ich habe sie nicht selbst gesehen, aber die Person, mit der ich gesprochen habe, sagt, sie hätten welche.«

»Und denkst du, dass sie bereit sind, sie anzuwenden? Die extreme Rechte hat schließlich auch schon oft mit Schwedenfahnen und Maschinenpistolen vor den Schulen in Vororten posiert und dieser ganze Mist, aber das ist nur Propaganda. Keiner oder kaum jemand in diesen Organisationen ist bereit, die Waffen auch wirklich gegen jemanden zu richten. Könnte es nicht mit dieser Gruppe aus der RAF ebenso sein?«

»Doch, aber ich bin sicher, dass zumindest zwei oder drei dazu imstande sind. Sie haben so eine … wie soll ich es sagen, so eine Brutalität.«

»Aber du weißt nicht, wer zu Schaden kommen soll?«

»Nein, keine Ahnung.«

Lisa Swedberg raucht noch mehrere Züge von ihrer Zigarette. In einem Auto unten auf der Straße hämmert jemand auf die Hupe. Daraufhin ertönen Stimmen, ein Streit entflammt.

»Wie hoch soll denn diese Person positioniert sein?«, fragt Heber. »Weißt du das?«

»Nein, aber ich nehme mal an, dass sie nicht allzu weit oben und auch nicht allzu weit unten in der Organisation stehen wird, je nachdem, um welche es sich handelt. Zu weit unten ist sinnlos, und zu hoch oben ist unmöglich, weil diese Leute viel zu gut geschützt sind. Wo ist dein Aschenbecher?«

»Ich habe keinen, ich nehme immer nur einen Teller. Warte, ich hole einen neuen.«

Heber steht auf und geht weg. Ein Schrank wird geöffnet. Sie raucht weiter. Der Tabak knistert und zischelt. Heber kommt zurück und stellt den Teller mit einem schwachen Klicken auf das Fensterbrett.

»Mir persönlich ist es egal, ob irgend so ein blöder Nazi-Arsch über die Klinge springt«, sagt sie. »Dagegen habe ich nichts, der Gedanke kann mir sogar Spaß machen. Je höher in der Hierarchie, desto besser. Tut mir leid, aber … mein Hass ist einfach so stark. Trotzdem wäre es eine Katastrophe, wenn es dazu kommen würde. Erinnerst du dich noch, letzten September, als die Schwedenpartei durch die Stadt marschiert ist und die Leute haben mit Wasserbomben nach ihnen geworfen? Darum haben die dann ein wahnsinniges Theater gemacht. So was lässt die Sympathien für die nur steigen.«

Heber sagt lange nichts. Sie auch nicht. Etwas klopft wie ein Fingernagel auf Glas.

»Wirst du versuchen, noch mehr darüber herauszukriegen?«, fragt er schließlich. »Über diese Sache ... Bedrohung?«

»Ich weiß nicht, ob ich das will.«

»Das war nicht meine Frage.«

»Kannst du das Ding mal ausschalten?«

»Natürlich«, sagt er, ist aber misstrauisch. »Warum denn?«

»Weil ich dir eigentlich sagen will, dass ich jetzt dringend Sex brauche, und ich will nicht, dass das aufs Band kommt.«

Da muss Heber lachen.

»Dann schneide ich es raus«, meint er.

Der Abschnitt ist zu Ende.

»Der nächste Abschnitt ist der letzte, und er ist kurz«, erklärt Birck. »Aber es könnte der wichtigste von allen sein. Vorausgesetzt, sie sagt die Wahrheit. Ich glaube, es ist irgendwann Anfang Dezember.«

Bircks Handy summt. Er liest die Nachricht.

»Scheiße.«

»Was ist?«

»Ich sag's dir gleich.«

Im Freien, mitten in Stockholm. Die Geräusche der Stadt bewirken, dass man fast fühlen kann, wie tief der Himmel hängt und wie dicht die Luft ist. Autos rauschen vorbei. Es ist am Tag während des Berufsverkehrs, entweder früher Morgen oder später Nachmittag.

Es schrappelt und knistert, und erst als sich so etwas wie ein dicker Teppich über alle Geräusche legt, begreife ich, dass Heber das Diktafon in seine Jacke gesteckt hat. Als er sich vorwärtsbewegt, knarzt der Schnee unter seinen Füßen.

Noch ein paar Schritte werden durch das Hintergrundrauschen vernehmbar, und sie werden lauter, das gleiche Knarzen wie bei Heber. Lisa Swedberg.

»Hallo«, sagt sie.

»Hallo.«

»Hast du eine Kippe?«

»Nein, tut mir leid.«

»Scheiße, meine sind auch alle.«

»Wir können nachher welche kaufen gehen.«

»Ich bin … es ist nicht so gut, dass wir uns hier treffen«, sagt sie.

»Warum nicht?«

»Ich hab … seit wir uns das letzte Mal gesehen haben, hab ich mich ein bisschen umgehört über das, worüber wir geredet haben, und ich glaube, einige finden, dass ich verdammt neugierig war. Manchmal hatte ich das Gefühl, beschattet zu werden. Es ist nicht gut für deine Studie, mit dem Anonymitätsanspruch und so, wenn wir zusammen gesehen werden.«

»Du denkst dabei an meine Studie?«

»Ja, woran sonst?«

»An deine eigene Sicherheit, zum Beispiel.« Hebers Tonfall ist jetzt wirklich besorgt. Er senkt die Stimme. »Hast du noch mehr herausbekommen?«

»Ja, möglicherweise«, erwidert sie.

»Es ist also immer noch aktuell, dass da etwas passieren wird?«

»Ja.«

»Und wann.«

»Weiß nicht.«

»Aber wer? Du weißt, wer das Ziel ist?«

Schweigen.

»Kannst du es sagen? Den Namen?«

Eine Ampel springt auf Grün, und das leise Ticken des Signalgebers wird durch ein lautes Klicken ersetzt. Ein Auto hupt.

»Martin Antonsson.«

»Der bei den Schwedendemokraten war?«

In Hebers Stimme schwingt Erstaunen mit, aber kein Gefühl. Es ist eine kühle Feststellung.

»Ja.«

»Warum?«

»Ich weiß einen, mit dem du reden kannst. Er hat mehr Informationen als ich.«

»Und wer ist das?«

»Ich brauche wirklich eine Zigarette.«

»Lisa«, sagt Heber flehend, und das ist das erste Mal, dass ihr Name genannt wird.

»Ebi Hakimi in der RAF. Kennst du ihn?«

»Nein.«

»Sprich mit ihm.«

»Aber ich …«

»Kann sein, dass wir uns jetzt für eine Weile nicht sehen«, sagt sie. »Ich habe Angst. Deine Wohnung ist nicht mehr sicher.«

Knistern, Rascheln. Heber steckt die Hand in die Tasche. Das Band wird angehalten. Das ist das letzte Mal, dass wir seine Stimme hören können.

»Martin Antonsson«, sage ich.

»Ausgerechnet.«

Verdammte Scheiße. Martin Antonsson ist eines der verrufensten Mitglieder der Schwedendemokraten. Er war aktiv im Stockholmer Gemeinderat und hat angeblich eine Vergangenheit im BSS, der rassistischen Kampforganisation »Schweden soll schwedisch bleiben«, und ebenso angeblich Verbindungen zur alten NSF, der Nationalsozialistischen Front. Als die Schwedendemokraten die Partei salonfähig machen wollten und dabei auch die Führung austauschten, war Martin Antonsson einer von denen, die der Reform zum Opfer fielen. Damals stand einiges über ihn in den Medien, und sein Name taucht bis heute auf, wenn es um das wenig gesetzestreue Kontaktnetz aktiver Schwedendemokraten geht. Niemand weiß, was er heute tut, außer dass er sich weit rechts außen befindet und von dort sein Unwesen treibt.

Martin Antonsson. Ausgerechnet.

»Was wollen die denn mit dem?«

»Keine Ahnung«, erwidert Birck. »Vielleicht ist es noch nicht einmal wahr. Als wir gestern mit Swedberg gesprochen haben, hat sie doch gesagt, dass sie nicht länger sicher sei, ob ihre Informationen stimmen. Aber man darf wohl annehmen, dass Antonsson mit irgendetwas beschäftigt ist, wovon wir nichts wissen. Ich habe eine aus polizeilicher Sicht sehr zurückhaltende Hintergrunduntersuchung vorgenommen und ihn auf dem Handy gegoogelt, weil ich nicht wollte, dass es im *Haus* bemerkt wird, weil ... na ja.«

»Weil wir uns da keine blutige Nase holen wollen?«

»Genau. Aber ich habe nicht mehr gefunden, als dass er mit Jens Malm bekannt ist, der ja bekanntlich der Parteichef des Schwedischen Widerstands ist.«

»Vielleicht unterstützt er die wirtschaftlich«, mutmaße ich. »Möglicherweise geht es nicht um Ideologien, sondern um Geld. Das ist doch fast immer so.«

»Hier geht es vielleicht um beides«, gibt Birck zu bedenken. »Antonsson wohnt in einem Haus in Stocksund. Da bin ich heute Morgen mal vorbeigerollt und habe zwei Zivilstreifen in der Nähe parken gesehen und einen bunten Wagen vor dem Eingang. Einer der zivilen Wagen kam mir bekannt vor, Kennzeichen WER 327.«

Die Säpo. Dann sind Goffman und seine Handlanger also bereits im Bilde.

»Ebi Hakimi«, sage ich dann. »Der Typ, dem ins Auge geschossen wurde.«

»Genau.«

»Er taucht in den Tagebucheintragungen auf«, sage ich. »Da bin ich ganz sicher.«

»Als H.«, stimmt Birck mir zu. »Ich bin da auch ganz sicher.«

Die Zahnräder greifen ineinander. Ebi Hakimi ist H. in Hebers Aufzeichnungen. Er muss es sein. Lisa Swedberg bittet Heber, zu Hakimi Kontakt aufzunehmen, um mehr über die Pläne gegen Martin Antonsson zu erfahren. Heber sucht Hakimi auf, findet ihn im Café Cairo und erzählt von Antonsson. Heber begreift, dass Hakimi weiß, wovon er spricht. Dann fragt Heber auch nach der anderen Information, welche auch immer das sein mag, die er von 1601 erhalten hat. Was genau dann geschieht, ist unklar, aber Hakimi fühlt sich anscheinend bedrängt und verschwindet aus dem Cairo.

»Wir müssen noch einmal mit Lisa reden.«

»Ja.« Birck zögert, legt die Hand aufs Lenkrad und trommelt mit den Fingern darauf. »Ich glaube, Olausson hatte recht.«

»Womit?«

»Ich nehme mal an, dass die Säpo uns die ganze Zeit eine Nasenlänge voraus war. Die haben mehr gewusst als wir. Und diese Information liegt auf ihrem Tisch – oder sollte jedenfalls da liegen – und nicht auf unserem. Wir haben weder die Erfahrung noch die Geheimdienstinformationen, die nötig sind, um mit dieser Sache umzugehen.«

»Du meinst, wir sollten ihnen das, was wir haben, überlassen.«

»Das wenige, was wir haben, ja. Man kann uns wohl kaum einen Vorwurf machen, Swedberg ist ja schließlich zu uns gekommen. Ich glaube, wenn wir noch einmal mit Swedberg gesprochen haben, sollten wir zu ihnen gehen. Wir sind nicht die Einzigen, die diesen Fall lösen wollen, und es gibt offenbar welche, die dazu sehr viel besser geeignet sind und die zum Beispiel auch die formelle Berechtigung dazu haben.«

Widerwillig gebe ich zu, dass Birck recht hat.

»Wir müssen Swedberg dazu bringen, mit der Säpo zu sprechen.«

»Genau«, sagt Birck. »Bewiesenermaßen hat sie ja schon Kontakt mit Goffman gehabt.«

»Das ist genau das, was ich nicht begreife. Warum hat sie ihnen nichts erzählt, als sie die Säpo-Leute getroffen hat.«

»Vielleicht gibt es dafür eine Erklärung«, sagt Birck gedankenverloren. »Aber da ist noch etwas.«

»Ja?«

»Zunächst Ebi Hakimi: zweiundzwanzig Jahre, persischer Herkunft, gemeldet draußen in Husby. Der einzige Name zu dieser Adresse. Mitglied bei den Radikalen AntiFaschisten seit drei Jahren, derweil hat er Staatswissenschaften, Soziologie und Wirtschaftsgeschichte an der Universität studiert. Laufende Ermittlungen wegen Sachbeschädigung, Landfriedensbruch und Verstoß gegen das Waffengesetz wegen eines Messers. Alle Anzeigen bei einer einzigen Gelegenheit, nämlich einer Demonstration in Salem vor fast genau drei Jahren. Ich habe hier selbst einen kleinen Beitrag aufgenommen.« Birck wedelt mit dem Diktafon. »Als ich Ebi Hakimi heute Morgen im Krankenhaus besucht habe. Nachdem ich die Aufnahmen hier gehört hatte, bin ich sofort hingefahren. Scheiße, sah der schlimm aus. Ich habe eine Krankenschwester gefragt, ob er irgendwann schon mal bei Bewusstsein war, doch sie hat es verneint. Die Kugel ist ihm rausoperiert worden, und als ich hinkam, lag er im Aufwachraum, also habe ich mich dazugesetzt und gewartet. Nach ungefähr zwei Stunden bekam ich das hier.«

Birck schaltet das Gerät ein.

Rauschen und das monotone und taktfeste Piepen einer Maschine. Birck klingt sanft, aber bestimmt, er spricht deutlich und in einem Ton, den man anschlägt, wenn man weiß, dass man nicht mehr als eine Chance bekommen wird.

»Wer hat Thomas Heber getötet?«

»...«

»Wer hat Thomas Heber getötet?«

Die Stimme, die dann antwortet, ist schwach und vernuschelt, die Vokale rasseln. Es ist fast unmöglich zu hören, was er sagt.

»Semosund.«

»Wer wird als Nächstes sterben?«, fährt Birck fort, ohne zu zögern oder sich weiter mit der Antwort aufzuhalten. Er klingt, als würde er Fragen ablesen, die ein anderer geschrieben hat.

»Es… ther.«

»Dann ist er wieder weggedämmert«, sagt Birck.

»Kannst du es noch einmal abspielen?«

»Wer hat Thomas Heber getötet?«

»…«

»Wer hat Thomas Heber getötet?«

»Semosund.«

»Wer wird als Nächstes sterben?«

»Es… ther.«

»Was sagt er da?«, frage ich. »Semosund und Esther? Was zum Teufel heißt das?«

»Wir müssen dafür sorgen, dass die Säpo die Namen überprüft, wenn es denn Namen sind. Vielleicht bedeuten die Wörter auch gar nichts, aber etwas anderes haben wir nicht.«

»Zumindest sagt er nicht Antonsson.«

»Nein, das tut er nicht, was mich ein wenig stört, vor allem, wenn man bedenkt, dass Swedberg ja gesagt hat, sie sei nicht mehr sicher, ob ihre Information richtig ist. Aber das klärt sich vielleicht noch auf. Ich habe mit einer Krankenschwester gesprochen«, fuhr er fort, »die ziemlich sauer war, weil ich sie nicht sofort darüber informiert habe, dass er kurz wach war. Als sie sich dann beruhigt hatte, konnte ich ihr das Versprechen abringen, mich anzurufen, wenn sich sein Zustand verändert.«

Er hält sein Handy hoch.

»Und?«, frage ich.

»Eben habe ich die Nachricht bekommen, dass er vor knapp zwei Stunden gestorben ist.«

Direkt am Kai ist das Wasser gefroren. Es schneit, die Flocken wirbeln dicht vom Himmel.

Ich denke an Hakimis letzte Worte. Semosund. Esther. Und frage mich, was wohl Thomas Hebers letzte Worte waren, ob er vielleicht auf dem Weg zu seinem Treffen mit Lisa Swedberg etwas zu einem Fremden gesagt hat, zum Beispiel in der U-Bahn. Oder er hat einem Bettler Geld gegeben. Oder er hat gar nichts gesagt.

Vielleicht gibt es keine letzten Worte.

WIR HABEN UNS IRGENDWO unterwegs verirrt. Aus dem »Volks*heim*« wurde das »*Volks*heim«. Jetzt hat die Fremdenfeindlichkeit Rekordwerte erreicht. Vielleicht hat sich deshalb jemand getraut, SCHWEDEN DEN SCHWEDEN an eine Hauswand in Bandhagen zu schreiben, und niemand hat sich die Mühe gemacht, es wegzuwischen. Diejenigen, die dafür verantwortlich sind, solche Schmierereien zu entfernen, sympathisieren möglicherweise mit der Botschaft. Niemand weiß mehr, woran der andere glaubt und wer eigentlich was über wen denkt.

Die Adresse, die uns Lisa Swedberg genannt hat, ehe sie so schnell wegging, ist ein vierstöckiges Ziegelsteinhaus. Die Fassade soll wahrscheinlich beige sein, aber umgeben von dem weißen Schnee wirkt sie schmutzig und verblichen.

Vor dem Haus steht ein dunkler Volvo mit dem Kennzeichen ICH 737. Auf dem Autodach prangt ein einsames Blaulicht, das sich dreht und blinkt. Vor dem Volvo parkt ein blau-weißer Streifenwagen, dessen Vordertüren offen stehen, als ob ein Vogel die Flügel ausbreitet. Die Haustür ist ebenfalls weit geöffnet, und gerade kommen Dan Larsson und Per Leifby heraus. Der eine liest etwas auf seinem Notizblock, der andere saugt am Strohhalm einer Safttüte.

»Scheiße«, sagt Birck.

Ich weiß nicht genau, was er damit meint, steige aus dem Auto und folge ihm. Birck erhebt die Stimme und bringt Larsson dazu, von seinem Notizblock aufzusehen.

»Was ist passiert?«

»Sie liegt da oben«, sagt Larsson in seinem groben, näselnden Småland-Dialekt.

»Wer?«

»Eine Swedberg, Lisa«, liest er von seinem Block ab. »Dem Ausweis zufolge geboren am …«

»Lebt sie?«

Leifby lässt den Strohhalm los und betrachtet uns mit halb geöffnetem Mund.

»Das würde mich wundern.«

»Und was macht ihr hier unten?«

»Ein Mann im Anzug hat gesagt, er würde sich um alles kümmern«, erklärt Larsson. »Wir sollen nur absperren.«

»Ein Mann im Anzug«, wiederholt Birck.

»Ja?« Leifby saugt wieder an seinem Saft und erzeugt dabei ein blubberndes und schlürfendes Geräusch. »Das ist korrekt. Er hat einen Anzug an.«

»Und das hat euch genügt, um den Tatort zu verlassen?«

»Das ist doch die Sicherheitspolizei«, sagt Larsson mit großen Augen.

»Sperrt ab«, murmelt Birck und geht an ihnen vorbei.

Wir ziehen im Treppenhaus unsere Schuhe aus. Die Wohnung befindet sich in der zweiten Etage, und laut Türschild wohnt LUNDIN hier. Der Flur ist klein, und irgendwo in der Herzgegend verspürt man einen Stich, wenn man Lisa Swedbergs dunkelrote Boots da zwischen den Schuhen sieht. Der Leichengeruch ist deutlich wahrnehmbar.

»Das muss gestern geschehen sein«, sage ich.

»Schuhabdrücke im ganzen Flur«, sagt Birck und bewegt sich behutsam von der Schwelle zum Wohnzimmer. »Vorsicht.«

Links ist ein Badezimmer, dahinter die kleine Küche mit schmutzigen Tellern und Gläsern auf der Spüle. Geradeaus gehen zwei gleich große Zimmer ab, eines davon ist ein Schlafzimmer, das andere ein Wohnzimmer, das von einer Sofaecke, einem Fernseher und einem dunkelbraunen Buchregal dominiert wird. Die Decke ist niedrig, und der Linoleumboden von der Zeit und Zigarettenrauch vergilbt.

Auf dem Sofa liegen ein Kissen und eine Bettdecke. Hier hat jemand geschlafen. Auf dem Fußboden zwischen Sofatisch und Bücherregal liegt Lisa Swedberg auf dem Rücken. Sie trägt ein Hemd ohne BH, eine schwarze, locker sitzende Trainingshose und dicke Socken. Ihre Augen sind geschlossen. Das Hemd ist rot von Blut, und zwischen den Brüsten klaffen drei Löcher von einer Schusswaffe.

Neben ihr wartet ein Mann in der Hocke, den ich kenne.

»Der Mann mit dem höchst unbequemen Besucherstuhl«, sagt Goffman und erhebt sich. »Entschuldigen Sie, wenn ich unfreundlich wirke, aber was zum Teufel machen Sie hier?«

Birck erklärt den Hintergrund unserer Anwesenheit, ohne Goffman damit sonderlich klüger zu machen. Er dreht den Kopf, als hätte er vergessen, wo er seinen Hut hingelegt hat. Offenbar sucht er etwas.

»Wann kam der Notruf?«, fragt Birck.

»Vor einer Viertelstunde. Als der Briefträger die Post durch den Briefschlitz stecken wollte, fand er, dass es im ganzen Treppenhaus seltsam roch. Die Vermieterin ist eine paranoide kleine Hexe, also hat sie die Polizei angerufen. Leifby und Larsson waren dann der Meinung, sie könnten sich mal die Mühe machen nachzusehen, weshalb sie hierherfuhren. Was auch immer sie in dieser Gegend verloren hatten. Gehören sie nicht zum Revier Huddinge?«

»Doch«, bestätige ich. »Dann haben also Larsson und Leifby sie gefunden?«

»Korrekt«, erwidert Goffman und streckt seine langen bleichen Finger aus, um die Hände dann in die Hosentaschen zu schieben.

»Erschossen«, sagt Birck. »Drei Schüsse.«

»Sieht ganz so aus, nicht wahr?« Goffman geht in einem weiten Kreis um die Leiche herum, und seine Erscheinung ist beeindruckend. Wenn er sich bewegt, sieht es so aus, als würde sich der ganze Raum mit ihm drehen. »Zumindest drei Treffer.

Wir müssen die Wohnung noch nach Fehlschüssen absuchen.« Er nimmt die rechte Hand aus der Tasche, formt sie, als würde sie eine Waffe halten. »Eins, zwei, drei in den Brustkorb.« Er senkt den Blick zu Boden. »Ich denke, dass er hier irgendwo gestanden haben muss«, murmelt er.

»Die Schuhabdrücke enden an der Schwelle«, sagt Birck.

»Ah. Ja. Natürlich. Und wohl mit einem Revolver, nicht wahr? Keine Hülsen, soweit ich sehen kann.«

»Die kann der Täter mitgenommen haben«, wende ich ein.

»Durchaus. Aber in dem Fall müsste er sehr viel Zeit gehabt haben, und das haben Leute, die eben jemanden umgebracht haben, doch eher selten.«

»Sie hatte keine Chance.«

»Das geht Menschen, die sterben, meist so.«

»Jemand muss etwas gehört haben«, sage ich. »Jemand im Haus.«

»Ja«, stimmt Goffman zu und nimmt sein Handy aus der Innentasche des Jacketts. »Möglicherweise. Die Techniker sind auf dem Weg.«

»Holen Sie Markström und Hall her«, sagt Birck.

»Sind die nicht bei der City-Polizei?«

»Das sind die besten Leute für eine Tür-zu-Tür-Befragung, die ich kenne. Und sie sind im Dienst.«

Goffman hebt das Telefon ans Ohr. Als sich jemand am anderen Ende meldet, stellt er sich als David Sandström von der Söderorts-Polizei vor.

»Du meine Güte«, sagt Birck leise.

»Hat sie hier gewohnt?«, frage ich.

»Sie hat erwähnt, dass sie ziemlich viel umgezogen ist«, entgegnet Birck. »Bevor du gekommen bist, als wir dasaßen und geredet haben. Sie hatte schon seit mehreren Jahren kein richtiges Zuhause mehr und hat eine Weile bei dem Mädchen gewohnt, dem die Wohnung hier gehört, Annelie Lundin. Die ist offenbar auf einer längeren Reise in Ostasien. Das müssen wir nachprüfen, aber es stimmt sicher. Dann hatte sie eine Freundin in der Döbelnsgatan, bei der sie manchmal übernachtet hat. Ich habe schnell Swedberg überprüft, aber nichts Besonderes gefunden. Die Eltern leben in Södertälje. Daher stammt sie auch.«

»Wie sieht es mit ihrem Vorstrafenregister aus?«

»Nichts Besonderes«, sagt Birck. »Kleinigkeiten, Sachbeschädigung, Verstoß gegen die öffentliche Ordnung und so weiter. Das Schlimmste, was ich gefunden habe, war die Bedrohung eines Mitglieds der Schwedenpartei.«

Während Birck spricht, wandert Goffman murmelnd in der Wohnung herum und sucht nach etwas. Was genau, ist mir unklar, denn er bringt nur Sätze hervor, die er dann nicht beendet.

»Wer das hier getan hat«, sage ich, »muss hereingelassen worden sein. Sie war zu Hause, jemand hat an der Tür geklingelt, und sie hat aufgemacht. Das heißt, dass sie die Person kannte.«

»Ja«, sagt Birck. »Möglich.«

»Und es war jemand, dem sie vertraut hat. Der Kreis dürfte nicht groß sein.«

»Nein, zum Glück«, meint Goffman, der jetzt in der Küche steht und in die Spüle blickt. »Zum Glück sind die Radikalen AntiFaschisten eine kleine Gruppe.«

»Die Radikalen AntiFaschisten?«, fragt Birck. »Wie können Sie so sicher sein, dass es einer von denen war?«

Goffman antwortet nicht. Ich versuche, die Größe der Einschusslöcher in Lisa Swedbergs Brust abzuschätzen.

»Verdammte Scheiße«, sagt Birck, »wir waren so nah dran. Wann kommt denn der blöde Techniker?«

Es bleibt unklar, an wen diese Frage gerichtet ist. Ich würde Birck gern die Hand auf die Schulter legen, weil ich glaube, dass er es braucht.

»Er kommt schon noch«, sagt Goffman. »Immer mit der Ruhe.«

Birck erwidert nichts. Ich auch nicht. Es gibt keine letzten Worte, und alles ist sehr still.

»Warum hat sie wohl auf dem Sofa geschlafen?«, frage ich.

»Wie meinst du das?«

»Wenn die Frau, die hier wohnt, Annelie Lundin, für längere Zeit verreist ist, warum hat Swedberg dann nicht in ihrem Bett geschlafen?«

»Vielleicht hat sie das Sofa vorgezogen«, meint Birck. »Wer weiß.«

»Da wir hier jetzt fertig sind«, sagt Goffman, der sich zwischen uns gestellt hat, »schlage ich vor, dass wir mein Auto nehmen.«

»Sind wir denn schon fertig?«, frage ich.

»Ich habe alles gesehen, was ich sehen muss. Sollen wir? Bevor hier zu viele Leute aufkreuzen.«

»Ich habe ein eigenes Auto«, sagt Birck.

»Ich weiß.« Goffman ist schon auf dem Weg in den Flur. »Aber in meinem gibt es die bessere Musik.«

»TRAGISCHE GESCHICHTE, DAS MIT Heber und Swedberg«, sagt Goffman, als wir uns ins Auto gesetzt haben und er aus Bandhagen herausfährt. »So tragisch, so tragisch.«

Sein Volvo ist ein kühles, ruhig dahinschnurrendes kleines Auto mit bequemem Rücksitz. Man sitzt so tief, dass man das Gefühl bekommt, sich in einer Kapsel zu befinden. Die Welt flimmert auf Augenhöhe vorbei. Ein diskreter Duft von Herrenparfüm hängt im Innenraum, der in Schwarz und Hellgrau ausgestattet ist. Der Polizeisender ist abgeschaltet, und aus dem Radio dringt Bob Dylan, flüsternd und traurig: *She looked so fine at first, but left looking just like a ghost*.

»Wohin fahren wir?«, fragt Birck.

»Hab mich noch nicht entschieden.« Goffman bleibt an einer roten Ampel stehen. »Das Auto ist ein guter Ort zum Denken. Und wir müssen denken. Und reden.«

»Ist das hier Ihr eigener Wagen?«, frage ich.

»Oh, ich wünschte, er wäre es. Aber nein, allerdings bin ich derjenige, der ihn am meisten benutzt.«

»Dann sind Sie es also, der uns die ganze Zeit verfolgt hat.«

»Das stimmt.«

Goffmans Blick streift kurz den Rückspiegel. In seinen Augen ist ein Anflug von Ärger zu erkennen, so als hätte er eben etwas gegen seinen Willen eingestanden, doch es ist unmöglich zu erkennen, ob das ein Spiel ist oder nicht. Für Goffman ist wahrscheinlich alles, auch das Leben selbst, ein Spiel.

»Leider«, fügt er hinzu, »leider stimmt das.«

»Wer sitzt in WER 327?«

»Meine Kollegin.«

»Wie heißt sie?«

»Sie heißt Iris«, erwidert Goffman.

»Und wo ist sie?«

»Soweit ich weiß, liegt sie zu Hause und verschafft sich ein paar Stunden Schlaf. Sie hatte heute Nacht Dienst.«

»Vor der Villa von Martin Antonsson«, ergänze ich.

Die Ampel springt von Rot auf Grün. Langsam rollt Goffman auf die Kreuzung, biegt links ab, und wir bewegen uns nach Norden. Für eine Sekunde kann ich zwischen den Baumwipfeln weit hinten die weiße Kuppel des Globen erkennen.

»Ja«, sagt Goffman, »bei Antonsson.«

»Warum?«, fragt Birck.

»Warum was?«

»Warum haben wir Sie als Beschatter gehabt?«

»Gewisse Leute in unserer Abteilung hatten Grund zu der Annahme, dass Sie den Fall Heber nicht voll und ganz uns überlassen haben.« Er lächelt milde, und die Haut um seine Augen zieht sich zu feinen Falten, die von einem angenehmen Leben oder der Tendenz, Widerstand mit einem Lächeln zu begegnen, zeugen. »Und es hat sich ja, wiederum leider, herausgestellt, dass das auch stimmte.«

»Wo wir gerade davon sprechen«, sagt Birck mit einem Zögern. Er holt das kleine Diktafon aus der Innentasche seines Mantels und hebt es auf die Höhe von Goffmans rechter Wange. »Ich finde, Sie sollten sich anhören, was hier drauf ist.«

Goffman schielt auf das Gerät.

»Ich fürchte, dass ich bereits weiß, was da auf mich wartet«, erwidert er. »Interviews mit Lisa Swedberg, nicht wahr?«

Birck zieht die Hand zurück.

»Nein, so war das nicht gemeint. Ich nehme es gern«, sagt Goffman. »Es ist vielleicht am besten so, für alle. Sind die Dokumente nur hier auf diesem Gerät vorhanden?«

»Ja. Aber ich habe sie zusammengeschnitten, sodass nur die wichtigsten Teile erhalten sind. Hören Sie sich vor allem den letzten Abschnitt an«, sagt Birck. »Das sind nicht Heber und

Swedberg, sondern es ist das Einzige, was ich aus Ebi Hakimi herauskriegen konnte, ehe er starb.«

Goffman nimmt das Diktafon entgegen und steckt es in die Hosentasche.

»Ja, Ebi«, sagt er und schüttelt bedächtig den Kopf. »Wie gesagt. Eine tragische Geschichte, das alles.«

Irgendwann, während wir im Auto sitzen, hat Goffman den Radiosender gewechselt, statt Dylan nun die Beach Boys. Ich versuche, seine Hände im Blick zu behalten, vergesse es aber die ganze Zeit, als würde Goffman ein Kunststück daraus machen, die Aufmerksamkeit von ihnen abzulenken.

»Wie kommt es, dass Sie wissen, was auf diesem Diktafon ist?«, frage ich. »Immerhin sind das vertrauliche Gespräche zwischen einem Wissenschaftler und seinem Interviewpartner.«

»Vertraulich«, echot Goffman, als würde er das Wort in seinem Mund ausprobieren. »Und das ist der Moment, an dem ich nicht weiß, wie ich anfangen soll.«

»Fangen Sie doch einfach damit an, wie es kommt, dass Ihre eigene Stimme auf dem Diktafon ist«, sagt Birck, »in einem Telefongespräch, das Sie mit Lisa Swedberg führen.«

»Ja«, sagt Goffman, scheinbar abgelenkt von der Entscheidung, ob er weiter auf der rechten Spur bleiben oder wechseln soll, »vielleicht sollte ich wirklich damit beginnen.«

Und dann erzählt Goffman uns eine Geschichte, die sich am Ende nicht als vollkommen wahr erweisen wird, aber es wäre auch wirklich naiv gewesen, das anzunehmen.

ES BEGINNT AN EINEM Tag im Februar, als Goffman in seinem Büro sitzt. Er ist ein Mensch, der es vorzieht, in Bewegung zu sein, im Auto oder zu Fuß, und für längere Zeit auf demselben Stuhl im selben Zimmer sitzen zu müssen, macht ihm schlechte Laune. Als er die Anweisung erhält, liegt es unter anderem auch daran, dass er so reagiert, wie er es tut und wütend wird. Ihm wird schriftlich mitgeteilt, dass sein Arbeitsbereich beim Verfassungsschutz von einer nicht genannten Person, die über ihm steht, verändert wurde. Jetzt soll er Informationen über schwedische extremistische Linksgruppen sammeln und einordnen.

Er ist ein einfacher Mann mit einer simplen Sicht auf das Leben. Noch nie war er politisch engagiert und hat weder für die Rechte noch für die Linke jemals Sympathie empfunden. Er zieht einfache Lösungen für schwierige Probleme vor, und was richtig oder falsch ist, muss bei ihm hinter dem, was praktisch ist, zurückstehen. Also beschließt er, intensiv zu arbeiten und in so kurzer Zeit wie möglich ausreichend Informationen zu sammeln, um behaupten zu können, dass er seinen Teil geleistet habe, damit er vorankommt und sich anderen Teilen der Säk widmen kann, die produktiver sind.

Schnell findet er seinen Weg ins Cairo, wo er, wie ich, als Außerirdischer einfliegt. Er hat eine gute Nase, kann sich Informationen erschnüffeln, und das führt ihn zu Lisa Swedberg. Er beschattet sie eines Nachmittags auf dem Weg vom Cairo und erfährt ihre Personennummer.

»Man sollte darauf achten, dass mir das nicht gelingt. Den Zugang zur Personennummer bekommen«, sagt Goffman. »Denn wenn es mir gelingt, passiert alles Mögliche.«

Anfang März bekommt er Wind davon, dass Lisa Swedberg

mit einem Kapitalverbrechen in Verbindung steht, das nie aufgeklärt wurde. Sie ist schuldig, daran gibt es, nachdem Goffman ein paar grundlegende Informationen überprüft hat, gar keinen Zweifel. Eines Morgens erwacht sie, und da sitzt er auf einem Stuhl an ihrem Bett, mit übergeschlagenen Beinen und gefalteten Händen, wie man es tut, wenn man sich jemandem auf diese Weise offenbart.

Er informiert sie über das, was er weiß, und woher. Dann bittet er sie – bittet ist das Wort, das er benutzt – um einen Austausch von Gefälligkeiten. Sie bekommt Goffmans Schweigen gegen Informationen ihrerseits.

»Nicht oft«, sagt er, »und nicht über Dinge, die ihr selbst schaden könnten. Das war unsere Absprache, wenn man es nun so nennen kann.«

»Sie haben sie erpresst«, wirft Birck ein, »und haben eine im Grunde ohnehin schon machtlose Person ausgenutzt.«

»Ja, doch«, gibt Goffman zu, »ich nehme an, dass man es so nennen kann, wenn man ganz unverblümt sein will.«

Es wird still im Wagen. Ich kaue auf meiner Unterlippe und denke nach. Die Beach Boys singen: *We'll be planning out a route we're gonna take real soon, we'll all be gone for the summer…*

»Was für ein Verbrechen war das?«, frage ich.

»Wenn ich eines gelernt habe, dann, dass man über Tote nicht schlecht reden soll. Lassen Sie uns dabei bleiben, dass es zwar ein Gewaltverbrechen, doch unter den Umständen absolut nachvollziehbar war. Sie wollte niemandem unnötig Schaden zufügen. In ihren Grundzügen war sie ein sehr guter Mensch.«

Leider gehört es nicht zu Goffmans Lebensstil, Menschen, seien sie auch noch so gut, zu vertrauen. Deshalb hat er das Gefühl, sie unter Aufsicht halten zu müssen, und beschattet sie weiterhin. Etwas später im März – Goffman behauptet, er könne sich nicht an das Datum erinnern, doch ich glaube, dass er sogar die exakte Uhrzeit nennen könnte – sitzt er in der blendenden Frühlingssonne in einem Wagen und rollt in aller Ruhe und zirka zwanzig Meter Abstand hinter ihr her, als die Sonne sich in der Motorhaube des Autos spiegelt und Goffmans Gesichtsfeld einen Moment lang weiß wird. Danach ist Lisa Swedberg verschwunden, und zwar vollständig. Sie befindet sich nicht mehr auf der Straße.

Goffman sind in seinem Leben schon seltsamere Dinge zugestoßen, also parkt er den Wagen und geht zu dem Ort, wo er sie zuletzt gesehen hat, untersucht den Boden, die Querstraßen in der Nähe, die Läden und die Cafés. Und da, in einem der Cafés, sitzt sie.

»Zusammen mit Thomas Heber«, sage ich.

»Ganz genau.«

Auch wenn Goffman zu dem Zeitpunkt natürlich noch nicht weiß, wer Thomas Heber ist, fotografiert er ihn mit seinem Handy. Kollegin Iris identifiziert ihn dann zwei Stunden später, als Goffman ihr das Foto zeigt.

Sie beobachten Lisa Swedberg weiterhin, und als sie einige Tage später mit Thomas Heber nach Hause geht, genügt das, um Goffman dazu zu veranlassen, Hebers Hintergrund eingehend zu untersuchen.

»Ich bekam schnell heraus, was Sie auch schon wissen«, sagt er. »AFA, die Krawalle in Göteborg, Soziologie, soziale Bewegungen, bla, bla, bla. Was mich wunderte, war, dass er immer noch als eine Person von potenziellem Interesse für unsere Abteilung eingestuft wurde.«

Goffman trifft sich mit Lisa Swedberg, und wie er gehofft hatte, sagt sie ihm die Wahrheit, nur nicht, als es um ihre Kontakte zur Universität geht. Sie nennt Studenten, die sie kennt, mit denen sie sympathisiert und Umgang hat, aber nicht Heber. Hier hätte Goffman, wie er sich ausdrückt, streng genommen ihre Absprache als gebrochen betrachten und das, was er über ihre Vergangenheit weiß, weitergeben müssen, doch – und hier klopft er sich zweimal leicht auf die Nase – er hat das Gefühl, er sollte besser gute Miene bewahren und mitspielen.

»Und Hebers Wohnung abhören«, fügt er hinzu.

»Selbstverständlich«, brummt Birck.

»Selbstverständlich«, bestätigt Goffman.

Kollegin Iris bringt einen beim kriminalpolizeilichen Nachrichtendienst KUT angestellten Jüngling dazu, dies im Austausch gegen Informationen aus der Datenbank der Sicherheitspolizei, zu der er keinen Zugang hat, zu erledigen. Die Informationen, die er braucht, verschaffen ihm einen diskreten, aber effektiven Schub nach oben in der Hierarchie der Organisation, und er nimmt das Angebot gern an.

Das Mikrofon ist das klassische Mittel, das aktiviert wird, wenn es um die Sprache des Menschen geht, und da Heber allein lebt und noch nicht zu der Sorte Mann geworden ist, die laut mit sich selbst redet, bestehen die Aufnahmen aus seiner Wohnung vor allem aus den Gesprächen, die er mit Lisa Swedberg führt, da sie im Grunde genommen die Einzige ist, die ihn besucht.

»Das war ein Glück«, sagt Goffman nun, als wir langsam am Globen vorbeigleiten. »Es hat uns unglaublich viel Arbeit erspart. Ich bin selbst so jemand, der laut mit sich selbst redet.«

»Kann ich mir vorstellen«, erwidere ich.

»Eigentlich traurig. Mit sich selbst zu reden.« Goffman sieht aus, als hätte er plötzlich etwas über sich gelernt und wäre nun enttäuscht. »Das ist es doch, oder?«

»Schon«, knurrt Birck.

Seit jenem Tag weiß Goffman alles über Heber und Swedberg, sogar, was sie zueinander sagen, wenn sie Sex haben. Das sei ein seltsames Gefühl, fügt er hinzu, zu wissen, wie zwei inzwischen tote Menschen klangen, wenn sie einen Orgasmus hatten.

»Sie haben ein schönes Paar abgegeben«, konstatiert er. »Finden Sie nicht?«

Keiner von uns beiden antwortet.

»Nun. Dazu kann man sich vielleicht nicht äußern, wenn man sie noch nie zusammen gesehen hat.«

Die Informationen, die sie nun über Heber bekommen, machen es ihnen möglich, ihre Kräfte auf andere Dinge zu verwenden. Als Goffman eines Tages Swedberg anruft, um einen vagen Tipp bestätigt zu bekommen, den er über eine bevorstehende Aktion gegen eine Nerzfarm außerhalb von Stockholm erhalten hat, weiß er nicht, dass sie gerade dem Mann gegenübersitzt, den sie abhören.

»Das ist die Stelle, an der Sie mich hören«, sagt er und klopft auf das Diktafon in seiner Hosentasche, »und wo ich meinen unfreiwilligen kleinen Beitrag zu der Aufnahme leiste.«

Anfang Dezember konfrontiert Goffman Lisa Swedberg mit einer Information, die er nur aus einem Gespräch zwischen ihr und Thomas Heber haben kann. Das ist ein Fehler, ein Moment der Unvorsichtigkeit von Goffmans Seite, und hinterher fühlt er sich geradezu linkisch, obwohl er ja so gar keine linkische Person ist. Ihre Absprache besagt nur, dass Lisa Swedberg Goffman gegenüber die Wahrheit erzählt, nicht umgekehrt, doch wenn man jemanden abhört und das zu hören bekommt, was Goffman gehört hat, dann macht das etwas mit einem, also antwortet er aufrichtig auf ihre Fragen.

»Ob wir sie beschattet haben? Ja. Ob wir sie abgehört haben? Ja. Wo wir sie abgehört haben? In Hebers Wohnung. Fahrt zur Hölle, ihr elenden Bullen.« Goffman verdreht die Augen. »Und so weiter und so fort.«

Sie sagt Heber nichts davon, vielleicht, weil sie fürchtet, das würde das Ende ihrer Beziehung bedeuten oder das Ende von Hebers wissenschaftlicher Karriere.

»Ja, das hat sie befürchtet«, sagt Birck. »Sie haben sich ein letztes Mal irgendwo draußen getroffen. Heber hat das Gespräch auf Band aufgenommen, obwohl es kein Interview war. Und da hat sie das erwähnt. Sie hat gesagt, seine Wohnung sei nicht sicher.«

Das erstaunt Goffman jetzt. Er versucht es zu verbergen, doch das gelingt ihm nicht.

»Hat sie das gesagt?«

»Ja. Das ist auf dem Diktafon.«

»Das kann aber alles Mögliche bedeuten.«

Der dunkle Volvo huscht über die Brücke zwischen Gullmarsplan und Södermalm, während die Beach Boys gedämpft zu hören sind. Das verträumte Blau des Himmels und des Meers, das der Song beschreibt, bilden einen makabren Kontrast zur Wirklichkeit. In Goffmans Wagen wirkt die Welt leicht schief, als wäre sie ein wenig geneigt und die Grenzen wären verwischt.

In den Tagen vor dem Mord geht das Leben weiter wie gewöhnlich. Als der Polizeisender in der Lucia-Nacht knistert, sitzt Goffman vor seiner Wohnung in Gärdet im Auto, und aus Gründen, die er nicht nennen kann, ist es ihm unmöglich hineinzugehen. Die Meldung »Verdacht auf Mord in der Döbelnsgatan« lässt seine Nase Unrat wittern, und er begibt sich dorthin, späht in die Gasse und sieht Hebers Leiche im Hinterhof. Dann eilt er, so schnell er kann, zum Vanadisvägen, schließt Hebers Wohnung mit demselben Schlüssel auf, den der KUT-Jüngling benutzt hat, und verschwindet wieder mit dem Mikrofon.

... I have watched you on the shore, standing by the ocean's roar ...

»Ich habe schlechte Arbeit geleistet«, gibt Goffman verschämt zu. »Ich weiß, dass ich ohne Schuhschutz hineingegangen bin, ich habe nicht nachgedacht. Ich war gestresst und litt unter Schlafmangel. Das war einer der Gründe, weshalb ich so schnell wie möglich die Ermittlungen zu uns holen wollte. Noch in derselben Nacht musste ich Olausson wecken und ihn über die unglückliche Situation informieren.« Er schweigt, während wir über den Ringvägen fahren, dann fügt er hinzu: »Ich bin praktisch veranlagt, aber ich weiß, was das Gesetz über die Beschaffung von Informationen durch Abhören sagt. Wir wären ganz schön reingerauscht.«

Birck betrachtet die Weihnachtsdekoration in den Auslagen. Sogar die Kioske zieren Adventslichter und Weihnachtswichtel, die in die Welt hinaus blinken und leuchten.

... do you love? Do you, surfer girl?...

»Ich habe mich, so schnell es ging, mit Lisa getroffen und versucht, sie zum Reden zu bringen. Aber sie war aus verständlichen Gründen viel zu sehr von Wut und Trauer überwältigt. Ich glaube, sie hat uns für den Mord verantwortlich gemacht, was natürlich sehr unlogisch war, doch solche Gefühle werden nur selten von Logik gesteuert.«

»Stattdessen ist sie zu uns gekommen«, sagt Birck.

»Ich weiß. Wir haben es gesehen.«

»Wer hat Thomas Heber getötet?«, frage ich.

»Ah«, erwidert Goffman, »die Millionenfrage. Darauf haben wir noch keine Antwort. Was wir wissen, ist, dass der kleine Junge, John Thyrell, mit großer Wahrscheinlichkeit den Täter gesehen hat. Wir haben ihn eine Reihe von Bildern aus unserer Kartei ansehen lassen, doch wie erwartet war das einzige Ergebnis eine Verschwendung von Steuergeldern. Meine Kollegen behaupten, es sei einen Versuch wert gewesen, doch ich – ich habe das nicht geglaubt. Des Weiteren wissen wir, dass eines der Messer aus einem Block im Café Cairo zu dem passt, mit dem Heber die tödliche Verletzung zugefügt wurde. Doch technisch gesehen können wir ebendieses Messer nicht in Verbindung mit seiner Leiche bringen, weil das Messer fehlt und wir auch nicht wissen, wer es benutzt hat. Was wir hingegen wissen, ist, dass sich in derselben Nacht ein Unbefugter Zutritt zum Café Cairo verschafft hat. Das Problem ist, dass in derselben Nacht auch tausendzweihundert Kronen aus der Kasse des Cafés verschwanden.«

»Ein gewöhnlicher Einbruch, um Geld zu klauen«, sagt Birck.

»Oder es war jemand aus ihren eigenen Reihen, der es wie einen solchen aussehen lassen möchte«, entgegnet Goffman. »Diese Bewegung ist intern mehr zersplittert, als sie erscheinen möchte. Wer weiß. Irgendjemand, natürlich. Irgendjemand weiß es immer, aber wir nicht.«

»Ich war dort«, sage ich. »Im Cairo. Sie haben nichts von fehlendem Geld gesagt.«

»Wahrscheinlich wollten sie nicht einen noch größeren Verdacht auf sich lenken. Wir sind aus unterschiedlichen Gründen bereits recht intensiv hinter ihnen her.«

Wir biegen auf die Hornsgatan, wo die Menschen mit schweren Tüten und erschöpften, aber zufriedenen und hoffnungsfrohen Gesichtern unterwegs sind.

»Seht sie euch an«, sagt er. »Shoppen, shoppen, shoppen. Das ist das Einzige, worum es bei diesem Feiertag geht. Nun gut, wir nehmen an, dass es ungefähr so ablief: Lisa Swedberg erfährt Ende November von der bevorstehenden Gefahr, wenn wir es mal so nennen wollen. Wenn wir Hebers Aufzeichnungen Glauben schenken, dann ist es wahrscheinlich Ebi Hakimi, der es ihr erzählt. Swedberg wird nervös und besorgt und hat das Gefühl, mit jemandem reden zu müssen. Da geht sie natürlich zu Heber, denn die Beziehung zwischen Wissenschaftler und Interviewpartner erlaubt es ihr, die Information preiszugeben, ohne dass es Konsequenzen haben wird. Das Problem ist nur, dass jemand erfährt, dass Heber von der Sache weiß. Wie und wer, ist nicht bekannt, doch wahrscheinlich ist es jemand aus den eigenen Reihen, wie man so schön sagt.«

»Die kleine Gruppe innerhalb der RAF«, schlage ich vor.

»Ja, nehmen wir das mal bis auf Weiteres an. Sie ahnen, dass Heber seine Wissenschaftlerrolle beiseitelassen könnte, um als guter Bürger mit der Information zur Polizei zu gehen. Also bringen sie ihn zum Schweigen. Danach taucht logischerweise die nächste Frage auf, nämlich: Woher um Himmels willen wusste Heber von der Sache? Sie suchen unter ihren eigenen Leuten und erkennen schnell, dass Lisa Swedberg es ihm gesagt haben muss. Nun machen sie Nägel mit Köpfen, und damit Hebers Tod nicht mit Swedbergs in Verbindung gebracht wird, benutzen sie diesmal eine Schusswaffe. Möglicherweise wussten sie, dass wir Lisa Swedberg in der Zeit gerade nicht beschattet hatten, aber wahrscheinlich nicht. Das wissen nur drei Personen, und zwar ich, Iris und noch jemand. Wahrscheinlich war es Zufall.«

»Es gibt noch einen, der von dem geplanten Attentat weiß«, gebe ich zu bedenken, »und zwar 1601. Wenn wir Hebers Aufzeichnungen glauben.«

»Ja«, sagt Goffman. »Wenn wir ihnen glauben.«

»Haben Sie Anlass, das nicht zu tun?«, fragt Birck.

»Ich glaube ebenso wenig daran, wie ich anderen Wissenschaftlern glaube. Besser gesagt, ich bin sicher, dass Teile von all dem wahr sind. Doch Heber lässt auch Sachen weg. Zum Beispiel hat er seine Beziehung zu Swedberg nicht notiert.«

»Wissen Sie, wer 1601 ist?«

»Nein.«

»Würden Sie die Wahrheit sagen, wenn Sie es wüssten?«

»Vermutlich nicht«, erwidert Goffman.

Wir stehen vor der roten Ampel an der Västerbron, vor uns erstreckt sich die Brücke. Ich begegne Goffmans Blick. Er ist ruhig, aufrichtig, aber dennoch bin ich überzeugt, dass er uns belügt.

I've been in this town so long that back in the city I've been taken for lost and gone and unknown for a long, long time ...

»Warum Antonsson?«, fragt Birck.

»Es geht Geld von ihm an fremdenfeindliche Akteure wie den Schwedischen Widerstand und die Volksfront von rechts. Er ist älter geworden, wie alt mag er sein, vierzig-irgendwas? In der ersten Hälfte der Neunzigerjahre hat er eine Menge Aktien gekauft und sie zufällig zu richtigen Zeit verkauft, ehe die IT-Blase platzte, und gewann dadurch wirtschaftliche Unabhängigkeit. Na ja, wie auch immer, jetzt ist er ein Mann mittleren Alters mit viel zu wenig Zeit, um das Geld auszugeben. Außerdem ist er Idealist und liebt die White-Power-Kultur. Wir wissen, dass er, neben seiner Begabung beim Spiel mit Aktien, auch ein wichtiger Akteur bei der Verbreitung der White-Power-Musik in Nordeuropa ist. Wenn es den Antifaschisten gelänge, ihn aus dem Feld zu räumen, dann würde das nicht nur die finanziellen Beiträge für die Rechten verringern, sondern auch bedeutende Teile der nationalen Bewegung und der White-Power-Kultur schwächen, für die ja Musik und Symbole so ungeheuer wichtig sind. Aus Sicht der extremen Linken ist das ein kluges politisches Ziel.«

… it's all an affair of my life with the heroes and villains …

»Ebi Hakimi«, sagt Birck. »Er muss es gewesen sein.«

Goffman zieht die Augenbrauen hoch.

»Er muss was gewesen sein?«

»Von ihm hat sie das Diktafon gestohlen«, sagt Birck. »Sie hat behauptet, jemand hätte es ihr übergeben, aber ich glaube nicht, dass das stimmt. Ich vermute, sie hat es gestohlen. Das verbindet Hakimi mit dem Tatort und Heber.«

»Möglich«, entgegnet Goffman, »so mag es wohl sein.«

»Ich weiß nie, ob Sie das meinen, was Sie sagen, oder das Gegenteil«, werfe ich ein.

»Ich bitte um Entschuldigung dafür.« Goffman betrachtet die Ampel, die auf Grün springt. »Dafür kann ich nichts.«

Wir halten vor dem *Haus* auf Kungsholmen und steigen aus. Drei Männer in dicken Mänteln, man könnte uns für einen Vater und seine Söhne halten.

»Ich gehe mal davon aus, dass dies die Sache vorerst beendet«, sagt Goffman mit einer neuen Kälte im Blick, »und dass wir jetzt miteinander im Reinen sind und Sie nun das tun, wofür Sie angestellt sind. Ich werde es meinerseits ebenso halten. Und dass Sie mögliche Informationen an mich oder Iris weiterleiten.«

»Ja«, sage ich. »Okay.«

Über uns, so hoch, als würde er die Wolken berühren, schwebt ein großer Vogel. Niemand anderer scheint ihn zu sehen. Er verschwindet mit weit gespannten Flügeln und sanften Bewegungen übers Wasser. Ich sehe ihm nach. Ein seltsames Gefühl: Eigentlich bin ich nicht hier.

Goffman blickt zu seinem Wagen.

»Jetzt habe ich doch glatt vergessen, das Blaulicht herunterzunehmen. Das ist doch typisch, immer bin ich so zerstreut.«

III

Like A Ghost

DIE TAGE KOMMEN UND gehen, und die Temperaturen sinken in Stockholm von fünfzehn auf zwanzig und dann auf fünfundzwanzig Grad minus, und es sterben streunende Katzen und Hunde, die auf der Schattenseite der Hauptstadt leben. Mit jedem Tag wächst auch das Gerücht um einen drohenden Schneesturm, den das SMHI, das Schwedische Institut für Meteorologie und Hydrologie, »Edith« tauft. Edith zieht zunächst über die westlichen Teile Russlands und ist streng genommen ein Orkan. In seinem Auge hat der Sturm eine Geschwindigkeit von bis zu siebenunddreißig Metern in der Sekunde, und das Unwetter soll Berechnungen zufolge am 21. Dezember über Stockholm seinen Höhepunkt erreichen. Die Online-Ausgaben der Abendzeitungen verfolgen Ediths Vormarsch. Sie listen die schlimmsten Winterstürme seit Beginn der Aufzeichnungen auf und schreiben Liveticker. Sie warten andächtig. Und das tun wir alle. In den Nachrichten empfehlen Meteorologen, Polizei und Rettungsdienste den Menschen, den Orkan abzuwarten und nicht vor Montag, dem 23. Dezember, zu Weihnachten nach Hause zu reisen.

Während die Aufregung um Edith wächst, nimmt auch der Sturm um das *Haus* an Intensität zu. Der Tod von Ebi Hakimi löst starke Reaktionen in den Medien und den Brennpunkt-Vororten aus. Die Polizei, und zwar nicht nur das einzigartige Genie, das dem Demonstranten die Kugel ins Auge gesetzt hat, sondern auch die Behörde insgesamt wird scharf kritisiert, und man wirft ihr Machtmissbrauch vor. Die Justizministerin kehrt von einem Besuch in Großbritannien zurück, um die Situation unter Kontrolle zu bringen, und macht auch einen ganz guten Anfang, indem sie den Tod des Demonstranten bedauert.

Dann aber bringt sie, genau wie alle es erwartet haben, die Angelegenheit zur Eskalation, weil sie die Demonstranten gewalttätige Extremisten nennt und den Einsatz der Polizei als »im Großen und Ganzen sehr effektiv und geglückt« bezeichnet.

Wer mich am Abend des 16. Dezember sucht, der findet mich auf einem Stuhl in einer Wohnung draußen in Salem, vis à vis mit meinem Vater innerhalb der vier Wände, in denen ich aufwuchs. Meine Mutter ist zum Weihnachtsessen mit ehemaligen Kollegen, mit denen sie gearbeitet hat, ehe mein Vater so krank wurde, dass er zu Hause gepflegt werden musste.

Wer mich und meinen Vater zum ersten Mal sieht, der braucht sicher einige Zeit, um die Ähnlichkeiten zu entdecken. Die leicht gebogene Nase, die markanten Augenbrauen, das etwas schiefe Lächeln und die Art, in der wir den Henkel der Teetasse greifen, wenn wir sie vom Küchentisch heben.

Im Fernsehen ist die Weihnachtsrede des Parteivorsitzenden der Christdemokraten zu hören. Er erinnert mehr an den Vorstand eines dubiosen Börsenunternehmens als an einen Politiker, doch er hat eine schöne Stimme, die Papa beruhigt.

»Ich werde wohl bald mal schlafen gehen«, sagt er. »Ich bin schließlich müde, weißt du, während du in der Schule warst und dich vergnügt hast, habe ich den ganzen Tag gearbeitet.«

»Ach so«, sage ich.

Die Klarheit von neulich, als wir telefonierten, ist aus seiner Stimme verschwunden, und nun hockt er in einem Tal, das tiefer ist als alles, was wir schon erlebt haben. Heute Abend spricht er zum ersten Mal mit mir, aber so, als wäre ich ein Kind.

»Denn du hast da doch Spaß, oder?«, fragt mein Vater unsicher.

»Ich hatte fast nie Spaß in der Schule, Papa, das weißt du doch.«

Er antwortet nicht. Stattdessen fällt sein Blick auf den Tee, offenbar hat er vergessen, dass der dort steht, und er nimmt vorsichtig einen Schluck.

Im Fernsehen betont der Parteivorsitzende der Christdemokraten die Bedeutung der Familie in der Weihnachtszeit, der einzigen Zeit des Jahres, in der alle von nah und fern kommen, um sich zum traditionellen Weihnachtsessen unter dem strahlenden, Hoffnung spendenden Weihnachtsbaum zu versammeln. An Traditionen festzuhalten sei etwas, das uns Menschen liege, fährt er fort, und das sei noch wichtiger, wenn man die gesellschaftlichen Veränderungen bedenke, auf die zum Beispiel der neueste Bericht des Instituts für Gesellschaftsforschung hinweise.

Mein Blick gleitet vom Fernseher zu der Zeitung, die doppelt zusammengefaltet am Rand des Tisches liegt.

NEUE STUDIE ZEIGT: KINDER VON MINDERHEITEN WERDEN STRENG ERZOGEN, ÜBERWACHT UND ISOLIERT. Nach einem Bericht des Instituts für Gesellschaftsforschung sind Kinder in schwedischen Minderheitenfamilien einer starken Kontrolle durch die eigene Familie ausgesetzt, mit dem Ziel, eine westliche Erziehung zu verhindern. Mehrere antirassistische Organisationen haben sich zu den Ausgangsfragen und Schlussfolgerungen des Berichtes sehr kritisch geäußert.

»Hast du das hier gelesen?«, frage ich und klopfe auf die erste Seite der Zeitung.

Er antwortet nicht. Ich bringe es nicht übers Herz, noch einmal zu fragen.

Wir trinken den Tee aus. Ich würde gern ein Sobril nehmen, aber ich gebe nicht nach. Ich muss versuchen aufzuhören. Sofort ist mein Rücken heiß und klebrig von Schweiß, und meine Hände zittern. Um mich abzulenken, helfe ich meinem Vater, die Zahnbürste abzuspülen und einen Klecks Zahnpasta darauf zu platzieren, und dann gebe ich sie ihm. Er erinnert sich, wie man die Zähne putzt, aber nicht, wie man die Bürste vorbereitet. Ich stelle mir einen Parasiten vor, der sich nach dem Zufallsprinzip im Kopf meines Vaters bewegt und ihn zerstört, wobei er die Erinnerung durch schwarze Löcher und Lücken ersetzt.

Ich helfe ihm ins Bett, obwohl Mama behauptet, dass er das allein könne. Dann drücke ich vorsichtig meine Lippen auf seine Stirn und flüstere ihm irgendetwas zu, ehe ich aus dem Schlafzimmer gehe, die Tür schließe und mich auf den Stuhl davor setze, auf dem meine Mutter immer sitzt, wenn er im Bett liegt.

Erst jetzt, wo ich hier im Flur sitze, in dem Micke und ich uns als Kinder mit Plastikschwertern und Plastikschilden gegenseitig jagten, beginne ich zu weinen.

CHRISTIAN STÜTZT SICH AUF dem Weg die Treppe hinauf an der Wand ab. Alles schwankt. Im einen Moment befindet er sich im Treppenhaus, im nächsten sitzt er auf dem Sofa.

»Wie lange hast du das schon?«, fragt er, in dem Versuch, normal zu wirken. »Das Sofa, meine ich. Irgendwie kommt es mir vor, als hättest du das schon, seit ich dich kenne.«

»Ich weiß nicht«, erwidert Michael, den Blick auf sein Handy gerichtet. »Verdammte Scheiße.«

»Was denn?«

»Ich hab eine Nachricht von Jens gekriegt.«

Ein unheilvolles Gefühl durchfährt Christian. Es gibt nur wenige Menschen, die ihm Angst machen. Jens Malm gehört dazu.

»Was will er?«

»Er hat was wegen Lisa Swedberg gefragt.«

»Und was?«

»Ob ich weiß, wer sie getötet hat.«

Christian hebt den Blick von seinen Händen.

»Weißt du es?«

Michael zuckt mit den Schultern und lächelt. Er hat ein schönes Lächeln, das seine Augen vor Klarheit funkeln lässt.

Die Geschichte überspült ihn wie eine Welle, und er erinnert sich, wie es war, damals in Hagsätra, wie sie zusammenhielten, als niemand anderes auf ihrer Seite war. Fast noch Kinder waren sie damals, und trotzdem hat er noch alles ganz genau vor Augen: wie Michael sich gelangweilt hat und draußen in Salem auf einem Parkplatz zwischen den Autos herumlief. Es war Winter. Michael war seit höchstens zwei Monaten in der

Jugendbewegung, Christian seit knapp einem. Michael war überzeugt davon, am richtigen Platz gelandet zu sein, Christian war es nicht. Noch nicht.

Christian hatte ihm die Haare abrasiert. Das hatten sie an einem Abend in Christians Badezimmer gemacht, als seine Mutter nicht zu Hause war. Die dicke blonde Haartolle wich einer stacheligen Glatze. Nach einigen Tagen des Zögerns rasierte sich Christian auch die Haare ab. Es fühlte sich befreiend an, fast als würde er ein anderer werden, eine reinere Version seiner selbst.

Michael trug sein schwarzes SKREWDRIVER-T-Shirt unter der Jacke. Christian zog seines nicht mehr an. Er stand da und rauchte eine Zigarette, auf dem Plastikfeuerzeug war die schwedische Flagge abgebildet.

Michael blieb bei einem der Autos stehen, ein dunkler BMW, und spuckte darauf. Dann hörte Christian das Geräusch von einem Schlüssel, der in den Lack des Autos schnitt, aggressiv und ohne abzusetzen. Und er machte weiter, ging von einem Auto zum nächsten, bis in der Nähe Scheinwerfer aufflammten und jemand auf den Parkplatz einbog.

Die beiden rannten los, Michael vorneweg, Christian ein paar Schritte hinter ihm. Es war Winter, spät am Abend. Der Mond schien. Sie waren fünfzehn Jahre alt. Christian würde in einem halben Jahr sechzehn werden, Michael in zwei Monaten.

Ein paar Tage später waren sie, obwohl sie gar nicht dort wohnten, wieder in Salem. Sie hatten von einem neuen Typen gehört, der billigen Alkohol besorgen konnte, noch billiger als Oliver und alle anderen in Hagsätra. Es war ein Stück zu fahren, doch das war es wert. Auf dem Weg dorthin gingen sie an dem Parkplatz vorbei, weil Michael sehen wollte, ob die Autos noch da waren.

Das waren sie. Ein paar Schatten bewegten sich auf dem Parkplatz, und dann kam eine Stimme aus dem Dunkel:

»Da ist er ja. Da ist die verdammte Drecksau.«

Zeit und Raum, wie sie zusammenpassten. Wären die beiden eine Minute früher oder später dort gewesen, hätten sich die Wege womöglich nie gekreuzt. Vielleicht wäre dann alles anders gekommen.

Michael rannte los, doch sie waren gar nicht hinter ihm her. Sie wollten Christian. Er kam nur bis zu der schmalen Passage zwischen zwei Hochhäusern in der Nähe. Dort holten sie ihn ein, und er kann nach so langer Zeit immer noch fühlen, wie hart die Schläge waren, wie die Tritte schmerzten, und er erinnert sich an den Geschmack von Blut in seinem Mund. Ein Tritt zerbrach irgendetwas, eine Rippe. Der Schmerz ließ ihn aufschreien.

Sie hatten die falsche Person erwischt, aber das spielte keine Rolle. Er bekam einen Tritt gegen den Kopf, dass ihm schwarz vor Augen wurde. Sein Schädel war rasiert, und der Boden unter ihm war so kalt, und er würde mit nur fünfzehn Jahren sterben.

Es ist lange her, doch daran erinnert er sich: wie Michael sich in den Schatten der Hauswände versteckte und für die anderen unsichtbar blieb. Christian machte ihm keine Vorwürfe, obwohl er das eigentlich hätte tun sollen.

Bei Michael hing ein Plakat an der Wand, auf dem das Konterfei von Charles Manson zusammen mit dem Text DO SOMETHING WITCHY TO LET THE WORLD KNOW YOU WERE THERE abgebildet war. Er behauptete, es von irgendjemand bekommen zu haben, doch Christian war ziemlich sicher, dass er es selbst gemacht hatte.

Es war Viertel nach drei, am 28. Mai. Im Radio war zu hören, dass in Kisa eine Bank ausgeraubt worden sei. Es hieß, drei Männer seien in einem Fluchtauto Richtung Malexander unterwegs.

Obwohl es vier Monate her war, seit er verprügelt worden war, fiel Christian das Gehen immer noch schwer, aber er hatte wenigstens keine Schmerzen mehr beim Atmen. Nachts träumte er davon. Da schlug die Angst Wurzeln und wurde größer. Die Angst und die Überzeugung.

Sie waren nicht in der Bewegung von Jens Malm. Sie hatten sich für diese reine Jugendbewegung entschieden, die etwas offener war und von ihren Mitgliedern weniger forderte. Sie hatte früher schon einmal existiert, dann war sie zerfallen, um schließlich wieder zum Leben erweckt zu werden. Jens Malm meinte, es sei nur gut, wenn Michael einmal sehen könnte, wie eine politische Organisation von Grund auf aufgebaut wurde. Und wenn es ihm dort nicht gefiel, so hatte Jens offenbar hinzugefügt, dann könne er sich jederzeit an ihn wenden.

Doch es hatte ihnen dort gefallen, zumindest zu Anfang.

Vier Monate, seit er verprügelt worden war. In vier Monaten konnte ziemlich viel passieren.

Sie standen auf dem Marktplatz in Kärrtorp und verteilten Flugblätter. Sie standen am U-Bahn-Aufgang in Skarpnäck. In Jakobsberg. In Orminge und Gustavsberg, Solna, Danderyd, Gärdet.

Sie standen überall und waren nicht die Einzigen. Auf anderen Plätzen in anderen Stadtteilen standen andere. Zum ersten Mal wuchs in Christians Brust ein Gefühl von Stärke.

»Es spielt keine Rolle, ob ich es weiß«, sagt Michael jetzt und meint damit den Tod von Lisa Swedberg. »Wichtig ist, dass du es nicht weißt.«

»Warum darf ich es nicht wissen?«

»Was glaubst du denn? Ich will nicht, dass du da mit reingezogen wirst.«

»Ich bin schon drin. Schließlich habe ich das Messer gestohlen.«

»Das war nur aus dem einen einzigen Grund, weil ich nicht

an zwei Orten gleichzeitig sein kann. Und ich vertraue eben keinem anderen als dir.« Michael sieht wirklich besorgt aus. »Eigentlich wollte ich das nicht, aber es ging nicht anders. Wir mussten es tun. Das ist dir doch klar, oder?«

»Natürlich ist mir das klar«, beteuert Christian, und in diesem Moment, als er das sagt, ist er ganz sicher, dass es stimmt.

»Es war notwendig«, betont Michael, als wollte er sich selbst auch überzeugen. »Ich verstehe immer noch nicht, woher zum Teufel sie es wusste.«

»Bist du denn sicher, dass sie es überhaupt wusste?«

»Wenn du das Diktafon abgehört hättest, dann wäre dir das klar. Außerdem geht daraus hervor, dass der verdammte Hakimi es auch wusste.« Er lachte. »Aber das hat ja der Bulle für uns erledigt, manchmal hat man halt Glück.«

Diese Ereignisse, der um sich greifende Tod, breiten sich in Christian aus wie ein Krebs. Ihm wird übel, und er wünscht, er könnte es zeigen, könnte machen, was der Körper von ihm will, sich vornüberbeugen und würgen.

»Mit Heber fing es an«, erklärt Michael jetzt. »Der hat es Hakimi erzählt, und der wiederum Swedberg. Die Frage ist nur, wie zum Teufel Heber es rausgekriegt hat.«

»Es gibt sicher mehrere, die uns davon haben reden hören. Das passiert einfach, wenn wir solche Sachen mal eben schnell aus dem Ärmel schütteln müssen.«

»Stimmt.« Michael legt das Handy weg. »Bestimmt derselbe Arsch, der das Diktafon geklaut hat.« Sein Blick ist jetzt kalt und finster geworden. »Wie zum Teufel können wir bei all den Prüfungen und Kontrollen, die wir machen, ein Leak haben?«

Er steht auf und wandert hin und her. So ist es immer in der letzten Zeit. Michael ist nicht einzuschätzen und paranoid, und Christian tut sein Bestes, um ihn ruhig zu halten. Diesmal gelingt ihm das nicht. Am liebsten würde er die Wohnung verlassen, doch dann wird ihm plötzlich etwas klar.

»Woher hast du erfahren, dass Heber es wusste?«

Das hatte er bisher noch nicht gefragt. Wieder einmal hatte er einfach akzeptiert, was Michael sagte. Christian hatte ihm die ganze Zeit blind vertraut.

»Vertraust du mir etwa nicht?«, fragt Michael, als würde er die Unsicherheit in Christians Brust spüren.

»Doch. Darum geht es nicht.«

Michael zögert. Christian kann es in seinen Augen sehen. Dann sagt er: »Heber hat angerufen und wollte mit mir reden.«

»Und du bist rangegangen?«

»Er hat von einer verdammten Telefonzelle aus angerufen. Ich kannte die Nummer nicht. Ich hätte nicht rangehen sollen.« Michael bleibt am Fenster stehen. »Verdammte Scheiße. Es gibt einfach zu viele, die was wissen oder was gehört haben oder einen kennen, der was gehört hat. Das wird langsam zu riskant.«

»Hat Heber denn gesagt, worum es geht?«, fragt Christian. »Was er wollte?«

»Ja. Er sagte, er wisse, was wir vorhaben.«

»Und was genau wusste er? Von dem Gerücht über Antonsson? Wie kann das nur durchgesickert sein? Außer dir und mir weiß doch niemand davon. Außer Jonathan.«

Michael schüttelt den Kopf.

»Ich dachte auch, es ginge um Antonsson und dass Jonathan mal wieder geplappert hätte. Aber nein, es war nicht die Rede von Antonsson. Es ging um …«

Michael lässt den Satz unvollendet und verstummt.

»Ich glaube, Jonathan hat das Diktafon geklaut«, sagt Christian schließlich.

»Glaube ich auch. Aber ich kann es nicht beweisen, schließlich war er nicht der Einzige, der hier übernachtet hat. Und wir können es uns nicht leisten, ihn kaltzustellen. Er weiß einfach zu viel.«

Christian holt tief Luft und wünscht, er würde sich woanders befinden, als er sagt: »Sollten wir die Sache nicht besser abbrechen?«

EIN HALBES JAHR ZUVOR, im Sommer, hat Jonathan Geburtstag und wird zweiundzwanzig. Er ist jetzt etwas länger als drei Jahre dabei, nachdem er auf dem Fest bei einem Freund in Salem von Christian angeworben wurde. Sie haben ihre Bewegung von Grund auf selbst aufgebaut, sagt Christian. Sie sind stärker als alles andere. Sie werden Schweden verändern.

Jonathan kann der Versuchung nicht widerstehen, er kann sich nicht gegen den Reiz der Gemeinschaft und die Vision wehren, dass der Wert des Volkes über dem des Individuums steht. Das muss geschützt werden. Er wird auf die Probe gestellt, muss die Aufnahmeprüfungen absolvieren und Loyalität schwören. Wenn er sich selbst im Spiegel sieht, steht er gerader als sonst und mit einem Blick, der eine andere Überzeugung ausdrückt. Als wäre sein Alltag mit einem neuen Sinn erfüllt worden.

Im Juni erhält er einen Anruf von einer Frau, die mit ihnen sympathisiert. Sie will ihm ein Geschenk machen: ein jüdischer Kanacke, der bei der Gruppenvergewaltigung einer jungen Frau draußen in Kista dabei war. Der Jude, ein Typ aus Polen oder so, sitzt in einem der Räume eines Sicherheitsdienstes im Einkaufszentrum Kista.

Endlich darf Jonathan sich als würdig erweisen. Noch am selben Tag fährt er nach Kista, doch auf dem Weg dorthin kommen ihm Zweifel. Könnte es sein, dass er reingelegt wird? Die Sonne scheint ihm ins Gesicht, als die Bahn durch Hallonbergen rollt.

Er trifft die Frau. Sie heißt Iris und arbeitet bei dem Sicherheitsdienst. Sie beweist ihm, dass sie auf seiner Seite steht, indem sie sagt, sie wisse, dass Jonathan manchmal etwas aufbrausend sei, und ihm ein paar Gramm Amphetamin gibt.

Jonathan zieht sich einen Teil des Amphetamins rein. Seine Ohren verschließen sich, und die Augen tränen. Die Luftröhre brennt. Das ist ein verrücktes Gefühl. Iris lässt ihn in den Raum, dort sitzt der Jude, gefesselt.

»Eine Viertelstunde«, sagt sie. »Und schlag ihn nicht tot.«

Jonathan lächelt. Jonathan ist unüberwindlich.

Der Jude überlebt mit knapper Not. Für den Rest seines Lebens wird er schlecht hören, und neue Zähne braucht er auch, vielleicht wird er ein paar Wochen regungslos in einem Krankenbett liegen müssen, damit die gebrochenen Beine wieder heilen, aber überleben wird er.

Um es den anderen beweisen zu können, wischt sich Jonathan die Hände ab und macht ein Bild mit seinem Handy. Der dunkle Raum wird vom Blitz der Kamera erhellt.

Er tritt hinaus. Nur er und Iris sind da.

»Komm mal her«, sagt sie bedächtig und nimmt ihn am Arm, und erst jetzt merkt er, dass alles keineswegs so ist, wie es sein sollte.

Vor langer, langer Zeit in Hallunda. Jonathan geht auf die Oberschule und ist noch nicht in der Pubertät. Erst ziehen sie ihn nur deswegen auf, aber als die Mobber merken, dass man ja noch ganz andere Sachen machen kann, hagelt es Schläge und Tritte.

Der Einzige, der ihm hilft, nein, der ihn beschützt, ist Ebi Hakimi. Ebi mit dem Akzent, den Jonathan so mag. Wenn er redet, klingt es, als würde er singen. Er ist ein warmherziger und feiner Mensch, völlig außerstande, jemandem absichtlich wehzutun. Nicht dass er Pazifist wäre, das wäre in Hallunda auch keine gute Idee, im Gegenteil. Aber Ebi ist gut und gerecht. Er gibt Jonathan von seinen Zigaretten ab, wenn sie heimlich in den Pausen rauchen wollen und Jonathan keine mehr hat. Er leiht ihm Filme, weil Jonathan nie Geld hat, um sich selbst welche zu kaufen. Und er hilft ihm bei den Hausaufgaben, wenn die Dinge zu kompliziert sind.

Als sie aufs Gymnasium kommen, entfernen sie sich voneinander. Jonathan will auf den handwerklichen Zweig gehen, Ebi wählt Gesellschaftskunde mit den Schwerpunkten Kommunikation und Projektleitung. Sie landen auf unterschiedlichen Schulen in verschiedenen Teilen der Stadt. Eine Zeitlang gelingt es ihnen noch, den Kontakt zu halten, doch Ebi hat bald neue Freunde und Jonathan genauso. Seine Freunde nehmen ihn zu Konzerten von Totenkopf mit und machen ihn mit Leuten wie Christian bekannt.

Allmählich lernt Jonathan, die Erinnerung an Ebis Akzent zu verabscheuen. Und da sie sich nicht mehr sehen, sind die Erinnerungen alles, was er noch hat. Der Akzent zeugt von Faulheit und Nachlässigkeit. Schließlich ist es nicht unmöglich, sich den Akzent abzugewöhnen, vielen anderen gelingt es.

Und trotzdem ist da das Loch. Irgendwo in Jonathan, sogar nachdem er sich nur noch mit denen umgibt, die jetzt seine Landesbrüder und -schwestern sind, ist es noch so. Die Erinnerung an die Jahre mit Ebi erfüllt ihn mit Trauer und Sehnsucht. Über diese Gefühle wagt er mit niemandem zu sprechen, denn das würde ihn zu einem Verräter machen.

Jonathan wird von Iris in einen Raum mit zwei Stühlen und einem Tisch geführt. Auf dem Tisch liegt eine Fernbedienung. Im Raum wartet ein Mann im Anzug, der sich als Paul vorstellt und glatte Hände hat. Während des Gesprächs steht er an die Wand gelehnt und beobachtet Jonathan.

Iris erklärt ihm, dass er das Geschenk nicht ganz ohne Gegenleistungen bekommt. Aber sie versichert ihm, dass sie nicht viel von ihm will, nur eine einzige Sache.

»Was?«, fragt Jonathan.

»Information. Und dass du dieses Bild, das du gemacht hast, niemandem zeigst. Das würde nämlich ziemlich seltsam wirken.«

»Informationen worüber?«

»Ein bisschen über eure Bewegung. Alles, was für uns interessant ist. Was ihr gut findet, denkt, plant und dergleichen. Das ist alles. Und es ist wichtig für uns.«

Jonathan erhebt sich vom Stuhl.

»Das ist ungesetzlich. Das dürfen Sie nicht tun.«

»Nein, nein«, sagt Iris, »ich habe euch bloß ohne Zeugen in einem Raum allein gelassen. Was ihr da drinnen gemacht habt, damit habe ich nichts zu tun.«

»Fahr zur Hölle.«

»Wenn du das hier nicht tust«, sagt Iris, als hätte sie ihn nicht gehört, »dann haben wir ein Problem. Damit es aber nicht so weit kommt, habe ich mir einen Kompromiss ausgedacht, den du wohl besser eingehst. Denn du sollst ja auch etwas für deine Bemühungen bekommen.«

Sie bietet ihm Geld und absolutes Stillschweigen an. Viel Geld.

»Nichts, was du sagst, wird zu dir zurückverfolgt werden können«, erklärt sie. »Du bist anonym. Und ich weiß, dass du das Geld gebrauchen kannst.«

Sie klingt mitleidsvoll, das macht ihm Angst.

Als wäre die Bedrohung nicht ausreichend, nimmt sie die Fernbedienung, die auf dem Tisch liegt, und deutet auf einen viereckigen kleinen Fernseher hinter Jonathans Rücken. Ein rotes Lämpchen blinkt. Sie schaltet den Fernseher ein.

Er zeigt das Zimmer, in dem Jonathan sich eben befunden hat. Den Raum, in dem der junge Mann immer noch zusammengeschlagen am Boden liegt.

Von diesem Tag an muss er auf zwei Handys aufpassen, die, um keinen Verdacht zu erregen, identisch sind. Nur das Hintergrundbild unterscheidet sie. Ein widerwärtiger Auftrag ist das, der Jonathan zu einem Betrüger und Verräter macht. Er hat das Gefühl, als würde in seinem Innern alles in Stücke gehen. Um nicht zusammenzuklappen, nimmt er Amphetamine, die er auf Söder bei einem Typen namens Felix kauft.

Der Sommer vergeht wie in einem Nebel. Iris nimmt ab und zu mit ihm Kontakt auf, und hinterher ist sie immer unzufrieden. Er gibt ihr alle Informationen, die er hat, aber die sind nicht viel wert. Das kapiert sogar er.

Ende August soll er mit der Gruppe nach Västergötland ins Trainingslager, um den Gebrauch von Waffen und Angriffsstrategien zu erlernen. Er hat kein Amphetamin mehr und bittet im Austausch gegen Informationen über Form und Inhalt des Trainingslagers um eine größere Summe. Zum ersten Mal verrät der Blick von Iris etwas anderes als Enttäuschung und Gleichgültigkeit.

Und dort, im Lager, wird er entlarvt. Sie üben den Angriff mithilfe von Paintball-Waffen und trainieren Kampfsport. Zum ersten Mal in seinem Leben hat er eine Schusswaffe in der Hand. Nachmittags messen sie sich im Tauziehen, spielen eine Variante von Rugby, die sie Blitzball nennen, trinken Bier und grillen.

Am letzten Abend geschieht es: Das Handy gerät in die falschen Hände. In Christians Hände.

»Ich möchte das hier nicht tun«, sagt Christian, »aber ich muss.«

Er sieht traurig aus, denkt Jonathan. Als würde er es wirklich nicht wollen. Dann schlägt Christian ihn in den Magen. Jonathan erinnert sich an das Gefühl und nimmt es entgegen, heißt es willkommen. Er verdient es. Ein Teil von ihm ist erleichtert. Endlich ist es vorbei.

»Tut mir leid«, sagt Christian, »aber, was du getan hast ...«

Jonathan meint zu hören, wie Christian schnieft, doch er ist sich nicht sicher. Es ist dunkel, und in seinem Bauch schmerzen die Gedärme und verkrampfen sich.

Christian schlägt ihn ins Gesicht. Jonathan will schreien, als sein Nasenbein bricht, doch er schafft es nicht, denn ihm wird schwarz vor Augen.

Als er wieder aufwacht, liegt er in seinem Zelt auf dem Boden.

Sein Gesicht ist klebrig. Es dauert eine Weile, bis er begreift, dass es voll Blut ist. Die Hände sind ihm auf den Rücken gebunden, und eine Taschenlampe blendet ihn, weshalb er die Augen wieder fest schließt. Sein Mund ist mit Gaffer-Tape zugeklebt.

»Nein«, hört er Christians Stimme. »Mach die Augen auf.«

Jonathan zwingt sich zu gehorchen. In der Nase flammt der Schmerz auf. Rotz und Blut rinnen in einer bräunlichen Soße über das Klebeband.

Je mehr sich seine Augen an das scharfe weiße Licht gewöhnen, desto deutlicher sieht er die Mündung einer Waffe auf sich gerichtet. Christian hat einen Revolver in der Hand und atmet angestrengt, mit zusammengebissenen Zähnen.

Jonathan versucht zu reden. Christian lässt den Revolver sinken und zieht das Klebeband ab.

»Wo ist er?«, keucht Jonathan.

»Hier bin nur ich«, sagt Christian.

»Ich will nicht mit dir reden.«

»Hier bin nur ich«, wiederholt Christian. Dann beugt er sich zu Jonathan hinunter und flüstert ihm ins Ohr: »Er wartet draußen vor dem Zelt. Ich will, dass du mir jetzt gut zuhörst. Du hast zwei Alternativen, und du wirst schön die erste wählen, denn die zweite können weder du noch ich überleben. Ist das klar?«

Jonathan nickt eifrig. Christian richtet sich wieder auf.

»Variante eins«, sagt er mit lauter Stimme, »du teilst deinem Freund das mit, was ich dir sage, und ich werde dafür sorgen, dass du ihm nichts anderes erzählst als genau das. Oder du wählst Alternative Nummer zwei.«

Er klebt Jonathan wieder das Klebeband über den Mund und drückt die eiskalte Mündung des Revolvers an seine Schläfe.

Jonathan möchte schreien. Er weiß nicht, was er wählen soll. Christian zieht den Hahn. Jonathan pinkelt sich ein, die Wärme breitet sich auf seinen Lenden aus bis hinunter zu den Oberschenkeln.

Er will nicht sterben. Er will einer von ihnen sein. Das ist alles, was er hat.

»Jetzt entscheide dich richtig, verdammt noch mal«, zischt Christian.

17.12.

ALS ICH AUFWACHE, HABE ich Sams Haare im Gesicht. Sie liegt mit dem Rücken zu mir, mit durchgedrücktem Rücken, ihr Hintern an meinem Bauch und ihre Schulterblätter an meiner Brust. Mir tun Rücken und Nacken weh. Sam ist bleicher als ich, doch während ihre Haut kühl und zart ist, fühle ich mich erhitzt und bin steif und mit getrocknetem Schweiß bedeckt. Ich habe keinerlei Energie mehr, jede Bewegung ist ruckartig und zittrig, der Mund trocken.

Die Welt fällt. So fängt es immer an, die Wände stürzen ein, über mir, auf mich. Je mehr die Angst aufsteigt, desto stärker wird das Gefühl der Übelkeit. Es ist nicht die physische Abstinenz vom Sobril, die bewirkt, dass ich mein Innerstes nach außen kehre, sondern es ist die Angst, der Schwall an Gefühl, der von innen kommt und den der Körper nicht mehr beherbergen kann.

Ich zwinge mich aus dem Bett, stolpere ins Badezimmer und schaffe es, den Wasserhahn aufzudrehen. Das Wasser rauscht ins Waschbecken, während ich mich über das Klo beuge und so leise wie möglich kotze, mit so heftigem Würgen, dass es mir in den Magen fährt und ich kaum mehr Luft kriege.

Mir wird schwarz vor Augen. Ich hyperventiliere. Tränen pressen sich aus den Augenwinkeln.

Wie lange liege ich hier wohl schon verkrampft und verschwitzt auf dem Badezimmerfußboden, umgeben vom Gestank von Kotze? Offenbar habe ich die Spülung betätigt, denn bald verschwindet der Geruch, und in der Kloschüssel ist nur noch Wasser. Schließlich gelingt es mir aufzustehen. Die Welt neigt sich, dreht sich im Kreis. Ich öffne den Badezimmerschrank und finde ganz unten in einem alten Necessaire ein

Röhrchen Sobril, schüttele zwei Tabletten heraus und nehme sie, vermeide aber, mich dabei im Spiegel anzusehen.

Ich war gestern weder besoffen noch high, aber trotzdem kommt mir die Zeit nach meinem Besuch in Salem wie eine Traumsequenz vor, wie ein Nebel. War ich es, der sie angerufen hat? Ja, so war es.

Ich kann mich nicht entsinnen, worüber wir geredet haben.

Doch, an eines erinnere ich mich. Sam, die vor mir an der Bettkante auf die Knie fällt und meine Jeans aufknöpft. Ihre Haarsträhnen kitzeln meine Hüften. Sogar jetzt, am Morgen danach, als nur noch die Erinnerung an das Gefühl übrig ist, schnappe ich nach Luft. Ich hatte vergessen oder vielleicht auch verdrängt, wie gut sie ist.

Im Badezimmerspiegel bemerke ich die Spuren ihrer Fingernägel auf meinen Schultern, fünf auf der einen und vier auf der anderen Seite. Dieser Anblick erfüllt mich mit plötzlicher Reue, doch die ist nicht so vorherrschend, wie sie vielleicht sein sollte, denn das Sobril dämpft sie.

Ich drücke einen großen Klecks Zahnpasta auf den Finger und schmiere ihn über Zähne und Zahnfleisch. Dann kehre ich ins Bett und zu Sam zurück, erleichtert, dass sie noch schläft. Vielleicht hat sie mich nicht gehört. Als ich den Arm über ihren Bauch lege, der weicher ist als sonst, geschieht das zwar zum ersten Mal seit langer Zeit. Dennoch fühlt es sich wie das Selbstverständlichste der Welt an. Es ist schön, zu Hause zu sein.

Ihr Schlaf scheint traumlos und still zu sein. Als sie aufwacht, lässt sie die Augen geschlossen, legt mir eine Hand in den Nacken und streicht vorsichtig mit den Nägeln an meinem Haaransatz entlang. Das erregt mich, sie merkt es und lächelt leicht, dann schiebt sie die Hand zwischen ihre Oberschenkel und atmet schwer aus. Danach hebt sie den Finger an meine Lippen, und ich nehme ihn in den Mund. Der Geschmack sorgt dafür, dass mich ein angenehmes, weißes Rauschen umgibt, und ich vergesse alles, und das Sobril schnurrt hinter meinen Schläfen, und bald drückt sie meinen Kopf hinunter, instruiert mich entschieden, aber wortlos, und als ich endlich den Mund auf sie lege, ist sie so heiß, dass sie brennt.

»Was machst du heute?«, fragt sie hinterher.

»Ich werde … ich muss Grim besuchen.«

»Ah.« Ihre Stimme klingt angestrengt, um sich nicht zu verraten, und das allein verrät schon alles. »Warum?«

»Ich muss ihn treffen.«

Sam sagt nichts. Stattdessen bleibt sie im Bett liegen und spielt irgendein Spiel auf ihrem Handy, während ich mich anziehe. Ihre Wangen sind rosig. Ich mache den Mund auf, klappe ihn aber wieder zu und setze mich auf die Bettkante.

»Es ist so … ich brauche …«

»Ich weiß«, sagt sie.

Sie legt das Telefon weg und fährt sich mit der Hand durch das zerzauste Haar. Dann kichert sie über etwas in ihrer Handfläche.

»Ich hab Sperma im Haar.«

»Tut mir leid.«

»Ein Teil von mir mag das.« Das Lächeln verschwindet, und sie wird wieder ernst. »Worüber redet ihr, wenn ihr euch seht?«

»Nichts Besonderes.«

»Redet ihr über mich?«

»Manchmal.«

Ich senke den Blick.

»Du«, sagt Sam, streckt die Hand aus und berührt meinen Unterarm, »kein Problem.«

»Warum sagst du das?«

»Weil du aussiehst, als würdest du gleich anfangen zu weinen.«

NACHDEM ICH SAM DEN Zweitschlüssel zur Wohnung gegeben habe, verschwinde ich hinaus auf die Chapmansgatan, deren Bürgersteige voll mit Schneematsch und Streusand sind. Wo mag Goffman wohl sein? Seit wir uns getrennt haben, habe ich den dunklen Volvo nicht mehr gesehen, und ich bezweifele, dass es Birck anders geht. Wahrscheinlich sitzt Goffman irgendwo in der Stadt und wartet auf irgendwas. Als ich am Kiosk vorbeilaufe, lese ich die Aushänger. Kein Attentat während der Nacht. Vielleicht sind alles nur leere Worte.

Semosund. Esther.

Ebi Hakimis letzte Worte können auch das Ergebnis eines erschütterten Gehirns sein, das den Mund veranlasste, Laute zu formen, die Worten glichen, aber in Wirklichkeit nichts bedeuteten. Sie könnten aber auch die Antwort auf Bircks Fragen gewesen sein. Vielleicht stehen sie für zwei Namen. Wer weiß. Vielleicht wusste es nicht einmal Ebi Hakimi selbst.

»Hast du mich vermisst?«, fragt mich Grim, als wir einander in dem kühlen Besucherzimmer gegenübersitzen.

»Ja.«

»Ich dich auch.« Er beugt sich über den Tisch und schnüffelt. »Du hattest Sex.«

Gegen meinen Willen werde ich rot.

»Ja.«

»Mit Sam?«

»Ja.«

»Herzlichen Glückwunsch.« Grim lächelt. »Weiß sie auch, dass du hier bist?«

»Ja, das tut sie.«

»War es das erste Mal, dass ihr Sex hattet?«

»Seit wir uns getrennt haben, ja.«

»Wie war es?«

»Das geht dich nichts an.«

»Dann war es also schlecht?«

»Das habe ich nicht gesagt.« Ich zögere, ich sollte das hier nicht sagen, aber irgendetwas in mir zerrt es hervor und sorgt dafür, dass die Worte auf der Zunge landen. »Sie hat mich an etwas erinnert, was ich …«

»Woran hat sie dich erinnert?«

»Dass ich immer gesagt habe, ich könnte ohne sie nicht leben.«

Grim verzieht das Gesicht.

»Verdammt abgegriffene Worte.«

»Es war die Wahrheit. So habe ich gefühlt.«

»Und fühlst du es jetzt nicht mehr?«

»Ich weiß es nicht.«

Grim scheint sich nicht länger für das Thema zu interessieren. Er gähnt lange und geräuschvoll, dann hebt er die Hand ans Gesicht und riecht daran. Er zieht eine Grimasse.

»Die Medikamente, die sie mir geben. Ich glaube, ich kann sie in meiner Haut, in meinen Poren riechen. Das ist so widerlich.«

»Du könntest doch aufhören, sie zu nehmen.«

»Wie denn? Die kontrollieren hier natürlich, ob ich sie schlucke.« In Grims Blick liegt ein Funken Neugier. »Irgendwas ist diesmal anders.«

»Was sollte das sein?«

»Irgendwas mit dir.« Er legt die Unterarme, so gut er kann, auf den Tisch. »Du hast irgendwie Angst.«

»Ja.«

»Wovor?«

»Ich glaube, ich kann nicht aufhören. Und ich habe nur noch zwei.«

»Du hast nur noch zwei Sobril?«

»Ja.«

»Dann kauf dir neue.«

»Das kann ich nicht. Wenn ich mir ein Rezept hole, wird das schließlich registriert. Dann feuern sie mich.«

»Hast du Entzugserscheinungen?«

»Ich dachte, ich würde sterben.«

Grim sieht mich mit einer Miene an, die man, wenn man nicht vorsichtig ist, für Mitleid halten kann.

»Ich weiß, wie sich das anfühlt«, meint er. »Versuch es trotzdem. Wenn man keine Hilfe hat, ist es fast unmöglich, ganz aufzuhören. Das Einzige, was man tun kann, ist, schrittweise zu reduzieren.«

»Willst du wirklich, dass ich sauber werde?«

»Ja. Natürlich.«

»Warum willst du das?«

»Warum fragst du das?«

»Seit ich angefangen habe, es zu versuchen, ist mein Leben die reinste Hölle.«

»Fuck you, Leo. Bist du nicht wieder Bulle geworden?«

»Schon, aber ...«

»Was aber?«

»Ich meine, du scheinst das hier zu genießen. Zu sehen, wie es mir schlecht geht«, sage ich.

»Das tue ich nicht. Und es ist ziemlich beschissen, dass du so etwas sagst.«

»Ich weiß nicht, woran ich mit dir bin. Ist es da so verwunderlich, dass ich misstrauisch bin?«

»Wie gesagt, fuck you, wenn du mir nicht glaubst, dann ist mir das doch egal.«

Es wird still. Obwohl ich es nicht will, schäme ich mich, seine Absichten infrage gestellt zu haben.

»Warum bist du hier?«, will er jetzt wissen.

Meine Handflächen werden feucht. Ich möchte aufstehen und gehen, vermeide es aber, zur Tür zu schauen, weil das

Grim Überlegenheit verschaffen würde. Es ist nicht leicht, mit jemandem zu reden, wenn man die ganze Zeit die Wahrheit sagen muss.

»Du weißt doch, wer Felix ist, oder? Der Dealer auf Söder.«

»Was zum Teufel ist das denn jetzt? Arbeitest du neuerdings im Drogendezernat?«

»Es geht nicht um eine Ermittlung«, sage ich. »Ich brauche seine Nummer.«

»Warum?«

Ich antworte nicht.

»Warum denn?«, beharrt Grim.

»Du weißt, warum«, zische ich.

»Ich dachte, du hättest seine Nummer.«

Ich schüttele den Kopf. »Als ich wieder in den Dienst eingetreten bin, habe ich mich all dieser Nummern entledigt. Und ich kann sie mir nicht aus dem *Haus* besorgen, ohne Misstrauen zu wecken.«

Ich frage mich, was Grim wohl denkt. Er könnte versuchen herauszufinden, ob ich lüge oder nicht.

»Ich will einen Fernseher.«

»Das kann ich nicht arrangieren«, sage ich. »Das ist eine zu große Forderung. Ich kann dir ein besseres Handy besorgen, aber mehr geht nicht.«

»Eines, mit dem ich fernsehen und Nachrichten lesen kann«, sagt Grim.

»Ich frage beim Einbruchsdezernat, ob sie eines auf Lager haben, das sie entbehren können.«

Grim schüttelt den Kopf.

»Ich will ein neues mit Paycard. Mit deinem eigenen Geld gekauft. Schließlich ist bald Weihnachten.«

Da muss ich lachen. Paycards sind viel schwerer zu orten.

»Nein, mein Lieber«, sage ich. »Keine Paycard.«

»Okay. Dann eines mit Vertrag.«

»Okay.«

»Versprichst du mir das?«

»Ich verspreche es.«

Grim hat Augen wie eine Puppe, deren Ausstrahlung allein vom Betrachter abhängt. Man sieht, was man sehen will. Er sagt die Nummer von Felix auf. Ziffer um Ziffer.

»Kannst du dir das merken?«, fragt er.

»Wenn du mir die falsche Nummer gegeben hast und ich Felix nicht erreiche, dann sorge ich dafür, dass sie dir das Telefon wegnehmen, das du schon hast.«

Die Tür geht auf, und Schließer mit dem dichten roten Ziegenbart kommt herein.

»Die Besuchszeit ist um. Es ist Zeit für Johns Morgensitzung.«

»Wenn du noch mehr Tabletten brauchst«, sagt er leise, hoffentlich so leise, dass Schließer es nicht hört, »dann hätte ich noch ein paar andere Nummern für dich.«

»Und ich dachte, du wolltest, dass ich sauber werde.«

Grim lacht.

»Bis bald, Leo.«

18.12.

»SO.« ICH BEUGE MICH vor. »Sie behaupten also, dass sie ihn nicht geschlagen, sondern …«, ich blättere in den Papieren, »mit ihm getanzt haben.«

»Ganz genau.«

»Er hat erklärt, dass es draußen auf der Straße geschehen sei, und ich habe zwei Zeugen, die dasselbe aussagen. Stimmt das?«

»Was denn?«

»Dass Sie draußen auf der Straße getanzt haben?«

»Ja, das stimmt, sehr richtig.«

»Ist das nicht ein wenig ungewöhnlich? Zumal, wenn draußen zwanzig Grad minus herrschen?«

»Ich fand es nicht kalt.«

»Wie kommt es denn, wenn Sie nun wirklich getanzt haben, dass dieser Ring, den Sie da am Ringfinger tragen«, fahre ich fort, »dabei einen Abdruck hinterlässt, der dem in seiner Wange sehr ähnlich ist?«

»Woher zum Teufel soll ich das wissen?«

Sie hatte zwei Promille im Blut, als sie gebracht und in eine Ausnüchterungszelle geworfen wurde, in der sie dann eine Weile sitzen konnte, bis sie hierhergeführt wurde. Die Behandlung scheint keine große Veränderung herbeigeführt zu haben. Die Frau stinkt immer noch dermaßen nach Schnaps, dass die Luft im Zimmer stickig ist. Mir ist schlecht.

Vor vier Stunden hat ein Mann vor einer Kneipe in Vasastan zwei Zähne verloren. Er behauptet, eine Frau habe ihn geschlagen. Die Frau behauptet, sie hätten getanzt. Vielleicht ist das hier lediglich eine Frage der Definition, doch ich kann das nicht glauben.

»Danke«, sage ich und erhebe mich, denn irgendwie muss die Sache hier ein Ende haben. »Dann habe ich keine weiteren Fragen.«

Alles ist wie immer.

Ich sitze in meinem Zimmer mit den Verhörprotokollen vor mir, die Tür steht offen. In den anderen Büros klingeln die Telefone, in meinem nicht. Irgendwo ertönen die Nachrichten aus einem Radio, dann wird die Beach-Boys-Version von »Little Drummer Boy« gespielt. Stimmen und Klänge versetzen mich zurück in Goffmans Wagen auf der Fahrt durch Stockholm.

Etwas später am selben Tag sehe ich auf dem Nachhauseweg Levin auf der anderen Seite der Kungsholmsgatan. Der Mantel ist um den mageren Körper geschlungen, der Kragen zum Schutz gegen den zunehmenden Wind und den Schnee hochgeklappt. Es ist so kalt, dass die Feuchtigkeit in der Luft gefriert und zu kleinen, glitzernden, perlenartigen Körnern wird.

Levin geht mit den Händen in den Manteltaschen, zielgerichtet, doch ohne gestresst oder nervös zu wirken. Als ein Auto auf die Kreuzung rollt, hebt Levin die Hand und bringt es zum Stehen. Er steigt schnell hinten ein, ich warte eine Hauslänge entfernt. Das Auto verschwindet Richtung St. Görans. Vom Fahrer kann ich kaum einen Blick erhaschen, es könnte Goffman sein.

Ich erinnere mich an Grims Worte, dass er behauptet hat, Levin dort begegnet zu sein, und dass dieser Grim gebeten habe, Stillschweigen darüber zu bewahren. Ob das wohl stimmt?

An einer Ziegelsteinwand, die mit Werbeplakaten gepflastert ist, klebt ein großes Bild vom Parteiführer der Schwedendemokraten. Unter dem Slogan PARTEI FÜR GANZ SCHWEDEN lächelt er in die Kamera.

Ich nehme ein Sobril aus der Tasche und merke, dass es mein

letztes ist. Verdammt. Immerhin habe ich die Nummer von Felix. Das war wirklich in letzter Sekunde.

Wenn man darüber nachdenkt, erkennt man, dass es zu riskant ist, also gibt es nur die Möglichkeit, nicht nachzudenken, sondern es einfach zu machen.

Ich klingle unten an der Tür und sehe mich um. Die Maria Prästgårdsgata besteht nur noch aus Schneematsch und geparkten Autos und mit sich selbst beschäftigten Medienleuten in Klamotten, die nicht zusammenpassen. Keiner kümmert sich um mich, denn hier gibt es nichts, was man verdächtig finden könnte.

»Ja?«, schnarrt es aus dem Maul der Gegensprechanlage.

»Hallo.«

Mehr braucht es nicht. Das Schloss klickt. Ich drücke die Tür auf und betrete das Treppenhaus. Felix wohnt im zweiten Stock, ich gehe die Treppen hoch und klopfe dann an die Tür und warte. Von drinnen ist Musik zu hören, die klingt, als käme sie aus einem alten Nintendo-Spiel, das auf volle Lautstärke gestellt ist. Die elektronische Melodie bahnt sich einen Weg ins Treppenhaus und hallt zwischen den Wänden wider.

Als die Tür geöffnet wird, grinst mich Felix in Jeans und mit nacktem Oberkörper an. Er ist mager und bleich wie ein Sterbender, und vielleicht ist er auch genau das.

»Junker«, sagt Felix und leckt sich die Lippen, »lange her. Komm rein, komm rein. Ich sitze gerade und rechne.«

Ich mache die Tür hinter mir zu und schließe sie ab. Felix verschwindet in der kleinen Dreizimmerwohnung und stellt die Musik aus. Es ist stickig und riecht säuerlich, eine Mischung aus Schweiß und Gras. Auf einem Tisch im Wohnzimmer liegen ein Heroinpaket vom Format eines Ziegelsteins, Tüten mit Puder und Marihuana, verschiedene Röhrchen in Schwarz, Orange und Weiß und Blister mit Tabletten und Kapseln. Davor steht eine offene, halb volle Whiskyflasche neben einem schweren, niedrigen Glas. Felix hat sich auf einen Sprossenstuhl an den Tisch gesetzt und Block und Stift in die Hand genommen.

»Und, haut es hin?«, frage ich.

»Wenn irgendwas derzeit hinhaut, dann ist es das hier.«

Felix lacht. Er packt die Flasche, gießt vorsichtig ein paar Fingerbreit ins Glas und nippt davon.

»Ich habe eben fünfzig Gramm Koks an eine Klubbesitzerin verkauft, die ihre Gäste einladen will. Davor fünf Gramm Morphium an ein paar Feuerwehrleute und zehn Tüten an eine Kindergärtnerin.« Er lacht wieder. »Kindergärtnerin, kapierst du? Diese Stadt ist so krank. Ich komme mir vor wie der verdammte Weihnachtsmann.«

»Die heißen jetzt Erzieherinnen.«

Felix nippt wieder an dem Glas.

»Ja klar, und ich bin Arzneimittellieferant.«

Ich nehme die Scheine aus der Innentasche des Mantels und halte sie Felix vor die Nase.

»Ich hab es eilig. Kannst du mir helfen?«

»Ah«, sagt Felix und stellt das Glas beiseite, nimmt die Scheine und zählt sie durch. »Auf dem Wunschzettel stand Sobril.« Er kneift die Augen wie ein Modeverkäufer zusammen, der die Maße seines Kunden berechnet. »Wie hoch ist deine Dosis?«

»Fünfundzwanzig bis fünfzig Milligramm pro Tag. Höher will ich nicht, muss aber die Entzugserscheinungen flach halten.«

»Hm«, sagt Felix und kratzt sich am Kinn. »Das Problem ist, dass ich kein Sobril habe.«

Ich starre ihn an und mache zwei Schritte rückwärts.

»Gib mir das Geld.«

»Jetzt mal ganz ruhig, Junker, ganz ruhig. Als du angerufen hast, dachte ich, ich hätte welches, okay? Dann habe ich nachgesehen.«

Sein Blick flackert zwischen mir und dem Sofa auf der anderen Seite des Tisches hin und her, einem durchgesessenen und ausgeblichenen Ikea-Möbel mit zwei ebenso verfärbten Kissen. Hinter einem davon liegt todsicher eine Waffe.

»Und?«

»Ich habe andere Benzos, okay? Und glaub mir, du wirst mir dankbar sein.«

Felix wühlt auf seinem Tisch herum und fischt zwei Röhrchen mit weißen Deckeln heraus, eines ist orange, das andere schwarz.

»Oxycontin«, sagt er und wedelt mit dem Orangenen. »Oder Halcion. Mein Vorschlag ist Halcion. Das kriegt man heutzutage kaum mehr. Außerdem hat es eine niedrige Wirkungskurve, das sollte dir entgegenkommen, wenn du den Entzug in Schach halten willst.«

»Halcion? Das Schlafmittel aus den Achtzigern? Wozu soll das gut sein?«

»Ey, in der Welt der Fabeln war Halkyone der Vogel, der Stürme und Meereswogen besänftigen konnte. Glaub mir, das hat was. Halcion ist ein extrem wirkungsvolles Benzo. Du brauchst nur ganz niedrige Dosen. Nie mehr als ein halbes Milligramm, wenn du nicht Erinnerungslücken riskieren und wie ein Zombie rumlaufen willst, Nullkommazwofünf genügt, um nett chemisch ruhig zu werden und klar denken zu können. Außerdem«, fügt er lächelnd hinzu, »war Halcion ein Teil des Cocktails, der Heath Ledger ausgelöscht hat.«

Felix wirft mir das Röhrchen zu. Ich fange es auf und lese den Text auf dem Etikett. Er ist auf Englisch. Ich knipse den Deckel auf, und mir läuft das Wasser im Mund zusammen. Die Tabletten sind klein und oval.

»Das da sind Nullkommafünfundzwanziger. Ich habe auch Fünfziger, wenn du das brauchen solltest. Solange du dich nicht hinlegst, um zu schlafen, wirst du wach und richtig, richtig gut drauf sein.«

»Wie viel?«, frage ich. »Wie viel willst du dafür?«

Felix wedelt mit den Scheinen.

»Eigentlich mehr, aber schließlich ist bald Weihnachten. Und es wird einem ja auch nicht jeden Tag die Ehre zuteil, an die Staatsmacht verkaufen zu dürfen. Oder, doch, eigentlich schon, aber nicht an einen so korrupten Polizisten wie dich.«

»Fuck you, Felix.«

»Frohe Weihnachten.«

ER WAR SIEBZEHN JAHRE alt und hatte Schmerzen beim Atmen.

Vom Bett in seinem Zimmer aus beobachtete Christian im Fernsehen, wie seine Freunde mit einer Gruppe Roter auf dem Medborgarplatsen aneinandergerieten. Die Polizei war da. Am äußeren Rand der Fernsehbilder sah Christian, wie Michael den Schlagring in einen Papierkorb warf und vom Platz verschwand. Christian selbst konnte nicht mitmachen. Die Lungenentzündung hatte ihn erschöpft, und er verfluchte das. Er wäre so gern dabei gewesen, mit auf ihrer Seite. Stattdessen versuchte er, seine Hausaufgaben zu machen, konnte sich aber nicht richtig konzentrieren.

Ein paar Monate später. Es war Sommer und heiß. Michael und er klapperten die Partys der Jugendbewegung ab. Sie salutierten mit Hitlergruß. Sie lachten, aber nicht wegen der Geste.

An dem Abend kriegte Christian zum ersten Mal einen geblasen. Sie hieß Olivia und hatte die Sorte Brüste, von denen man träumt, wenn man siebzehn ist. Sie trug eine glänzende militärgrüne Latexweste mit einem Ausschnitt, der die tiefe Spalte zeigte.

»Warte«, sagte sie, als sie auf der Toilette standen.

Olivia machte einen Schritt zurück.

Langsam zog sie den Reißverschluss der eng anliegenden Weste herunter. Sie lächelte. Und sie trug keinen BH. Als die Spalte länger wurde, sah er es: das Hakenkreuz, das auf der Haut prangte, zwischen die Brüste tätowiert.

Auf dem Nachhauseweg schlugen Christian und Michael einen Nigger zusammen. Seine Zähne zerbrachen wie Glas.

In dieser Nacht lag er auf seinem Bett in Hagsätra und konnte nicht einschlafen. Er dachte nach und schloss die Augen. Er spürte einen Kloß im Hals und kam sich komisch vor, als er begriff, wohin sie unterwegs waren.

Sie marschierten mit rasierten Schädeln und in Springerstiefeln auf Fackelzügen. Sie wurden von Roten Schweinen und von Schwedenhassern angespuckt, die brüllten, sie wollten keine Nazis auf ihren Straßen haben. Kapierten die wirklich nichts?

Christian und Michael, zwei der Jüngsten in der Jugendbewegung der Schwedendemokraten. Sie wurden von Älteren beschützt, von denen, die größer und stärker waren. So funktioniert eine Bruderschaft.

Er war damals in Salem fast gestorben. Die Täter waren Türken gewesen. Laut Michael ging es um mehr als nur das Auto. Laut Michael wussten die Türken, dass sie zur Jugendbewegung der Schwedendemokraten gehörten. Laut Michael hassten sie Schweden.

Christian hatte begonnen, sich zu verändern – er spürte es in seiner Brust, in seinen Händen, in sich selbst, als wäre sein Kern nicht mehr derselbe.

In Schaufenstern und Glasscheiben konnte er sein Spiegelbild sehen und Stolz und Zugehörigkeit empfinden. Als wäre ihm zusammen mit seinem besten Freund der Zutritt zu einer Gruppe gewährt worden, die ein Geheimnis, eine Erkenntnis teilte. Die verstand, was das Problem war und wie die Lösung aussehen musste.

Und dann im nächsten Moment kamen die Verlorenheit und die Angst.

»Ich begreife das nicht«, sagte Michael eines späten Abends im selben Herbst. Er hielt das Telefon immer noch in der Hand. »Ich begreife nicht, was zum Teufel da gerade passiert ist.«

»Wer war das?«

»Das war Nille.«

Nille, Niklas Persson, war ihr Gruppenleiter, ein alter Kämpfer, der den Mitgliedern in Süd-Stockholm vorstand.

»Und?«, fragte Christian.

»Er hat vorhin mit dem Vorsitzenden telefoniert.«

»Persönlich?«

Michael nickte steif.

Ein paar Monate zuvor hatten sie einen neuen Verbandsvorsitzenden bekommen, einen Mann aus Sölvesborg, in dessen scharfem Blick etwas von der neuen Vision schimmerte, wofür die Schwedendemokratische Jugend stand und stehen sollte.

»Er verlangt Anpassung in den Gliedern«, sagte Michael jetzt. »Genau der Scheiß, den wir schon befürchtet hatten.«

Es hatte schon lange Gerüchte in dieser Richtung gegeben, doch bisher war nichts geschehen. Angeblich arbeitete der Vorsitzende zusammen mit einem kleinen Stab Untergebener daran, den Hintergrund der Mitglieder und vor allem ihre Gewaltbereitschaft auszuleuchten. Die Schwedendemokratische Jugend stellte die Zukunft der Mutterpartei dar, und wenn die Mutterpartei sich eines Tages zu einem echten Machtfaktor auf der politischen Bühne mausern wollte, dann mussten sich die Mitglieder am Riemen reißen können. Keine Prügeleien. Keine Naziaufmärsche. Keine Uniformen bei Treffen oder Manifestationen. Lieber weniger Mitglieder, auf die man sich verlassen konnte, als eine Armee, die vielleicht von der Größe her mächtiger war, aber nicht zu steuern, und deshalb die Neigung hatte, auf den Aushängern der Zeitungen zu landen. Und nun ging es also tatsächlich damit los.

»Was soll das heißen? Bist du rausgeworfen worden?«

»Ja. Vorerst. Und ich bin nicht der Einzige.«

In Christian vibrierte es.

»Ich auch?«

Michael schüttelte den Kopf.

»Nein, glaub ich nicht. Er hat keine anderen genannt, sondern nur gesagt, dass ich nicht der Einzige bin. Wirst schon sehen, ob dein Telefon klingelt.«

»Aber ich ...« Christian versuchte, seine Gefühle in Worte zu fassen. »Dann will ich auf keinen Fall bleiben.«

Michael lächelte bleich.

»Ich mag deine Loyalität. Aber verdammt, du musst doch nicht austreten, nur weil ich nicht mehr dabei bin.«

»Das will ich aber.«

Er sah Christian an.

»Sicher?«

Christian senkte den Blick und schaute auf das Telefon, das immer noch in der Hand des Freundes lag.

»Ja.«

Ihr ruhig geführtes Gespräch ging schnell in ein schwer zu interpretierendes Schweigen über. Christian warf die Playstation seines Freundes an, gab ihm den einen Joystick und nahm selbst den anderen. Sie spielten Hockey: Christian war Finnland, Michael durfte Schweden sein. Je länger sie spielten, desto wütender wurde Michael, obwohl Christian ihn gewinnen ließ. Er packte den Joystick so fest, dass seine Knöchel weiß wurden.

»Verdammt, ich muss raus und laufen oder so«, sagte Michael mitten im dritten Inning und warf den Joystick aufs Bett. »Ich kann nicht einfach hier rumsitzen, dafür bin ich zu wütend.«

Die Straßen glänzten vom Regen, der Himmel hing voller schwerer Wolken, die vor dem dunklen Himmel noch schwärzer wirkten und über ihnen zu pulsieren schienen. Sie gingen nebeneinander her, die Hände in den Jackentaschen, an Hagsätra Centrum vorbei und dann zum Långsjön. Am Tunnel blieben sie stehen und sahen den Nahverkehrszügen zu, die oben auf den Gleisen vorbeisausten.

»Das ist eine verdammte ... Heuchelei.« Michael zündete sich eine Zigarette an. »Alle, die jetzt bleiben, die stehen doch für dieselbe Sache wie wir. Die wollen dasselbe, haben dasselbe Problem erkannt. Der einzige Unterschied ist nur, dass sie zu feige sind, es nach außen zu zeigen. Und wie zum Teufel sollen wir Schweden dann verändern können? Willst du eine?«

Christian nahm eine Zigarette aus dem Paket, zündete sie an und sog den Rauch ein.

»Ja«, sagte er dann, nachdem er versucht hatte zu entscheiden, ob er derselben Meinung war. »Die sind alle Heuchler.«

»Und am schlimmsten von allen ist dieser Sölvesborg-Drecksarsch. Was glaubt der eigentlich, wer er ist, verdammt noch mal?«

Christian sah zu Boden, Glassplitter, zusammengeknüllte Bierdosen und eine zerrissene Plastiktüte vom Supermarkt.

»Ich werde Jens anrufen«, erklärte Michael. »Der wird so wahnsinnig sauer sein. Du weißt ja, dass er das die ganze Zeit schon vorhergesagt hat, oder? Seit wir einen neuen Vorsitzenden bekommen haben, sagt er, dass es darauf hinauslaufen wird.«

»Ja.«

»Was ist mit dir?«

Christian blickte auf.

»Wieso? Was soll mit mir sein?«

»Du wirkst so ... als würde dir das egal sein.«

Christian holte tief Luft und betrachtete die Glut der Zigarette.

»Ich bin einfach nur so verdammt enttäuscht«, sagte er dann.

Und sein Telefon klingelte nie. Er durfte dabeibleiben. Trotzdem trat er aus Gründen der Loyalität aus. Er rief Nille an und teilte es ihm mit. Nille sagte, er würde das verstehen.

Um klarzumachen, dass der Ausschluss Verrat war, warfen Christian und Michael Pflastersteine durch die Fenster der Parteizentrale.

Der Vorsitzende des Jugendverbands zeigte sie an. Sie wurden zu empfindlichen Geldstrafen verurteilt. Der Hass in Michaels Augen wuchs und strahlte auf Christian ab. Bald würden sie achtzehn werden.

20. 12.

ALS DAS TAXI AM Morgen vor dem Eingang des *Hauses* anhält, ist der Himmel unruhig und in Bewegung. Die Temperaturanzeige im Armaturenbrett des Taxis meldet zweiundzwanzig Grad minus. Die Kälte ist beißend und sticht in den Wangen, in den Fingern, überall. Der Sturm ist unterwegs.

Die Kugellager im Kopf bewegen sich träge und abgehackt vom Schlafmangel. Ich könnte etwas Starkes gebrauchen, das mein Hirn in Gang bringt, aber das Einzige, was ich habe, ist Kaffee. Ich will mein erstes Halcion nicht hier nehmen. Halcion macht mir Angst.

Die Tür zu meinem Büro wird von einem Quartett dicker Stuhlbeine geöffnet. Nach ihnen kommt Birck, die groben Hände um die Lehne des Stuhls. Er schiebt den komplizierten Besucherstuhl mit dem Fuß beiseite und stellt den neuen ab.

»Bitte schön«, sagt er. »Frohe Weihnachten.«

»Danke. Aber ich habe gerade angefangen, den anderen zu mögen.«

»Was stimmt mit dir eigentlich nicht?« Birck setzt sich auf den neuen Stuhl. Draußen vor dem Fenster fährt der Wind durch die Äste der Bäume.

»Verdammt, das stürmt«, sagt er.

»Ich weiß.«

Birck klopft mit dem Nagel seines Zeigefingers auf die Armlehne des Stuhls.

»Nichts Neues von Antonsson oder der RAF?«

»Nein«, erwidere ich, »was sollte es geben?«

»Ich weiß nicht. Man wird nicht ganz schlau daraus. Wollten die ihn töten? Mord, ein Verbrechen, das nicht verjährt? Das hat etwas Abwegiges.«

»Diese ganze Geschichte ist abwegig. Und du hast doch gehört, was Goffman gesagt hat. Antonsson ist ein mächtiger Akteur.«

»Mir wurde das Gerücht zugetragen«, sagt Birck gedankenverloren, »dass Antonsson, paranoid wie er ist, sich in seiner Villa draußen in Stocksund unter Polizeischutz verschanzt hat. Auch eine gute Methode, das Geld der Steuerzahler zu verbraten. In der Zwischenzeit pflückt sich die Säpo eine Person nach der anderen aus dem inneren Kreis der RAF heraus und verhört sie, als wären es Terroristen.«

»Das sind sie ja vielleicht auch.«

»Ja.« Birck erhebt sich aus dem Stuhl. »Oder einfach nur Vorortkids, die zu viel Race Against the Machine gehört haben. Was machst du denn so?«

»Ich sitze hier an der Schlägerei auf der Vasagatan.«

»Klasse.«

»Und du?«

»Ein fünfundachtzig Jahre alter Mann hat eine neunundsiebzig Jahre alte Frau mit einem Brotmesser bedroht. Der Mann ist seit drei Jahren ans Bett gefesselt, und die Frau ist taub. Aber bedroht hat er sie, das behauptet sie wenigstens hartnäckig, wenn man dem Übersetzer glauben darf.« Er packt die Stuhllehne. »Wirst du heute lange hierbleiben?«

»Ich weiß nicht.«

»Gehst du ins St. Görans?«

»Nein, da war ich vorgestern.«

»Lief es gut?«

»Ja.«

Birck sieht mich unsicher an.

»Sei vorsichtig.«

»Das bin ich, weißt du doch.«

Das bringt Birck zum Lachen. Er hebt den Stuhl an, schafft es, die Tür aufzuziehen, und schiebt sich rückwärts aus dem Zimmer.

»Dann nehme ich meinen bequemen Stuhl eben und gehe. Bis später.«

Nach einer Weile stelle ich den alten Stuhl zurück, und als er wieder auf der anderen Seite des Tisches steht, habe ich das Gefühl, dass nun alles so ist, wie es sein sollte.

»HAST DU SCHON GEHÖRT?«, fragte Michael am Telefon.

»Was gehört?«, fragte Christian zurück.

Er war noch nicht richtig wach, das Klingeln hatte ihn aus dem Schlaf gerissen. Verschlafen blickte er auf die Uhr auf dem Nachttisch: sieben Minuten nach elf am Vormittag.

»Daniel Wretström ist ermordet worden, draußen in Salem.«

»Wer ist Daniel Wretström?«

»Einer von uns.« Michael klang düster. »Der Schlagzeuger von Vit Legion. Eine Gang Nigger hat ihn ermordet.«

Christian setzte sich im Bett auf.

»Aber der ist doch gar nicht aus Stockholm. Was hat er denn hier gemacht? Hatten die ein Konzert?«

»Er war zu Besuch, ich glaube, er hat hier irgendwelche Cousins oder so.«

Der Schlagzeuger von Vit Legion, ermordet. Das war unfassbar.

Es war der 10. Dezember. Seit weniger als zwei Wochen waren sie Mitglieder beim Schwedischen Widerstand. Jens Malm war es, der das angestoßen und Christian und Michael einer Auswahl der anderen Mitglieder vorgestellt hatte.

Man brauchte eine Weile, um herauszukriegen, wer Jens Malm wirklich war. Auf einem Fest sah Christian ein Foto von zwei Männern mit einem Kranz zwischen sich. Sie trugen schwarze Jacken, schwarze Jeans und Springerstiefel und waren maskiert. Die Statue, vor der sie standen, stellte Gustav II. Adolf in Göteborg dar. Die beiden Männer verharrten still mit gesenkten Köpfen, als würden sie trauern.

»7. November 1992«, sagte Malm, der plötzlich mit einem Bierglas in der Hand neben Christian aufgetaucht war. »Das erste Mal, dass wir den Feiertag begehen konnten. Da links, das bin ich. Bin mit meinem Freund hingefahren.«

Er sagte es mit Stolz. Im Kranz um das Kreuz erkannte Christian das Symbol der Wolfsangel. Die stand für Verteidigung und Widerstand.

»Wer ist das?«, fragte Christian. »Dein Freund?«

»Er hieß Linus«, sagte Malm, »drei Monate später ist er auf dem Weg von der U-Bahn nach Hause von einer Gang Kanacken ermordet worden.«

Malm erwähnte es nicht, aber Christian wusste es trotzdem: Eine Woche später hatte Malm einem der Täter ein Messer in den Hals gerammt. Das hatte in der Zeitung gestanden.

Als Malm das Glas erhob und trank, sah Christian die Tätowierung auf dem rechten Unterarm – da war sie wieder, die Wolfsangel. Diskret und elegant.

»Überlegst du, ob du dir auch eine zulegst?«, fragte Malm und lächelte.

»Ich kann mir keine Tätowierung vom Weißen Arischen Widerstand zulegen«, entgegnete Christian, »aber vielleicht eine vom Schwedischen Widerstand.«

»Wenn du das tust, dann sorge dafür, dass sie sichtbar ist, wenn du es willst, dass man sie aber auch mit langen Ärmeln oder einem hohen Kragen verstecken kann.«

Sichtbare Tätowierungen erhöhten den Status. Zwar war man für den Rest der Gesellschaft stigmatisiert, doch innerhalb der Bewegung waren sie konkrete Beweise für die eigene Überzeugung. Drei Monate dauerte es, bis Michael und er sich jeder seine Tätowierung auf dem Brustkorb zulegten: Symbol und Leitwort des Schwedischen Widerstands.

Malm nickte anerkennend.

Er stammte aus Nyköping, und genauere Informationen über seinen Hintergrund waren nur schwer zu bekommen. Er war Mitglied der Nordischen Reichspartei gewesen, hatte die aber für den »Vit Ariskt Motstånd«, den Weißen Arischen

Widerstand oder VAM, verlassen. Er koordinierte unzählige ihrer Attentate auf Einwandererunterkünfte und brachte die Positionen der Bewegung ins öffentliche Bewusstsein. Nachdem er selbst jemanden getötet hatte, wurde er zu einer Gefängnisstrafe verurteilt, und als er einige Jahre später wieder freikam, war er nicht mehr mit dem VAM verbunden. Niemand wusste, warum. Er beobachtete die Schwedendemokraten und ihre Jugendbewegung aus der Distanz und sah die Partei auf den Hund kommen. Gleichzeitig legte er den Grundstein für den Schwedischen Widerstand. Jens Malms Lebensgeschichte enthielt jene Sorte von Anekdoten, die man sich erzählte, wenn man Bier trank und die rechte Hand gen Himmel streckte. Es hieß, er sei einmal von zwei Polizeihunden angegriffen worden, die an seinen Beinen gerissen hätten, während er ausdruckslos die Fahne in der einen Hand gehalten und die andere Hand, die rechte, erhoben und mit Haltung ausgestreckt hatte. Dass er ganz allein fünf AFA-Aktivisten von einer Demonstration im Kungsträdgården vertrieben hätte. Dass er Waffen von den Hell Angels geklaut hätte, um den Kampf zu finanzieren.

Er zeigte Christian und Michael einen SS-Dolch, der angeblich Reinhard Heydrich gehört hatte, dem SS-Offizier und Leiter des Reichssicherheitshauptamtes, welcher vom Führer selbst als Mann mit dem Stahlherzen beschrieben worden war.

Mein Gott.

Christian durfte den Dolch berühren und sogar in der Hand halten. Er war schwer. Christian konnte spüren, wie er selbst von der Geschichte erfüllt wurde und von seiner Teilhabe daran. Es kam ihm so vor, als wäre ein Teil seines Inneren immer hohl gewesen, und nun, da der Kampf in ihm Wurzeln geschlagen hatte, war Christian endlich heil.

Mitglied im Schwedischen Widerstand zu werden war eine Lebensentscheidung, die nicht zurückgenommen werden konnte. Christian und Michael schworen den Eid:

»Ich als freier Arier schwöre hiermit einen unverbrüchlichen

Eid: mich mit dem Zusammenschluss von Brüdern, die zu diesem Kreis gehören, zu vereinigen und für seine Ziele zu streiten und keine Furcht vor dem Tod oder vor dem Feind zu hegen. Der Kampf verlangt mehr als Worte, und ich erkenne die Verpflichtung an, das zu tun, was erforderlich ist, um unser Volk, unsere Grenzen und unsere Kultur vor der Bedrohung von außen zu retten und für die weiße Rasse den vollkommenen Sieg zu erringen. Wir befinden uns im totalen Krieg, und wir werden unsere Waffen nicht senken, ehe der Feind nicht bis zum letzten Mann niedergerungen ist. Durch unseren Kampf formen wir die Zukunft unserer Kinder.«

Die Worte klangen gefährlich, giftig. Und wichtig.

Christian und Michael bekamen Listen mit Büchern, die sie lesen sollten, darunter das *Handbuch für Aktivisten im Schwedischen Widerstand*, und sie lernten, die Regeln zu befolgen, die die Bewegung aufgestellt hatte: Kontrolliere deinen Alkoholkonsum. Vermeide Drogen bei Demonstrationen und Aktionen. Greife niemals in der Unterzahl an, sondern immer nur in der Überzahl. Wenn wir demonstrieren und du die Ehre hast, die Fahne zu tragen, dann konzentriere dich darauf, die Fahne unter keinen Umständen sinken zu lassen. Sie muss als ein Symbol für den Kampf immer emporragen.

Man ermahnte sie, bedächtig und ruhig vorzugehen: Der Kampf würde Zeit benötigen. Laut Jens Malm waren sie insgesamt über hundert Mitglieder. Jens nannte den Sölvesborg-Abkömmling einen Rassenverräter und Heuchler und die Ausschlüsse aus der Schwedendemokratischen Jugend einen Schritt in eine besorgniserregende Entwicklung, in der die nationale Bewegung in Gefahr war, von Kräften zurückgeschlagen zu werden, die alle Schweden und die weiße Rasse hassten.

Eine knappe Woche nach dem Mord an Daniel unternahmen sie eine Wallfahrt nach Salem. Alle waren da. Sie stießen auf Daniel an und tönten, dass sie sich in Walhall wiedersehen würden. Das hatte schon etwas Lächerliches, all diese Kneipenrassisten, die da herumstanden und ihr Fähnlein nach dem Wind drehten und behaupteten, sie würden Ultima Thule hören und am Kampf teilhaben, aber dann höflich beiseitetraten, wenn sie den Kanacken in der U-Bahn begegneten. Die dabei waren, wenn es gerade passte, aber nicht wagten, Rückgrat zu zeigen, wenn es wirklich darauf ankam.

Doch die Solidarität schlug Saiten in ihrem tiefsten Inneren an. Sie waren so viele. Es ist schwer, nicht ergriffen zu sein, wenn man im Tönen einer solchen Volksmenge steht.

Sie sahen Mitglieder von den Schwedendemokraten, der Mutterpartei, und sie sahen auch Nille und andere aus der Schwedendemokratischen Jugend.

»Ich hoffe, die halten sich zurück«, murmelte Michael, »sonst werden sie wahrscheinlich auch rausgeschmissen.«

Sie hörten Reden über Trauer und Kampf und Freiheit und feierten sich. Viele weinten, doch nicht Christian. Er war immer noch von dem Zusammengehörigkeitsgefühl ergriffen, von der Gemeinschaft, und in der Tasche ballte er die Faust vor Zorn, wenn er daran dachte, dass einem der Ihren so etwas widerfahren war.

Es war seltsam, wieder in Salem zu sein. Dies war das erste Mal, seit er dort zusammengeschlagen worden war. Die Zeit überholte sich selbst, und mit einem Mal befand er sich wieder auf dem Parkplatz, von den dunklen Schatten gejagt. Doch diesmal ergriff er nicht die Flucht. Diesmal blieb er stehen und leistete Widerstand.

Hinterher fuhren sie mit Jens Malm nach Bandhagen, und zwar in dem Auto, das vielleicht die Ursache von all dem gewesen war. Es brummte angenehm, und Jens spielte Vit Legion in der Stereoanlage – für Daniel. Jens war gerührt und erzählte von all den Konzerten, die er besucht hatte, und was für ein guter Schlagzeuger Daniel gewesen war. Sie erreichten Bandhagen, fuhren dann aber weiter Richtung Innenstadt. Malm wollte einfach nicht aufhören zu reden und sich zu erinnern. Irgendwann drehten sie um, denn Michael musste nach Hause.

Christian saß auf dem Rücksitz. Durch die Scheibe sah er die Vororte, die sich entlang der Grünen Linie der U-Bahn reihten, die kleinen Häuser in Stureby und danach in Högdalen und dann die schweren, grauen Wohnblöcke in Rågsved.

Zu den Klängen von Vit Legion glitten sie die Glanshammarsgatan entlang und lauschten einem toten Schlagzeuger, der umgebracht worden war und dabei genauso alt war wie sie.

Ein Jahr später ernannte Jens Malm Michael zum Leiter der Stockholm-Abteilung des Schwedischen Widerstands. Christian stand an seiner Seite.

Große Ideen brauchen kleine Menschen.

Das hier war ihre Zeit.

ES IST ENDE AUGUST, und für Jonathan ist das Trainingslager gerade zu Ende gegangen. Seine Nase ist nach Christians Schlag gebrochen, und in seinem Inneren ist Jonathan zerrissen von den beiden Herren, denen er nun dient.

Anfänglich ist er überzeugt davon, dass andere Mitglieder ihn attackieren werden, und er fürchtet um sein Leben. Die Angst verfolgt ihn bis nachts in seine Träume. Doch nach einer Weile wird ihm klar, dass nur er, Christian und ein Dritter Bescheid wissen. Niemand sonst hat von Jonathans Verrat erfahren.

Er kann Christian alles erklären, wie sie ihn reingelegt haben. Dass sie ihm Geld gegeben haben, weshalb er weiter auf Amphetamin ist, und wie sie ihn immer fester im Griff hatten. Christian versichert Jonathan, dass er die Möglichkeit bekommen wird, ihnen das heimzuzahlen.

Der Oktober bricht mit seinen Herbstwinden über Stockholm herein. Die Blätter vor Jonathans Wohnung werden gelb und hart, der Wind zerrt an ihnen, und sie fallen zu Boden.

Eines Abends nimmt Iris Kontakt zu ihm auf. Sie ruft ihn auf dem sicheren Telefon an, und als es klingelt, beginnt er zu zählen: eins, zwei, drei … Wenn er sich nach fünfmaligem Klingeln nicht meldet, dann gar nicht mehr – so lautet ihre Absprache. Diesmal schafft er es und nimmt das Gespräch nach dreimaligem Klingeln an. Sie vereinbaren ein Treffen am üblichen Ort, in Iris' Auto an einer kleinen Straße in der Nähe des alten Tanzpalastes im Stora Skuggan. Es ist kalt, und wie immer lässt sie den Motor an, als er kommt. Er setzt sich auf den Beifahrersitz und sinkt in sich zusammen, während Iris losfährt.

»Es ist dir doch niemand gefolgt?«, fragt sie.

»Dann wäre ich nicht gekommen.«

»Es ist wichtig, dass du ganz sicher bist.«

»Mir ist niemand gefolgt.«

»Gut.«

Sie bittet um aktuelle Informationen über den Schwedischen Widerstand, was passiert und was sie wie und wann vorhaben. Er gibt ihr, so wie er instruiert worden ist, die Teile der Wahrheit, die eigentlich bedeutungslos sind, aber doch genug, damit sie nicht auf die Idee kommt, er betrüge sie. Also berichtet er von ihrem letzten Fraktionstreffen, dass sie planen, sich mit Göteborg und Malmö zusammenzuschließen, um stärker zu werden. Dass Jens Malm die Idee dazu hatte und auch eine Strategie dazu entwickelt hat.

So sind sie aufgebaut – in Fraktionen. Jens Malm ist der nationale und damit höchste Führer. Unter ihm kommen die Führer der jeweiligen Städtefraktionen.

»Okay, Jonathan. Gut.«

Iris macht keine Notizen. Das tut sie niemals, aber Jonathan ist überzeugt davon, dass sie ihre Gespräche aufzeichnet. Er weiß nur nicht, wie.

Sie rauschen über das Rondell am Sveaplan Richtung Odengatan. Jonathan sitzt tief in den Beifahrersitz versunken und fühlt sich seltsam geschützt vor der Umwelt. Das Auto von Iris vermittelt ihm Sicherheit. An einer roten Ampel bleiben sie stehen, und Iris liest etwas auf ihrem Handy.

»Verdammte Scheiße«, sagt sie und bereut es sogleich, das merkt Jonathan sofort.

»Was gibt's?«

»Nichts. Nichts, was mit uns zu tun hat.«

»Erzähl.«

Sie schüttelt den Kopf. Dann scheint sie noch einmal darüber nachzudenken und blickt Jonathan an.

»Weißt du, wer Martin Antonsson ist?«

»Ja. Natürlich. Er ist einer von denen, die Geld…«

Sie beißt sich auf die Unterlippe.

»Die RAF plant einen Anschlag auf ihn.«

»Was?«

»Mehr als das weiß ich nicht.« Die Ampel springt auf Grün. »Noch nicht. Aber ich habe es jetzt von zwei verschiedenen Seiten bestätigt bekommen. Mein Kollege hat sich umgehört.«

»Und ihr seid sicher, dass das stimmt?«

»Das sind wir niemals, aber es gibt deutliche Hinweise. Wir haben sogar technische Beweise.«

»Und welche?«

»Unter anderem haben wir bei einem Aktivisten einen Lageplan von Antonssons Haus gefunden. Mehr kann ich nicht sagen. Aber du hältst schön den Mund. Ich erzähle es dir nur, falls einer von euch das wissen müsste, wenn er sich in Antonssons Nähe aufhält.«

Jonathan vermeidet es, sie anzusehen, und schaut stattdessen auf die Straße, die unter ihnen vorbeizieht.

»Ich brauche Geld«, sagt er.

Mehr muss er nicht sagen. Schweigen und Information gegen Geld. So funktioniert es inzwischen. Zumindest glaubt das Iris.

»Du kannst mich am Hauptbahnhof rauslassen«, sagt er.

Sie trennen sich immer an unterschiedlichen Orten und niemals zur gleichen Uhrzeit. Die Unregelmäßigkeit ist der Schlüssel, um ihre Verbindung unsichtbar und geheim zu halten, damit sie lange bestehen kann.

Nachdem er auf der Vasagatan aus Iris' Auto ausgestiegen ist, begibt er sich in die Unterwelt, durch die U-Bahn-Sperren, genau wie er sollte. An der Slussen steigt er um und fährt jetzt in Richtung Hagsätra. Er vermeidet es, sich umzusehen, denn das macht auch kein anderer. Wenn er von Iris' Kollegen beschattet wird, ist es riskant, sich anders zu verhalten. Nur wenige Leute steigen neben ihm in die Bahn, und er wechselt an jeder Haltestelle den Waggon. Auf der Höhe des Gullmarsplan ist er sicher: Niemand folgt ihm, und erst da nimmt er sein Handy aus der Tasche und ruft Christian an.

»Wir müssen uns sehen«, sagt Jonathan. »Ich bin auf dem Weg zu dir.«

Diese Nacht liegt Jonathan wach in seinem Bett, und da taucht der Gedanke zum ersten Mal auf. Er war viel zu sehr mit der Information beschäftigt, die er erhalten hatte, um richtig zu durchdenken, was sie bedeutete. Nachdem er Christian davon erzählt hat, dankt man ihm und gibt ihm den Rat, ein wenig unterzutauchen. Christian würde die Sache weiter nach oben tragen, sodass diejenigen, die es wissen müssten, es auch erfuhren.

»Gut, Jonathan«, sagte Christian. »Es ist gut. Fahr jetzt nach Hause und schlaf.«

Und erst jetzt, als er allein in der Dunkelheit liegt und seinem eigenen Atem lauscht, kommt der Gedanke: Ebi.

Er ist bei den Radikalen AntiFaschisten, in der kleinen schwarzen Gruppe. Wenn Jonathan sie dazu bringen kann, von dem Plan abzulassen, wird Antonsson weiterhin den Kampf der nationalen Bewegung mit Geld unterstützen, und außerdem wird Ebi nichts zustoßen. Ebi, der einmal sein Freund war, der ihn beschützte. Jonathan schließt die Augen. Sie haben sich bei Demonstrationen gesehen, sind aber auf Abstand geblieben und einander aus dem Weg gegangen.

Am Morgen ist das Geld von Iris auf seinem Konto eingegangen. Er ruft Felix an. In der folgenden Woche ist er ständig high und feiert ununterbrochen. Nur so kann er das Denken abschalten.

Am Abend des 19. Oktober sind die Drogen aufgebraucht. Er sollte damit aufhören, sollte Christians Rat folgen, sich zu verstecken und nur das zu tun, was man von ihm verlangt, doch schließlich hält er es nicht mehr aus. Er hat angefangen zu halluzinieren und sieht manchmal Ebi auf U-Bahnsteigen und im Gewühl auf der Drottninggatan und dann sogar an seinem Bett, wenn Jonathan nachts schweißgebadet aufwacht und nicht mehr weiß, wo er ist. Unter Drogen verliert er die Orientierung. Aber irgendwann hat er keinen Stoff mehr, und die Angst kommt.

Sie überfällt ihn, übermannt ihn.

JA: *ich bin's, Jonathan. Können wir uns treffen?*
EH: *warum?*
JA: *muss reden.*
EH: *worüber?*
JA: *nicht hier.*
EH: *doch, hier. Worum geht's?*
JA: *habe ein Gerücht gehört, dass ihr dabei seid, aus dem Ruder zu laufen.*
EH: *was meinst du damit? Was für ein Gerücht?*
JA: *können wir uns sehen?*
EH: *nein. Was für ein Gerücht?*
JA: *das Attentat auf Martin Antonsson.*
JA: *Hallo?*

Er bekommt keine Antwort. Der dumme, verdammte Niggerarsch. Warum zum Teufel begreift Ebi nicht, wie viel es ihn kostet, Kontakt zu ihm aufzunehmen und was für einen unglaublichen Verrat er damit begeht.

Jonathan löscht die Nachrichten, sowie er sie empfangen hat. Was soll er bloß tun? Er hat das Gefühl, als würde er zwischen den Zeilen leben, ein Pseudoleben voller Zweifel.

Er fragt bei Christian nach, was es Neues über die Sache mit Antonsson gibt. Nichts. Iris spricht ihn an und bittet ihn, das Gerücht über eine geplante Aktion gegen eine jüdische Schule zu bekräftigen oder zu dementieren. Mitglieder des Schwedischen Widerstands sind im Umkreis der Schule gesehen worden und wirkten so, als würden sie das Terrain sondieren. Jonathan dementiert. Drei Tage später führen sie die Aktion durch und schreiben JUDENSCHWEINE und 1488 auf die Fassade.

Als Iris aufgeregt und wütend anruft, entschuldigt sich Jonathan und sagt, er sei falsch informiert gewesen.

Ein paar Wochen später:

JA: *hast du überhaupt mal nachgeforscht?*
EH: *ja.*
JA: *und?*
EH: *woher wusstest du davon?*
JA: *das spielt keine Rolle. Kannst du es verhindern?*
EH: *nein.*
JA: *warum nicht?*
EH: *weil es richtig ist, es zu tun.*
JA: *hast du irgendjemandem davon erzählt? Dass ich das weiß?*
EH: *bist du verrückt? Wenn die rauskriegen, dass ich überhaupt nur Kontakt zu dir habe, werde ich rausgeschmissen und als Verräter abgestempelt.*

Den letzten Satz in Ebis Nachricht liest Jonathan wieder und wieder. Er weiß nicht, was er antworten könnte. Jonathan hasst nicht Ebi, sondern das, wofür er kämpft. Er ruft Iris an und bittet um mehr Geld. Sie verlangt neue Informationen dafür, und Jonathan hat keine, die er ihr geben könnte. Die Verzweiflung befällt ihn, kriecht in ihn hinein, und damit kommt ein neuer Gedanke: Vielleicht sollte er es einfach geschehen lassen. Er hat es schließlich versucht. *Weil es richtig ist, das zu tun.* Wer an etwas glaubt, ist nur schwer aufzuhalten.

Es dauert aber noch bis zur Nacht vor der Demonstration im Rålambshovsparken, ehe Jonathan sich entscheidet, und der Auslöser ist ein sehr seltsames Zusammentreffen.

Während des Planungstreffens und dem anschließenden

Fest draußen in Enskede nimmt Jonathan Christian beiseite. Christian ist betrunken, aber sein Blick ist finster.

»Was gibt's Neues?«, fragt Jonathan.

»Nichts. Es ist ... nein, es ist nichts.«

»Hast du noch mehr gehört?«, fragt er.

»Wovon?«

Jedes Mal, wenn sie Dinge besprechen, die direkt oder indirekt mit Jonathans Verrat zu tun haben, schämt er sich.

»Antonsson.«

Christian nickt bedächtig und stellt die Bierdose auf die Spüle.

»Er wird bewacht. Es wird nichts geschehen.«

Jonathan steht im Badezimmer vor dem Spiegel. Seine Nase ist gut verheilt. Er hört die Musik und das Lachen, die Kampfesphrasen und Schlagworte auf der anderen Seite der Tür. Sie hetzen sich gegenseitig für die Demonstration morgen auf.

Für ihn gibt es nichts Schlimmeres als Einsamkeit, aber er bleibt ruhig. Christians Instruktionen und Befehle sind gut. Sie schaffen Ordnung in dem Chaos, das Jonathan in seinem Inneren fühlt.

An diesem Abend wird es spät, viel zu spät. Wenn er jetzt nach Hause nach Hallunda fährt, wird er kaum noch schlafen können. Also fragt er, ob er über Nacht bleiben kann.

»Aber natürlich.« Der Gruppenleiter legt den Arm um Jonathan. »Du bist einer von uns. Mit jedem Tag erweist du dich als würdiger. Nimm das Küchensofa. Es werden auch andere hier übernachten.«

Da, auf dem Tisch neben dem Sofa, liegt der dunkelblaue MP3-Spieler. Er findet ihn in der Dunkelheit und stellt ihn an. Er lauscht und hört die Männerstimme und die Frau. Er hört, wie sie Ebis Namen nennen, und erstarrt.

Dann liegt er da und starrt auf das Diktafon. Als er sich entschieden hat, zögert er nicht, was ihn im Nachhinein verwundert.

JA: *morgen um acht bei den Schaukeln. Ich habe etwas, was du brauchst.*
EH: *was?*
JA: *das siehst du dann. Du musst kommen. Allein.*

Die Schaukeln sind der einzige Ort, der ihm einfällt, zu dem er Ebi keine weiteren Informationen geben muss – für den Fall, dass jemand ihre Nachrichten liest. Irgendetwas stimmt nicht, denkt Jonathan. Irgendetwas geht gerade ziemlich schief. Er wartet auf Ebis Antwort. Sie kommt nicht. Was bedeutet das Schweigen? Kann er Ebi trauen?

Dann verlässt er die Wohnung in Enskede mit dem Diktafon in der Hand. Als er durch die Tür tritt, hält er die Luft an.

21.12.

AM MORGEN WERDEN IN den Nachrichten Teile der Fernsehdebatte vom Tag zuvor gesendet. In der hatte der Landespolizeichef sein Möglichstes versucht, um sich gegen einen linksgerichteten Kriminologen zu verteidigen, der behauptete, Ebi Hakimis Tod sei weniger auf schlechte Polizeiarbeit zurückzuführen, sondern eher das Ergebnis eines staatlichen Angriffs auf das Volk. Amateuraufnahmen von der Demonstration im Rålambshovsparken werden gezeigt, und Ebi Hakimi ist kurz zu sehen. Er ist maskiert und hält die eine Ecke eines großen Banners. Am Rand des Bildes sind blau-gelbe Flaggen zu sehen. Noch ist das Ganze lediglich eine Demonstration mit Gegendemonstration unter Beteiligung von den RAF und dem Schwedischem Widerstand. Zur gleichen Zeit sitzen Birck und ich Lisa Swedberg gegenüber und sehen sie zum letzten Mal.

Wie wohl ihre Eltern reagiert haben, als sie von ihrem Tod hörten? Im Unterschied zu Ebi Hakimis Tod ist der Mord an Lisa Swedberg von den Medien fast unbemerkt geblieben, vielleicht, weil die Sicherheitspolizei alles getan hat, um die Sache unter den Teppich zu kehren.

Früher oder später wird die Tat aber an Brisanz gewinnen, so ist es fast immer.

Birck und ich sitzen jeder mit einer Kaffeetasse in der Hand auf dem Revier und schauen auf den Fernseher. Es ist Samstag, und ich wünschte, ich hätte frei. Draußen ist das Wetter so schlecht, dass ich unmöglich von der Chapmansgatan hierher laufen konnte, weshalb ich schon wieder ein Taxi nehmen musste. Der Wind ist zwar noch nicht sonderlich stark, doch bei minus fünfundzwanzig Grad fast unerträglich. Auf dem

Flur kommen vom Wind zerzauste und müde Polizisten mit ihren Rucksäcken und Taschen, dicken Jacken und Mänteln zur Wochenendschicht.

»Ebi Hakimi soll euch nicht leidtun«, sagt Birck und betrachtet das etwas überlegene Lächeln des Polizeichefs, während die Stimme des Kriminologen aus dem Off schnattert. »Ist das der Tenor?«

»Glaube schon.«

»Verdammter Poser«, sagt Birck, wobei mir nicht ganz klar ist, wen er damit meint. Dann nimmt er noch einen Schluck von seinem Kaffee.

Im Fernseher werden jetzt Archivbilder von dem gewaltsamen Zusammenstoß in Umeå im September gezeigt. Es folgen Archivbilder von einem Marsch durch die Stockholmer Innenstadt eine knappe Woche später. Dort sind die Mitglieder der Schwedenpartei marschiert, und um den Marsch herum bewegt sich eine Mauer von Einsatzfahrzeugen, um die Parteimitglieder vor Gegendemonstranten zu schützen.

Birck schaltet den Fernseher aus.

»Willst du eine nehmen, oder was?«

Ich habe das Halcionröhrchen in der Hand, ganz offen. Ich muss es aus der Tasche geholt haben. Instinktiv schiebe ich es wieder zurück.

»Sei vorsichtig damit«, sagt er. »Das scheint nicht gerade aus der Apotheke zu stammen.«

»Ich nehme sie nicht, ich finde es einfach schön, sie in der Nähe zu haben.«

Birck erwidert nichts, sondern geht in sein Büro.

Ich lese das Protokoll der Vernehmung des Mannes, der bei der Schlägerei auf der Vasagatan einen Ringabdruck auf der Wange abbekommen hat, und schicke es weiter zur Registratur und zur Archivierung. Draußen vor dem *Haus* sausen Krankenwagen mit Martinshorn vorbei. Das Telefon klingelt. Ich nehme nicht ab. Bald wird Edith kommen. Zur Feier des Tages, so tönt es aus dem Radio, werden sie Musik spielen, in der das Thema »Sturm« eine Rolle spielt: »You're the Storm« von den Cardigans, »Call it Stormy Monday« von T-Bone Walker, »Weather Storm« von Massive Attack und natürlich »Hurricane« und »Blowin' in the Wind« von Bob Dylan. Ich sitze da und höre T-Bone Walker, und die Zeile *the eagle flies on Friday, and Saturday I go out and play* wieder und wieder, als die Tür aufgerissen wird und Birck dasteht.

»Warum gehst du nicht ans Telefon?«

»Hast du mich angerufen?«

»Komm mal in mein Zimmer.«

Bircks Zimmer ist genauso groß wie meines, wirkt aber größer. Er hat einen kleineren Schreibtisch, und die Wände sind mit Regalen, dicht bepackt mit Aktenordnern, bedeckt. Der Raum ist hell und riecht schwach nach Bircks Parfüm. Obwohl das gegen die Büroordnung verstößt, liegt ein großer dunkelblauer Teppich auf dem Fußboden. In der einen Ecke recken sich zwei wohlmeinende Grünpflanzen in ihren Töpfen, in der anderen steht ein kleiner Flachbildfernseher, der auf einen der Nachrichtenkanäle eingestellt ist.

»Ich wusste gar nicht, dass du einen Fernseher hast«, sage ich.

Auf dem Schreibtisch stehen ein Computer und ein Tischtelefon. Der Hörer liegt daneben, und das kleine rote Lämpchen blinkt.

»Telefonierst du?«

»Das ist Oscar Svedenhag.« Birck macht die Tür hinter sich zu, setzt sich auf den Stuhl und hebt den Hörer ans Ohr. »Jetzt ist er da. Ich schalte auf Lautsprecher.«

Ich versinke in Bircks Besucherstuhl, eine ältere Version dessen, den er versucht hat, mir zu geben. Tatsächlich ist er viel bequemer, als er aussieht. Im Lautsprecher knistert es. Sonst ist es still, abgesehen von dem leisen Geräusch von klingelnden

Glöckchen und einer Stimme, die *He knows if you've been bad or good for goodness' sake* singt.

»So«, beginnt Birck. »Leo, sag mal Hallo.«

»Öh. Worum geht es?«

»Ich glaube…« Oscar klingt gefasst, doch unter der Oberfläche zittert die Stimme, als hätte er eben noch jemanden angeschrien. »Außer euch beiden ist da keiner, der uns hört, oder?«

»Hier sind nur Leo und ich.«

»Werden nicht alle diese Telefongespräche automatisch aufgezeichnet?«

»Nein«, erwidert Birck.

»Leo«, beginnt Oscar, »als du hier im Cairo warst, da war ich gerade dabei, einen Kuchen aus dem Ofen zu holen. Was für einer war das?«

»Wieso?«

»Ich will einfach sicher sein, dass du es bist.«

»Erkennst du meine Stimme nicht?«

»Wenn du nicht antwortest, lege ich auf.«

Ich zögere mit der Antwort, bis Birck mich seufzend ansieht.

»Schokoladenkuchen.«

»Okay«, sagt Oscar mit ruhigerer Stimme. »Danke.«

»Worum geht es hier?«

»Ich glaube, dass bald etwas passieren wird.«

»Und was?«

»Ich weiß es nicht sicher. Es ist… es geschehen so verdammt komische Sachen. Alle… ach, ich weiß nicht, vielleicht werde ich auch langsam paranoid. Ich werde in diesem Monat zu drei Beerdigungen gehen müssen. Thomas, Ebi und Lisa. Vielleicht ist es das.«

»Das tut mir leid«, entgegnet Birck, »aber wir sind keine Psychiater.«

»Das weiß ich, aber… also, ich glaube, dass etwas passieren wird. Es wird bald richtig knallen.«

»Was?«, frage ich beharrlich. »Was wird passieren?«

Es knistert im Hörer. Ein Kühlschrank wird geöffnet und geschlossen, mit einem zischenden Geräusch wird ein Kronkorken abgehebelt. *You better be good for goodness' sake!*

»Ich habe hier einige Sachen von Ebi vor mir. Ich glaube, es ist am besten, wenn ihr hierherkommt.«

»Diese Angelegenheit liegt nicht mehr auf unserem Tisch«, sage ich. »Du musst mit der Sicherheitspol…«

»Nie im Leben. Nicht nach der Hexenjagd, die die uns in den letzten Tagen mit ihrer verdammten Terrorparanoia bereitet haben. Wenn ich denen das hier zeige, sitzen die gleich auf der Palme.«

»Es wärmt mir das Herz, dass du lieber zu uns kommst, aber wir …«

»Ich will nicht. Aber ich spüre, dass ich muss.«

Birck schreibt eilig etwas auf ein Post-it: *Du musst lügen*

»Es wird ein bisschen dauern, bis wir bei dir sind«, sage ich. »Wegen des Wetters, weißt du.«

ES IST DER MORGEN vor der Demonstration, und Jonathan hat viel zu wenig oder eigentlich gar nicht geschlafen. Der Alkohol macht ihm noch zu schaffen, die Augen brennen, und die Schläfen schmerzen. Und obendrein weiß er letztendlich nicht, ob Ebi kommen wird.

Doch als er es tut, als er sich an jenem Morgen in Hallunda den Schaukeln nähert, kommt es Jonathan wie ein seltsamer Traum vor. Als sie sich das letzte Mal hier getroffen haben, vor langer Zeit, ging der Sommer gerade seinem Ende zu. Ganz im Gegensatz zu heute, wo es Mitte Dezember und Hallunda grau und kalt ist und der Schnee unter den Füßen knirscht. Aber dennoch: Das Gefühl ist bekannt, packend. Etwas in seinem Innern weiß es noch.

»Was hast du?«, fragt Ebi, der es vermeidet, Jonathans rasierten Schädel anzusehen.

»Das hier.« Er hält ihm das Diktafon hin. »Da sind eine Menge Audiodokumente drauf, Gespräche zwischen zwei Personen. Dein Name wird auch genannt, eine Frau namens Lisa erwähnt dich.«

Ebi ist erstaunt und will das Diktafon nicht einmal in die Hand nehmen.

»Du weißt, worum es geht, oder?«, fragt Jonathan.

»Nein. Nein, ich weiß es nicht.«

»Jetzt lüg nicht. Hör dir das hier mal an. Und was auch immer ihr vorhabt, ihr müsst das abbrechen.«

»Wir machen, was wir wollen, verdammt noch mal.«

Ebi setzt sich auf eine der Schaukeln. Jonathan steckt das Diktafon wieder in die Tasche und lässt sich auf der anderen nieder, auf der er früher immer gesessen hat.

»Warum ausgerechnet er?«, fragt Jonathan leise. »Warum ausgerechnet Antonsson?«

»Das weißt du doch.«

»Nein. Es gibt so viele andere denkbare Ziele.«

»Das Musikstudio. Sein Lager. Sein Geld und so weiter.« Ebi hat den Kopf gesenkt, doch jetzt sieht er Jonathan ins Gesicht. »Ganz zu schweigen davon, dass er ein überzeugter verdammter Nazi ist.«

Nationalsozialist, denkt Jonathan, der plötzlich den Impuls verspürt, sich auf Ebi zu stürzen und ihn, so fest er kann, zu schlagen. Ihr Atem steigt in weißen, leichten Dampfwölkchen auf, die sich miteinander vermischen.

Jonathan hält wieder das Diktafon hoch.

»Nimm es«, sagt er. »Ich will es nicht haben. Ich will … ich will nicht, dass dir was zustößt.«

Ebi scheint zu zögern. Dann nimmt er das Diktafon aus Jonathans Hand. Ihre Finger berühren einander. Ebis Haut ist warm. Jonathan hält den Atem an.

»Du willst nicht, dass Antonsson was zustößt, so ist es doch.«

»Ich will nicht, dass jemand getötet wird.« Jonathan atmet aus. »Das ist alles.«

Ebi erstarrt und zieht die Augenbrauen hoch.

»Was?«

»Ich will nicht, dass ihr ihn tötet, dass …«

»Glaubst du, wir hätten das vor?«

»Was zum Teufel solltet ihr sonst vorhaben?«

Daraufhin lacht Ebi, doch weder höhnisch noch aus Freude. Jonathan kann es sehen, in seinen Augen.

»Wie zum Teufel … das würden wir nie tun. Wer hat denn das Gerücht verbreitet?«

Iris' Name liegt ihm auf der Zunge. Er darf ihn aber nicht aussprechen.

»Er hat ein Musikstudio und ein Lager voller Musik und Propagandamaterial. Nur daran wollen wir rankommen. Wir wollen nicht ihn als Person. Oder doch«, korrigiert Ebi sich selbst, »aber nicht auf diese Weise.«

»Das klingt auf dem Diktafon aber anders. Sie, diese Lisa, glaubt, dass ihr ihn als Person schädigen wollt.«

»Es gibt Stimmen, die dafür sind«, erklärt Ebi, »aber die werden immer zum Schweigen gebracht. So etwas ist viel zu gefährlich. Und falsch.«

Erleichterung breitet sich in Jonathan aus. In Ebis Hand: das Diktafon. Er dreht und wendet es, streicht mit dem Daumen über das dunkle Display.

»Du ... weißt du, was das hier ist?«, fragt Ebi, der jetzt sanfter wirkt. »Also, wem das gehört hat?«

»Nein.«

»Dem Soziologen, der ermordet worden ist.«

»Was?«

»Hast du das nicht mitgekriegt?«

»Nein. Ich habe davon gehört, aber ich wusste nicht, dass ihm das Ding gehört hat.«

»Sie glauben, dass wir es getan haben. Dass wir von der RAF die Schuldigen sind.«

»Wer glaubt das? Die Bullen?«

»Ja.«

»Seid ihr es denn?«

»Nein, verdammt. Überhaupt nicht.« Er lacht. »Ich bin sogar ziemlich sicher, dass ein Mädel von uns was mit ihm am Laufen hatte.«

»Und warum glauben die Bullen dann, dass ihr es wart?«

»Es gibt ein paar ... es gibt Beweise, die gegen uns sprechen. Aber ich bin ganz sicher, dass jemand versucht, uns das anzuhängen, um uns kaputt zu machen. Diese Demo heute ist wahrscheinlich die letzte Aktion, die wir für eine Weile machen können. Solange die Bullen andauernd an uns dranhängen, werden wir nichts ausrichten können. Aber davon weißt du natürlich nichts, oder?«

»Was meinst du damit?«

»Warum wir die ganze Zeit die Bullen an der Backe haben?«

Jonathan steht von der Schaukel auf.

»Was soll das heißen?«

Ebi starrt ihn an, ohne zu blinzeln. Dann seufzt er und schüttelt den Kopf.

»Nichts. Ich weiß nicht. Ich bin so verwirrt. Ich sollte gar nicht mit dir reden und bereue es schon, dass ich überhaupt hierhergekommen bin. Ich ... ich kann dir nicht vertrauen.«

Jonathan ist so schnell von der Schaukel aufgesprungen, dass die jetzt sachte hin- und herschaukelt.

»Setz dich wieder«, bittet Ebi.

Jonathan hält die Schaukel an und setzt sich. Er friert.

»Der Soziologe hieß Heber«, erklärt Ebi. »Hast du nicht mit ihm geredet?«

»Warum hätte ich das tun sollen? Ich weiß ja nicht einmal, wer das ist.«

Ebi kratzt mit der Schuhspitze im Schnee.

»Er hat über uns geforscht. Hat Leute auf deiner und auf meiner Seite interviewt.« Ebi untersucht den kleinen Apparat. »Wie macht man den an?«

»Du musst drücken«, sagt Jonathan und steht von der Schaukel auf, beugt sich über Ebis Schulter und nimmt den Geruch seiner Haare wahr. Sie sind frisch gewaschen. »Hier. Hier musst du drücken.«

»Danke.« Ebi bekommt den Apparat in Gang, und eine Liste mit Dokumenten bedeckt das kleine Display. »Ich glaube, das hier sind die Interviews, die er gemacht hat.«

»Das, was ich gehört habe, klang wie ein Interview«, sagt Jonathan. »Bist du auch dabei? Hat er dich auch interviewt?«

»Nein«, erwidert Ebi. »Mich hat er nie interviewt, aber er wollte es, glaube ich. Er hat versucht, mich zu erreichen. Weil er von Antonsson gehört hatte, darüber wollte er mit mir reden. Und ...«

»Was?«

Ebi schaltet das Diktafon ab. Jonathan überlegt, was er wohl denkt.

»Wie ist das hier in deine Hände gekommen?«, fragt er gedehnt.

»Einer, den ich kenne, hatte es.«

»Wer?«

Und da sagt Jonathan den Namen.

»Und wie ist er daran gekommen?«, fragt Ebi weiter.

»Das weiß ich nicht.«

Ebi steht auf.

»Er muss es Heber abgenommen haben, und zwar an dem Abend. Wie kann er es sonst haben? Und dann muss es ... «

»Was meinst du?«

»Ich kann jetzt nicht darüber reden. Wir müssen das später klären, wenn wir uns mal wieder sehen. Aber du solltest deine eigenen Reihen überprüfen.«

»Was soll das heißen?«

»Ich kann jetzt nicht.« Ebi zögert. »Wir sehen uns ja wohl auf der Demo, nehme ich an.«

»Ja. Sei vorsichtig.«

Das ist alles. Und es ist das Letzte, was er zu Ebi sagt.

DAS CAFÉ CAIRO MACHT um zehn Uhr auf. Das verschafft uns eine halbe Stunde Zeit, ehe Oscar Svedenhag die Eingangstür aufschließen muss. Birck parkt eben seinen Citroën, als das Radio meldet, dass das Meteorologische Institut die Ankunft des Sturms Edith erwartet und eine Warnung der Stufe 3 für Stockholm und Umgebung ausgesprochen hat.

»Das gibt einen höllischen Abend«, sagt Birck.

»Ich weiß.«

Wir bewegen uns schnell durch die Kälte. Die kleine Straße ist von den Häusern geschützt, was den Sturm weniger spürbar macht, aber trotzdem reißt uns der Wind die Tür aus der Hand und schlägt sie auf, sodass sie fast an die Wand knallt.

Das Ekzem auf Oscars Kinn ist größer, röter und noch glänzender als beim letzten Mal.

»Wir haben uns zuletzt gar nicht richtig begrüßen können«, sagt Birck und hält Oscar, nachdem es uns gelungen ist, die Tür hinter uns zuzuziehen, die Hand hin. »Gabriel Birck.«

»Oscar Svedenhag«, erwidert dieser, erstaunt über Bircks Höflichkeit.

Ohne Gäste wirkt das Cairo kleiner. Die Tische sind sauber gewischt und von ordentlich aufgestellten Stühlen umringt. Es riecht nach Seife und Kaffee. Hinter dem Tresen steht eine fertige Kanne, und Oscar holt drei Becher aus dem Schrank, zwei schwarze und einen roten. Auf dem Tresen steht eine weiße Schachtel, ungefähr so groß wie ein Schuhkarton.

Oscar reicht jedem von uns eine Tasse Kaffee und klappt die Schachtel auf.

»Das hier sind Ebis Sachen«, sagt er. »Seine Mitbewohnerin hat sie hierhergebracht, als er verletzt worden war, weil sie

Angst hatte, dass er … ja, dass er nicht zurückkommen würde. Manche Dinge sind aus der Wohnung, die anderen hatte er bei sich, als er angeschossen wurde.«

Oscar räuspert sich, als sollte das Geräusch die Gedanken vertreiben.

»Ich dachte, er würde allein wohnen«, sagt Birck. »Er war der Einzige, der unter der Adresse gemeldet war.«

»Melderegister sind eine Sache«, sagt Oscar, »die Wirklichkeit eine andere.«

Die Schachtel enthält kleine Erinnerungsstücke wie Broschen, Aufnäher und Aufkleber, alte Fotos von Festivals und Demonstrationen, einen Schlüssel, der vielleicht zu einem Fahrradschloss oder irgendeinem Spind gehört, und ein Handy. Ich nehme es.

»Das ist eingeschaltet«, sage ich.

»Ja«, erwidert Oscar mit rauer Stimme. »Offensichtlich hat seine Mitbewohnerin es in Gang gehalten. Sie hatten dasselbe Modell, also passte ihr Ladegerät.« Er nimmt eines der Fotos. »Und das hier ist mir aufgefallen. Es ist mit einer Digitalkamera aufgenommen und dann später entwickelt worden.«

Auf dem Bild sind vier ernst blickende junge Männer zu sehen, die in einer Reihe nebeneinanderstehen, sich aber nicht berühren. Sie stehen mit dem Rücken zur Sonne, haben rasierte Köpfe und tragen schwere Stiefel und enge Jeans. Vor sich halten sie ein schmutziggelbes Banner mit wahrscheinlich blauer Schrift in Versalien. Die Farben sind schwer zu erkennen, weil sie im Gegenlicht stehen, doch die Worte sind deutlich lesbar: RAUS MIT DEN ASYLANTEN! SCHWEDEN DEN SCHWEDEN!

»Das hier ist vor einer Demo der Nationalen Front vor ungefähr drei Jahren«, erklärt Oscar. »Heute sind diese Jungs Mitglieder im Schwedischen Widerstand. Der ist von Patrik Höjer gegründet worden, einem Typen aus Strängnäs, der Mitte der Neunzigerjahre White-Power-Musik gemacht hat und mit dem Mann befreundet war, der Björn Söderberg, den Journalisten, erschossen hat. Direkt nach dem Mord in Salem waren sie gemessen an der Anzahl der Mitglieder oder wie man die Leute nennen soll, ziemlich stark. Dann sind sie immer weniger geworden, aber kurz nachdem die Schwedendemokraten in den Reichstag kamen, ging es mit ihnen wieder bergauf.«

»Gibt es da eine Verbindung?«, fragt Birck. »Dass die in den Reichstag gewählt werden und die anderen hier wiederauferstehen?«

»Ganz sicher. Es gab Leute, die sich von den Schwedendemokraten betrogen fühlten, als die darum bemüht waren, ihr Rassistenprofil herunterzufahren. Heute hat der Schwedische Widerstand mehr Mitglieder denn je, allein in Stockholm und Umgebung sind es hundert, vielleicht noch mehr. Wie auch immer. Dieses Bild war es, das Ebi dazu gebracht hat, sich politisch zu engagieren und in die RAF zu gehen.«

»Woher weißt du das?«

»Weil wir ihn gefragt haben. Das tun wir immer. Alle durchlaufen einen sehr langwierigen Prozess, ehe sie mitmachen dürfen, auch im Hinblick auf das Risiko, dass ... ja. Wir wollen wissen, dass die Leute wirklich für unsere Ziele brennen und nicht nur so tun oder aus anderen Gründen dabei sein wollen.«

»Wie alt sind die Jungs auf diesem Bild?«, frage ich.

»So um die neunzehn. Sie waren genauso alt wie er, und dieser hier«, sagt Oscar und zeigt auf den jungen Mann ganz rechts auf dem Bild, »von dem weiß ich, dass er neunzehn war, als das Foto gemacht wurde. Er heißt Jonathan Asplund und war Ebi Hakimis Freund aus Kindertagen. Sie wuchsen beide in Hallunda auf. Jonathan war offensichtlich ein netter Mensch, unglaublich warmherzig und großzügig gegenüber allen, die er kennenlernte, aber auch sehr beeinflussbar. Empfänglich für Ideen und Ansichten anderer. Mehrere seiner Freunde waren, ebenso wie Ebi, keine Schweden. Ebi und Jonathan verloren sich in der Gymnasialzeit aus den Augen. Und da ging es los.«

»Was ging los?«, fragt Birck.

»Als er siebzehn oder so war, driftete Jonathan immer mehr nach rechts ab. Oder, besser gesagt, es gab eine kleine rechtsextreme Gruppe draußen in Hallunda, die nicht einmal eine Organisation war, sondern nur so ein heimlicher kleiner Zusammenschluss von Rassisten, die gern Bier tranken und White-Power-Musik wie Totenkopf und Vit Aggression hörten. Er fing an, mit denen rumzuhängen, und dann ist er immer weiter in die Szenen hineingerutscht, bis, ja …« Er klopft auf das Bild. »Manchmal genügt das schon. Sie kriegen von den älteren eine Gehirnwäsche. Einer von Ebis Freunden hat ihm das Bild gezeigt, und Ebi war total fertig. Als er uns die Geschichte erzählte, hatte er fast Tränen in den Augen. Aber für Ebi war es nicht nur das Gefühl, einen Freund verloren zu haben. Er hat begriffen, dass die, wenn sogar ein Mensch wie Jonathan in diese Scheiße reingezogen werden kann, dann jeden kriegen können. Ebi wollte dem aktiv entgegenwirken und meinte, die RAF wäre ein gutes Werkzeug dafür.«

»Und was ist mit dem Rest hier?« Birck deutet auf die anderen Gegenstände in der Kiste. »Das hier sagt nichts aus?«

»Ich dachte, sie hätten keinen Kontakt mehr«, erklärt Oscar und kratzt sich an dem Ekzem, die Nägel schrappen über die rote Haut. Er nimmt das Handy. »Aber so war es nicht. Zumindest definitiv nicht kurz vor Ebis Tod.« Er klickt die SMS-Funktion auf dem Handy an. »Hier. Es fängt im Oktober an … ja, lest selbst.«

Ich beuge mich über Bircks Schulter und lese die Nachrichten.

JA: *ich bin's, Jonathan. Können wir uns treffen?*
EH: *warum?*
JA: *muss reden.*
EH: *worüber?*
JA: *nicht hier.*
EH: *doch, hier. Worum geht's?*

JA: *habe ein Gerücht gehört, dass ihr dabei seid, aus dem Ruder zu laufen.*
EH: *was meinst du damit? Was für ein Gerücht?*
JA: *können wir uns sehen?*
EH: *nein. Was für ein Gerücht?*
JA: *das Attentat auf Martin Antonsson.*
JA: *Hallo?*

»Und darauf antwortet Ebi Hakimi nicht?«, fragt Birck.

»Nein«, sagt Oscar. »Das tut er nicht.«

»Kommt dir das hier bekannt vor?«

»Du meinst, das mit dem Attentat?«

»Ja.«

»Es kommt mir bekannt vor. Aber es klingt schlimmer, als es war. Wir hatten Pläne, sein Musikstudio zu attackieren.«

»Musikstudio«, wiederholt Birck. »Und das soll ich glauben?«

»Du kannst glauben, was du willst. Wollt ihr die anderen Nachrichten auch noch lesen?«

»Ja.«

»Hier. Die erste war vom 19. Oktober, glaube ich. Das hier ist Anfang November.«

JA: *hast du überhaupt mal nachgeforscht?*
EH: *ja.*
JA: *und?*
EH: *woher wusstest du davon?*
JA: *das spielt keine Rolle. Kannst du es verhindern?*
EH: *nein.*
JA: *warum nicht?*
EH: *weil es richtig ist, es zu tun.*
JA: *hast du irgendjemandem davon erzählt? Dass ich das weiß?*
EH: *bist du verrückt? Wenn die rauskriegen, dass ich überhaupt nur Kontakt zu dir habe, werde ich rausgeschmissen und als Verräter abgestempelt.*

»Stimmt das?«, frage ich. »Stimmt es, dass Hakimi rausgeworfen worden wäre, wenn sein Kontakt zu Asplund bekannt geworden wäre?«

»Kommt darauf an«, entgegnet Oscar. »Wir mögen keine Spione.«

»Ihr seid aber nicht der KGB und der MI6«, gibt Birck zu bedenken.

»Nein, aber das Prinzip ist dasselbe.«

»Aber er spioniert ja nicht einmal«, sage ich. »Er will euch helfen.«

»Schon«, sagt Oscar. »Aber man würde das anders bewerten. Sie sind ja schließlich Jugendfreunde.«

Mein Blick fällt auf den Messerblock hinter dem Tresen. Das Messer, das fehlte, als ich das letzte Mal hier war, ist immer noch nicht an seinem Platz.

Diese Nachrichten zu lesen gibt mir ein Gefühl von Schwere in der Brust, das ich mir erst nicht erklären kann. Doch dann geht es mir auf. Es ist die Kälte in den Worten der Freunde aus der Kinderzeit und die Kluft zwischen ihnen, die so groß ist und jedes Wort mit Misstrauen belegt. Ich kann mir die beiden vorstellen, wie sie, jeder an seinem Ende der Stadt, in ihren Betten liegen, spät am Abend, und die Nachrichten immer wieder lesen in dem Bemühen, sie zu dechiffrieren. Diese Distanz kenne ich nur zu gut.

»Dann herrscht eine Weile Schweigen zwischen den beiden, zumindest soweit ich es erkennen kann«, fährt Oscar fort. »Vielleicht hat Ebi ja auch Nachrichten oder den Verlauf gelöscht. Doch wenn er das getan hätte, dann gäbe es ja wohl auch diese nicht mehr. Spät am Abend vor der Demonstration im Rålambshovsparken schreibt Jonathan an Ebi, und zwar nicht mehr als das hier.«

JA: *morgen um acht bei den Schaukeln. Ich habe etwas, was du brauchst.*

EH: *was?*
JA: *das siehst du dann. Du musst kommen. Allein.*

»Sie treffen sich also um acht Uhr am Morgen vor der Demonstration«, sage ich.

»Das können wir zumindest annehmen«, meint Birck.

»Weißt du, was Hakimi dann gemacht hat?«

»Ja«, sagt Oscar. »Er ist hierhergekommen. Wir hatten für elf Uhr ein Vorbereitungstreffen für die Demo hier angesetzt. Er hatte eben mit Lisa Swedberg geredet und uns mitgeteilt, dass sie krank geworden sei und nicht mitkommen könne.«

Ich klopfe auf das Foto und die vier jungen Männer. In Asplunds Gesicht kann man grobe Narben erkennen, eine, die direkt in seine Augenbraue schneidet, und eine, die wie eine geschwungene Klammer über die linke Wange verläuft.

»Der hat ja ganz schöne Narben«, sage ich.

»Das haben die fast alle«, erwidert Oscar.

»Er spricht das Attentat auf Antonsson an«, sagt Birck vorsichtig. »Euer Attentat auf Antonsson.«

Ich sehe, wie Oscar aufhorcht.

»Genau deshalb habe ich gezögert, euch das hier zu zeigen.«

»Ihr hattet das also geplant?«

»Ich nicht. Aber ich wusste, dass es Pläne gab.«

»Wer war involviert?«

»Das habe ich nicht vor zu sagen. Und ihr habt auch kein Recht, eine Antwort von mir zu fordern.«

Birck sieht mich an und schüttelt den Kopf. Es hat keinen Sinn. Außerdem habe ich den Verdacht, dass wir es ohnehin herausfinden werden, sowie wir uns ins Auto setzen.

»Was sollte er kriegen?«, fragt Oscar. »Also, Hakimi. Was sollte er von Asplund bekommen, wisst ihr das?«

Ich schiele zu Birck. Er blinzelt zweimal.

»Nein«, sage ich. »Keine Ahnung.«

Erst als Birck sich hinters Steuer gesetzt hat und ich auf dem Beifahrersitz zusammengesunken bin, nehme ich das Telefon aus der Manteltasche und beende das Gespräch. Ich drehe mich zu Goffmans erschöpftem Gesicht auf dem Rücksitz um. Neben ihm sitzt seine Kollegin Iris.

»Ging das gut?«, frage ich mit dem Handy in der Hand. »Konnte man es verstehen?«

»Ganz ausgezeichnet«, sagt Goffman und legt sein eigenes Telefon neben sich.

HINTER CHRISTIAN SCHLUGEN DIE schweren Türen zu. Er wurde hereingebeten und musste seinen Ausweis vorzeigen. Nachdem er durchsucht worden war, legte er seine Schuhe und die Oberbekleidung in Plastikkisten, die durch eine Sicherheitskontrolle gefahren wurden, während er selbst einen Metalldetektor passieren musste. Der Detektor schlug Alarm. Der Wachmann, ein mürrischer Kerl mit dickem Nacken und fetten Pranken, deutete mit einem müden Nicken auf die Kette, die unter Christians Pulloverkragen hervorsah.

»An der liegt es«, sagte er. »Nehmen Sie die ab.«

»Muss ich?«

»Nein. Aber wenn Sie das nicht machen, kommen Sie nicht rein.«

Das kleine Hakenkreuz aus echtem Silber, eine Handarbeit, wurde in eine Kiste gelegt, die unnatürlich groß für das Objekt war und den Schmuck wie eine Miniatur aussehen ließ.

Der Ort: Das Gefängnis Mariefred. Weil er noch so jung war, hatten sie Michael hierhergeschickt. Die Anlage wurde von einer hohen, blassgelben Mauer und einem ebenso hohen Zaun umschlossen. Um Fluchtversuche zu verhindern, war der obere Teil des Zaunes nach innen, zum Anstaltsgelände hin, abgeknickt. Das wirkte furchteinflößend.

»Danke«, sagte der Wachmann. »Gut. Im Besucherraum wird sonst niemand sein, aber der Raum hat eine Kamera. Wenn etwas passiert, sehen wir das also.«

Christian legte seine Kette wieder an und versteckte sie unter dem Pullover. Sie fühlte sich kühl an, wie sie so in der Halskuhle lag.

Der Besucherraum, in den er geführt wurde, war kleiner, als er erwartet hatte. Michael saß schon auf dem Stuhl. Das Erste, was Christian bemerkte, war, dass seine eine Wange leicht geschwollen und lila-rot gefärbt war. Er ahnte, warum, wollte aber nicht fragen, weil er es nicht ertragen könnte, seine böse Ahnung bestätigt zu bekommen.

Vor Michael stand ein Tisch mit heller Holzplatte und auf der anderen Seite des Tisches ein Stuhl für Christian.

Drei Wochen, länger war es nicht her, dass sie sich zuletzt gesehen hatten. Trotzdem fühlte es sich länger an. Michael trug Kleidung, die ihm nicht gehörte, eine graue weiche Hose mit einem ebenso grauen, langärmeligen Pullover, der ihn blass machte.

»Hallo«, sagte Christian als er sich auf den Stuhl setzte.

»Du trägst die Kette«, sagte Michael mit einem Blick auf den Pulloverkragen.

»Na klar.« Christian hob die Kette heraus. »Ich musste sie an der Sicherheitskontrolle abnehmen.« Er zögerte. »Wie ist es?«

Michael blinzelte einmal bedächtig, so als würde ihn die Frage erschöpfen.

»Ganz okay. Sag ich mal so.«

Er sah aus, als würde er versuchen zu lächeln, und als er es tat, bemerkte Christian die zwei Lücken in seinem Oberkiefer, die Zähne, die fehlten.

Er blickte auf die Uhr über der Tür. Vor weniger als einer halben Stunde hatte Christian im Zug hierher gesessen. Es fühlte sich so unwirklich an, dass noch nicht mehr Zeit vergangen war.

»Du wirst gefeiert«, sagte Christian. »Alle feiern dich.«

»Ich weiß.«

Sie waren auf einer Wiese am Rande des Zentrums von Skarpnäck aufeinandergestoßen – der Schwedische Widerstand und eine Gruppe Rote. Es hatte eine friedliche Demonstration gegen Rassismus gegeben, mit Familien mit Kindern und Studenten, die sich versammelt hatten, um ihren Abscheu gegen die Fremdenfeindlichkeit zu zeigen. Zumindest war es in den Medien hinterher so beschrieben worden. So wurde es in den Medien doch immer hingebogen.

Sie waren da gewesen, um ihren Missmut, um ihren Hass und ihre Stärke zu zeigen.

Inzwischen waren sie zwanzig Jahre alt. Christian arbeitete in einem Baustoffhandel in der Nähe von Älvsjö und Michael für eine Installationsfirma, die am Globen angesiedelt war. Sie hatten beide für die Demonstration freigenommen.

Und sie waren viele, fast fünfzig. Die Radikalen AntiFaschisten hatten von der Sache erfahren und witterten eine Chance, ihr Hassobjekt attackieren zu können. Aber sie waren weniger, es war ihnen nicht gelungen, genügend Anhänger zu versammeln, um eine wirkliche Bedrohung darzustellen.

Christian, Michael und alle anderen waren mit Schilden, Bengalischem Feuer und Knüppeln bewaffnet. Auf ihrem Weg über die Wiese sangen sie Marschlieder.

Die Volksmenge stand mit Plakaten und Bannern mitten auf der Wiese. Eltern mit Kinderwagen drängelten sich dort zusammen mit Rentnern und Studenten, und alle hielten einander an den Händen und bildeten eine Kette. Auf einer Bühne stand eine schwarze, fette Frau und laberte in ein Mikrofon. Ihre Stimme klang nasal und vorwurfsvoll. Nur ein paar wenige Polizisten bewachten das Ganze.

Michael warf ein Bengalisches Feuer direkt in die Volksmenge, Christian tat es ihm nach. Jemand schrie auf. Dichter Rauch in Rosa und Lila stieg auf, und die Panik wuchs.

Von der anderen Seite der Wiese kamen die Radikalen Anti-Faschisten angelaufen. Nur einen Steinwurf vom Schwedischen Widerstand entfernt blieben sie stehen. Die Radikalen Anti-Faschisten machten zwei Schritte vor, der Schwedische Widerstand drei – der Abstand schrumpfte, es wurde klaustrophobisch.

Es entstand ein Durcheinander an skandierten Parolen und

Schlägen. Die Polizisten, breitschultrige Männer mit Schlagstöcken und Schilden, rannten auf sie zu. Christian sah sie aus dem Augenwinkel, und als sie nahe genug waren, konnte er die Nervosität in ihren Blicken erkennen: Das hier hatten sie nicht erwartet.

Neben Christian stand Michael, und einer der Roten schlug ihm mit einem Holzknüppel über den Hals.

Michael heulte auf, stöhnte und klappte zusammen, während sich Christian auf das Aas stürzte. Es war ein Mann in seinem Alter, vielleicht ein Jahr jünger. Er trug einen Schal über dem Gesicht und eine Kapuze.

Christian traf seinen Brustkorb mit dem Ellenbogen, und sie fielen zu Boden, Christian auf ihm. Er riss ihm den Schal herunter, schlug mit der geballten Faust auf das bloße Gesicht ein und spürte bis in sein Inneres, wie seine Knöchel auf die Wangenknochen des anderen stießen.

Am Rande seines Gesichtsfeldes sah er, dass Michael sich aufgerappelt hatte und seinen Hals massierte.

»Dieser verdammte Kerl hätte mich umbringen können«, hörte Christian ihn durch den Lärm und das Schreien.

Michael machte einen Schritt vor und trat der Kakerlake ins Gesicht. Die Lippe sprang auf und ein Strom von Blut quoll heraus und verbreite sich über die Wange und den Boden neben dem Kopf.

Christian stand auf und ließ den Schal fallen, in den er immer noch die Finger gekrallt hatte. Seine Hände zitterten.

Michael trat noch einmal auf das Gesicht ein, diesmal härter. Es knackte, als der Kieferknochen abriss, und ein heiserer Schrei entrang sich der Kehle des Aktivisten.

Das klang wie ein Wort, dachte Christian, aber er konnte nicht feststellen, welches.

Michael nahm Anlauf für einen dritten Tritt, und Christian legte die Arme auf seine Schultern und versuchte, ihn wegzudrängen.

»Es genügt«, keuchte er. »Glaub mir, es genügt. Hör auf!«

Doch Michael schlug Christians Hände weg, ohne ihn anzusehen.

Er trat wieder zu. Diesmal traf er die Schläfe. Der junge Mann riss die Augen auf, als wäre er erstaunt, und sein Mund stand offen. Christian konnte bis in seinen Hals sehen, doch es kam kein Laut. Stattdessen begannen seine Beine zu zittern.

Michael machte erneut einen Schritt nach vorn und hob den Stiefel über das Gesicht des Mannes, so wie in dem Augenblick, bevor man ein Insekt zertritt. Dann stampfte er darauf.

Das eine Auge des Mannes sprang aus seiner Höhle.

Christian ging beiseite und musste sich übergeben.

Intern wurde er für seine Überzeugung und die Fähigkeit gepriesen, die Ideologie in die Tat umzusetzen, doch im schwedischen Rechtssystem spielten solche Fähigkeiten keine Rolle. Er wurde zu sechs Jahren Gefängnis verurteilt. Christian kam davon, mithilfe eines gewieften Rechtsanwalts gelang es ihm, sich auf Notwehr herauszureden. Als das Urteil gesprochen wurde, empfand er zunächst ungeheure Erleichterung darüber, nicht ins Gefängnis zu müssen, doch dann kam die Scham. Er hätte dies mit seinem Freund teilen sollen. Das Gefühl von Schuld, weil alles Michael aufgebürdet wurde, lastete schwer auf ihm.

»War von den anderen jemand hier?«, fragte Christian jetzt.

»Nein. Niemand außer Jens und dir. Die haben noch keine Erlaubnis von der Anstalt gekriegt. Aber sie werden kommen.«

»Ich habe vorgestern sieben oder acht Anträge verschickt.« Christian versuchte zu lächeln. »Man vermisst dich.«

Michael nickte.

»Gut. Das ist gut.« Er beugte sich über den Tisch. »Jetzt bist du an der Reihe. Du musst übernehmen, bis ich rauskomme.«

»Aber ich weiß nicht, ob ich die richtige Person dafür bin.«

»Warum solltest du das nicht sein?«

»Ich bin nicht so wie du.«

»Und was zum Teufel meinst du damit?«

»Ich habe nicht deine Führungsqualitäten. Das weißt du.«

In der Hinsicht hatten sie einander nie etwas vorgespielt. Michael war selbstverständlich der Frontmann. Christian sein Handlanger.

»Aber du musst mich vertreten. Wir können engen Kontakt über das Telefon halten. Das wird schon.«

Christian blickte auf seine Hände.

»Ich weiß nicht, ob ich das kann.«

Michael lächelte.

»Du musst an dich selbst glauben, genauso wie du an unseren Kampf glaubst. Du verdienst es, an dich selbst zu glauben, an deine eigenen Fähigkeiten.«

Beim nächsten Besuch fürchtete Christian, dass Michael noch viel schlimmer aussehen würde. Blutergüsse und Kratzer waren eine Sache, aber Christian hatte die Gerüchte gehört: Drinnen gab es Leute, die ihn und das, wofür er stand, hassten und die ihm Gewalt antun würden. Doch als Christian kam, saß Michael auf dem Stuhl und sah entspannt und frisch aus. Die Blutergüsse vom letzten Mal waren verschwunden.

»Mach dir keine Sorgen«, sagte er und lächelte. »Ich habe es in den Griff gekriegt.«

»Du hast es in den Griff gekriegt? Wie denn?«

»Ist doch egal.«

Die Zeit, die dann folgte, war chaotisch. Der Schwedische Widerstand wurde schwächer, einige traten aus, und viel zu wenig Neue kamen dazu. Das war nicht Christians Schuld, doch es kam ihm so vor.

Der Verräter aus Sölvesborg wurde zum Parteivorsitzenden der Schwedendemokraten gewählt. Sie sprachen darüber am Telefon, dass die Tendenz zur stromlinienförmigen Ausrichtung auf die Führung jetzt auf die Mutterpartei übergriff.

»Sein Problem ist, dass er glaubt, wenn man den Leuten den Mund wäscht, spült man auch ihre Gedanken weg«, sagte Michael, »aber so funktioniert das nicht.«

»Aber er gewinnt Anhänger«, entgegnete Christian, »und zwar viele.«

Michael schnaubte in den Hörer.

»Das ist doch nur ein Haufen Heuchler. Wenn die so weitermachen, werden sie bald die Einwanderungsfrage fallen lassen und die Tore für alle aufmachen wollen. Die locken Leute in ihre Partei, die eigentlich auf unserer Seite stehen sollten, und deshalb sind die mehr als ein lästiges Hindernis für uns.«

Aber was ist denn unsere Seite, dachte Christian. Wer sind wir? Zum letzten Fraktionstreffen waren gerade mal zehn Personen gekommen.

»Glaubst du nicht, dass sie trotzdem noch auf unserer Seite sind?«, fragte Christian. »Die dimmen sich jetzt doch nur runter, um in der Politik und in den Meinungsumfragen hochzukommen.«

»Das spielt keine Rolle. Das sind Populisten, die wollen nichts anderes als Macht. Und sowie sie sich den Bühnen der Mainstreampolitik nähern, wird auch ihre eigene Politik davon beeinflusst werden. Die Partei hat kein Herz, keine wahre Ideologie.«

In der Nähe rief ein Mann mit scharfer Stimme seinen Namen.

»Ich muss Schluss machen. Bis bald.«

»Ja«, erwiderte Christian und spürte, wie er den Freund vermisste. »Bis bald.«

Sooft er konnte, besuchte er Michael und musste mitansehen, wie er allmählich von der Anstalt gebrochen wurde. Das tat weh, und alles geriet dadurch aus dem Gleichgewicht. Irgendwann war die Seelenqual vor den Besuchen größer geworden als die Erleichterung, die er hinterher empfand.

Er fühlte sich abgestumpft, taub. In der U-Bahn sah er, wie ein Mädchen von drei Typen drangsaliert wurde. Die Typen hauten gerade in dem Moment ab und ließen sie in Ruhe, als Christian beschlossen hatte einzugreifen.

Er versuchte, das Mädchen für den Schwedischen Widerstand anzuwerben, doch das klappte nicht. Sie nannte ihn ein Nazischwein.

»ES IST IHNEN ABER schon klar, dass dies die wahrscheinlich langsamste Autofahrt in der Weltgeschichte ist?«, fragt Iris.

Iris Berger ist in meinem Alter und hat schulterlange dunkle Haare, die in geraden Strähnen herabfallen. Sie trägt einen dunkelbraunen Mantel, der sie zwanzig Jahre älter macht, und sitzt, die Hände in die Manteltaschen geschoben und das Gesicht von Goffman abgewandt, auf der Rückbank, während wir uns über die Straßen von Kungsholmen zurück zum *Haus* bewegen. Ihre Augen sind groß, braun und so dunkel, dass ich sehen kann, wie sich die Fassaden der Hantverkargatan darin spiegeln.

»Bei dem Wetter kann ich nicht schneller fahren«, erwidert Birck und holt Luft, woraufhin er auf die Bremse tritt, um einer Dame mit Rollator, die sich einen Steinwurf vom Zebrastreifen entfernt zielgerichtet über die Straße bewegt, nicht das Weihnachtsfest zu versauen.

I've got a feeling this year's for me and you, so happy Christmas ...

Goffman streckt den Kopf zwischen Birck und mir nach vorn.

»Können Sie das da abschalten?«

I can see a better time, where all our dreams come tr...

»Danke.« Goffman faltet die langen Finger ineinander. »Was stand in den SMS?«

»Sie hätten die laut vorlesen sollen«, ist Iris' Stimme hinter mir zu vernehmen.

»Hätte das in der Situation nicht ein wenig seltsam gewirkt?«, erkundigt sich Birck. »Ich meine, wer zum Teufel liest etwas laut vor?«

Ich hole Ebi Hakimis Telefon aus der Tasche und gebe es Iris.

»Jonathan Asplund nimmt im Oktober Kontakt zu Ebi

Hakimi auf«, fasst Birck zusammen. »Er erklärt, es gäbe das Gerücht, dass die RAF dabei sei, wie er schreibt, aus dem Ruder zu laufen, und meint damit das geplante Attentat auf Antonsson. Ich nehme an, dass er sich um seinen Jugendfreund Sorgen gemacht hat. Das ist nun wirklich eine verdammt komische Situation, also ist es verständlich, dass Hakimi einerseits erstaunt und dann auch interessiert war.«

Das Auto rollt langsam über die Straße. Iris gibt Goffman das Handy, und er schiebt es in die Tasche, ohne es anzusehen.

»Bei ihrem letzten SMS-Austausch«, sagt Birck, »am Abend vor der Demonstration, schreibt Asplund, er hätte etwas, das Hakimi brauchen würde, und bittet ihn, sich mit ihm um acht Uhr bei den Schaukeln zu treffen. Wahrscheinlich ein Treffpunkt von früher.«

»Ich kann mich so schwer konzentrieren, ich bin dabei, mich zu verlieren.« Goffman blinzelt ein paarmal und betrachtet seine Fingernägel. Ich weiß, dass sie sauber sind, als ob er eben eine Maniküre genossen hätte. »Das hier ist ein sehr seltsames Puzzle.« Er seufzt. »Und das mir, der ich puzzeln hasse.«

Birck fährt langsam auf die Bergsgatan zu. Im Rückspiegel sehe ich Iris, die ungeduldig und gelangweilt zugleich wirkt. An einer Straßenecke packt der starke Wind ein Reklameschild, das losfliegt und einen Salto in der Luft beschreibt, ehe es auf den Asphalt donnert und über die Straße schlittert. Es schneit nicht, aber der stetige Sturm wirbelt den Schnee auf, der schon gefallen ist, und türmt ihn zu Wechten, die an die Hauswände gedrückt werden.

»Am Morgen des Tages, an dem die Demonstration im Rålambshovsparken stattfindet, treffen sich Hakimi und Asplund«, sagt Goffman. »Am Abend zuvor hat Asplund ihm mitgeteilt, dass er etwas hat, das Hakimi braucht. Darf man vermuten, dass es sich dabei um das Diktafon handelt?«

»Ja«, entgegnet Iris, »aber es ist nicht mehr als eine schwache Vermutung.«

»Genau«, bestätigt Goffman. »Das ist unser Problem.«

»Ich verstehe nicht, warum es nur eine schwache Vermutung sein sollte«, meint Birck. »Asplund gibt das Ding an Hakimi, der gibt es Swedberg, und so landet es am Ende bei uns.«

»Gut«, erwidert Goffman, »vielleicht. Aber was macht es bei Asplund?«

»Vielleicht ist er der Täter?«, schlage ich vor.

»Genau«, ergänzt Birck. »Ungeachtet dessen, was die Säpo gern behauptet, sind es ja nicht nur Muslime und rote Aktivisten, die Verbrechen begehen.«

»Nein«, sagt Iris, die Birck nicht gehört zu haben scheint. »Asplund ist es nicht.«

»Woher wissen Sie das?«, frage ich.

»Er hat für beide Morde ein Alibi.«

»Das heißt, Sie haben ihn verhört?«, fragt Birck. »Warum denn?«

Keiner antwortet. Birck seufzt.

»Der Schwedische Widerstand«, sage ich, »wer ist da der Anführer?«

»Auf nationaler Ebene ist es ein Mann namens Jens Malm«, erklärt Iris, »ein ziemlich unangenehmer Durchgeknallter. Dann sind die in unterschiedliche geografische Fraktionen aufgeteilt, von denen die Stockholmer die größte ist. Der gehört Jonathan Asplund an. Sein direkter Vorgesetzter, oder wie man das nennen soll, ist ein Typ namens Christian Västerberg.«

»Ist es dann möglich, dass die hinter dem Mord stecken?«

»Das ist unwahrscheinlich«, meint Iris. »Die größte Bedrohung kommt immer noch von links und nicht von rechts.«

»Aber eines begreife ich nicht«, sage ich. »Wie hat Asplund erfahren, dass die RAF ein Attentat auf Antonsson plant?«

»Asplund ist Iri…«, beginnt Goffman, doch dann lächelt er und schüttelt den Kopf.

»Zum Teufel noch mal«, sagt Iris und starrt ihn wütend an.

»Was?«, frage ich.

»Ich werde langsam alt. Entschuldige. Manchmal ist der Mund schneller als der Kopf.«

»Ich verstehe gar nichts«, sage ich.

»Aber ich«, erwidert Birck eisig. »Er wusste es aus demselben Grund, aus dem Sie wissen, dass er ein Alibi für die Morde hat. Sie haben es ihm erzählt. Lisa Swedberg war Ihre Informantin«, sagt er zu Goffman, ehe er seinen Blick via Rückspiegel zu Iris gleiten lässt. »Und Jonathan Asplund gehört Ihnen.«

Iris sieht aus, als wäre das ein Vorwurf. Und vielleicht ist es auch so.

»Dann kann man Asplund also ausschließen«, fasse ich zusammen.

»Genau. Obwohl es klar ist …«, beginnt Goffman zögernd, während sein Telefon klingelt und er die Hand in die Tasche schiebt, »… das würde ja erklären, warum …« Er hält das Telefon ans Ohr. »Hallo? Was? Wann? Und der Tät… verstehe. Okay. Wir kommen sofort.«

Er lehnt sich im Sitz zurück. Wir warten. Die Sekunden des Schweigens sind so erdrückend, dass ich am liebsten das Radio wieder einschalten würde.

»Jemand ist mit einem Messer auf ihn losgegangen«, sagt er dann, als würde er uns gerade die Uhrzeit mitteilen. »Vor ungefähr zehn Minuten, während einer Ansprache auf dem Hauptbahnhof.«

»Mit dem Messer? Auf wen?«, fragt Birck. »Antonsson?«

»Nein.«

Und die letzten Worte des Sterbenden, die auf dem Diktafon festgehalten wurden, vernuschelt durch Akzent, Medikamente und Gehirnschaden, werden in meinem Kopf dechiffriert.

»Wer hat Thomas Heber getötet?«

»Semosund.«

Schwedischer Widerstand.

»Wer wird als Nächstes sterben?«

»Esther.«

SD, das Kürzel für Schwedendemokraten. Das Attentat galt *ihm*.

Zum Teufel.

»Lebt er?«, fragt Iris.

Goffman antwortet nicht.

IV

Some day soon we all will be together

DIE HÄNDE AUF DER Tischplatte lagen ganz still. Am Ringfinger glänzte diskret, aber elegant ein Ehering. Die Frau, der die Hände gehörten, sah Christian, der auf dem Stuhl vor ihr saß, auffordernd an.

»Erzählen Sie mal«, begann sie, »wie die letzte Zeit so war. Sollen wir damit anfangen?«

Sie hatte keine Papiere auf dem Tisch, keinen Ordner und keine Mappe, nicht einmal einen Stift. Er fragte sich, ob es wohl zu ihrer Arbeit gehörte, alles im Kopf behalten zu können, oder ob es ihr einfach egal war.

»Es war gut. Wie immer.« Er zögerte und kontrollierte, dass der Silberschmuck an seinem Hals vom Pullover verborgen wurde. »Was soll ich sagen?«

»Wonach Ihnen ist. Was Sie in der letzten Zeit gemacht haben, wie es Ihnen geht.« Sie lächelte. »Sie dürfen sich etwas aussuchen.«

Die Zeit bewegte sich beständig fort, stand aber dennoch still. Nichts war wie sonst, und doch war alles gleich.

»Ich fühle mich irgendwie … unsicher. Ich habe niemanden, an den ich mich so direkt wenden könnte. Ich glaube, dass ich deshalb hergekommen bin.«

Er hatte die Anzeige vorige Woche in einem Bus gesehen: BRAUCHEN SIE HILFE IM ALLTAG? SPRECHEN SIE MIT EINEM UNSERER DIPLOMTHERAPEUTEN – KOSTENLOS! Er hatte sich die Adresse gemerkt, hatte aber gar nicht vorgehabt hinzugehen, bis er plötzlich auf dem Weg zum Fitness-Studio an der Praxis vorbeikam. Man hatte ihm einen Termin gegeben, und als er wieder draußen stand, fragte er sich, was er da eigentlich machte. Und jetzt saß er hier und fragte sich das immer noch.

»Sie fühlen sich unsicher«, wiederholte sie. »Inwiefern?«

»Ja, oder ich weiß nicht. Allein eher. Mein bester Freund sitzt seit einigen Jahren. Wahrscheinlich ist es das.«

»Er sitzt?«, fragte die Therapeutin. »Sie meinen, er sitzt im Gefäng...«

»Ja.«

Sie nickte.

»Ich verstehe.«

Er schaute sich um. Der Raum war offen und hell und erinnerte an eine Maklerannonce. Er sah auf seine Hände und merkte, dass sie verkrampft waren. Er versuchte sich zu entspannen.

Der Schwedische Widerstand war dabei zu zerfallen. Diese Niederlage war es, die ihn am meisten störte. Er konnte sie nicht führen, hatte nicht die Kraft seines Freundes. Ihre Manifestationen fanden eher sporadisch als systematisch statt, die Anzahl der neuen Mitglieder, die sich ihnen anschlossen, wurde immer geringer. Sie waren dabei unterzugehen, das konnte jeder sehen.

»Haben Sie Kontakt zueinander?«

»Ein wenig, übers Telefon und so. Ich besuche ihn, werde aber, wenn ich eine Erlaubnis will, ungefähr jedes zweite Mal abgewiesen. Es ... es geht ihm verdammt schlecht da drinnen. Ich weiß es und kann nichts dagegen tun, das ist so wahnsinnig anstrengend.«

»Und wie drückt sich die Unsicherheit oder Einsamkeit bei Ihnen aus?«

»Gar nicht so sehr. Ich halte mich an die Leute, die ich kenne.«

Erik, Klas, Daniel, Frank, Jack. An die konnte er sich wenden, aber sie gehörten alle zum Schwedischen Widerstand. Andere Freunde hatte er nicht. Er fühlte sich isoliert und in sich selbst eingeschlossen. Mit seiner Mutter hatte er seit Weihnachten nicht gesprochen. Fast ein halbes Jahr. Die Beziehung zu Anton sah noch schlechter aus. Sie lebten jeder sein eigenes

Leben. Manchmal bedeutet Blutsverwandtschaft einfach gar nichts, dachte Christian, und diese Erkenntnis erstaunte ihn. Anton hatte Familie und Kinder mit blondem Haar und symmetrischen Gesichtern. Seine Frau war schön. Sie sahen aus wie Grüne, was einfach nur widerlich war.

Eine Erinnerung tauchte auf: Christian war fünfzehn. Von Anton, der amüsiert zu sein schien, bekam er ein T-Shirt mit Band-Aufdruck. Das T-Shirt, das ihn kurz darauf zu Michael führen sollte.

»Können Sie mit Ihren Freunden reden?«, fragte die Frau.

»Nicht wirklich. Oder, ja, ich könnte es, aber ich will nicht.«

»Ich verstehe.«

Er fragte sich, ob sie ihn wirklich verstand. Ob sie Schwedin war, wie lange sie verheiratet war, ob ihr Mann Schwede war und was sie wählte. Er senkte den Blick, denn ihre Augen waren leuchtend blau, und einen Moment lang hatte er das Gefühl, als würde sie erkennen können, wer er wirklich war.

»Ich …«, begann er. »Manchmal sehe ich Leute in meinem Alter in der Stadt. Die gehen spazieren, halten Händchen, schieben einen Kinderwagen vor sich her. Ich denke mir, dass sie nun auf dem Weg nach Hause sind, nachdem sie für ihr Kind etwas eingekauft haben. Sie arbeiten im Dienstleistungsgewerbe oder so und wohnen in einem Reihenhaus oder einer Wohnung südlich von Söder. Wir nehmen dieselbe U-Bahn, und an derselben Station steigen wir aus und gehen nach Hause. Und dann wird mir klar, wie unterschiedlich unsere Leben sind, wie viel sie zustande gebracht haben, während ich …«

»Was?«

Sein Blick gleitet zu dem großen Fenster. Der Himmel da draußen hat die gleiche Farbe wie die Wände hier im Raum.

»Sie haben eine gerade Linie verfolgt, während ich irgendwie den ganzen Weg über im Zickzack gefahren bin.«

»Und was hat dazu geführt, dass Sie im Zickzack gefahren sind?«

»Ich … das, woran ich glaube und wofür ich kämpfe. Oder geglaubt und gekämpft habe.«

Diese Antwort bereut er sofort und hat, noch ehe sie kommt, ihre nächste Frage schon Wort für Wort im Kopf.

»Was ist es, woran Sie geglaubt haben?«

Er sieht auf seine Hände. Wieder verkrampft.

»Nichts. Es war nichts.«

Der Schwedische Widerstand hatte all seine Zeit in Anspruch genommen: Flugblätter, Plakatierung, Planung von Festen, Aktionen und Manifestationen, und das trotz sinkender Mitgliederzahlen. Und dann die Gespräche und die Fahrten ins Gefängnis nach Mariefred. Jens Malm saß ihm jede Woche im Nacken.

Er hatte denselben Job wie vor fünf Jahren und wohnte in derselben Wohnung. Wenn Christian versuchte, sich zu erinnern, mit wie vielen verschiedenen Frauen er im letzten Jahr Sex gehabt hatte, dann hörte er bei zwölf auf zu zählen. An die Namen von etwa der Hälfte erinnerte er sich noch. Die allermeisten waren jünger und sahen zu ihm und Michael auf. Das nutzte er aus, auch wenn er wusste, dass es falsch war, aber das war ihm inzwischen egal.

Das machte ihm eigentlich am meisten Angst, dass ihm alles egal war.

»Es scheint wichtig für Sie zu sein«, sagte sie. »Das, woran Sie glauben und wofür Sie kämpfen.«

»Es hat … es hat so viel von meiner Zeit beansprucht. Abgesehen davon scheine ich in meinem Leben stillzustehen.«

»Meinen Sie denn, dass Sie angefangen haben zu zweifeln? Das klang ein wenig so.«

Christian antwortete nicht. Er fragte sich, wie lange er hier schon saß und ob die Stunde nicht bald vorüber wäre. Inzwischen bereute er, dass er gekommen war.

Er sah auf die Uhr über der Tür. Viertel nach eins. Fünfzehn Minuten saß er jetzt hier.

»Ich weiß nicht«, sagte er schließlich, und erkannte, dass es die Wahrheit war.

Er erinnerte sich daran, wie er vor vielen Jahren in Salem verprügelt worden war, und konnte immer noch den Schmerz und das Ausgeliefertsein fühlen. Mit der Erinnerung kehrte auch der Hass zurück und vermischte sich mit all den anderen Malen, als er dieses Gefühl auf Straßen, Fußballplätzen und in dunklen Gassen verspürt hatte. Es war eine Pest, eine Krankheit, die sich bis in ihre eigenen Reihen ausbreitete. Er musste an die Schwedendemokraten denken. Eines ihrer neuesten Mitglieder war eine polnische Frau, die erklärte Feministin war. Schon das allein ... Dieses Land musste gereinigt werden, von innen und von außen.

»Wir alle brauchen etwas, was unserem Leben Sinn gibt«, sagte die Therapeutin. »Manchmal nimmt das viel von unserer Zeit in Anspruch, und dann muss anderes zurückstehen. So ist es einfach. Der Tag hat vierundzwanzig Stunden, und die Woche hat sieben Tage. Man kann nicht alles schaffen.«

Es ging ja nicht nur darum, dass Christian alles allein regeln musste. Michael hatte, mit Jens Malms Einverständnis, aus dem Gefängnis heraus versucht, Teile des Schwedischen Widerstands in eine Organisation für einsitzende Kameraden umzuwandeln. Das funktionierte nicht. Das Wachpersonal und die bereits existierenden Gefängnisorganisationen sorgten dafür, dass sie hier nicht wachsen konnten.

»Allein sind wir nicht stärker als jeder andere«, pflegte Michael zu sagen, »aber zusammen sind wir viel, viel stärker.«

Das stimmte. Zumindest hatte Christian sich das immer eingeredet.

»Der Freund, den Sie haben und der jetzt im Gefängnis sitzt«, begann die Therapeutin.

»Ja?«

»Erzählen Sie von ihm.«

Christian kaute auf seiner Unterlippe, bis er fürchten musste, sie würde zu bluten anfangen, und schaute dann wieder aus dem Fenster. Die Sonne schien auf bestem Wege zu sein, durch die Wolken zu brechen.

Aus einem Grund, den er nicht benennen konnte, war er nervös. Dann erzählte er: Sie waren ein paar Straßen voneinander entfernt aufgewachsen. Sie hatten sich auf einer Party kennengelernt. Sie hatten gemeinsame Interessen. Sie mochten dieselbe Musik und hatten denselben Klamottenstil. Sie fanden einander, und während andere sich im Übergang zum Erwachsenenleben aus den Augen verloren hatten, waren Christian und er immer noch enger zusammengewachsen. Das war alles. Er sah die Therapeutin an und hoffte, dass das reichen würde.

»Warum sitzt er?«

»Körperverletzung.«

»Und Sie haben Angst, dass es ihm im Gefängnis schlecht geht?«

»Ich weiß, dass es so ist. Ich kann das sogar an seiner Stimme hören, wenn wir telefonieren.«

Jetzt saß er seit mehr als fünf Jahren und hatte nur noch immer kürzer Ausgang erhalten. Und als ob es nicht genug gewesen wäre, zusehen zu müssen, wie die Haft Michael zerbrach, hatte Christian inzwischen außerdem Gerüchte gehört. Während seiner Besuche ließen die Schließer bedeutungsvolle und Unheil verheißende Kommentare fallen. Sie sagten nichts ausdrücklich, doch zwischen den Zeilen konnte Christian deutlich einiges heraushören. Und manchmal hatte Michael Blutergüsse auf den Wangen oder um die Augen, wenn Christian zu Besuch kam, manchmal waren die Lippen aufgeplatzt. Er keuchte, wenn er sich setzte oder aufstand, griff sich an den Bauch oder die Rippen. So etwas durfte nicht vorkommen, aber es geschah trotzdem, und Christian wusste, warum: Es ging um die Ziele, an die er glaubte, und die Tatsache, dass er dazu stand.

»Du hast doch gesagt, du hättest das in den Griff gekriegt«, sagte Christian zu ihm.

»So einfach ist das nicht, Christian«, antwortete er. »Aber es ist kein Problem.«

Er war sich nicht sicher, was Michael damit meinte, doch obwohl er weiterhin nachfragte, erhielt er keine Antwort.

Nach einer Stunde stand Christian auf, gab der Therapeutin die Hand und verließ ihr Zimmer. Er dankte ihr, würde aber nicht wiederkommen.

Als er vors Haus trat, wehte ein warmer Wind durch die Straße, und er hob den Blick zum Himmel, schloss die Augen und spürte, wie die Sonne sein Gesicht wärmte.

ZUNÄCHST IST NUR EIN heiseres Geräusch zu hören, das das Gemurmel der Menge durchdringt, doch je öfter die Bilder abgespielt werden, desto deutlicher tritt das Wort hervor, das jemand schreit.

Verräter.

Es ist eine seltsame Szene. Er hätte seine Rede im Freien halten sollen, beim Weihnachtsmarkt auf dem Sergels torg, doch wegen des Sturms hat die Partei im letzten Augenblick um die Genehmigung ersucht, die Veranstaltung in der großen Halle des Hauptbahnhofs stattfinden zu lassen. Das war aus irgendeinem Grunde gestattet worden, und dort ist es dann passiert. Vielleicht sind deshalb nur so wenige und so harmlose Gegendemonstranten da. Ganz hinten sind sie zu sehen mit ihrem Transparent. Sie hatten keine Erlaubnis erhalten, den Bahnhof zu betreten, denjenigen, die dennoch dort sind, ist es also einfach nur gelungen, an den Polizeikontrollen vorbeizukommen. Nachdem sie einmal im Bahnhof waren, hat die Polizei sich offensichtlich dafür entschieden, sie lediglich unter Kontrolle zu halten. Das ist nicht gut, denn dadurch sind die Polizisten abgelenkt.

In der Halle sind viele Menschen, viele, die zuhören, aber auch viele, die arglos mit ihren Koffern und den Taschen, vollgepackt mit Geschenken, vorbeischlendern und auf Züge warten, die mit allergrößter Wahrscheinlichkeit wegen des Wetters nicht fahren werden. Kinder laufen mit Ballons von der großen Sorte herum, wie man sie auf Jahrmärkten bekommt, weihnachtsrot und glänzend, mit dem Logo der Schwedischen Bahngesellschaft in weißer Schrift darauf. Ein Weihnachtsmann marschiert in einer Ecke hin und her und teilt sie aus.

Durch die Halle tönt Weihnachtsmusik, und wenn man das Ganze als Film sieht, der mit einem Smartphone aufgenommen worden ist, geht der Beginn der Rede in *a beautiful sight, we're happy tonight, walkin' in a winter wonderland* unter.

Er hält seine Rede auf einer runden Bühne, die groß und hoch wie ein Trampolin ist. Auf jeder Seite zwei Lautsprecher, die seine tiefe Stimme verstärken, und hinter ihm ein Hintergrund mit dem Namen der Partei und dem Leberblümchen, dem Symbol der Partei. Vor der Bühne sind drei Leibwächter in dunklen Anzügen postiert, und das Publikum wird von ungefähr zwanzig Polizisten umringt, die im Abstand von etwa einem Meter aufgereiht stehen. Im Publikum sind noch weitere uniformierte Polizisten unterwegs und etliche, die man nicht erkennt, weil die Verantwortlichen der Abteilung für Personenschutz bei der Säpo eine außergewöhnlich weitreichende Bewachung des jungen Parteiführers angeordnet haben.

Er bewegt sich wenig, macht manchmal einen Schritt nach vorn oder auf die Seite der kleinen Bühne, doch meistens entfernt er sich nicht von seinem Platz vor dem Hintergrundbild. Er pendelt zwischen Ernst und Leichtigkeit, bringt die Zuhörer mit einem Witz über die Schwedische Bahn und Schwedens Gleissystem zum Lachen, bittet aber die Reisenden auch, bei dem Sturm aufzupassen, denn Edith sei offenbar eine Dame, der gegenüber man sich nicht aufmüpfig zeigen sollte.

»Alles deutet darauf hin«, sagt er, »dass dieser Sturm nicht von schlechten Eltern ist. Geben Sie bitte auf sich acht.«

Dann leitet er seine Rede mit der Frage ein, warum er heute hier ist, und weist auf den jüngsten Bericht des Instituts für Sozialwissenschaft hin, demnach Kinder in Migrantenfamilien von ihren eigenen Familien bewusst kontrolliert und überwacht werden, damit sie nicht im westlichen Geist aufwachsen. Damit kommt er zu den schwedischen Traditionen und Werten, und bis dahin ist alles wie gewöhnlich, aber dann fängt er an, über die Bedeutung des Multikulturellen für die Entwicklung einer Gesellschaft zu sprechen. Er hebt die positiven Seiten hervor, legt aber mehr Gewicht auf das, was daran kompliziert ist.

Im Hintergrund ist die blecherne Stimme zu hören, die Zugverspätungen, Gleisänderungen und, eher selten, Abfahrten ankündigt. Das Wetter ist chaotisch. Die Rede wird von den vielen Sympathisanten der Partei in die Länge gezogen, die jedes Mal, wenn er die Stimme erhebt und einen politischen Punkt liefert, applaudieren.

»Die schwedische Kultur muss offen sein und aufnehmen können«, sagt er, »wenn Personen, die hierherkommen, ein Teil davon werden wollen. Und das ist nicht ihre Verantwortung. Das können wir nicht von ihnen verlangen. Was wir von dem Flüchtling, der hierherkommt, verlangen können, ist, dass er bereit ist, schwedische Werte und die schwedische Kultur anzunehmen. Aber damit das möglich ist, muss die schwedische Kultur offen sein. Und die Verantwortung dafür, dass sie es ist, haben nur wir selbst.«

Applaus. Er lächelt.

Einer der vielen Ballons zerplatzt. Der Knall ist so laut, dass man zusammenfährt. Vielleicht ist das der Funke. Wer weiß.

»Hier kommt er«, sagt Birck und hält das Bild an. »Siehst du?«

»Ja.«

Hinter der Bühne bewegt sich ein Schatten. Man kann seine Größe nicht einschätzen, aber er ist dunkel gekleidet und hat die Kapuze seines Pullovers über den Kopf gezogen.

Aber er befindet sich in der Höhle des Löwen. Das kann nie gelingen. Wer immer das auch ist, er wird in dem Augenblick, in dem er die Hand erhebt, erschossen oder – vielleicht noch schlimmer – totgeprügelt werden. Doch dann wird alles dunkel. Niemand weiß, warum das geschieht und ob es ein Teil des Plans für das Attentat ist oder mit dem Wetter zu tun hat.

Stromausfall.

Man weiß nur, dass er exakt siebzehn Sekunden andauert.

Wir stehen nebeneinander in einer Abseite der Polizeistation am Hauptbahnhof und gehen die stummen Bilder von den Überwachungskameras durch sowie diese Version der Tat, die mit einem Handy aufgenommen wurde.

»Du hast dreiundzwanzig Kameras zur Verfügung«, sage ich, »und willst unbedingt einen kleinen Handyfilm anschauen?«

»Ich wollte die Geräusche hören«, erklärt Birck und hebt den Blick zu einem der vielen Bildschirme vor uns.

»Hier, sehen Sie«, sagt der Polizeiassistent, der schockiert vor einem der großen Fernsehbildschirme steht, auf dem die Bilder der Überwachungskameras gezeigt werden. »Hier ist er. Er ist hinter dem Pfeiler verborgen, sodass man ihn nicht gut sieht. Glauben Sie, er hat das absichtlich gemacht?«

»Sich vor den Überwachungskameras versteckt?«, frage ich.

»Ja.«

»Nein, das glaube ich nicht.«

Wir schauen uns die Bilder der Kameras an. Der Mann steht still und scheint den Blick auf die Bühne gerichtet zu haben. Sein Brustkorb ist trotz des Pfeilers zu sehen, und er atmet intensiv und heftig.

Bei Stromausfall werden alle Bildschirme schwarz. Als der Strom wieder fließt, ist der Parteiführer zu Boden gegangen, und das Mikrofon ist ihm aus der Hand gefallen. Er sieht erst erstaunt aus, dann überschattet so etwas wie Trauer sein Gesicht. Jemand schreit, dann schreien viele, das kann man von ihren Gesichtern ablesen. Das Messer liegt auf dem Boden neben der Bühne, und der Täter ist verschwunden. Die Schwarz-Weiß-Bilder lassen das Blut auf dem weißen Hemd dunkelgrau aussehen.

»Die Vorgehensweise scheint doch der sehr ähnlich, die der Mörder von Heber angewendet hat, oder?«, fragt Birck. »So, als hätte er das Messer ungefähr dort platziert, wo es auch Heber traf.«

»Stimmt.«

Und Heber ist an der Verletzung gestorben. Diese Tat hier kann jeden Moment vom Mordversuch zum Mord an einem Politiker werden.

»Noch einmal«, sage ich und nicke dem Assistenten zu.

»Den ganzen Scheiß?«

»Nein, die letzten Sekunden vor dem Stromausfall.«

Wir betrachten erneut die letzten Sekunden, die von einer Kamera aufgenommen wurden, die die Umgebung rechts von der Bühne einfängt und so weit entfernt ist, dass der Täter auf dem Schirm nicht mehr als ein paar Zentimeter groß ist.

Das Messer, das neben dem Parteivorsitzenden auf dem Boden lag, ist von einer Polizistin aufgehoben worden, die genau das getan hat, was sie tun sollte, nämlich es mit größter Vorsicht behandeln und es dann umgehend ans *Haus* schicken, sodass es zur technischen Analyse weiterbefördert werden kann. Doch vorher lag es auf dem Fußboden in der großen Halle, wo ich es über Bircks Schulter ansehen konnte.

»Das ist es doch, oder?«, meint er.

Es sah so aus, als würde es perfekt in den Messerblock des Café Cairo passen.

»Ja. Dasselbe Messer und dieselbe Vorgehensweise wie bei Heber. Teufel auch, das ist derselbe Täter.«

Der Parteivorsitzende wird in ein Krankenhaus eingeliefert, und die Halle wird von Polizisten geflutet, die darum kämpfen, den Bahnhof zu evakuieren, um den Tatort absichern zu können. Das ist eine sinnlose Aufgabe, denn alle eventuellen technischen Beweise werden ohnehin zerstört werden.

Derselbe Täter. Es müsste einfach sein, aber wir haben nichts, und es herrscht Chaos. Nicht nur im Hauptbahnhof, sondern auch auf der Västerbron. Aus dem Polizeifunkgerät auf dem Tisch des Assistenten meldet eine knisternde Stimme, dass der starke Wind dazu geführt hat, dass ein Fahrer die Kontrolle über seinen Wagen verloren hat und in eine Ampel gerauscht ist. Der Fahrer kam mit einer Gehirnerschütterung davon, aber mit der Ampel sieht es nicht so gut aus. Von dem Zusammenstoß geschwächt, hat sie Edith nichts mehr entgegensetzen können und sich langsam über die Fahrbahn gelegt, wo sie dann eine Massenkarambolage verursacht hat.

»Wie hat er nur verschwinden können?«, frage ich. »Wie zum Teufel hat er nur verschwinden können?«

Birck lehnt sich an die Wand, schließt die Augen und drückt seine Fingerspitzen auf die Lider, wobei er eine Grimasse zieht. Ich trommele mit den Fingern auf meinen Oberschenkel. *Can't think of anything to think.*

»Ich weiß es nicht«, sagt Birck, ohne die Augen zu öffnen. »Es schien in dieser Richtung nicht so viele Polizisten zu geben.«

»Die hätten doch den ganzen Bahnhof komplett im Blick haben müssen.«

»Klar, aber direkt hinter der Bühne? Und wie weit kommt man in, was waren es, siebzehn Sekunden?«

Er wendet sich, immer noch mit geschlossenen Augen, an den Assistenten.

»Ja«, sagt der unsicher und sieht Birck an. »Siebzehn.«

»Die Leibwächter haben den Überblick, man sieht es ihnen an. Aber die müssen nur zwei, drei Sekunden abgelenkt sein, mehr ist nicht nötig. Er hat siebzehn Sekunden. Außerdem ist es dunkel.«

Mein Körper registriert, dass die erste Chaoswelle abebbt. Mein Kopf fühlt sich leicht an, so als ob ich essen oder Wasser trinken müsste, weil ich sonst in Ohnmacht falle, aber das passiert nicht. Ich umklammere das Halcionröhrchen in der Tasche.

Wir hatten keine Chance. Wir waren nicht einmal nahe dran. Bis zum Schluss waren wir in die falsche Richtung unterwegs.

»Teufel!«, schreit Birck und knallt seine Hand gegen die Wand. »Scheiße, Scheiße, Scheiße!«

Der Assistent sieht verschreckt aus. Birck ist rot im Gesicht und steht einfach nur da und atmet. Ich sollte etwas sagen, weiß aber nicht, was.

»Wir sollten die Hysterie mal beiseitelassen«, sagt er dann ruhiger, »und das tun, was zu tun ist, nämlich hinschauen, überprüfen, was wirklich geschehen ist und was wir wissen.« Er öffnet die Augen. »Wie geht es dir?«

»Wieso?«

»Deine Stirn glänzt. Ist dir heiß?«

»Ach so. Ja. Nein. Es geht mir gut.«

Das stimmt nicht. Ich bräuchte ein Glas Wasser.

»Okay«, sagt er. »Dann sollten wir uns mal ansehen, was geschehen ist. Was meinst du? Und wo zum Teufel sind eigentlich Berger und Goffman?«

»Iris musste ein Telefonat führen und überprüfen, wie die Evakuierung des Bahnhofs läuft, und wo Goffman ist, keine Ahnung.«

»Hier«, sagt der Assistent. Er spult die verschiedenen Aufnahmen der Überwachungskameras auf den Bildschirmen vor und zurück. »Hier ist er. Das ist ... ein paar Sekunden, nachdem der Strom wieder da ist.«

Die Kamera fängt einen Teil des Bereichs rund um die Fressmeile des Hauptbahnhofs ein. Viele haben die Taschenlampe ihres Handys eingeschaltet. Wer sich zuvor nicht zum Warten auf besseres Wetter niedergelassen und irgendein Junkfood gegessen hat, der hat schwere Tüten und Koffer hin- und hergeschleift. Als der Strom wiederkommt und den Hauptbahnhof in sein kaltes Licht taucht, fahren die Menschen mit ihren Beschäftigungen fort. Zwischen ihnen läuft im Zickzack ein Mann hindurch, maskiert, die Kapuze über den Kopf gezogen und einen Schal um die untere Gesichtshälfte geschlungen. Er verschwindet aus dem Bild.

Laut ersten Zeugenaussagen ist der Mann zu einem Auto geeilt, das in der Nähe stand und wartete. Andere wiederum haben erklärt, er hätte einen der wartenden Vorortszüge bestiegen. Ein dritter Zeuge meinte, er sei in Richtung U-Bahn verschwunden.

»Wohin geht er als Nächstes?«, fragt Birck.

»Er läuft zu den Zügen«, sage ich. »Checken Sie die Kameras auf den Gleisen.«

Die Oberlippe des Assistenten glänzt. Er zieht ein Stofftaschentuch aus der Tasche und fährt sich damit über den Mund.

»Wer hat denn heute noch ein Taschentuch?«, fragt Birck.

»Das hab ich geschenkt bekommen«, murmelt der Assistent, den Blick auf die Bildschirme gerichtet.

Jetzt sind siebenundfünfzig Minuten seit der Tat vergangen. Birck hebt das Telefon ans Ohr, und sowie er jemanden erreicht, bittet er um eine Liste aller Züge, Vorortzüge und Busse, die in der letzten Stunde den Hauptbahnhof verlassen haben.

»Wirklich?«, fragt er erstaunt. »Okay. Von wem? Danke sehr.«

Er beendet das Gespräch. »Das hat offensichtlich jemand aus dem *Haus* schon erledigt.«

Ich betrachte einen der Bildschirme, auf dem der Assistent das Bild des Täters angehalten hat.

»Wer zum Teufel ist das?«, frage ich.

»Ich finde ihn nicht«, erklärt der Assistent. »Ich kann ihn nicht wiederfinden.« Er ist niedergeschlagen, als hätte er in einer wichtigen Prüfung versagt. »Tut mir leid. Im Moment ist das hier das letzte Bild, das ich von ihm habe.«

Der Täter ist groß, hat breite Schultern und ist dunkel gekleidet. Mehr kann man nicht erkennen.

»Wir liegen zu weit zurück«, sagt Birck, mehr zu sich selbst, als zu irgendjemand sonst. »Wir alle liegen zu weit zurück. Jetzt blind nach ihm zu suchen, hilft wenig. Der Täter bewegt sich nicht ungeplant.«

»Ebi Hakimi hat von Jonathan Asplund erfahren, dass Informationen über ein Attentat kursieren«, sage ich. »Asplund ist

Mitglied im Schwedischen Widerstand. Ihm direkt übergeordnet ist Christian Västerberg.« Ich sehe auf. Ich brauche ein Glas Wasser. »Wo finden wir den?«

HERBST. DER ENTLASSUNGSTERMIN STAND fest: noch drei Monate. Christian hatte spät am Abend eine Nachricht von einer Telefonnummer, die er nicht kannte, bekommen. Er wagte nicht zu antworten.

Ein Datum, das war alles. Wenn Michael die Gelegenheit bekam, ihm eine Nachricht zu schicken, hätte er dann nicht mehr geschrieben? Vielleicht hatte er sich das nicht getraut.

Es war kurz nach elf Uhr vormittags. Er musste heute erst um zwölf Uhr bei der Arbeit anfangen und hatte sich freigenommen, um die Flugblätter fertig zu machen, die jedoch immer seltener wurden. Jens Malm rief fast jeden Tag an, und meist war nur schwer herauszuhören, was er eigentlich wollte. Christian hatte das Gefühl, Malm würde ihn dafür verantwortlich machen, dass sie keine Fortschritte erzielten.

»Ihr in der Stockholmer Fraktion seid unsere Frontsoldaten«, sagte er oft. »Wenn ihr nicht vorrückt, dann können wir das auch nicht tun.«

Sie waren stark dezimiert. Diejenigen, die dennoch zu ihnen hielten, würden es immer tun, das waren die wirklich Treuen und Überzeugten. Und das war gut, meinte Malm. Aber es fehlte ihnen an Geld.

Auf dem Spielplatz vor seinem Haus sah Christian Kinder einander jagen. Wäre er noch einmal zu der Therapeutin gegangen, dann hätte er ihr wahrscheinlich davon erzählt, dass es ihn, ohne dass er genau wusste, warum, berührte, die Kinder dort unten zu sehen.

Sein Handy klingelte. Er nahm es aus der Tasche und hielt es ans Ohr, ohne den Blick vom Spielplatz zu wenden. Eines der Kinder wurde von den anderen gejagt.

»Ja, hallo?«, sagte Christian.

»Ich bin es.«

Michael. Er erstarrte, trat vom Fenster zurück und setzte sich auf einen der Küchenstühle.

»Hallo. Was gibt's?«

»Ich ... es ist schlimm, Christian, ganz schlimm.«

»Aber was ist denn? Ich habe deine SMS gekriegt, nur noch drei Monate, das ist doch total gut.«

»Ich glaube nicht, dass ich noch drei Monate überstehe. Ich habe ... ich brauche Geld.«

Michael hatte versucht, nicht den Mut zu verlieren, das wusste Christian. Und er kannte auch die Gerüchte, die kursierten: Während seines Aufenthalts in Mariefred war er zur Zielscheibe für andere Gruppen geworden, kriminelle Islamisten und Linksextremisten, die wegen Körperverletzung im Vollrausch und versuchten Raubmords verurteilt worden waren. Und als wäre das nicht genug, war auch noch der Leiter der Strafanstalt ein bekannter Jude.

Jetzt brach alles aus Michael heraus: Die Wörter strömten nur so in einem Fluss, und Christian musste sich anstrengen, alles zu verstehen.

Michael hatte versucht zu überleben, indem er sich freigekauft hatte. Das hatte auch funktioniert, solange das Geld reichte, aber jetzt war er pleite.

»Wie viel brauchst du?«, fragte Christian.

»Mehr als du hast.«

»Wie viel?«

»Fünfzigtausend.«

»Oh.«

Der Laut kam aus seinem Mund, ehe er ihn unterdrücken konnte. Das war bedeutend mehr Geld, als er besaß.

»Bisher hat Jens mir immer geholfen, aber ich glaube nicht, dass er noch so viel hat.« Michael senkte die Stimme. »Ich werde es nicht überleben, Christian. Ganz im Ernst, das ist kein

Witz. Wenn ich das Geld nicht auftreibe, werden sie mich mit den Füßen zuerst hier raustragen.«

Christian spürte, wie die Panik von ihm Besitz ergriff.

»Was soll ich tun?«

»Rede mit Jens. Ich habe versprochen, ihn im Austausch gegen seine Hilfe zu unterstützen, wenn ich rauskomme. Er hat aber selbst kein Geld, sondern eine Pipeline direkt zu den Schwedendemokraten. Und die haben Kohle.« Kurzes Schweigen, dann ein Knistern im Hörer, bis Michael sagte: »Ich muss jetzt Schluss machen.«

Das war eigentlich logisch. Im Austausch gegen die Unterstützung von Christian und Michael, wenn dieser rauskam, würde Malm versuchen, einen Deal zu machen. Das würde ganz leicht sein, solange es unter dem Radar lief: Schließlich war es bis zur Wahl nur noch ein Jahr. Derzeit floss den Schwedendemokraten aus allen denkbaren und undenkbaren Quellen das Geld nur so zu, und außerdem gab es immer noch Kräfte innerhalb der Schwedendemokraten, die den Schwedischen Widerstand unterstützten, Kräfte, die versuchten, für ihresgleichen zu sorgen.

So erklärte Jens Malm das Christian, als sie sich am selben Nachmittag trafen. Christian hatte sich bei der Arbeit krankgemeldet, und nun saßen sie in Malms Auto, einem kühlen, silberfarbenen BMW, von dem Christian sich fragte, wie Malm ihn sich leisten konnte. Der Ort: ein Rastplatz an der E4 Richtung Süden, Niemandsland am äußersten Rand der südlichen Vororte.

»Das Einzige, was wir tun müssen«, sagte Malm, »ist, dafür zu sorgen, dass es unter uns bleibt. Es darf unter keinen Umständen zur Parteiführung durchdringen. Der Sölvesborg-Drecksack würde sich in die Hosen pissen vor Angst, deswegen Stimmen zu verlieren. Ich spreche mit meinem Kontakt und sehe mal, was ich rausholen kann. Wie viel brauchte er noch gleich?«

»Fünfzig.«

»Fünfzig. Das wird sich machen lassen.«

Christian sah Malm an, und ihm fiel auf, dass sie sich zum ersten Mal allein begegneten. Die Führung traf sich jede Woche, aber da waren immer mindestens zwei oder drei andere dabei.

Malm holte sein Handy aus der Tasche und schickte eine Nachricht. Er war jetzt über vierzig, aber seine Gesichtszüge waren immer noch scharf, die Wangenknochen markant, das Haar unverändert gut frisiert und dick. Er trug einen leichten Herbstmantel und einen diskreten Schal, damit sah er aus wie ein Jurist oder Makler. Als Malm die Hand hob, um den Rückspiegel zurechtzurücken, glitt der Mantelärmel ein wenig herab, und Christian sah die drei Wörter, die in unauffälligen Versalien auf den Unterarm tätowiert waren: LOYALITÄT – VERPFLICHTUNG – WILLE, die Leitworte und das Mantra des Schwedischen Widerstands. Daneben das ältere Tattoo, die Wolfsangel.

Der Rastplatz bestand aus einer kleinen Imbissbude mit Parkplatz und zwei öffentlichen Toiletten. Ein Stück entfernt standen ein paar Autos, unten rauschte der Verkehr auf der E4.

»So«, sagte Malm und legte das Telefon beiseite. »Nun wollen wir mal sehen, was er antwortet. Es dürfte nicht allzu lange dauern.« Er sah Christian an. »Wie geht es dir?«

»Gut. Einigermaßen.«

»Bei unserem letzten Treffen warst du sehr schweigsam.«

»Ich war erschöpft, ich kam schließlich direkt von der Arbeit.«

Malm nickte nachdenklich.

»Nur eine radikale, kompromisslose Organisation kann das derzeitige System stürzen. Das habe ich immer gesagt, und ich sage es auch jetzt, obwohl wir mit Gegenwind rechnen müssen.« Er blickte Christian erneut an und lächelte. »Und erschöpfte Soldaten sind immer noch besser als gar keine.«

Christian lächelte auch. Eine Weile saßen sie schweigend da.

Die Tür zur Imbissbude ging auf, und eine übergewichtige Frau trat heraus. Sie ging zu ihrem Auto, und als sie sich auf dem Fahrersitz niederließ, schaukelt der kleine Opel.

»Ich hoffe, wir werden ihm helfen können«, sagte Malm. »Er hat es verdient, nach allem, was er für uns getan hat.«

Der Opel fuhr davon. Dahinter stand ein Mazda. Auf dem Rücksitz sah Christian sich etwas bewegen. Es dauerte eine Weile, bis er begriff, dass es eine Frau war, die rittlings auf einem Mann saß. Sie hatte die eine Hand in ihrem Haar und die andere um die Nackenstütze eines der Sitze gelegt.

Malms Telefon meldete eine Nachricht. Er öffnete sie.

»Fünfzigtausend«, sagte er und nickte. »Grünes Licht. Ich werde ihn anrufen, um die Details mit ihm durchzugehen.«

Erleichterung durchströmte Christian.

»Wer ist dein Kontakt?«

»Niklas Persson, oder Nille. Er hat sich bis in die Parteizentrale hochgearbeitet.«

Christian erinnerte sich an ihn. Er hatte Michael den Ausschluss aus der Schwedendemokratischen Jugend mitgeteilt. Das war jetzt lange her, aber Christian wusste noch genau, wie traurig Michael ausgesehen hatte und wie wütend er dann geworden war.

»Ich weiß, wer das ist.«

»Ich weiß, dass du das weißt.« Malm lachte auf. »Ich glaube, Nille hat immer noch ein schlechtes Gewissen, weil er euch damals rausgeschmissen hat.«

»Mich hat er nie rausgeschmissen«, betonte Christian. »Ich bin freiwillig gegangen, aus Gründen der Loyalität.«

»Genau, so war das.« Malm nickte. »Das ist deine große Stärke, Christian. Deine Loyalität.«

In dem anderen Auto machte die Frau eine Reihe von ruckartigen, hitzigen Bewegungen mit den Hüften, ehe sie auf dem Rücksitz zusammensank. Christian meinte, sie stöhnen zu hören.

Am selben Abend klingelte das Handy. Es war Malm.

»Es geht nicht«, sagte er. »Es ist vorbei.«

»Was redest du da?«

»Sprich nicht so mit mir.« Malms Stimme war eiskalt. »Jetzt beruhige dich.«

»Entschuldigung. Es tut mir leid. Was ist passiert?«

Malm hatte mit Nille telefoniert und erklärt, wofür sie das Geld brauchten, und sie hatten die Details vereinbart und sich für die Übergabe des Geldes auf einem Fabrikgelände in Solna verabredet. Nach einer halben Stunde des Wartens hatte Malm Böses geahnt. Er hatte Nille angerufen, aber der hatte sich nicht gemeldet. Eine Viertelstunde später hatte Nille dann zurückgerufen und war gestresst und nervös gewesen.

Jemand hatte ihr Gespräch mitgehört. Hatte *Schwedischer Widerstand* gehört und *Gefängnis* und den Namen des Gefangenen.

Weniger als fünf Minuten später hatte die Information den Parteivorsitzenden erreicht. Der hatte augenblicklich dafür gesorgt, dass das Geschäft unterbunden wurde. Offensichtlich hatte er herumgebrüllt, was ziemlich ungewöhnlich war: Sie befänden sich in der Anfangsphase des Wahlkampfs, sie müssten sich auf sich selbst und die Wähler konzentrieren. Sie hätten Verpflichtungen gegenüber ihren Beitragszahlern. Das Geld könne nicht dafür benutzt werden, zu Gefängnisstrafen verurteilte Nazis zu retten. Und zuletzt: Wenn es nach ihm ginge, könne der Nazi gern totgeschlagen werden.

Als er mit dem Rumbrüllen fertig gewesen war, hatte er Nille abgesetzt.

»Du musst Kontakt mit Michael aufnehmen«, sagte Malm, »damit er es weiß.«

»Aber er … wenn er kein Geld … sie werden …«

»Ich weiß, aber was sollen wir denn tun, verdammt?«

»Es muss irgendwie anders gehen.«

»Er braucht das Geld schließlich sofort«, meinte Malm. »Auf gesetzlichem Wege kann man nicht so viel besorgen.«

»Und auf ungesetzlichem?«

»Nie im Leben, Christian.« Malms Miene verfinsterte sich. »Das würde niemals dem Kampf der nationalen Bewegung dienen, und vergiss nicht, dass der über allem steht. Alles, was wir tun, muss dem Gedanken dienen. Und in diesem Fall …«

»Was?«

»Ich verbiete es dir. Das ist ein Befehl. Nimm Kontakt zu ihm auf und erkläre es ihm.«

Malm erteilte nur selten Befehle. Normalerweise bekam er auch so seinen Willen. Als er es jetzt tat, klang das bedrohlich.

Christian sah auf die Uhr.

»Er wird sich um zehn Uhr melden. Dann hat er die Erlaubnis zu telefonieren.«

»In zwölf Minuten also.« Malm räusperte sich. »Dann hast du noch zwölf Minuten, um dir zu überlegen, was du sagen willst.«

Damit beendete Malm das Gespräch. Christian sah auf das Handy und bemühte sich, es nicht an die Wand zu werfen.

Dreizehn Minuten später klingelte es. Christian saß im Wohnzimmer auf dem Fußboden und versuchte sich zu entscheiden, was er tun musste. Als er das Gespräch annahm und das Handy ans Ohr hielt, wurde ihm klar, dass er keine Ahnung hatte, was er sagen sollte.

Michael klang hoffnungsvoll und trotz der späten Stunde munter.

»Ist alles klar?«, fragte er.

Christian schloss die Augen.

»Nein.«

Dann erklärte er Michael die Lage, und als er damit fertig war, verstummte er. Es gab nichts mehr zu sagen.

»Okay.« Michael klang ruhig. »Ich verstehe. Dann war es also die Parteiführung?«

»Der Parteivorsitzende«, sagte Christian.

»Ich verstehe«, wiederholte Michael.

Christian hätte gern gewusst, wie ernst die Bedrohung gegen Michael eigentlich war, doch er fragte nicht nach, weil er nicht den Eindruck erwecken wollte, an Michael zu zweifeln.

»Was passiert jetzt?«, fragte er stattdessen.

»Ich weiß es nicht.«

WIE SICH HERAUSSTELLEN SOLLTE, überlebte er aus purem Zufall: Um ihn auf ein Leben in Freiheit vorzubereiten, wurde er in eine andere Anstalt näher bei Stockholm verlegt. Die Gefangenenaufsicht traf diesen Beschluss drei Tage nach ihrem Gespräch.

In Mariefred war es den anderen bis dahin nicht gelungen, ihn allein zu erwischen, und in der neuen Anstalt war die Gefahr nicht so groß. Er wurde nicht totgeschlagen, sondern bekam nur ein paar Faustschläge und Tritte in den Magen.

Ein paar Wochen lang pisste er Blut, aber das war, rein äußerlich gesehen, alles.

VOR JONATHANS WOHNUNG IN Hallunda rast der Orkan. Er hat sich ans Fenster gestellt, mit dem Rücken zum Fernseher, wo die neuesten Nachrichten über das Attentat auf den Parteivorsitzenden sich mit Informationen über Ediths Vormarsch abwechseln.

Bei Tageslicht besehen, besteht Hallunda aus nichts anderem als Hochhausklötzen, vollgeschmierten Wänden und Niemandsland. So war das schon lange, aber vor allem seit den Mai-Krawallen, als Autos in Brand gesteckt wurden und die Nigger sich mit Polizisten prügelten, die sie Affen genannt hatten und damit alles noch schlimmer machten. Jetzt, bei diesem Wetter, türmt sich Hallunda als eine graue Ruine wie die Dunkelheit am Ende der Stadt auf.

Jonathan ist verarscht worden. Mal wieder. Sie haben ihn reingelegt. Verflucht, warum muss ich so verdammt verrückt sein, denkt er. Und er schämt sich.

Im Spiegelbild auf der Fensterscheibe sieht er sich selbst: die kurzen Haare, die markanten Augenbrauen, deren eine von einer Narbe in der Mitte durchschnitten ist, die knubbelige Nase, tief sitzende Wangenknochen, schmale, weit auseinanderstehende Augen. Er trägt schwarze Baggy-Jeans und ein weißes T-Shirt. Am Handgelenk sitzt eine Tätowierung, das Wort SCHWEDEN und ein Hakenkreuz. Seine Arme sind bleich und schmal. Er vermeidet es, die Tätowierung anzusehen.

Er nimmt sein Handy und ruft Christian an. Die Klingeltöne klingen knisternd und abgehackt, doch der meldet sich nicht.

Jonathan schielt auf die Wohnungstür, dann auf den Schlagring, der vor ihm auf dem Fensterbrett liegt. Er ist das Einzige, was er hat, falls etwas passieren sollte.

Jonathan tritt vom Fenster zurück. Er will sich nicht selbst sehen. Da, wo er steht, direkt an der Wand, kann er spüren, wie der Sturm durch die Fußbodenleisten zieht. Die Fensterscheibe zittert, als würde sie gleich nachgeben.

Noch einmal ruft er Christian an. Wieder nichts.

Die Wohnung hat eine winzige Diele, ein Badezimmer und eine kleine Küchenzeile, auf der das schmutzige Geschirr von heute wartet. Hier wohnt er, seit er vor drei Jahren von zu Hause ausgezogen ist. Die eine Wand ist von einer großen schwedischen Flagge bedeckt. Jonathan selbst hat von Hand SCHWEDISCHER WIDERSTAND in das gelbe Kreuz geschrieben. Auf dem Schreibtisch liegt ein Päckchen in Geschenkpapier, in dem ein Morgenmantel steckt. *Für Mama von Jonathan* hat er auf den Zettel geschrieben, der die Form einer Nikolausmütze hat und am Geschenkband festgemacht ist.

Christian meldet sich immer noch nicht.

DIE SCHEIBENWISCHER VON IRIS' Auto versuchen, die Sicht frei zu halten, aber sie kämpfen vergebens. Christian Västerberg ist auf der Olshammarsgatan 19 in Hagsätra gemeldet. Eine Fahrt dorthin dauert normalerweise eine knappe Viertelstunde, bei diesem Wetter sieht das jedoch anders aus.

Um uns herum versinkt Stockholm. Die Flugplätze Arlanda und Bromma haben jeden Flugverkehr eingestellt. Der Wasserspiegel der Ostsee steigt, und Edith hat es bereits geschafft, den Mälaren über einen Meter ansteigen zu lassen, und die Wassermassen zerschlagen die Eisblöcke direkt am Ufer.

Rettungsfahrzeuge blockieren die Straße. Iris fährt die Fensterscheibe herunter und hält einem sorglosen Polizeiassistenten ihre Marke entgegen.

»Wohin wollen Sie?«, ruft der Polizist.

»Hagsätra«, erwidert Iris.

»Was?«

»Hagsätra.«

Er lacht.

»Viel Glück.«

Iris fährt die Scheibe wieder hoch. Im Radio läuft ein Weihnachtslied: *It's worth the wait the whole year through, just to make happy someone like you.*

»Christian Västerberg«, sagt Birck in Gedanken versunken. »Wer ist das?«

»Einer von den Unsichtbaren im Schwedischen Widerstand. Wir wissen, dass er die Zwischenstufe zwischen Mitgliedern wie Jonathan Asplund und dem Leiter der Stockholmer Fraktion, diesem Keyser, ist. Västerberg und Keyser sind Freunde aus Kindertagen.«

»Keyser«, sage ich, »wo habe ich den Namen schon gehört?«

»Der hat vor ungefähr zehn Jahren einem Linksaktivisten so fest auf den Kopf getreten, dass ihm das Auge aus dem Kopf sprang. Er bekam eine extrem harte Gefängnisstrafe aufgebrummt.«

»Nein«, sage ich, »das meinte ich nicht.«

»Wenn man bedenkt, wie schlecht ihr Ruf ist, wissen wir ziemlich wenig über sie. Ihre Vereinigung ist verdammt gut abgeschottet. Wie gesagt, Asplund war unser Kontakt in der Bewegung.«

»Hätten Sie die nicht unter Beobachtung stellen müssen?«, fragt Birck.

»Das kann man immer sagen«, erwidert Iris säuerlich. »Besonders gut kann man das im Nachhinein sagen.«

»Das hier ist keine Pfadfinderbewegung, sondern eine militante neonazistische Organisation. Da hätten Sie doch wohl mit all Ihren Ressourcen ...«

»Unsere Abteilung ist von zwei Dingen abhängig: von dem, was draußen geschieht, und von Nachrichtenquellen, die uns das mitteilen. Wir beschatten nicht konstant das ganze Volk, und schon gar nicht, wenn die Leute nicht irgendwelcher Verbrechen verdächtigt werden. Und selbst unsere Ressourcen sind begrenzt. Wir haben einen starken Fokus auf die RAF gerichtet. Und wir haben ja unseren Kontakt im Schwedischen Widerstand gehabt, und der hat uns bisher sehr exakte Informationen darüber geliefert, was sie planen. Aber zu dieser Sache jetzt lagen uns keinerlei Hinweise vor.«

»Vielleicht wusste Asplund nichts davon«, sage ich.

»Nein«, erwidert Iris steif, »vielleicht wusste er nichts davon. Und wir haben keine Ahnung, ob die das überhaupt waren. Wir wissen nicht, wer der Täter ist.«

Keiner sagt etwas. Hinter uns fällt ein Baum über den Zaun an der Straße. Der Zaun gibt nach und beult sich in die Fahrbahn hinein.

Und da erinnere ich mich an ihn, Christian Västerberg. Ich wusste doch, dass sein Freund einen ungewöhnlichen Nachnamen hatte, vielleicht eben Keyser. Da hatte es mal vor langer Zeit einen Fall von Körperverletzung in Salem gegeben, und ich glaube, die beiden hatten damit zu tun. Ich wohnte damals zwar noch in Salem, verbrachte aber fast keine Zeit mehr dort. Ob Grim noch davon weiß? Vielleicht. Ich erinnere mich nicht, ob Västerberg Täter oder Opfer war. Vielleicht sind solche Details aber auch bedeutungslos.

Christian Västerberg wohnt in einem der hohen Häuser neben einer Pizzeria. Wir steigen aus dem Auto, und der Schnee findet seinen Weg unter den Mantel, den Kragen, in meine Augen, meinen Mund, überallhin.

Wie eine Welle trifft uns ein noch härterer, schärferer Wind.

Den einen Moment stehen Birck und Iris nebeneinander. Er untersucht etwas auf seinem Handy, sie schiebt die Autoschlüssel in die Manteltasche. Dann fällt ein Schatten, schwer und rasch, und im nächsten Moment hat sich Iris auf Birck geworfen, und ein ohrenbetäubender Knall ertönt, wie wenn ein Container auf den Boden kracht. Eine zehn Zentimeter dicke und mehrere Meter breite Metallplatte ist von einem der Häuserdächer gefallen.

»Danke«, sagt Birck schockiert.

»Gern geschehen.«

Ich sehe zum Himmel hinauf, der gerade auseinandergerissen wird. Die Wolken sind schwer und dunkel. Als die nächste Sturmwelle kommt, steigert sich der Laut zu einem Heulen, und ich ziehe instinktiv die Schultern hoch. Irgendwo in der Nähe knackt es, aber ich weiß nicht, wo, denn das Geräusch erreicht uns nur so schwach, dass man es nicht lokalisieren kann. Auf der anderen Seite der Straße wird ein Teil der Fassade weggerissen. Dachpfannen fallen krachend auf die Erde und zersplittern.

Iris sieht Birck an.
»Sind Sie okay?«
»Glaube schon.«
Sie dreht sich um. Die Platte ist so nahe beim Auto heruntergefallen, dass sie einen der Rückspiegel mitgerissen hat.
»Das Auto auch«, sagt sie, »im großen Ganzen.«

CHRISTIAN WENDET DEN BLICK vom Fernseher ab, wo die Bilder von der Tat unendlich oft wiederholt werden. Wo ist Michael? Er würde gern mit ihm Kontakt aufnehmen, wagt es aber nicht.

Das Handy klingelt wieder und wieder. Es ist Jonathan. Christian geht nicht ran.

Ein Strom von Reue durchfährt ihn, so stark, dass er fast davon mitgerissen wird, und er ahnt, dass er ihm nicht mehr lange wird widerstehen können.

Die Jahre im Gefängnis hatten Michael eine Reihe neuer Narben und eine neue Kälte im Blick verliehen. Und eine Stärke: Er hatte es geschafft. Er hatte überlebt. Viel später würde Christian denken, dass die schlimmsten Narben vielleicht die unsichtbaren waren: Michael konnte düster werden, in sich selbst versinken und auf eine andere Weise abweisend erscheinen als früher. Er bekam eine Anstellung als Wachmann in einem Lager. Es hasste diese Arbeit und tat nicht mehr dafür, als er musste, um den Job nicht zu verlieren.

Zum ersten Fraktionstreffen nach Michaels Rückkehr kamen drei Leute mehr als bisher. Nun waren sie insgesamt sieben Personen.

»Du musst dir keinen Vorwurf machen«, sagte Michael, »weil wir so wenige geworden sind, während ich im Knast saß. Ich weiß, dass du dich bemüht hast.«

Christian wusste nicht, was er antworten sollte. Hatte er alles getan, was er konnte? Die Antwort auf diese Frage kannte er nicht. Michael hatte ihm damals keinen Vorwurf gemacht, als sie so in sich zusammengefallen waren und sich fast aufgelöst hätten. Er hatte genickt und traurig ausgesehen. Er würde es verstehen, hatte er gesagt. Aber, hatte er dann hinzugefügt, es ist noch nicht zu Ende.

»Das Klima ist jetzt anders«, fuhr Michael fort. »Nicht nur hier, sondern im ganzen Norden. Wir haben den Norden hinter uns.« Er lachte. »Verstehst du? Und bald ganz Europa.«

Es war kurz nach der Reichstagswahl. Die Fernsehbilder zeigten den lächelnden Sölvesborg-Sohn. Die Schwedendemokraten hatten es über die berühmte Vierprozenthürde geschafft und würden nun in Zukunft das Zünglein an der Waage in der schwedischen Politik spielen dürfen. Darum war es bei dieser Wahl gegangen, nicht darum, welcher Block die meisten Stimmen bekam. Schweden war zersplittert, geteilt. Und sowohl vor als auch nach der Wahlnacht schauten alle nur auf die Schwedendemokraten.

»Jetzt ist es bloß noch eine Frage der Zeit«, hatte Michael gesagt.

»Bis was passiert?«

»Bis ihn jemand tötet.«

Christian schielte zu ihm und fragte sich, was er damit meinte. Jeder wusste, dass der Parteivorsitzende Feinde hatte, und in der darauffolgenden Zeit sollte etwas mit mehr als wünschenswerter Deutlichkeit klar werden: Die extreme Linke hasste ihn. Und schon bald taten das auch Teile der extremen Rechten.

Michael investierte alle Kraft in den Schwedischen Widerstand. Die Organisation wuchs auf fünfzig Mitglieder, die allesamt Beiträge bezahlten. Sie mussten sich größere Räume suchen. Ihre Lager mussten in anderen Gegenden stattfinden. Einige der Mitglieder waren schon früher dabei gewesen, doch die allermeisten waren neu rekrutiert, die hatten sie über die Schulen oder das Internet zu sich gelockt oder über die Kontakte von Kontakten. Die Medien schrieben Artikel über sie, die wahrscheinlich Unheil verkündend klingen sollten, allerdings mit gegenteiligem Effekt: Sie wurden wieder sichtbar. Die Menschen schlossen sich ihnen an.

Michael und er wurden von der Geschichte inspiriert: Im Laufe des Jahres lasen sie Arthur Kemps siebenhundert Seiten langes Buch *March of the Titans: The Complete History of the White Race* und die neu herausgegebene *Rassenkunde Europas* von Hans F. K. Günther, die zuerst 1927 erschienen war. Das war eine einzigartige, machtvollkommene Lektüre.

Jedes Teil fiel an seinen Platz, und die Stockholm-Fraktion wuchs. Eine Anwerbung nach der anderen erfolgte in Vororten wie Salem, Kärrtorp, Ösmo, Bålsta und Alby, aber auch in den eher innerstädtischen und bürgerlichen Gegenden wie Danderyd, Vasastan und Vaxholm. Sie gingen durch die Stockholmer Innenstadt und verteilten mit Polizeieskorte ihre Flugblätter. Christian stand fassungslos und überwältigt an Michaels Seite. Bald waren sie fast hundert.

»Das ist doch verrückt«, sagte Christian.

»Und das ist erst der Anfang«, erwiderte Michael und lächelte.

Manche tun nichts anderes, als an der Seitenlinie zu stehen und den Zeitläuften zuzuschauen. Andere sind dabei und formen sie, befinden sich in ihrem Epizentrum. Hinterlassen einen Abdruck, der alles verändert.

Als er jetzt vor dem Fernseher sitzt, rollt Christian die Vergangenheit noch einmal auf und versinkt weiter in den Erinnerungen, die er daran hat. Aber sie vermischen sich und werden zu einem Durcheinander. Es ist einfach zu viel passiert. Der Mensch kann in einer Wirklichkeit, die chaotisch ist, keine Ordnung schaffen.

Michael hatte solche Sachen schon gesagt. Zu Anfang waren es eher Witze gewesen, über die sie gelacht hatten: Man sollte einen Molotow-Cocktail durch die Scheiben der Einwanderungsbehörde schmeißen. Oder Asylantenheime niederbrennen und so eine Menge Fliegen mit einer Klappe schlagen. So war es immer gewesen. Nicht einmal im Oktober und November, als das Szenario geplant wurde und die Details an ihren Platz kamen, glaubte Christian, dass die Aktion wirklich durchgeführt werden würde. Als Jonathan ihm mitteilte, dass die Sicherheitspolizei Informationen über ein bevorstehendes Attentat auf Martin Antonsson habe, leitete Christian das an Michael weiter, in dessen Augen es aufblitzte.

Das war nicht das erste Mal, dass sie ähnliche Strategien anwendeten.

Sie griffen die RAF und all die anderen Gruppen an und wurden selbst ebenso oft angegriffen. Manchmal kam es Christian wie ein Spiel vor, ein ernstes Spiel, in dem beide Seiten sich mit gewalttätigen Konsequenzen an dieselben Regeln hielten.

Alle Versuche wurden entlarvt, manchmal nach einer Stunde, manchmal nach ein paar Tagen, waren aber dennoch effektiv. Sie schwächten und irritierten.

Diesmal gab es mehr Details, und sie kristallisierten sich nach und nach heraus: Sie würden sich Jonathan und seiner Verbindung zur Sicherheitspolizei bedienen können, und sie würden ausnutzen können, dass die RAF ein Attentat auf Martin Antonsson plante. Ein fehlendes Messer aus dem Café Cairo würde das Misstrauen der Polizei auf die Linke richten und die inneren Konflikte der Roten verstärken. Jede Bürokratie hat nur beschränkte Ressourcen, und eine Konzentration der Polizei auf die RAF würde den Schwedischen Widerstand für eine Weile zumindest aus der Schusslinie nehmen.

Niemand außer Michael und Christian würde davon wissen. Nicht einmal Jens Malm.

Doch es kam anders.

Sie weihten niemand ein, doch sie mussten Probleme und Details manchmal in der Nähe der anderen, deren Ohren immer größer und deren Blicke immer neugieriger wurden, spontan klären.

»Ich glaube, die anderen ahnen, was vor sich geht«, sagte Christian an einem Abend im November. »Ich glaube, die Sache platzt.«

»Wieso glaubst du das?«

»Nur so ein Gefühl.« Er sah Michael an. »Denkst du nicht?«

Sie standen in der dunklen Ecke einer Bar auf der Folkungagatan. Draußen fiel schwerer, dunkler Regen. Die Neonschilder glänzten.

»Doch«, sagte Michael schließlich.

»Dann brechen wir es ab.«

Michael schüttelte den Kopf.

»Wir machen weiter. Und es weiß schließlich noch niemand, ein paar ahnen vielleicht was, aber die sind ja auf unserer Seite. Das ist am wichtigsten.« Er senkte die Stimme. »Ich habe mit Jens darüber geredet.«

»Und was meinte er?«

Michael sagte nichts, aber sein enthusiastischer Blick war Antwort genug.

An diesem Abend fuhren sie mit der U-Bahn nach Hause. Michael wirkte ruhig und gesammelt, er hatte die Hände in den Jackentaschen und ein leichtes Lächeln auf den Lippen. Christian versuchte auch zu lächeln. Es spannte, als wäre er geknebelt.

DER 5. DEZEMBER, VOR ein paar Wochen: die Abendzeitung *Expressen* veröffentlichte, mehrere aktive Schwedendemokraten hätten etwas getan, was die Zeitung rassistische Übergriffe im Internet nannte. Alle, die in dem Artikel genannt wurden, wurden aus der Partei geworfen. Der Parteivorsitzende schmiss alle raus, die es wagten, die Wahrheit zu sagen.

Verräter. Buckler. Populist.

Man konnte fast spüren, wie der Hass wuchs.

In Internetforen und in Blogs, die von seinen Freunden und bekannten und unbekannten Kameraden betrieben wurden, hagelte es Reaktionen. Christian saß an seinem Computer, als das Handy klingelte. Erst als er es aus der Tasche nahm und spürte, wie glatt es auf seiner Handfläche war, merkte er, wie stark er schwitzte. Er starrte auf die Forumsdiskussion, die er gerade vom ersten bis zum letzten Beitrag gelesen hatte. Vielleicht hat Michael recht, dachte er. Wir scheinen für diese Sache wirklich Unterstützung zu haben. Wenn ihm das gelingt, kann er zum Helden werden.

Jetzt hatten sie Rückenwind. Wieder und wieder fielen die Würfel zu ihren Gunsten.

Christian kannte die Nummer nicht, die auf dem Display des Handys zu sehen war. Er nahm das Gespräch an und drückte das Gerät ans Ohr, ohne etwas zu sagen.

Eine tiefe und ruhige Männerstimme fragte: »Hallo? Ist da jemand?«

Christian klappte den Laptop zusammen.

»Ja.«

»Mit wem spreche ich?«

»Wen suchen Sie?«

»Ich suche einen Christian Västerberg. Bin ich da richtig?«

»Wer spricht?«

»Ich heiße Thomas Heber und bin Wissenschaftler an der Universität Stockholm.«

»Ach ja?« Christian erwog, das Gespräch wegzudrücken. »Und was wollen Sie?«

Dann berichtete Heber.

Christian stimmte dem Interview zu, ohne zu wissen, warum. Sie trafen sich in einem Gruppenraum ohne Fenster in der Bibliothek in Skärholmen. Er verbat sich die Aufnahme des Gesprächs, also machte Heber Notizen.

Er hatte vor Christian schon viele andere interviewt, sowohl aus Bewegungen wie dem Schwedischen Widerstand als auch aus deren Gegenpart, der RAF. Mehr als das durfte er über seine Interviewpartner nicht sagen, und mehr als das würde er ohnehin niemand anderem sagen, nicht einmal, wenn die Polizei ihn verhören würde.

Christian würde alles erzählen können, versprach Heber. Seine Anonymität wäre so perfekt, dass er von einem bevorstehenden Verbrechen berichten könnte, ohne dass Heber etwas anderes tun würde als zuzuhören.

Heber verdeutlichte, dass das nur ein Beispiel gewesen sei, aber Christian verspürte ein seltsames Lachen in seiner Brust hochblubbern. Heber ahnte ja nicht, wie recht er hatte. Das Lachen im Hals wurde zu einem stummen Schluchzen. Christians Blick verschwamm.

Er war nahe dran zusammenzubrechen. Er schwitzte. Heber schien das nicht zu bemerken, aber vielleicht war es ihm auch egal.

Viel von dem Gespräch drehte sich um Christians eigenes Leben. Anfangs bereute er es, dass er sich auf die Sache überhaupt eingelassen hatte. Es war ungewöhnlich und komisch, über sich selbst zu reden, doch Heber war geschickt, das muss

Christian jetzt, im Nachhinein, zugeben. Er war eine vertrauenerweckende Person, und bald fühlte sich Christian sicher in dem Gespräch, und dieses Gefühl wuchs. Heber ließ ihn so lange reden, wie er wollte, und stellte dann jeweils eine neue Frage. Ein paarmal mochte Christian nicht antworten, und wenn er den Kopf schüttelte, dann sagte Heber, es sei kein Problem, und ging weiter zur nächsten Frage.

Es war erlösend, von sich selbst zu reden. Es kam ihm so vor, als würde alle Reue verschwinden.

Der Betrug, der Verrat, ging ihm, als er ein paar Stunden später darauf zu sprechen kam, fast leicht über die Lippen.

»Haben Sie das Gerücht gehört?«, fragte Christian.

»Nein«, erwiderte Heber und zog die Augenbrauen hoch.

Christian trug eine Last in seiner Brust, die in Begriff war, ihn zu ersticken.

Und dann erzählte er es, zwei Sätze. Heber reagierte mit erstauntem Blick.

»Sie meinen, jemand will den Parteivorsitzenden umbringen?«

»Ja.«

Christian fragte sich, was er wohl dachte.

»Können Sie das verhindern?«, wollte Heber wissen.

»Das traue ich mich nicht. Ich kann nicht mehr dazu sagen, denn niemand weiß, wann oder wo. Ich habe schon zu viel erzählt. Ich bin schon … wenn jemand erfährt, dass …«

»Es erfährt niemand«, sagte Heber.

Christian schwitzte. Er konnte es nicht mehr unterdrücken, so viel Zeit war vergangen, und in dieser Zeit hatte er so viel getan, was er nicht hätte tun sollen, hatte so viele verletzt. Er fühlte sich verloren.

Die Wände des Zimmers schienen sich zu bewegen. Er blinzelte.

»Ich weiß, wer es tun wird«, sagte er dann.

Er erzählte es Thomas Heber, der es nicht weitersagen durfte, der es für sich hätte behalten sollen, der aber vielleicht genau dasselbe fühlte wie Christian: Das hier darf nicht geschehen.

Dann kam der Abend des 12. Dezember, und Michael rief an und befahl ihm, ein Messer zu stehlen. Er konnte nicht Nein sagen, konnte keinen Widerstand leisten. Erst als er erfuhr, wohin er sich nach dem Einbruch im Café Cairo begeben sollte, nämlich zur Universität, begriff er, was geschehen würde.

Jemand bollert an seine Tür. Er geht hin, um aufzumachen.

Im Fernsehen werden immer noch Bilder von der Tat gezeigt. Christian spürt seinen eigenen Puls in den Schläfen pochen. Kann die Nähe zu der Geschichte spüren, über die hier berichtet wird. Wie nahe er dem Zentrum des Geschehens ist. Das ist schwindelerregend. Und er verspürt eine Schuld, die, wenn nur noch Dunkelheit in der Wohnung existiert, so schwer wird, dass sie nicht zu tragen ist, aber er kann nichts dagegen tun.

Also trägt er sie, er, der nur eine Nummer ist, nur die 1601 in den Aufzeichnungen eines toten Wissenschaftlers.

JONATHAN RUFT WIEDER AN. Er hält sich jetzt vom Fenster fern, denn er ist überzeugt davon, dass es jeden Moment vom Sturm eingedrückt werden wird. Er hat das Rollo heruntergezogen, warum, weiß er nicht. Vielleicht, um Glassplitter in der Wohnung zu vermeiden, aber das Rollo ist aus Stoff, das wird nicht viel helfen.

Er muss an das Diktafon denken und fragt sich, wo es jetzt wohl ist. Er hat es Ebi gegeben, aber was danach damit passiert ist, ist unklar. Hat der es für sich behalten? Ist es im Zusammenhang mit seinem Tod in die Hände der Polizei geraten?

Vielleicht ist es Ebi während der Demonstration aus der Tasche gefallen. Vielleicht liegt es immer noch im Rålambshovsparken auf der Erde.

Sie haben ihn verarscht. Nur so kann das alles zusammenhängen. Und er ist darauf reingefallen. Die sind immer schlauer als er, immer einen Schritt voraus. Jonathan war nur ein Spielball in Christians Händen. Er fühlt sich so durchschaubar. So bescheuert.

Und gleichzeitig: so ängstlich.

Der Parteivorsitzende. Mein Gott. Den ein für alle Mal zu beseitigen ist eine echte Möglichkeit. Jonathan hat seine Freunde und die Leute in den Internetforen schon darüber diskutieren sehen.

Aber jetzt ist es geschehen, mein Gott, wenn er nun stirbt.

Es klingelt, dann meldet sich jemand.

»Hallo?«, fragt Jonathan. »Hallo? Christian?«

Die Verbindung ist schlecht. Durch den Orkan knistert es. Dann hört er die Stimme durch das Rauschen:

»Ja?«

»Warum gehst du nicht ran?«

»Ich …«

Christian beendet den Satz nicht.

»Hallo?«, fragt Jonathan erneut.

»Ja, ich bin hier.«

»Du hast von der Sache gewusst.«

»Ja.«

»Das ist … du, ihr habt mich reingelegt. Ihr habt mich als einen verdammten, wie zum Teufel nennt man das …«

»Ich weiß«, sagt Christian. »Es war notwendig.«

»Der Schwedische Widerstand ist jetzt fertig, das ist dir ja wohl klar, oder?«

Christian antwortet nicht.

»Unterstützt du das hier?«

Nur der Orkan ist zu hören.

»Hallo? Bist du noch da?«

»Ja.«

Jonathan sinkt auf der Bettkante zusammen.

»Unterstützt du das hier?«

»Darauf kann ich nicht antworten, Jonathan.«

»Ist er da?«

»Wer?«

»*Er*.«

»Nein.«

»Du lügst.«

Christian antwortet wieder nicht.

»Wie geht es ihm?«

»Das weiß ich nicht«, sagt Christian. »Ich muss jetzt Schluss machen.«

Das Gespräch wird abgebrochen. Jonathan bleibt mit dem Telefon in der Hand auf der Bettkante sitzen.

Hinter dem Rollo drückt der Orkan das Fenster ein. Die Scherben schneiden grobe Kerben in den Stoff.

CHRISTIAN LEGT DAS HANDY beiseite und wendet sich Michael zu.

»Jetzt hat er es kapiert.«

Michaels Blick ist leer.

»Wer?«

»Jonathan.«

»Aha. Gut.«

»Wie fühlt es sich an?«

Michael nimmt das Handtuch von der Stirn.

»Ich blute ganz schön, mir ist ein bisschen schwindelig. Aber ich bin froh, dass der verdammte Kerl tot ist.«

»Das weißt du noch nicht.« Christian sieht zum Fernseher. »Die haben noch nichts gesagt.«

»Das ist nur eine Frage der Zeit. Das Messer saß da, wo es sitzen sollte.«

»Wie kannst du da so sicher sein? Es war doch dunkel.«

»Für wie blöd hältst du mich? Hast du den anderen mitgeteilt, dass wir das waren?«

»Nein, noch nicht.«

»Schick eine Nachricht an alle Mitglieder. Sie müssen es wissen.«

Christian antwortet nicht. Er schickt auch keine Nachricht.

Er geht ins Badezimmer, nimmt ein frisches Handtuch aus dem Schrank, macht es nass und gibt es Michael. Sein Gesicht ist fleckig von dem getrockneten Blut aus der Wunde auf seiner Stirn. Er wischt sich mit dem Handtuch ab.

»Hast du die Nachricht abgeschickt?«

»Was?«

»Die Nachricht an alle.«

»Ah. Ja.« Christian zögert und nimmt dann sein Handy aus der Tasche. »Nein, sie ist nicht durchgegangen. Das liegt wahrscheinlich an dem Orkan.«

»Versuch es noch mal.«

»Mach ich gleich.« Er setzt sich seinem Freund gegenüber. »Was ist passiert?«

»Der Strom ist ausgefallen. Das war meine einzige Chance, also hab ich sie ergriffen.«

»Ich meine, mit deiner Stirn.«

»Ein Stück von einem Dachziegel hat mich getroffen. Das war kaum größer als ein Fünfkronenstück, deshalb hat es mich nicht erschlagen, aber es war verdammt scharfkantig.« Er lächelt. »Ist dir klar, was wir gemacht haben? Jetzt wird sich alles verändern. Ganz egal, was mit uns geschieht, es wird trotzdem nichts mehr so sein wie vorher.«

»Warum bist du hierhergekommen?«

»Ich wusste nicht, wohin. Ich musste irgendwo unter ein Dach, aber nach Hause zu fahren habe ich mich nicht getraut. Wenn sie wissen, dass ich es war, das glaube ich zwar nicht, aber wenn sie es wissen, dann werden sie natürlich da zuerst hinfahren. Aber draußen bleiben will ich nicht, verdammt noch mal. Dieser Orkan bringt echt Leute um. Ich werde warten, bis die Wunde aufhört zu bluten, und dann könnte ich doch runter in deinen Kellerraum gehen. Wäre das in Ordnung? Wenn sie hierherkommen, dann kannst du sagen, dass du nicht weißt, wo ich bin.«

Christian erhebt sich und holt den Schlüssel zum Keller und legt ihn auf den Tisch vor Michael.

Dann holt er tief Luft.

»Erinnerst du dich«, beginnt er, »Anfang Dezember, da hat doch Heber dich angerufen. Aus der Telefonzelle.«

»Ja«, antwortet Michael. Das Handtuch war inzwischen schon kräftig rot. »Warum zum Teufel hört das nicht auf zu bluten?«

»Das war ich«, sagt Christian.

»Was?«

»Ich war es, der ihm davon erzählt hat. Er hat mit mir Kontakt aufgenommen und gefragt, ob ich mir vorstellen könnte, mich von ihm interviewen zu lassen. Ich habe es ihm im Interview erzählt.«

Michael sieht von dem Handtuch auf. Sein Blick versetzt Christian einen Stich, und ihm wird mit einem Mal klar: Das hat er nicht geahnt, Michael hat ihm bis zuletzt vertraut.

»Was?«

»Ich war es«, wiederholt er, »der ihm bei dem Interview deinen Namen genannt hat. Ich habe ihm erzählt, was du vorhattest.«

»Du?«

»Ja.«

»Jetzt machst du Witze.«

Christian spürt, dass ihm die Tränen kommen.

»Nein.«

Michael steht ruckartig auf, er schwankt und muss sich an der Wand festhalten.

»Warum? Warum hast du das getan?«

»Ich war gezwungen dazu.«

»Aber ... wie ... warum?« Michael geht die Luft aus, und er sinkt wieder auf dem Sofa zusammen. »Du bist tot«, sagt er. »Das ist dir doch klar, oder? Für mich bist du tot.«

»Ja.«

»Und Heber ist deinetwegen tot.«

»Ich weiß«, sagt Christian.

»Verdammt, du hast doch das Messer für mich geklaut.«

»Ich wusste ja nicht, wofür du das ...«

»Jetzt lüg nicht!«, brüllt er. »Lüg mich nicht noch einmal an. Das wusstest du ganz genau. Du hast mich schließlich gefragt, ob ich sein Handy ins Wasser geworfen habe. Du hast dafür gesorgt, dass Jonathan die Säpo dazu brachte, sich auf die RAF zu konzentrieren. Du hast denselben Anteil an dieser Sache wie ich. Wie zum Teufel kannst du nur … hast du jetzt vielleicht auch die Bullen angerufen? Sind die schon auf dem Weg hierher?«

»Nein.«

»Hast du das?«, schreit er.

»Nein.«

»Wenn du jetzt lügst«, sagt er, und sein Atem geht keuchend. »Ich werde den Ersten, der durch die Tür kommt, erschießen. Ist dir das klar? Ich erschieße alle. Willst du das?«

»Ich habe sie nicht angerufen, Michael«, sagt Christian, den Blick auf seine Hände gerichtet.

»Sieh mich an, zum Teufel!«

Er wappnet sich, um zu gehorchen. Es tut weh. Es tut viel zu weh, als dass er es aushalten könnte.

»Ich habe sie nicht angerufen.«

So war das alles nicht gedacht gewesen. Michael sollte nicht einmal hier sein, sondern sich verstecken. Das hatte er jedenfalls gesagt. Christian sollte keinen Kontakt zu ihm aufnehmen.

»Wie zum Teufel konntest du so dumm sein?« Michaels Stimme ist leise und mit einem Mal gefasst. Wie immer: Michael, der den Überblick hat, der weiß, was getan werden muss. »Warum zum Teufel hast du nichts gesagt?«

»Ich habe es versucht, aber du hast ja nicht zugehört.«

»Ist das alles, was du zu sagen hast? Dass du es versucht hast?«

Das ist alles. Jetzt wird es ihm klar. Mehr gibt es nicht zu sagen.

»Ja.« Er steht wieder auf und holt das Handy aus der Tasche. »Ich probiere noch einmal, die Nachricht an alle zu schicken.«

Diesmal wagt er es. Christian geht in die Küche und macht den Schrank auf. Die Deckenlampe blinkt ein-, zwei-, dreimal. Mit der Hand sucht er das oberste Regalbord ab. Da ist er.

Er kehrt mit dem Handy in der einen und dem Revolver in der anderen Hand zurück. Er ist geladen. Es ist derselbe Revolver, der Lisa Swedberg getötet hat. Ist das auch Christians Schuld? Er weiß es nicht mehr. Er weiß nichts.

Ein Satz kommt ihm in den Sinn, etwas, was jemand einmal zu ihm gesagt oder ihm geschrieben hat, vor langer Zeit: *Die können lachen, so viel sie wollen, und uns verhöhnen – wir bewegen uns, die stehen still.* Er kann sich an ihr Gesicht nicht mehr erinnern. Es ist weg, so wie alles andere auch.

Michael bemerkt die Waffe in Christians Hand. Jetzt ist er sofort auf den Beinen, und diesmal hält ihn das Adrenalin aufrecht. Er hebt die Hände.

»Christian …«

»Verzeih«, sagt er und entsichert die Waffe.

Dann steckt Christian sich den Revolver in den Mund, die Mündung gegen den Gaumen gepresst.

Draußen wischen Dachplatten vorbei, die vom Wind abgehoben wurden und jetzt zu Boden fallen. Man kann nicht hören, wie sie zerbrechen.

DAS TREPPENHAUS IST DUNKEL, als es Iris gelingt, die Haustür zu öffnen. Sie drücken auf den leuchtenden roten Knopf. Es flimmert, und bald sind alle Stockwerke erhellt. Christian Västerberg wohnt im fünften Stock, fast ganz oben in dem Mietshaus in der Olshammarsgatan 19.

Iris und Birck ziehen ihre Dienstwaffen.

»Wo ist Ihre?«, fragt sie.

»Ich habe keine«, antworte ich.

Auf ihrem Handy kommt eine SMS an. Sie liest sie mit ausdrucksloser Miene.

»Von Paul«, erklärt sie. »Zustand unklar. Das Opfer wird operiert. Geschrieben vor einer Viertelstunde.«

»Wo ist Goffman?«, fragt Birck.

»Er ist Västerbergs Akte durchgegangen und jetzt hierher unterwegs.« Sie wendet sich an mich. »Sie haben Ihre Dienstwaff…«

Ein Laut unterbricht sie, der uns alle zusammenfahren und mein Herz aussetzen lässt. Trotz des ständigen Dröhnens des Orkans schneidet der Schuss laut und scharf ins Gehör.

»Ein Schuss, nicht mehr«, sagt Iris, als das Geräusch verklungen ist. »Das kann alles Mögliche bedeuten.«

»Verstärkung«, sagt Birck. »Wir brau…«

»Dafür ist keine Zeit. Gehen Sie vor.« Sie sieht mich an. »Und Sie bleiben hier.«

»Nein.«

»Leo, du bist unbewaffnet«, sagt Birck. »Warte.«

»Ich komme hinter euch her.«

Keiner von beiden protestiert, vielleicht weil keine Zeit dafür ist. Ich folge ihnen ein Stockwerk nach dem anderen hinauf.

Ihre Arme sind ausgestreckt, die Hände umklammern die schwarzen Waffen, deren Mündungen schräg nach unten gerichtet sind. Wir streichen an den Wänden entlang.

Im dritten Stock lässt mich ein Klicken hinter meinem Rücken zusammenfahren, und einen Moment lang wünsche ich, ich wäre doch unten geblieben.

Jemand hat direkt neben mir eine Tür geöffnet, ein junger Mann. Ich hole meine Polizeimarke heraus und drücke sie in die Türöffnung.

»Sch...«, sage ich. »Polizei.«

»Was ...«

»Rufen Sie die Polizei. Sagen Sie, dass in der Olshammarsgatan 19 jemand Schüsse abfeuert. Die sollen einen Krankenwagen schicken. Und bleiben Sie in der Wohnung.«

Birck und Iris sind mir ein paar Schritte voraus. Ich beeile mich, um ihnen nachzukommen. Zum ersten Mal seit langer Zeit habe ich Angst. Hinter mit schließt der junge Mann seine Tür. Hoffentlich ruft er die Polizei an. Oder sein erstes Gespräch geht an die Medien.

Schon bald sind wir am Fuß der Treppe, die zum fünften Stockwerk hinaufführt. Von hier können wir die drei Wohnungstüren überblicken, eine links, am Ende der Treppe, eine geradeaus und eine rechts.

»Ich glaube, die geradeaus ist seine«, flüstere ich. »Steht da nicht Västerberg?«

»Ich weiß nicht«, sagt Birck und kneift die Augen zusammen. »Vielleicht. Wir müssen näher ran.«

»Da steht Västerberg«, bestätigt Iris.

Wir schieben uns das letzte Stück an der Wand hinauf, unsere Mäntel rascheln über die raue Oberfläche. Ich betrachte den Boden, und da ist es. Ich tippe Birck auf die Schulter und zeige darauf.

Ein kleiner Tropfen, kaum so groß wie eine Münze. Blut.

Iris witscht an der Tür vorbei und stellt sich auf die eine

Seite, Birck und ich auf die andere. Das Licht im Treppenhaus flackert und lässt uns alle erstarren und die Luft anhalten. Wieder nehme ich den Geruch von Bircks Parfüm wahr.

Aus der Wohnung sind keine Geräusche zu hören, aber vielleicht werden die auch von Ediths Stürmen und Brausen verschluckt.

Birck zeigt auf die Türklinke und nickt Iris zu. Sie legt vorsichtig ihre Hand darauf und drückt sie herunter. Verschlossen. Schnell zieht sie die Hand zurück.

Verdammt.

»Christian«, sagt Iris laut. »Christian, hörst du mich?«

Stille.

»Christian. Ich heiße Iris und bin Polizistin. Bei mir sind zwei Kollegen, die heißen Leo und Gabriel. Wir müssten mit dir reden. Kannst du die Tür aufmachen?«

Ich bin erstaunt, wie neutral und fast warmherzig ihre Stimme klingt. Wie eine entschlossene, aber fürsorgliche große Schwester.

»Christian«, sagt Iris noch einmal.

»Christian ist tot«, ist eine Männerstimme von der anderen Seite der Tür zu hören. Sie klingt rau und dumpf, als ob ihr Besitzer erkältet wäre. Und sie kommt von sehr nah hinter der Tür. »Aber ich habe es nicht getan. Er war es selbst.«

»Ich verstehe«, antwortet Iris und wirft Birck einen Blick zu. Sie hält die Waffe fest mit beiden Händen. »Kein Problem. Wie heißen Sie?«

Keine Antwort.

»Können Sie mir sagen, wie Sie heißen?«, fragt sie wieder. »Sind Sie sicher, dass er tot ist? Vielleicht …«

Durch die Tür ist das Lachen des Mannes zu hören. Es ist ein leeres Lachen.

»Natürlich bin ich sicher. Er hat sich in den Kopf geschossen.«

»Können Sie die Tür öffnen?«

Lange hören wir nur unsere Atemzüge. Und dann:

»Ja.«

»Ich will mit Ihnen reden und sehen, wie es Christian geht. Nichts sonst. Okay?«

»Er ist tot, das sage ich doch.«

»Wir wollen mit Ihnen reden«, wiederholt Iris.

»Können Sie sich vor die Tür stellen? Ich will Sie sehen.«

»Nein, das können wir leider nicht«, entgegnet Iris. »Sie können uns sehen, wenn Sie öffnen.«

»Sind Sie bewaffnet?«

»Ja. Aber wir werden die Waffen nicht benutzen. Wir müssen Sie nur dabeihaben. Verstehen Sie?«

»Ja.«

»Machen Sie auf?«

»Ich mache jetzt auf.«

Iris senkt den Blick auf die Türklinke. Ein Schloss klickt. Die Tür öffnet sich langsam nach außen. Ich weiß nicht, was geschieht, alles ist von Birck verdeckt, der einen Schritt nach vorn tut, als die Tür aufgeht.

»Scheiße«, zischt Iris.

Sie wechselt die Stellung und ist dabei so schnell, dass es mich erstaunt. Trotzdem ist sie zu langsam.

Aus der Wohnung ist ein Schuss zu hören, und Iris schreit auf, als sich die Wand hinter ihr rot färbt.

IRIS GREIFT SICH AN den Arm. Die schwarz lackierte Waffe fällt ihr aus der Hand und auf den glänzenden Fußboden im Treppenhaus. Dann wird sie in die Wohnung gerissen.

Ich hechte um die Tür herum und auf die andere Seite, wo Iris eben noch stand. Dabei sehe ich, dass Iris ein Unterarm um den Hals gelegt wurde und sie in die Wohnung gezerrt wird. Der Unterarm ist breit und gehört einem Mann, aber er wird von Iris verdeckt, ich kann sein Gesicht nicht erkennen. Er ist dunkel gekleidet und scheint von der Stirn zu bluten. Hinter der kleinen Diele ist ein Wohnzimmer zu sehen, und dort auf dem Fußboden liegt ein lebloser Körper. Christian Västerberg? Oder hat der gerade Iris gepackt?

Erst jetzt wird es mir klar.

Ich weiß nicht einmal, wie Västerberg aussieht.

Als ich an die Wand gedrückt dastehe, werden die Spritzer von Iris' Blut verwischt und verschmieren sich auf meiner Kleidung.

»Nimm die«, zischt Birck.

Iris' Waffe liegt vor meinem Schuh. Ich schlucke und beuge mich herab, nehme sie auf und wiege sie in meiner Hand. Mein Herz schlägt so heftig, dass mich schwindelt. Es ist eine P226, 357. Mein Gott. Mit dieser Waffe könnte ich ein Auto töten.

»Bist du o. k.?«, fragt Birck.

»Ja.«

»Entsichern, verdammt.«

Ich halte die Luft an, und als ich die Kugel mit dem Abzug in die Patronenröhre schiebe, höre ich das Klicken, als sie einrastet. Mein Rücken ist sehr, sehr heiß.

»Goffman ist auf dem Weg«, zische ich. »Sollen wir warten?

Wir müssen mitteilen, dass wir möglicherweise eine Geiselnahme haben.«

»Abwarten? Nie im Leben.« Birck späht an der Türkante vorbei in die Wohnung. »Ich sehe ihn nicht. Du?«

Ich packe die Waffe, es pocht in meinen Schläfen. Am Rand meines Gesichtsfeldes wächst ein schwarzer Rahmen. Tunnelblick. Ich blinzele wieder und wieder und muss meinen Atem kontrollieren.

Die Diele ist dunkel. Ein Mann liegt leblos auf dem Fußboden im Wohnzimmer. Eine Pfütze aus Blut hat sich um seinen Kopf gebildet. Er atmet nicht.

»Nein«, bekomme ich heraus. »Ich weiß nicht, wo er ist.«

Von der Diele gehen noch zwei Zimmer ab, eines links vom Wohnzimmer, das andere rechts davon. Die Fenster des Wohnzimmers spiegeln keine Silhouetten außer meiner eigenen wider, die in der Türöffnung zu sehen ist. Ich überlege, ob das Zimmer wohl weitere Türen hat und wie viele Kugeln der Typ wohl in seiner Waffe hat. Und ob Sam zurechtkommen wird, wenn mir jetzt etwas passiert.

»Du zuerst«, sagt Birck.

Ich mache einen Schritt in die Diele. Über mir ahne ich den Schatten einer Lampe und im Augenwinkel Bircks linke Hand, die nach dem Lichtschalter sucht. Er findet ihn, und es klickt.

Das Licht ist stark und hell. Jacken hängen an ihren Haken, und eine ordentlich zusammengefaltete Schwedenflagge liegt auf der Hutablage. Der Teppich auf dem Fußboden ist unordentlich ins Innere der Wohnung verschoben, vielleicht dadurch, dass der Mann Iris hineingeschleift hat.

Ich halte den Blick geradeaus, vermeide es, ihn zu senken und auf die Waffe in meinen Händen zu sehen.

Langsam gehe ich an der rechten Wand der Diele entlang, Birck an der linken. Er wühlt an der Garderobe in den Taschen der Jacken, sucht nach etwas. Schließlich findet er einen Ausweis. Christian Västerberg blickt ernst in die Kamera. Das Gesicht ist scharfkantig und markant, symmetrisch und gehört der Leiche, die vor uns auf dem Fußboden liegt. Ich schaffe es noch, mich zu fragen, was er wohl gedacht hat, als das Bild gemacht wurde.

In einer Ecke des Wohnzimmers läuft der Fernseher, »Meet me in St. Louis«.

»Did he come yet?«, fragt das kleine Mädchen. »I've been waiting such a long time, and I haven't seen a thing.«

»Did who come?«, fragt Judy Garland.

»Santa Claus«, antwortet das Mädchen mit großen Augen.

Der Ton des Films vermischt sich mit dem Brausen des Sturms. Das Wohnzimmerfenster klappert, als würde es jeden Moment nachgeben.

Die Waffe vor mir haltend, verlasse ich das Wohnzimmer wieder. Meine Wangen fühlen sich heiß an. Der Schaft der P226 ist in meinen Händen glitschig geworden. Ich kann den Finger nicht auf den Abzug legen, wage es nicht.

Die Tür zur Küche steht offen. Am Kühlschrank sind Weihnachtskarten und Fotos befestigt, mehr gibt es hier nicht.

»Leo«, sagt Birck leise hinter mir.

Ich wende den Kopf. Birck steht vor der dritten offenen Tür. Ich kann das Fußende eines Bettes erahnen und eine Tagesdecke. In dem Raum ist kein Licht.

Birck blickt zu Boden, auf dem Blutstropfen verwischt sind. Die Spuren führen ins Schlafzimmer. Aus dem Zimmer ist Keuchen und leises Stöhnen zu hören.

Das Licht in der Diele flackert, einmal, zweimal, dreimal. Ich bemühe mich, den Blick zu fixieren.

»Wir sind jetzt hier«, sagt Birck. »Wir sind an der Schlafzimmertür. Ich will nicht, dass Sie überrascht sind. Wir werden jetzt reinkommen.«

Hinter uns zerspringt das Wohnzimmerfenster mit einem lauten Splittern, so als ob ein ganzes Porzellanservice auf den Boden fallen würde.

»Hören Sie mich?«, fragt Birck, jetzt lauter.

Keine Antwort. Birck sieht mich an. Sein Blick ist kühl und konzentriert. Die Mündung der P226 in meinen Händen hat angefangen zu zittern. Ich kann die Arme nicht locker lassen. Die Schultern schmerzen. Es kommt mir vor, als wäre die Waffe ein Gift, das sich in mir ausbreitet.

Als ich blinzele, taucht Waltersson auf, er liegt am Hafen von Visby und fasst sich an den Hals, nachdem ich auf ihn geschossen habe. Es war überhaupt nicht geplant, denke ich. Es war gar nicht geplant, dass ich dort sein sollte, und auch nicht, dass ich jetzt hier bin. Und es ist nicht geplant, dass ich hier wieder herauskommen werde.

IM SCHLAFZIMMER TASTET MEINE Hand an der Wand entlang und sucht nach dem Lichtschalter.

»Ich werde hier jetzt das Licht anmachen«, sage ich. »In Ordnung?«

Keine Reaktion. Er scheint mich nicht zu hören.

»Ich werde das Licht anmachen«, wiederhole ich. »Aber ich möchte erst wissen, ob Sie verstehen, was ich sage. Ich will nicht, dass Sie überrascht sind, okay?«

Ich mache das Licht an, und endlich können wir ihn sehen.

Möglicherweise ist es der maskierte Mann von den Überwachungsbildern am Hauptbahnhof. Der Mann, dem es vielleicht gelungen ist, einen Parteivorsitzenden umzubringen. Der Mann, der Verräter geschrien hat. Ich bin nicht sicher.

Die Wände des Schlafzimmers sind mit Bildern, Schränken und einem Bücherregal bedeckt. In der einen Ecke stehen ein Schreibtisch und ein Stuhl. Das Einzelbett steht mitten im Raum, es ist gemacht und die Tagesdecke glatt gezogen. Auf der anderen Seite des Bettes wartet der Mann mit Iris als Schutzschild vor sich. Er hat seinen linken Arm um ihren Hals gelegt. Der Griff ist so fest, dass sie nach Luft ringt. In der rechten Hand hält er einen Revolver, dessen Mündung zwischen mir und Birck hin- und herzuckt. Aus einer Wunde an der Stirn rinnt ihm Blut über das Gesicht.

»Jetzt mal ganz ruhig«, sagt Birck, und es ist unklar, wen er damit meint.

Iris' rechter Arm hängt schlapp herunter. Ich kann das kleine Eintrittsloch der Kugel im Mantel sehen, es ist fast schwarz. Sie atmet in kurzen, heftigen Stößen, ebenso wie der Mann, der sie festhält. Iris ist kleiner als er, und sein Griff presst ihren Hinterkopf an seine Schulter. Sie windet sich die ganze Zeit, versucht, sich loszureißen, und setzt ihre Ellenbogen, so fest sie kann, in Höhe seiner Rippen ein, sodass er stöhnt und schwankt.

»Still«, zischt er. »Halt jetzt still, du dumme Fotze.« Und er hält ihr die Pistole an die Schläfe. »Ihr auch. Stehen bleiben.«

»In Ordnung«, sagt Birck. »Wir verhalten uns still. Können Sie uns erzählen, was passiert ist?«

Ein steifes Kopfschütteln. Der Revolver in der Hand wandert nicht mehr hin und her, sondern ist auf einen unsichtbaren Punkt zwischen Birck und mir gerichtet.

»Können Sie ...«

»Halt die Schnauze. Hör auf zu quatschen.«

Sein Griff um Iris wird fester. Sie hebt ihren unverletzten Arm, legt die Hand um sein Handgelenk und zerrt daran, um Luft zu kriegen.

»Erzählen Sie, was passiert ist«, wiederholt Birck. »Mit Christian. Warum liegt er da drüben?«

»Er war ein verdammter Verräter.«

»Haben Sie das deshalb getan?«, frage ich.

Er erstarrt, die gerunzelten Augenbrauen schießen in die Höhe. Dann richtet er den Revolver auf mich. Ich halte die Luft an.

»Ich war es nicht. Er hat es selbst getan. Er hat sich selbst erschossen.«

»Warum?«, fragt Birck.

»Hör auf zu quatschen!«, schreit der Mann und richtet den Revolver auf Birck.

»Was sollen wir dann machen? Was haben Sie sich vorgestellt, wie das hier ausgehen soll?«

»Haut ab.«

»Das können wir leider nicht tun«, erwidere ich langsam. »In dem Fall müssten wir Iris mitnehmen.«

Er schüttelt heftig den Kopf.

»Gut«, sagt Birck. »Lassen Sie Iris los, und lassen Sie sie hierher zu uns kommen. Dann ziehen wir uns zurück. Das verspreche ich.«

»Dann schießt ihr.«

»Nein, das tun wir nicht.«

Er betrachtet uns, als wollte er abwägen, wer der Schwächere ist, wer am längsten zögern würde, ihn zu erschießen. Wen er zuerst erschießen sollte, um die besten Chancen zu haben, hier rauszukommen.

»Wir werden nicht…«, sage ich, komme aber nicht weiter.

Iris hat den Kopf nach oben gedreht, ihr Mund ist auf der Höhe seines Halses. Ich kann ihre Zähne sehen. Ich blinzele, und sie haben sich sein Ohrläppchen geschnappt.

Er keucht und verkrampft sich, den Blick auf uns gerichtet und die Waffe immer noch erhoben. Seine Gesichtsfarbe geht von Winterbleich zu Flammendrot über, und er muss sich anstrengen, um trotz des Schmerzes zu atmen.

Blut rinnt an Iris' Mund herunter, über ihr Kinn und ihren Hals.

Er scheint sich zu sammeln, senkt den Blick und justiert ein wenig den Griff um sie. Dann ballt er die linke Faust und schlägt auf das kleine Loch in Iris' Mantel. Er schlägt einmal zu und lässt die Faust dann dort liegen und drückt fest auf die Wunde. Iris' Körper zuckt zusammen, als hätte sie einen Stromschlag bekommen, und sie keucht durch die Zähne. Er schlägt wieder, Iris stöhnt auf, diesmal lauter.

Beim dritten Mal verliert sie die Kontrolle. Sie lässt von seinem Ohr ab und spuckt aus. Ein kleiner Schleimpropfen aus Blut, Haut und Spucke fällt zu Boden.

Dann schreit sie.

»ZURÜCK«, ZISCHT ER. »ZURÜCK.«

»Was wollen Sie tun?«, fragt Birck.

»Haut ab.«

»Wir ziehen uns zurück, wenn Sie sagen, was Sie vorhaben. Wir wollen nicht, dass hier etwas Unerwartetes geschieht.«

»Ich will raus.«

»Aus der Wohnung?«

»Ja.«

»Bei dem Wetter?«, fragt Birck jetzt, aber seine Stimme zittert. »Denken Sie mal nach.«

»Zurück!«, brüllt er, sodass der Speichel spritzt.

In seinem Griff hängt Iris schlaffer als zuvor. Sie hat aufgehört zu schreien, scheint schwächer zu sein und lehnt den Kopf an seine Schulter. Das Blut von dem Ohrläppchen schmiert sich in ihr Haar.

Wir treten einen Schritt zurück, er macht drei Schritte nach vorn. Er kommt um das Bett herum. Bald sind wir einander so nah, dass ich seine Augenfarbe erkennen kann. Birck und ich gehen Schritt für Schritt rückwärts, bis wir draußen auf der Höhe von Christian Västerbergs leblosem Körper sind. Splitter von dem eingedrückten Fenster liegen auf seinem Brustkorb und in der roten Gloriole um seinen Kopf.

Ich kann es fast spüren, wie der Mann vor uns sich selbst zwingen muss, nicht hinzusehen, die Leiche nicht ein letztes Mal anzusehen.

»Den Rücken zum Fernseher«, zischt er. »Den Rücken zum Fernseher.«

Ich gehe rückwärts und trete in die Glassplitter. Der Wind, der hereinfegt, ist so kalt, dass er auf der Haut brennt. Meine

Oberarme verkrampfen sich. Der Mann geht langsam vorwärts, Schritt für Schritt, und schiebt Iris vor sich her. Die Revolvermündung wechselt zwischen Birck und mir, mir und Birck hin und her.

»Wie seid ihr hergekommen?«, fragt er. »Wie seid ihr hergekommen?«, wiederholte er lauter, als keiner von uns antwortet.

Der Grund unseres Schweigens ist, dass wir wirklich nicht lügen, aber auch keinesfalls die Wahrheit sagen wollen. Dass wir mit dem Auto, mit Iris' Auto, hergekommen sind, verschafft ihm einen realistischen Ausweg. Das weckt Hoffnung, und Hoffnung ist lebensgefährlich, denn sie macht die Menschen noch verzweifelter und lässt sie noch drastischer handeln. Gleichzeitig ist es extrem riskant, einem Täter, der einen Revolver in der Hand und eine Geisel als Schild hat, nicht die Wahrheit zu sagen.

»Mit dem Auto«, antwortet Birck.

»Was für ein Auto?«

»Ein Volvo. Kennzeichen WER 327.«

»Gib mir die Schlüssel. Wirf sie hierher.«

Die Mündung des Revolvers zeigt wieder auf Iris' Schläfe.

»Sonst erschieße ich sie.«

Ich suche Iris' Blick.

»Gib ihm den Schlüssel.«

Ihre Stirn glänzt, die Augen sind blutunterlaufen. Sie schüttelt den Kopf.

Er packt sie mit einem neuen Griff und legt die Hand wieder auf das Loch in Iris' Mantel. Sein Daumen sucht nach dem Einschussloch im Stoff und verschwindet darin.

Iris schnappt heiser und rasselnd nach Luft, ihr Mund ist geöffnet, und die Augen sind aufgerissen, als wäre sie erstaunt. Ihre linke Hand reißt an seinem Unterarm. Aber sie bewirkt nichts, und das Einzige, was sie tun kann, ist, ihre Atmung zu kontrollieren.

»Gib ihn mir!«, kreischt er.

Sie lässt ihn los, fährt mit der linken Hand in die Manteltasche und holt die Autoschlüssel heraus. Er nimmt sie und schiebt Iris weiter vor sich her.

Dann bleibt er stehen und scheint auf etwas zu horchen. Doch es ist nur das Brausen des Sturms zu hören und das schwache Geräusch aus dem Fernseher hinter mir. Judy Garland singt: *Have yourself a merry little Christmas, and let your heart be light.*

In der Diele steht die Tür zum Treppenhaus offen.

»Ist jemand da draußen?«, fragt er und setzt die Mündung an Iris' Schläfe. »Antworte! Ist da jemand?«

»Nein«, sage ich.

... next year, all your troubles will be out of sight.

Er geht, uns zugewandt, weiter rückwärts in Richtung Wohnungstür. Er macht einen Schritt, dann zwei, drei. Iris wird mitgeschleift, unfähig, Widerstand zu leisten. Jetzt steht er einen Schritt vor der Schwelle.

Im einen Moment ist er noch nicht da, im nächsten erscheint er plötzlich in der Türöffnung. Die langen, knochigen Finger sind locker um eine schwarz lackierte Schusswaffe geschlossen, identisch mit der, die ich in der Hand halte.

»Michael«, sagt Goffman und presst ihm die Mündung in den Nacken. »So lernen wir uns endlich mal kennen.«

MAN KANN IHM ANSEHEN, wie die Schärfe in seinem Blick einer verschwommenen Leere weicht, wie das Adrenalin abebbt und der Körper fügsam wird. Es ist vorbei. Als Goffman ihm vorsichtig den Revolver aus der Hand windet, wirkt er erst resigniert, aber dann ist er, wie mir scheint, fast erleichtert, ihn loszuwerden.

Er nimmt seinen Arm von Iris' Hals. Ihre Beine geben unter ihr nach, und sie fällt in der Diele zu Boden. Birck eilt hin und beugt sich über sie. Ich bleibe in den Glassplittern stehen und lasse die Waffe los. Neben meinem Schuh ruht der Kopf von Christian Västerberg. Seine Lippen sind von Schmauchrändern verfärbt. Das Blut rinnt aus einem Loch im Hinterkopf.

Goffman hat den Mann auf dem Boden im Treppenhaus auf den Bauch gedrückt und ihm Handschellen angelegt. Er liegt ganz still. Er blinzelt und atmet, mehr nicht.

Weit, weit vor uns kann man das Blaulicht des Rettungswagens erahnen, der Iris ins Söder-Krankenhaus bringt. Vom Beifahrersitz in Goffmans Wagen aus sehe ich ihm nach, bis das flackernde Licht verschwunden ist.

Auf der Rückbank sitzt der Mann, an Händen und Füßen gefesselt, zwischen Birck und Durelius, einem stämmigen Polizeiassistenten von der Ortspolizei Söder. Durelius war der erste Beamte vor Ort, obwohl er zu Fuß von Rågsved gekommen war, was bei dem Wetter keine schlechte Leistung ist und womit er einen Platz auf dem Rücksitz verdient hat. Er wirkt erstaunlich gelassen, wenn man bedenkt, dass er wahrscheinlich zum ersten Mal mit jemandem im Auto fährt, der sich etwas Schlimmeres als einen Ladendiebstahl hat zuschulden kommen lassen.

Wir sind von Streifenwagen umgeben, zwei hinter uns und einer vor uns, als würden wir einen Staatsrat chauffieren. Der Mann selbst sitzt mit gesenktem Kopf da, das Kinn auf dem Brustkorb, Bircks Pistolenmündung in den Rippen.

»Wie geht es, Michael?«, fragt Goffman.

»Mein Ohr«, sagt er.

»Das wird wunderbar verheilen, es ist ja nur das Ohrläppchen«, erwidert Goffman. »Es hat ja sogar schon aufgehört zu bluten.«

»Es tut weh«, keucht er.

Er ist blass, wahrscheinlich könnte er ein Krankenbett und eine Infusion gebrauchen, doch diese Art von Fürsorge wird einem eher selten zuteil, wenn man versucht hat, einen Parteivorsitzenden umzubringen.

»Hat sie es wirklich abgebissen?«

»Ja«, sagt Birck.

Goffman trägt unter dem Mantel einen dunkelgrauen Anzug, ein weißes Hemd und einen schwarzen Schlips. Sein sonst so wohlfrisiertes Haar ist zerzaust und in Unordnung. Der Orkan zerrt unaufhörlich am Wagen, was an das Gefühl in einem Flugzeug erinnert, das zur Landung ansetzt. Es verursacht mir Übelkeit.

»Weiß man, wie es ihm geht?«, frage ich. »Ob er überleben wird?«

»Er wird immer noch operiert«, sagt Goffman und hebt den Blick zum Rückspiegel. »Wenn er überleben sollte, was würden Sie dann empfinden, Michael? Scheitern?«

Der Mann scheint die Frage nicht gehört zu haben.

Er wird nichts anderes angeben müssen als seinen Namen und seinen Personennummer. Er wird, auch wenn er noch mehr als das angeben wird, nicht verpflichtet sein, die Wahrheit zu sagen.

Er muss gar nichts sagen. Wir werden vielleicht nie mehr erfahren, als dass er der Täter war.

»Keyser«, sagt Goffman jetzt. »Ein ungewöhnlicher Nachname. Ist das Türk…«

»Holländisch. Es bedeutet ›Kaiser‹.«

Das ist alles, was er sagt.

SPÄT AN DIESEM ABEND sitze ich noch in Bircks Zimmer und sehe die Nachrichten im Fernsehen. Alle warten auf Neuigkeiten aus dem Karolinska-Krankenhaus, doch es kommen keine. Ich frage mich, was das wohl bedeutet.

– *Wann kommst du nach Hause?*, fragt Sam.

– *Bald*

– *Ich schlafe jetzt*

– *Ich werde versuchen, dich nicht zu wecken*

Im Internet, in den Blogs und Foren der Rechtsextremen, erhält Keyser viel Unterstützung für seine Tat. Screenshots davon werden auf den Websites der großen Zeitungen und sozialen Medien gepostet und in die Fernsehnachrichten aufgenommen.

»Was soll das?«, fragt Birck. »Warum googelst du solche Sachen auf meinem Rechner?«

»Das war knapp«, sage ich. »Du hättest tot sein können. Vor Västerbergs Haus, als diese Platte runterkam.«

»Ach so, die. Ja, ich hatte Glück.«

»Du hattest Iris.«

Birck erwidert nichts, sondern sieht weiter auf den Bildschirm. Dann geht er aus dem Zimmer. Ich bleibe sitzen. Es wird zehn Uhr, Viertel nach zehn. Endlich kommt die Nachricht aus dem Karolinska: Der Parteivorsitzende wurde wegen der Verletzungen, die er bei dem Attentat erlitten hat, operiert. Als er ins Karolinska eingeliefert wurde, war er ansprechbar, wurde dann aber kurz vor der Narkose bewusstlos. Vor und während der Operation verlor er eine Menge Blut, allerdings nicht so viel, wie er verloren hätte, wenn er weniger Glück gehabt hätte. Sein genauer Zustand ist im Augenblick schwer einzuschätzen, doch das Ärzteteam, das ihn operiert hat, betrachtet die Operation als geglückt.

Ich merke, dass ich die Luft angehalten habe und das Halcionröhrchen in der Hand halte. Um Birck zu informieren, gehe ich auf den Flur hinaus, kann ihn aber nicht finden.

»Birck? Der ist weggefahren«, sagt einer der Assistenten im Aufenthaltsraum, den Blick auf den Fernseher gerichtet.

»Wohin wollte er?«

»Zum Söder-Krankenhaus, hat er gesagt.« Der Assistent lacht. »Bei dem Wetter. Der ist doch komplett verrückt.«

22.12.

VOR DEM FENSTER DER Wohnung in der Chapmansgatan bläst es immer noch, doch der Wind ist, verglichen mit gestern, als ich nach Hause kam, schwächer.

Erst jetzt ist deutlich zu sehen, was Edith angerichtet hat. Die Straße ist von zerschlagenen Dachpfannen gesäumt. Ein Papierkorb liegt fünfzig oder sechzig Meter entfernt von der Steinplatte, an die er gehört. Er ist abgerissen worden. Und erst jetzt entdecke ich das Auto, das zwischen Steinplatte und Papierkorb auf der Straße geparkt steht. Seine Windschutzscheibe ist kaputt. Der Papierkorb muss hineingeknallt sein, bevor er vom Wind weitergerissen wurde. Auf der anderen Straßenseite sind Teile der Häuserfassade abgefallen, und die Isolierung darunter ist sichtbar.

Ich kehre ins Bett zurück, wo Sam liegt und schläft. Ein Rinnsal Spucke läuft von ihrem Mundwinkel zu einem kleinen Fleck auf dem Laken. Als ich nach Hause kam, schlief sie schon, und ich wollte sie nicht wecken.

»Ich muss gehen«, flüstere ich.

»Es ist Sonntag«, murmelt Sam und dreht sich um. »Oder ist immer noch Samstag?«

»Nein, es ist Sonntag.« Ich drücke meine Lippen auf ihre Stirn. »Aber im Moment gibt es keinen einzigen Polizisten in Stockholm, der frei hat.«

»Habt ihr ihn?«

»Ja.« Ich streichle ihr übers Haar. »Wir haben ihn.«

Sie schlägt die Augen auf und blinzelt.

»Und dir ist nichts passiert?«

»Keine Schramme. Ausnahmsweise.«

»Hast du mit deiner Familie gesprochen?«

»Weswegen?«

»Ob sie den Sturm gut überstanden haben?«

»Ach so. Nein. Aber ich werde es tun.«

Sie gähnt und fährt mir mit ihren Fingernägeln durch die Bartstoppeln.

»Du musst dich rasieren.«

»Ich weiß.«

Ich küsse sie lange, ehe ich aufstehe. Es fühlt sich so selbstverständlich an, und vielleicht ist es gerade das, was mich die Frage stellen lässt: »Bist du noch hier, wenn ich wiederkomme?«

Sie stützt sich auf die Ellenbogen.

»Möchtest du das?«

»Ja.«

Sie lächelt leicht. Ich glaube nicht, dass sie mein Zögern bemerkt. Ich frage mich, ob wir das hier wohl schaffen werden. Noch einmal.

»Du wirst schon sehen«, sagt sie.

23.12.

ICH SITZE IN MEINEM Arbeitszimmer, nachdem ich ein altes Radio aus dem Zimmer meines Büronachbarn herübergeholt habe. Ein Weihnachtslied wird gespielt, eine einsame Stimme singt: *Some day soon we all will be together, if the fates allow.*

Es ist erst wenige Minuten her, dass Jens Malm vom Schwedischen Widerstand es abgelehnt hat, die Tat von Michael Keyser zu kommentieren, und wenige Stunden, seit die Schwedendemokraten ein Statement abgegeben haben, indem sie berichten, dass es dem Parteivorsitzenden den Umständen entsprechend gut gehe und er hoffe, dass das schwedische Rechtswesen seinen Lauf nehmen und kein Blut in seinem oder einem anderen Namen fließen werde. Das Statement endet damit, dass die Partei Schweden ein friedliches und erholsames Weihnachtsfest wünscht.

Die Weihnachtsfeier der Abteilung fängt in einer Stunde an, aber ich habe nicht vor hinzugehen. Draußen im Aufenthaltsraum hat man schon mit dem Vorglühen begonnen. Meine Kollegen trinken Bier und spielen »Wer findet den Täter?«. Auf einer Leinwand werden gegenwärtige und alte Verbrecher gezeigt, manche Gesichter dabei bekannter als andere. Wer zuerst den Namen brüllt, und das muss man tun, um gehört zu werden, gewinnt einen Hunderter.

In der Nähe meiner Tür höre ich Stimmen: Olausson und noch jemand.

»Dass jemand das gewagt hat«, sagt Olausson. »Das hätte ich nie gedacht. Was für ein verdammtes Glück der hatte, dass er überlebt hat.«

Der andere stimmt zu.

»Natürlich wähle ich nicht die Schwedendemokraten«, fährt Olausson fort, »aber vieles von dem, was sie sagen, hat Hand und Fuß, dass muss man zugeben. Haben Sie die Rede gehört, die er gehalten hat, ehe er niedergestochen wurde?«

Ja, sagt der andere, jetzt, im Zusammenhang mit der Tat, hätte er Teile davon gehört.

Ich denke an Thomas Heber, den einsamen Wissenschaftler, der sich vielleicht in Lisa Swedberg verliebt hatte. Jeder wird von irgendjemandem vermisst, und ich frage mich, was Hebers Eltern wohl gerade tun. Frage mich, ob der kleine Junge, John Thyrell, wohl die Nachrichten sieht und weiß, was passiert ist. Ob er und seine Familie während Ediths Wüten in der Wohnung in der Döbelnsgatan waren oder auf dem Weg irgendwo anders hin. Einen Moment lang bin ich versucht, den Hörer abzunehmen, um ihn anzurufen und zu kontrollieren, ob der Junge lebt, doch dann lasse ich es.

Stattdessen denke ich an die unbeantworteten Fragen, die immer bleiben werden. Die meisten sind unbedeutend, doch sie haben keine Antwort gefunden, und das stört mich. Zum Beispiel, warum Lisa Swedberg auf dem Sofa anstatt im Bett geschlafen hat, obwohl doch die Frau, bei der sie wohnte, verreist war. Vielleicht hat Birck recht. Sie zog das Sofa einfach vor.

Es gibt noch mehr von diesen schwarzen Löchern und Lücken, aber das ist in jeder Polizeiermittlung so. Man kann keine Geschichte bis ins Letzte rekonstruieren. So ist es nun einmal mit der Vergangenheit. Sie ist immer eine flüchtige Einheit, immer unvollständig.

Ich frage mich, wie die Weihnachtsserie wohl ausgeht und worin eigentlich die Handlung besteht. Vielleicht kann ich morgen zusammen mit Sam den letzten Abschnitt sehen.

Es klopft an der Tür. Charles Levin. Mentor ist das falsche Wort, aber es ist das einzige, das mir für ihn einfällt.

Er ist mager, und das lässt ihn größer, länger wirken. Auf dem wie immer kahlen, glatt rasierten Schädel sind ein oder zwei Tage alte Haarstoppeln zu sehen, und die runde, schwarz umrahmte Brille sitzt ein Stück tiefer auf der einem Raubvogelschnabel ähnelnden Hakennase. Er hat einen Hut in der Hand und bleibt mit dem dicken geöffneten Wintermantel, den Blick auf den Besucherstuhl gerichtet, in der Tür stehen.

»Kann man darauf sitzen?«

»Ja.«

Er schließt die Tür hinter sich.

»Aber nur mit Ach und Krach«, sagt er, nachdem er Platz genommen hat. »Dieser Stuhl ist ja schlimmer gealtert als ich.«

Ich drehe die Lautstärke des Radios herunter. Während des Herbstes war unser Kontakt sporadisch und eher kurz angebunden gewesen. Ich habe unzählige Male versucht, ihn telefonisch zu erreichen, und die wenigen Male, in denen Levin an den Apparat gegangen ist, lag es wahrscheinlich daran, dass er vorher nicht das Display kontrolliert hatte. Seit ich wieder im Dienst bin, haben wir uns ab und zu gesehen, kurze Begegnungen auf den Fluren und Begrüßungen in der Kantine, wenn Levin die Oberste Polizeileitung verließ und bei uns etwas zu erledigen hatte.

So ist es immer. Fragezeichen und kein Kontakt, seltsame Zusammentreffen und kuriose Details, eine Nachricht, dass Levin derjenige gewesen sei, der mich in der Abteilung Interne Ermittlungen platziert hat, und dass er es unter dem Druck von einer Person über ihm getan hat, einer Person, die Levins Vergangenheit kennt. Eine Vergangenheit, die anscheinend niemand sonst kennt. Grim, der behauptet, dass Levin jemanden im St. Görans besucht. Vielleicht stimmt es, und vielleicht bedeutet es etwas. Vielleicht auch nicht.

Und dann, als wäre nichts geschehen, sondern ich hätte mir alles nur in meinem Kopf ersonnen, das nun. Levin, der am Tag vor Weihnachten an die Tür zu meinem Büro klopft.

»Sind Sie gekommen, um auf dem Stuhl Probe zu sitzen?«

»Nein«, antwortet Levin, »deswegen bin ich nicht gekommen.« Er schweigt einen Moment. Dann sagt er: »Wie ich hörte, hatten Sie einen ruhigen ersten Monat.«

»Sehr ruhig«, sage ich. »Nichts Besonderes los gewesen.«

Ein Lachen von Levin, das aber verstellt ist. Er setzt sich vorsichtig anders hin. Die Rückenlehne knarrt.

»Das ist doch beängstigend«, sagt er dann. »Finden Sie nicht?«

»Sie meinen Keyser?«

»Ja. So stehen die Schwedendemokraten für die Allgemeinheit als unschuldige Partei da. Als wären die plötzlich, wie sagt man, *mainstream* geworden.«

»Das sind sie ja auch. Eben habe ich Olausson hier vor der Tür gehört, und sogar er, ein verdammter Staatsanwalt, behauptet, dass an deren Politik viel Richtiges sei.«

»Hat Olausson das gesagt?«

»Ja.«

»Der also auch«, meint Levin gedankenversunken.

Es wird still zwischen uns.

»Wie ich hörte, ist Goffman in letzter Sekunde aufgetaucht«, sagt er dann. »Das ist ja ein bisschen seine Art.«

»Kennen Sie sich?«

»Allzu gut. Davon kann ich Ihnen ein andermal erzählen.«

Wir sitzen schweigend da. Die Situation ist angespannt, viel zu angespannt.

»Stimmt es, dass Sie vor einer Weile jemanden im St. Görans besucht haben?«, frage ich leise.

Levin scheint die Frage nicht zu berühren. Ich versuche, seine Hände zu lesen, suche nach Zeichen. Sie liegen still und gefaltet auf seinem Schoß.

»Das ist richtig«, sagt er. »Wie Sie wissen, werde ich im Frühjahr pensioniert. Und dann soll man ja seine Memoiren schreiben. Ich habe noch ein halbes Jahr bis dahin, ich versuche hier also, mir insgeheim einen Zeitvorteil zu verschaffen. Weit bin ich aber noch nicht gekommen. Mein Besuch im St. Görans berührt eine Ermittlung von früher. Ein Fall, den ich nie lösen konnte und den ich mit in das Buch aufnehmen werde. In meinem Kopf breitet sich langsam Nebel aus, und ich musste ein paar Informationen nachprüfen, also habe ich eine der betroffenen Personen besucht. Sie sitzt im St. Görans.«

Ich betrachte die Haut um Levins Augen, die winzig kleinen Muskeln, die angespannt werden, wenn ein Mensch lügt. Levin lächelt leicht, als würde er das wissen. Vielleicht ist er deshalb hier, denke ich. Levin hat geahnt, dass Grim die Sache nicht für sich behalten würde. Er will kontrollieren, was ich weiß, und sicher sein, dass ich deswegen nichts unternehme. Worum auch immer es geht.

»Wenn das so ist«, sage ich, »warum ist es dann so wichtig, Ihren Besuch geheim zu halten?«

»In dem Fall geht es um einen Mord oder möglicherweise um einen Totschlag. Das ist nie geklärt worden, aber das Urteil lautet auf Mord, und da ist die Verjährung ja seit Kurzem abgeschafft worden. Wenn bekannt würde, dass ich diese Person besuche, dann würde das den Angehörigen falsche Hoffnungen machen, und das will ich nicht. Und so etwas kommt auf die eine oder andere Weise immer heraus, das wissen Sie sehr gut.«

Das könnte die Wahrheit sein. Ich huste.

»Wo werden Sie Weihnachten feiern, Leo?«

»Mit Sam und dann in Salem. Wieso?«

»Ich habe nur darüber nachgedacht«, erwidert Levin. »Ich kümmere mich.«

»Tun Sie das wirklich?«

»Was ist das für eine Frage? Natürlich tue ich das.«

Irgendetwas ist mit Levins Blick, er sieht aus, als würde er mich berühren wollen. Ich verschränke die Arme, fühle mich wie ein Kind und frage mich, ob ich wohl auch wie eines aussehe.

»Dennoch«, fährt Levin fort, »kommt es mir so vor, als wäre eine Art Kluft zwischen uns entstanden, seit dem Mai. Als könnten wir nicht mehr miteinander reden. Aber ich kümmere mich trotzdem um Sie.«

»Sie selbst sind der Grund dafür, dass die Kluft existiert«, entgegne ich erstaunt. »Sie gehen mir aus dem Weg, vor allem, seitdem Sie Ihre Beteiligung an der Gotland-Sache zugegeben haben. Wobei Sie übrigens ziemlich leicht davongekommen sind. Ein mickriger Zettel? Von wie viel Respekt soll das denn zeugen? Sie hätten es mir wenigstens ins Gesicht sagen können, verdammt.«

»Ich verstehe, dass Sie empört sind, Leo, und ich…«

»Ich bin nicht empört, sondern stinksauer.«

»Es tut mir leid, dass es so gekommen ist, aber ich war dazu gezwungen. Und ich kann Ihnen nicht erzählen, was Sie wissen wollen und versucht haben, mich bei all Ihren Anrufen zu fragen.«

»Wer hat Sie denn gezwungen? Was haben die denn gegen Sie in der Hand?«

Levin lächelt ein blasses und freudloses Lächeln.

»Auf die Frage kann ich nicht antworten.«

»Warum nicht?«

»Es geht nicht.«

Der kleine Papierzettel mit Levins Handschrift darauf – einer so eleganten und freundlichen Handschrift, dass der Leser fast das Unheilvolle und Schwere in den Worten übersieht. Ich habe ihn so oft gelesen, dass ich ihn auswendig kann.

Ich bin froh, dass ich an Ihrer Seite sitzen und Ihren Atem hören kann. Dass ich hören kann, dass Sie leben, so wie ich es auch schon nach den Ereignissen auf Gotland getan habe. Ereignisse, die, wie man sie auch betrachtet, auf mich zurückgehen, nicht auf Sie.

Ich habe eine Notiz erhalten. Darin wurde ich angewiesen, Sie in unserer Einheit zu platzieren als jemand, der – wenn erforder-

lich – zur Verantwortung gezogen werden könnte. Sie hatten nach so einem gesucht, und Sie wurden als ein passender Kandidat angesehen. Es hieß ausschließlich hypothetisch »falls«, »im schlimmsten Fall« und »für den Fall, dass unsere Operationen für jemanden kompromittierend wirken könnten«.

Das kam von oben, von den Paranoiden, und ich hatte keine Wahl. Sie drohten damit, Informationen aus meiner Vergangenheit öffentlich zu machen. Das tun sie immer noch. Mehr kann ich nicht erzählen. Nicht jetzt.

Leo, verzeihen Sie mir.

Charles

»Diese Aktennotiz«, sage ich, »kann ich die wenigstens mal sehen?«

»Jetzt stellen Sie sich nicht dumm, Leo. Wie alle wichtigen Aktennotizen ist die natürlich seit Langem vernichtet.«

»Wer hat sie vernichtet?«

»Ich natürlich.«

Ich öffne den Mund, aber nichts geschieht. Es kommen nur Luft und Schweigen heraus. Es ist sinnlos, und ich weiß das.

Levin erhebt sich langsam von dem Stuhl und zieht ein braunes, dünnes Kuvert aus der Tasche, das er auf den Tisch legt.

»Eigentlich wollte ich Ihnen nur frohe Weihnachten wünschen und ein kleines Weihnachtsgeschenk vorbeibringen. Ich hoffe, es wird Ihnen gefallen, ich selbst fand es sehr erkenntnisreich, als ich es zum ersten Mal gelesen habe.«

Ich nehme das Kuvert und befühle es.

»Was ist das?«

»Es ist das einzige existierende Exemplar, von dem ich weiß.« Er setzt sich den Hut auf den Kopf. »Es tut mir leid, aber jetzt muss ich gehen. Ich werde mit einem guten Freund im Operakällaren zu Abend essen.«

»Gut.«

»Haben Sie sich etwas zu Weihnachten gewünscht?«, fragt er und rückt den Hut zurecht.

»Eine Kaffeemaschine, und Sie?«

Hätte ich etwas für ihn besorgen sollen? Hatte er das erwartet? Aber was hätte ich denn für ihn kaufen sollen? Wenn es irgendein Wahrheitselixier gäbe, dann hätte ich ihm das verdammt noch mal erbarmungslos eingeflößt.

»Ich wünsche mir nichts mehr.« Er sagt das weder mit Trauer noch mit Leichtigkeit und legt die Hand auf die Türklinke. »Dann hoffe ich mal, dass Sie Ihre Kaffeemaschine bekommen. Es gibt für einen Menschen nichts Besseres als seinen Kaffee.« Er zögert. »Und Sie und Sam – Sie haben sie erwähnt. Sind Sie ... ist alles gut zwischen Ihnen?«

»Ja«, antworte ich.

Levin lächelt leicht.

»Ich merke es Ihnen an. Als hätten Sie nach Hause gefunden.«

Ich glaube, dass er recht hat, aber ich sage nichts.

»Frohe Weihnachten, Leo.«

»Frohe Weihnachten.«

Mein Mentor drückt die Klinke herunter und verschwindet durch die Tür. Wie lange es wohl dauern wird, bis wir einander wieder treffen? Die Geräuschkulisse der Vorglüher steigt kurz an und wird dann wieder gedämpft.

Ich öffne das kleine Kuvert. Es enthält ein dünnes altes Buch, nicht mehr als dreißig Seiten dick, eine Kurzgeschichte von jemandem namens L.P. Carlsson, 1901 erschienen. Der Umschlag ist beige und zerrissen, der Titel darauf in Schwarz gedruckt. *Der fallende Detektiv.* In meinem Zimmer sitzend, lese ich es von Anfang bis Ende.

Dann lege ich das Buch beiseite, schließe die Tür zu meinem Büro ab und hole das Halcionröhrchen aus der Tasche.

24.12.

OBWOHL DAS LAND IN tiefem Dämmerschlaf liegt, gehe ich mit eiligen Schritten. Es ist Heiligabend und halb sieben Uhr abends.

Ich verlasse Salem und steuere den Nahverkehrsbahnhof Rönninge an. Nur für kurze Momente habe ich mich während des Tages mit etwas Größerem verbunden gefühlt, das auch alle in den anderen Häusern und in allen anderen Wohnzimmern teilen. Den Rest der Zeit fühlte ich mich seltsam allein.

– *Schlafe heute Abend bei Mama*, schreibt Sam in einer SMS.

– *Sehen wir uns morgen?*, schicke ich zurück, während ich auf den Zug warte.

– *Ja*, antwortet sie, und ein paar Sekunden später: *Ich liebe dich*.

Die Worte lassen mich nach Luft schnappen, dort, allein auf dem Bahnsteig.

Alles ist so still.

Ich fahre von Salem zu dem Ort, an dem ich vielleicht wirklich zu Hause bin. Ich weiß nicht, was ich dort tun soll, aber ich weiß, dass ich es mehr für mich selbst als für irgendjemand anderen mache.

Als ich die Tür öffne, werde ich von einem Lächeln begrüßt.

»Frohe Weihnachten, Leo.«

Ich knöpfe meinen Mantel auf, setze mich auf den Stuhl, auf dem ich immer sitze, und weiß nicht, was ich fühle. Vielleicht Wut darüber, dass ich mich nicht von diesem Ort fernhalten kann. Vielleicht auch Erleichterung, endlich hier sitzen zu können und nicht so tun zu müssen, als wäre ich jemand, der ich nicht bin. Ich lege das Handy, sein Weihnachtsgeschenk, auf den Tisch zwischen uns.

»Frohe Weihnachten, Grim.«

Dank

DANK AN DEN PIRATFÖRLAGET für eure Unterstützung, eure Ermutigung und dass ihr an mich und Leo glaubt. Ohne euch wäre dieser Roman nur mehr eine Idee geblieben. Ein besonderer Dank gilt Sofia, meiner einzigartigen Lektorin, und Anna, meiner fantastischen Redakteurin. Ihr steht immer auf der Seite der Geschichte, bis ganz zum Schluss.

Dank an Marina, Anna, Marc und alle anderen bei der Pontas Agency, die dafür gesorgt haben, dass meine Romane mehr Leser erreichen, als ich je zu träumen gewagt hätte und mir hätte vorstellen können.

Danke, Leif, für die gute Gesellschaft, die klugen Gedanken und nicht zuletzt, dass du, als ich es ganz besonders brauchte, dir die Zeit genommen hast, das Manuskript zu lesen, und mir gesagt hast, was gut war und was verbessert werden musste. Ich war in (fast) allen Dingen deiner Meinung.

Dank auch an Gösta, Astri und Christine.

Danke, Mama, Papa und mein kleiner Bruder, danke Karl, Martin und Tobias. Und danke dir, Mela, weil du in allem Großen, Kleinen und allem dazwischen so klug und klarsichtig bist, Dank dir für deinen Humor, dein Verständnis, deine Wärme und Liebe. Ohne dich wäre ich nicht nur ein viel schlechterer Schriftsteller, sondern auch ein schlechterer Mensch. Ich liebe dich.

Christoffer
In der ersten Sommersonne von Hagsätra, 2014

Bereits erschienen

Christoffer Carlsson

DER TURM DER TOTEN SEELEN

Thriller

Aus dem Schwedischen
von Susanne Dahmann

Band 1 der Leo-Junker-Serie

Der Polizist Leo Junker hat schon mit Anfang dreißig eine steile Karriere gemacht – bis ihm ein zwielichtiger Einsatz zum Verhängnis wird und ihn daran zweifeln lässt, wo das Gute aufhört und das Böse beginnt …

»Ein überragender Pageturner, brillant geschrieben und mit einer genialen Dramaturgie.«
Leif GW Persson

C. Bertelsmann

www.cbertelsmann.de